OLIVER BAIER

FRANKFURT BEATS

Thriller

mainbook

ISBN 978-3-911008-38-9
Copyright © 2025
mainbook Verlag
Sophienstraße 77
60487 Frankfurt
info@mainbook.de
Alle Rechte vorbehalten

Lektorat: Gerd Fischer
Coverdesign und Umschlaggestaltung: Florin Sayer-Gabor – www.100covers4you.com
Unter Verwendung von Grafiken von Adobe Stock: Hanna; Ivan Mihajlovic

Auf der Verlagshomepage finden Sie weitere spannende Bücher: www.mainbook.de

Der Autor

Oliver Baier, geboren 1974, lebt schon immer im Rhein-Main-Gebiet. Er ist Physiotherapeut mit eigener Praxis und hat bisher mit einem Autorenkollektiv den Krimi „Elektroschock" veröffentlicht sowie zahlreiche Kurzgeschichten in verschiedenen Anthologien.
Frankfurt/Main ist für ihn die spannendste Stadt Deutschlands.
Frankfurt Beats ist sein Debüt.
Weitere Infos: www.oliverbaier.eu

Doch weh! Die Flamme faßt das Kleid,
Die Schürze brennt, es leuchtet weit.
Es brennt die Hand, es brennt das Haar,
Es brennt das ganze Kind sogar.

Aus dem „Struwwelpeter" –
„Die gar traurige Geschichte mit dem Feuerzeug"

Für Anja, Liliane, Kilian und Charlotte –
das Beste, was mir passieren konnte!

Kapitel 1

Uniklinik Frankfurt/Main
Die offene Tür der Krankenhausapotheke war eine Einladung. Heidi, die Apothekerin, stand draußen auf dem Flur und nippte an einer Tasse mit der Aufschrift *Drogenkurier*.
 Drinnen lief das Radio. „Leute, es ist 11.25 Uhr. Wenn der Regen vorbei ist, kommt heute noch die Sonne. Doch ist ein Sommerregen nicht wunderbar? Joris nimmt euch an die Hand. Tanzt alle in seinem Sommerregen. Radio Citylights ist bei euch. Und auch euer Andi." Ein Glockenspiel, der Bass und dann folgte die Stimme des Sängers.
 Donnerstags um 11.30 Uhr war Visite auf Station 7a. Auf der Gastroenterologie mit den Magen-Darm-Erkrankungen gab es seit vier Wochen einen neuen Stationsarzt. Heidi fuhr auf diesen Dr. Wohlfarth ab. Das wusste hier mittlerweile jeder. Milan musste in die Krankenhausapotheke rein. Heidi war weit genug entfernt, sie sah ihn nicht.
 Da öffnete sich die Tür zum Gang. Wohlfarth betrat die Station genau im richtigen Moment. Milan schlüpfte durch die angelehnte Tür in die Apotheke.
 Auf dem Schreibtisch stand Heidis Computer, der Bildschirmschoner zeigte ein Lavendelfeld im Abendrot. Der Schrank für die Betäubungsmittel war immer abgeschlossen, aber da lag der Schlüssel gut sichtbar neben einem Fläschchen mit rotem Nagellack. Chanel, Rouge Puissant.
 Daneben sah er die Inventarliste mit allen Medikamenten Abgängen. Milan überflog die letzten Einträge auf der Liste: Station 4b, drei Ampullen Fentanyl, ein starkes Schmerzmittel, darunter hatte die Anästhesieabteilung Forene und Suprane für ihre Arbeit im OP erhalten.
 Heidi hatte die Angewohnheit, sich alles in einem kleinen Notizbuch mit Bleistift zu notieren. Sie erwähnte immer, wie vergesslich sie war.

Milan nahm eine große Flasche mit blauer Lösung zur Händedesinfektion aus dem hohen Stahlregal. Ein Alibi, für den Fall, dass ihn jemand erwischte. Die Lösung war immer Mangelware auf Station. In das Notizbuch trug er später noch die Abgänge ein. Heidis Schrift konnte er mittlerweile gut fälschen. Er drehte den Kopf zur halb geöffneten Jalousie des Fensters zum Flur. Die Lamellen klackten metallisch. Er trat einen Schritt näher an die Jalousie und unterdrückte den Impuls, die Staubflusen wegzupusten.

Heidi trug heute hohe Absätze, Gift für ihr problematisches Sprunggelenk. Nachher würde sie ihn wieder fragen, ob er ihr ein Kinesiotape über die schmerzenden Knöchel kleben könnte. Es war immer dasselbe mit ihr: Donnerstag Visite von Dr. Wohlfarth und sie trug dazu natürlich High Heels. Später würden sie zusammen darüber lachen und dann würde Milan ihr Sprunggelenk tapen. Bei Heidi durfte das Tape gern etwas auffälliger, etwas bunter sein, und auf gar keinen Fall durfte er bei ihr dieses Oma-Beige benutzen. Das erinnerte sie an Stützstrümpfe.

Er trat wieder an den Schreibtisch. Heidis Schlüsselbund klimperte leise, als er ihn in die Hand nahm. Am gefilzten Pilzanhänger hingen neben dem Autoschlüssel ein Wertchip für den Einkaufswagen und der Schlüssel für den Medikamentenschrank. Er hatte als einziger Kerben am Schaft. Bingo.

Milan drehte sich noch einmal zum Fenster um. Die Jalousie klapperte, obwohl er sie ganz vorsichtig hochschob.

Heidi stand noch immer im Flur. Sie zupfte ein paar Strähnen ihrer toupierten Haare zurecht. Dabei machte sie drei Schritte auf die andere Flurseite, drehte sich aber wieder zum Fenster um.

Milan trat einen Schritt zurück. Bleib von der Jalousie weg. Sie durfte ihn auf keinen Fall sehen.

Die Rollen des Visitewagens schepperten. Heidi wandte sich dem Geräusch zu. Dr. Wohlfarth wanderte von einem Zimmer zum nächsten. Heidi lachte auf. Sie drehte sich immer wieder in die Richtung des Visitetrupps. Die anderen Ärzte und Pfleger der Visite tuschelten miteinander.

Milan blieben noch fünf Minuten, bis Wohlfarth die Station verlassen und Heidi in ihre Apotheke zurückkommen würde.

Der Medikamentenschrank strahlte ihn an. Die Türen waren leicht geöffnet und die bunten Schachteln lagen sortiert an ihren Plätzen. Da war Heidi genau.

Im obersten Regalfach lag das Tramadol. Das wollte er auf jeden Fall einpacken. Die rot-weißen Schachteln waren neben anderen in weiß-orange gestapelt. Das Ibuprofen darin war nur für leichte Schmerzen. Geschenkt.

Er wollte das harte Zeug. Der kleine Tritt neben dem Regal kratzte über den Boden, als er seinen Fuß daraufsetzte. Auch das noch. Das Geräusch war bestimmt bis auf den Flur zu hören. Wenn die ihn hier erwischen, war es aus. Kurz horchte er. Heidi lachte leise. Alles safe.

Er griff drei Schachteln mit Hartkapseln und zwei Fläschchen mit Tropfen. Sie wanderten in die Taschen seines grünen Kasaks. In seiner Arbeitskleidung war genug Platz für Medikamentenschachteln. Tramadol ging immer. Seine Kunden waren heiß auf das Zeug.

Er stieg vom Tritt und ging zum Stahlschrank auf der anderen Seite des Raums. Mit Heidis Schlüssel entriegelte er den Medikamentenschrank für die Betäubungsmittel. Hier lag alles für Patienten mit fortgeschrittenen Krebserkrankungen, starken Schmerzen oder für die Behandlung nach Operationen. Betäubungsmittel und Opiate, nur vom Feinsten. Das war noch besser als das Tramadol für seine Kunden.

Oder für eine richtig geile Nacht.

Die Menge der Fläschchen, Tropfen und Packungen konnte eine Kleinstadt in einen Rausch versetzen. Hoffentlich war auch wieder von dem Fentanyl genug da. In Form von Membranpflastern, Nasensprays oder Tabletten. Die Menge war nicht immer ausreichend im Schrank und wurde stark kontrolliert. Fentanyl war fünfzigmal stärker als Heroin und ein Hub des Nasensprays reichte, um im Tanzhaus West mit den Farben um die Sonne in seinem Kopf zu tanzen.

Da, es war tatsächlich vorrätig. Drei Packungen Fentanylspray mit 100mg griff er sich sofort.

Jackpot.

Milan suchte zwischen den Schachteln, bis er die mit den Matrixpflastern zwischen den Fingern hielt. Die Pflegerinnen trugen sogar Handschuhe beim Anbringen, damit sie nicht high wurden.

Durch die Jalousien hindurch checkte er kurz Heidi auf dem Flur. Sie unterhielt sich mit einer Krankenschwester.

Irgendwo musste noch das Ritalin sein. Er wühlte weit hinten im Regal. Verdammt, die Zeit wurde knapp. Ein Päckchen Ritalin rutschte ihm aus der Hand und fiel auf den Boden. Er stieg vom Tritt herunter und hob es auf. Jetzt war es auch genug.

„Eins mehr oder weniger", flüsterte er.

Jemand hustete hinter ihm.

Die rot lackierten Zehennägel vor ihm blinkten aus offenen Peeptoes. Definitiv kein Rouge Puissant. Die schlanken Beine steckten in einer dunkelblauen Hose. Weiße Bluse, klassisch geschnitten, sicher keine Discounterware. Eine Perlenkette hing in einem Ausschnitt auf gebräunter Haut.

Milan richtete sich auf. „Also, ich, also, ich wollte nur nach dem Sterilium schauen." Er hatte nicht mitbekommen, dass jemand in die Apotheke gekommen war. Die Frau musste sich reingeschlichen haben. Das war ihm noch nie passiert. Bisher war immer alles glatt gelaufen.

Die Frau schaute auf den Medikamentenschrank und auf seine Hände. Sie lächelte, doch ihr rechtes Augenlid zuckte. „Sterilium? Ah ja, ich wollte nach Station 6 fragen. Da habe ich mich wohl in der Tür geirrt. Entschuldigung. Wo ist denn das Stationszimmer? Das ist nicht die Station von Dr. Ariane Karstens?" Sie starrte auf seine Hände mit der Schachtel Ritalin.

Er legte die Schachtel wieder zurück in den Schrank. Die Frau war nur zufällig in den falschen Raum geraten. Er lächelte. „Nein. Also ... das ist doch kein Problem. Wo wollten Sie hin? Zu Frau Dr. Karstens?"

„Ganz genau. Auf die Station 6, Neurologie." Sie fuhr sich durch die Haare.

„Die ist eine Etage weiter unten, also im 6. Stock." Milan zog die Türen des Schrankes zu.

„Danke. Viel Erfolg noch bei der Suche nach dem Sterilium. Auf Wiedersehen." Ihr Gesicht war erstaunlich glatt. Gute Gene oder viel Wasser. Vielleicht war sie eine Pharmavertreterin oder vom Qualitätsmanagement. Die kontrollierten immer wieder die Abläufe und Zahlen in den Kliniken.

Die Frau mit der Perlenkette drehte sich um, trat in den Flur und schloss leise die Tür. Von außen schaute sie durch einen Spalt in der Jalousie. Ihre Blicke trafen sich. Sie schüttelte leicht den Kopf.

Ihre Absätze klackten auf dem Flur. Eine Pause. Der Griff einer Tür quietschte, Momente später fiel sie schwer ins Schloss. Das war die Tür zum Treppenhaus.

Knapper ging es nicht. Und er hatte sich bescheuert angestellt. Die Frau hatte nicht so gewirkt, als habe sie seine Erklärung mit dem Sterilium geglaubt. Eher belustigt. Aber sie kannte sich hier nicht aus. Sie hatte nicht kapiert, was er wirklich in der Apotheke gemacht hatte. Zum Glück konnte sie nicht in seine Kasaktaschen hineinsehen. Viel schlimmer, wenn Heidi jetzt aufkreuzen würde. Das wäre der Super-GAU.

Die Visite zog draußen im Flur an der Apothekenjalousie vorbei. Milan lehnte sich an die Wand. Die Luft war trocken und wenn er auch noch anfangen musste zu husten, konnte er gleich selbst die Polizei anrufen. Er musste raus hier. Heidi folgte der Karawane, sie humpelte schon leicht in den schicken High Heels. Er hatte alles, was er wollte, schloss den Medikamentenschrank wieder ab und legte den Pilz-Schlüsselbund zurück neben die Computertastatur. Leise zog er die Tür hinter sich zu und ging von der Apotheke in Richtung des Fahrstuhls. Nur schnell weg.

„Milan!"

Mist. Aus und vorbei. Er drehte sich um. Heidi lief auf ihn zu. Sie humpelte stärker und deutete auf ihren rechten Fuß.

„Hallo, Milan. Mein Fuß. Er tut schon wieder so weh. Diese Schuhe bringen mich um. Ich und meine hohen Absätze. Hast du später Zeit für mich?"

„Wieder mal am Donnerstag. Ein Tape? Alles außer Beige."
Er grinste sie an. „Für dich doch immer."
„Wäre großartig. Du rettest mich und meine Füße. Ich schlüpfe wieder in meine flachen Schuhe." Heidi suchte ihren Schlüssel und drückte schließlich die Türklinke zur Apotheke herunter. „Da ist ja offen. Irgendwann vergesse ich noch mal meinen Kopf."

„Ich bin kurz noch auf der 6." Milan hoffte, sie würde weiterhin die Alte bleiben und die Tür nicht abschließen. „Komm einfach später hoch in den Therapieraum. Tape habe ich genug da. In allen Farben."

Sie hob ihre Kaffeetasse zum Gruß. „Du hast was gut bei mir. Essen in der Kantine geht auf mich." *Drogenkurier* war wirklich passend.

„Mit Nachtisch? Heute gibt es Tiramisu." Das war noch einmal gut gegangen.

„Klar, auch mit Tiramisu. Bis später."

Milan lächelte Heidi zu. Sie nippte versonnen an ihrer Tasse und dachte wahrscheinlich an Wohlfarth.

Kapitel 2

Potsdam 2005, Am Bassinplatz, Freitagabend
Leo tritt ins Licht. Er geht die Stufen der Französischen Kirche hinab, die Sonne blendet ihn. Die Bäume rauschen. Vom Bassinplatz her weht die Musik eines Geigenspielers.

Ein kühler Wind kommt auf, als die Kirchturmuhr fünf Uhr schlägt. Es ist Zeit. Wolken verdecken die Sonne.

Die Kirchentür hinter ihm fällt schwer ins Schloss. Leo dreht sich um.

„Ich habe dir vertraut. Das war ein Fehler. Und jetzt?"

Er presst die Lippen aufeinander. Mit seinen Turnschuhen scharrt er im staubigen Boden. Ein weißer Schnürsenkel ist offen und hat das schmutzige Grau des Kiesbelages angenommen. Leo bückt sich, um ihn zu binden.

Er wurde erwischt.
Um fünf will er sich mit Milan an ihrer Bank vor der Eisdiele treffen.
Er muss los.
Da wird sein T-Shirt nass. Vom Nacken rinnt etwas zäh den Rücken entlang. Tankstellengeruch schießt ihm in die Nase. Wie Benzin. Hinter ihm raschelt es. Ein Streichholz ratscht über die Schachtel.
Es knistert.
Vorhin hatte er in der Handtasche gewühlt. Zigaretten, Brennspiritus, Streichhölzer lagen darin. Und eine Pistole. Er wendet sich nach oben um, ein brennendes Streichholz fliegt direkt auf ihn zu.
Es wurde keine Zigarette angezündet.
Alles ist nass vom Benzin. Auf seinem T-Shirt ist Benzin und in seinen Haaren. Überall züngelt es. Er beginnt zu brennen.
In der Ferne bremst kreischend die Straßenbahn.
Überall ist die Hitze. Sie zerrt an seinen Haaren. Kriecht mit der Tankstelle in seine Nase. Er muss unbedingt aufstehen und losrennen. Dieses Feuer muss ausgehen.
„Spinnst du? Was machst du denn da?" Er fasst sich an den Hals und reißt an seinen Haaren. Er wirft sich auf den Kies und rollt sich herum.
Die Flammen klettern weiter über sein T-Shirt. Sie gehen nicht aus und spinnen ihn ein. Wie in einen heißen Kokon, der immer enger und ihn verschlingen wird. „Scheiße, jetzt hilf mir. Was soll denn das? Hilf mir doch!"
„Doch weh! Die Flamme fasst das Kleid." Die Stimme über ihm ist weich, sie klingt belustigt. Dann weicht sie zurück, weg von der Kirche.
„Hilfe!" Die Hitze hat seinen Rücken erreicht. Er wälzt sich im Kies. Kleine Steinchen glühen in seiner Haut. „Hilfe! Hilf mir doch." Milan wartet doch auf ihn.
Vom Bassinplatz her spielt immer noch die Geige. Leo schreit, und das Stakkato der Melodie bricht ab.

Die Straßenbahn fährt an ihm vorbei zum Zentrum des Platzes. Leo rappelt sich auf, läuft brennend los. Er rennt. Er muss vor der Bahn da sein.

Er muss zu Milan. Er muss ihm alles erzählen. Von der Pistole, von dem Streichholz, dem Benzin.

Leo rennt. Die Melodie begleitet die Bahn. Leo rennt schneller. Die Flammen schlingen sich um seine Hüfte, seine Oberschenkel. Es ist so heiß. Die Geige spielt schneller, die Bahn rast.

Leo rennt. „Helft mir! Hilfe." Leo brennt.

Er stolpert. Überall sind Menschen, Augen, Nasen und Münder. Er hört Schreie. Es ist überall in ihm. Er muss Milan finden.

Es ist ihre Bank. Jemand sitzt darauf. Leo rennt auf ihn zu. Alle weichen vor ihm zurück. Es ist so heiß.

„Milan?" Die Flammen ketten sich um seine Füße, die Turnschuhe sind rot, wie das Feuer. Alles fährt aus ihm heraus.

Leo steht in der Mitte des Bassinplatzes. Alles dreht sich. Er bricht zusammen, er fällt auf die glühenden Schienen.

Flammen in den Augen von Milan. Sein Bruder.

Er selbst ist erfüllt von Licht.

„Leo! Helft ihm doch. Leo! Nein."

Milan greift nach ihm, und Leo greift nach Milans Arm.

Die Bremsen der Bahn. Er steckt zwischen ihnen fest.

Das Licht in ihm erstrahlt, die Schienen explodieren unter ihm.

Leos Lippen öffnen sich.

*

Notarzteinsatzprotokoll 15.07.2005, 19.45 Uhr
Einsatzort: Charlottenstraße/-am Bassin Potsdam
Transportziel: Klinikum Ernst von Bergmann GmbH
Rettungsassistent: Kilian Stürmer
Notarzt: Dr. Murat Yildirim
Alarm: 19.20 Uhr
Ankunft: 19.25 Uhr
Abfahrt: 19.40 Uhr
Übergabe: 19.45 Uhr
Geschlecht: männlich

Geburtsjahr: unbekannt, jugendlich zwischen 14 und 16 Jahre
Notfallgeschehen: anonymer Anruf um 19.20 Uhr auf der Rettungsleitstelle Nordwest. Brennende Person rennt durch die Straßen Richtung Holländisches Viertel.
Erstbefund: Augen öffnen nach Aufforderung, inadäquate verbale Äußerungen, Beugeabwehr, getrübtes Bewusstsein, nicht beurteilbare Pupillenweite, Blutdruck 70/60, Puls: 140, Atemfrequenz: 20, manifester Schock, im EKG absolute Arrhythmie.
Erstdiagnose: Schwere Brandverletzung.
Verletzungen: Multiple Verbrennungen im Gesicht, Schädel, Thorax, Abdomen und der oberen Extremitäten 2. bis 3. Grades, gesamt über 25 % der Körperoberfläche.
Verlaufsbeschreibung: Akutversorgung, Volumensubstitution mit Ringer-Acetat, Intubation und Reanimation durch den Notarzt.
Verlegung in Klinikum Ernst von Bergmann GmbH.
Übernahme Notaufnahme 19.45 Uhr

*

Notiz in der Krankenakte:
Einlieferung eines bewusstlosen, intubierten, männlichen Jugendlichen zwischen vierzehn und sechzehn Jahren durch den Rettungsdienst, akute Lebensgefahr. Verlegung auf die Intensivstation, keine Begleitpersonen. Identität ungeklärt. Polizei bereits an der Unfallstelle anwesend.
Nach Rücksprache mit dem Zentrum für Schwerstbrandverletzte am Unfallkrankenhaus Berlin, Verlegung mit dem Helikopter in die intensivmedizinische Betreuung durch das UKB. Patient stabil.

*

Zentrum für Schwerstbrandverletzte am Unfallkrankenhaus Berlin
21.15 Uhr: Übernahme nach erneuter Reanimation während des Helikopterfluges aus Klinikum Ernst von Bergmann GmbH.
21.25 Uhr: Patient kurzfristig bei Bewusstsein, Versuch der Kontaktaufnahme: Oona, Laaan und Schreien als verbale Äußerungen des Patienten.
21.40 Uhr: Patient krampft. Information an Intensivmediziner, Einleitung Langzeitnarkose.
21.58 Uhr: Vitalparameter sinken, Verbrennungsschock, multiples Organversagen.
22.10 Uhr: mehrfache Reanimation. EEG wird angelegt.
22.40 Uhr: EEG zeigt keine Hirnaktivität mehr. Patient wird für tot erklärt. Vorbereitung zur Organentnahme. Identitätsprüfung.

Kapitel 3

Uniklinik Frankfurt/Main, Station 6
Die rechte Rollstuhlbremse blockierte. Milan rastete sie mit einem Ruck ein. In seiner Hosentasche drückte die Packung mit dem Fentanylspray. Er hatte sie vergessen, als er den Rest aus der Apotheke in den Innentaschen seiner schwarzen Lederjacke im Spind verstaut hatte. Sobald er mit der Behandlung von Patricia fertig wäre, würde er das Fentanyl dort auch einschließen.

„Das fängt ja gut an mit dem Rolli", sagte er zu Patricia, die noch in ihrem Bett lag und ihn beobachtete. „Wird Zeit, dass der Rehatechniker nochmal reinkommt. Mit so 'ner klemmenden Bremse in die Reha geht gar nicht."

Auf dem Tisch in Patricias Einzelzimmer lagen heute Erdbeeren und Mango in einer weißen Obstschale aus Porzellan. Für Privatpatienten wurde hier einiges geboten. Die Loungemöbel in creme waren mit maritimen Kissen dekoriert. Das Bild darüber nahm diese Farben auf. Milan hatte es schon oft angesehen, die Kunstdrucke von Edward Hopper gefielen ihm. Sie hingen in allen Privatzimmern auf der Station. Auf diesem Bild sah man von der weißen Wand durch ein raumhohes Fenster zum Meer hinaus. Der weite Horizont lud ein, ins Licht zu schauen und aus dem Schatten zu treten. Wenn man sich traute.

„Meinst du, ich kann bald mit dem Rollstuhl fahren?" Patricia drehte sich auf die Seite und stützte sich mit viel Kraft auf ihren Ellenbogen. „Ich soll da hinein? Raus aus dem Bett?"

Milan nickte ihr zu. „Hatte ich für uns als Ziel gesetzt für heute? Bist du einverstanden?"

Patricia drückte sich höher auf die Hände, ohne ihm zu antworten. Vielleicht war sie zu angestrengt.

Auf ihrem Kopf war heute das Pflaster entfernt worden. Gestern hatte er die Narbe noch nicht sehen können. Rot schlängelte sie sich neben den Kleberesten vorbei über Patricias Ohrmuschel. Die ersten Stoppeln ihrer roten Haare sprossen bereits wieder auf dem kahlen Kopf.

An die Scheibe des Patientenzimmers prasselte ein Regenschauer. Heute wechselte das Wetter seine Stimmung, wie seine eigene. Im Hintergrund strahlte schon wieder die Sonne.

„Heilt echt gut ab deine Narbe." Er deutete auf ihren Hinterkopf. „Darf ich mal fühlen?"

Patricia berührte ihre Ohrmuschel. „Klar. Die spannt aber noch total." Sie schaute zur Zimmerdecke. „Ich habe vorhin mal ein Selfie gemacht, aber ich sehe noch ziemlich fertig aus. Wie so ein Skinhead. Das dauert bestimmt Jahre, bis meine Haare wieder wie vor der OP gewachsen sind."

Milan strich leicht über die Narbe auf ihrem Kopf. „Die sieht schon gut aus. Ein wenig Narbensalbe einmassieren, dann wird sie schön glatt."

Patricia griff nach einem Lippenstift von ihrem Nachttisch. „Schau mal." Sie zeigte auf ihren Mund. „Meine Hand zittert und wenn ich mich so schminke, sehe ich aus wie der Joker." Patricia legte den Lippenstift wieder zurück. „Das lasse ich wohl besser." Sie fuhr sich mit der Hand über ihren Kopf. „Glatze und ungeschminkt. Aber was soll's." Sie zuckte mit den Schultern und schaute ihn an. „So, ich bin bereit. Was hast du mit mir vor? Soll ich da rein?"

„Ganz genau." Milan zog den Rollstuhl näher heran. „Und gut, dass du dich schon aufgesetzt hast. Ich zeig dir jetzt, wie du da hineinkommst. Dort schminkt es sich auch besser als auf dem Bettrand. Da sitzt du zu weich. Und im Notfall ziehe ich dir den Lippenstift nach. Tolle Farbe, steht dir."

Sie lächelte.

Auf dem Nachttisch lag neben einer Frankfurter Rundschau eine Tüte mit gebrannten Mandeln. Neben der Tüte zeigte ein gerahmtes Foto Patricia mit roten Locken, auf denen eine große Sonnenbrille steckte. Sie trug ein buntes Batikhängerchen und ihre vielen Sommersprossen zeigten sich nicht nur auf ihrem Gesicht, sondern bedeckten auch ihre Schultern. Sie war eine andere Frau auf dem Foto. Neben ihr standen zwei Jungs in grellen Badeshorts, die sich im Arm hielten. Der Größere mit einem Surfboard im Arm auf dem der Schriftzug Buster leuchtete. Die Brüder hatten auch rote Haare und genauso viele Sommersprossen wie Patricia. Ihr Mann Robert, den Milan schon kennengelernt hatte, hielt ein Mädchen im Arm. Es lachte mit ihrem Vater um die Wette.

Milan hätte das Foto gern in die Hand genommen und darübergestrichen, um dieses Glück zu fühlen. Im Hintergrund leuchteten Sand und Meer. Lauter fröhliche Gesichter auf dem Urlaubsfoto. Vielleicht würde er sich nachher ein paar der Kapseln einwerfen, die im Spind auf ihn warteten.

„Das Bild habe ich ja noch gar nicht gesehen", sagte er. Patricia hatte vieles richtig gemacht. Sie hatte eine Familie und einen Platz, an dem auf sie gewartet wurde. „Wie heißen deine Kinder? Die Jungs sehen aus wie du."

„Hat mir mein Mann gestern vorbeigebracht. Das war im letzten Urlaub auf Fuerteventura. Bevor ich daheim aus der Dachluke gefallen bin. Die drei heißen Charlotte, Luis und Marlon."

„Tolle Namen." Er schluckte. Luis und Marlon. Wie Leo und Milan. „Wie alt sind die drei denn?"

„Luis ist vierzehn, Marlon zwölf und Charlotte fünf. Die beiden Jungs kleben immer zusammen. Charlotte ist sehr eifersüchtig." Sie nahm das Bild auf ihren Schoß und strich darüber. „Aber das wird wieder."

Vor einer Woche hatte Patricia nach der mehrstündigen Operation, die ihre Hirnblutung stoppte, noch in einem Bett auf der Intensivstation gelegen. Mit Schläuchen verkabelt und Maschinen, die ständig piepsten. *Patientin, 36 Jahre, Zustand nach Schädelhirntrauma, Unfall im Haushalt.* Ihre flackernden Augenlider, als das Fieber gestiegen war, sein erster Kontakt zu Patricia. Milan war von ihren Fortschritten begeistert. So schnell hatte keiner seiner Patienten die Intensivstation verlassen. Auch hier auf der neurologischen Station wurde sie mit jedem Tag selbstständiger.

„Die Sonne kommt raus. Das wird jetzt ein schöner Blick auf den Main. Ich brauche nur noch dich. Der Rollstuhl ist bereit. Ich bin bereit. Bist du es auch? Danach gibt es Frankfurter Schnitzel mit Kartoffeln."

Patricia richtete sich langsam auf und stellte den Bilderrahmen neben die Tüte mit den Mandeln. Ihr weites Shirt trug den Schriftzug *Endless Summer*. Darunter zeichneten sich ihre Schlüsselbeine ab. Unter einem durchsichtigen Pflaster waren drei Schläuche sichtbar. „Wann kommt dieser zentrale Venenkatheter ab?" Sie zeigte auf das Pflaster. „Das drückt so."

Milan entwirrte die Schläuche und entlastete den Zug auf das Pflaster „Sobald die Infusionen nicht mehr nötig sind. Bestimmt in den nächsten Tagen.".

Patricia griff zum Seitenteil des Rollstuhls. Sie versuchte den Rumpf nach vorne zu beugen, aber die Entfernung vom Bett war noch zu groß. „Meinst du, ich schaffe das schon?"

Milan zog den Rollstuhl näher heran. „Wir versuchen es. Ich bin bei dir und an der Bettkante sitzt du ja." Er beugte sich zu ihr. „Sind das Vanillemandeln?" Er deutete auf die Tüte. „Das riecht ja genial."

„Greif zu. Die schmecken auch genial." Sie kratzte sich wieder am Kopf. „Diese Narbe juckt vielleicht. Da sind überall noch Klebereste dran."

„Dann heilt es. So, leg deine Hände auf meine Schultern. Ich helfe dir dann mit dem Becken. Gut festhalten und gemeinsam setzen wir dich in den Rollstuhl."

Patricia hob den Kopf. „Jetzt?"

„Los geht's." Er schob seine Hände unter ihren Po und hob sie etwas an.

„Mir ist schwindelig. Ich kann nicht." Sie sackte zusammen und ihre Hände griffen zur Matratze.

Er hatte sie überschätzt. „Leg dich nochmal kurz hin. Wir waren zu schnell. Mein Fehler." Natürlich musste er in ihrer Situation besser auf den Kreislauf achten. Wenn er, statt auf die Mandeln zu schauen und an das Päckchen in seiner Tasche zu denken, in ihr Gesicht gesehen hätte, wäre ihm das blasse Mund-Nasen-Dreieck aufgefallen. Das vergaß er doch sonst nie. Er umfasste ihre beiden Schultern und half ihr, sich auf den Rücken zu legen. „Zwei Mandeln für den Kreislauf?" Die Tüte war noch fast voll.

„Gern auch drei." Patricia streckte die Hand aus. „Greif ruhig auch zu. Sind von der Nacht der Museen. Dieses Mal muss sie leider ohne mich stattfinden." Sie machte eine kurze Pause und schloss die Augen. „Warst du da?"

„Nein, das ist mir zu voll." Er legte Patricia drei Mandeln in die Hand und steckte sich selbst zwei in den Mund. „Aber, die sind ja sogar mit Nutella-Geschmack, wie lecker. Genau richtig für mich."

Patricia öffnete ihre Augen und lächelte. „Das ist auch meine absolute Lieblingssorte."

Milan kaute und steckte sich noch eine Mandel in den Mund. „Die sind einfach zu gut. Ich habe zwar eine Museumsuferkarte, aber ich gehe lieber zu den regulären Zeiten hin." Er zeigte auf das Bild über der Sitzgruppe. „Eine Ausstellung von Edward Hopper wäre was für mich. Der ist großartig. Wie das Bild über deinem Sofa. Sein Zimmer am Meer."

Patricia folgte seinem Blick und begann sich aufzusetzen. Das Mund-Nasen-Dreieck war nicht mehr zu sehen.

„Ich muss dir mal noch ein anderes zeigen." Milan griff nach seinem Handy in der Tasche und zog stattdessen die Flasche mit dem Fentanylspray hervor. Shit, das fehlte noch. Er schob sie schnell wieder zurück. Es reichte ja, dass ihn die Frau in der Apotheke beinahe erwischt hätte.

Patricia hielt die Tüte mit den Mandeln und starrte auf die Braunüle an ihrem Handrücken. „Und wann kommt dieses Ding aus meiner Hand? Ich bleibe so oft damit hängen."

„Frag Dr. Karstens bei der Visite. Du bist die Braunüle bestimmt bald los." Er hielt ihr das Display seines Handys hin. „Was ich dir zeigen wollte. Ein anderes Bild von Hopper. Ist es nicht klasse?"

Patricia betrachtete sein Handydisplay. „Das Zimmer am Meer gefällt mir besser. Da sehe ich Licht. Auf deinem Handybild sitzen die Menschen so einsam und leer an der Bar."

Auf dem Bild hielt ein Mann an der Bar die Hand einer Frau in einem roten Kleid. Einsam wirkte das nicht auf ihn. Milan würde die Hand einer Frau gerne so halten. Auch in solch einer Bar wie auf dem Bild. Mit dem richtigen Drink und der richtigen Frau. Vielleicht bei einem seiner nächsten Dates. Irgendwann musste doch eine dabei sein, die ihm gefiel.

„Geht es dir wieder besser? Wie sieht es aus mit einem zweiten Versuch? Oder brauchst du noch eine Mandel oder einen

Schluck Wasser? Die Technik beim Übersetzen ist leicht. Wir nehmen dieses Mal das Rutschbrett dazu." Er legte eine Seite des Rutschbrettes an die Bettkante, die andere auf die Sitzfläche des Rollstuhls. „Ich wollte vielleicht etwas zu viel. Nur ein wenig den Po hoch und dann ziehst du dich rüber. Ich bin bei dir." Er griff nach ihren Oberarmen und führte ihre Hände zu den Seitenteilen des Rollstuhls. Schnell fegte er noch ein paar Mandelkrümel vom Sitzkissen. „Stell deine Füße gut auf den Boden auf, dann hast du mehr Halt. Ich greife an deinen Po und dann auf drei, okay? Eins. Zwei. Drei."

Sie schwang sich in den Rollstuhl. „Hey. Das war leicht." Sie legte die Hände auf ihre Oberschenkel und trommelte mit ihren Fingerspitzen. „Ich sitze." Patricia fixierte Milan. „Und jetzt will ich ans Fenster." So stellte er sich Patricia vor, wenn sie ihre Kinder anspornte, die Füße beim Schaukeln nach vorne und hinten zu bewegen oder wenn sie das Surfboard ihres Sohnes ausprobieren wollte. Sie lehnte sich an die Rückenstütze des Rollstuhls und nickte ihm zu.

„Leg deine Hände an die Reifen und roll dich vor."

Patricias Lächeln verschwand. „Keine Chance. Die Bremsen sind wie festbetoniert."

Milan löste die Bremsen des Rollstuhls. „Die sind aber auch wirklich zu fest eingestellt. Jetzt müsste es funktionieren."

Sie bewegte den Rollstuhl wenige Zentimeter. „Ich hab ja gar keine Kraft mehr in den Armen. Das ist sowas von anstrengend. Wie meine eigene Oma."

„Das ist normal. Aber nächstes Jahr läufst du den Ironman am Mainufer mit."

„Also, ihr Physios setzt auch immer noch einen drauf."

„Mindestens einen. Früher hat man zur Physiotherapie auch Krankengymnastik gesagt, kurz KG, kalt und grausam. Schieb noch ein wenig den Reifen an, vorne ist das Fenster zum Main."

„Und da gibt es keine freundlichere Beschreibung für die KG? Das kann doch nicht sein." Sie lachte wieder.

„Ich kippe das Fenster mal und lasse etwas Sauerstoff rein. Der Regen hat aufgehört." Milan stützte Patricia. Sie richtete sich an der Fensterbank auf und stand mit zitternden Beinen vor ihrem Rollstuhl. „Ich sehe die Commerzbank. Die Schiffe auf dem Main. Fantastisch." Sie wankte und stützte sich an seiner Schulter ab.

Milan half ihr zurück in den Rollstuhl.

„Ich schwanke ja mehr als jedes Schiff auf dem Main. Aber jetzt bin ich bereit fürs Frankfurter Veggie-Schnitzel. Mein ganzer Körper zittert, da kann ich bestimmt gut essen." Patricia grinste. „Danke."

„Hey, das Schnitzel hast du dir mehr als verdient. Und erst das Tiramisu."

Vor der Tür polterte etwas und Milan wandte sich um. Der Türgriff bewegte sich und langsam öffnete sich die Tür. Es war Ariane, die Stationsärztin. Wie immer trug sie weiße Turnschuhe und weiße Jeans. Ariane hatte den Arztkittel geöffnet, der unterste Knopf hing an seinem letzten Faden. So typisch. Ihr Stethoskop pendelte um ihren Hals. Sie legte den Zeigefinger an ihre Lippen und zog eine zweite Frau in den Raum.

Patricia hatte noch nichts bemerkt. Die andere Frau trug ein blaues Kostüm mit Perlenkette.

Die Station 6 ist im sechsten Stockwerk. Sie haben sich in der Etage geirrt.

Shit, die Frau aus der Apotheke. So nah, wie sie neben Ariane stand, kannten die sich.

Die Frau schien kurz irritiert, als sie Milans Blick traf, dann wurden ihre Gesichtszüge weich.

„Patricia, Herzchen", sagte sie leise.

Sie kannte Patricia sogar beim Vornamen.

„Mama!" Patricia drehte sich viel zu schnell im Rollstuhl um.

Ariane legte einen Arm um die Schulter der Besucherin. Sie lächelten sich an, wie gute Freundinnen. „Hey ihr beiden. Super, weiter so."

Mama, auch das noch. Die Frau neben Ariane wusste Bescheid. Ihr rechtes Augenlid zuckte und sie starrte auf seine Hände. Milan legte die Hand über seine Hosentasche, um die Beule mit der Packung zu verstecken. Die Frau folgte seiner Bewegung. Fuck.

„Mama, wie schön, dass du da bist." Patricia hatte eine andere Stimme. Wie ein Kind.

Patricias Mutter begann zu lächeln und lief an Milan vorbei zu ihrer Tochter. Er näherte sich der Tür. Schritt für Schritt. Mit einer kleinen Ausrede könnte er rasch das Zimmer verlassen. Er hatte viel zu tun. So in etwa.

Patricia nahm ihre Hände von den Reifen. Ihre Mutter umarmte sie. „Die vielen Schläuche an deinem Körper." Sie streichelte Patricia über den Kopf. „Ach, meine Süße. Ich bin so froh, dich zu sehen."

Patricia zog die Nase hoch. „Ich habe eben das erste Mal gestanden."

Die Reifen des Rollstuhls hatten Spuren auf dem Linoleumboden hinterlassen. Wenn Milan jetzt einen Wischmob hätte, würde er für Ordnung sorgen.

„Spitzenteam ihr zwei. Steigenburger. Dr. Steigenburger." Sie nickte ihm kurz zu.

Jetzt verstand er. Die Wahlplakate mit ihrem Gesicht hingen in der ganzen Stadt. Das war Dr. Doris Steigenburger. Sie hatte sich bei der ersten Wahl für das Amt der Oberbürgermeisterin von Frankfurt gut geschlagen. Nun trat sie in der Stichwahl an. Und auf dem Schreibtisch ihres Mannes stand ebenfalls ein Bild von Steigenburger. Darauf trug sie die Haare noch lang. Etwas von dem, was sie da in der Apotheke gesehen hatte, war auch für ihren Mann Günther.

„Milan Dorn. Freut mich." Er streckte ihr seine Hand hin.

Sie ignorierte seine Hand und sprach weiter mit Patricia. „Ich bin so froh, dass ich endlich bei dir sein kann." Doris Steigenburger setzte sich auf die Bettkante und küsste Patricia auf die Stirn. „Ich habe keinen früheren Flug bekommen. Los Angeles war überbucht und ich musste einen Zwischenstopp in Seattle einlegen. Aber dich schon so zu sehen. Das ist ein tolles Gefühl. Schafft Robert das mit den drei Kindern?" Sie drehte sich zu Milan um. „Werden Sie meine Tochter weiterhin betreuen?"

Milan stellte die Bremse des Rollstuhls fest. Ihre Stimme klang neutral. Ganz Politikerin. „Ja, wir werden auf jeden Fall weiter miteinander arbeiten, bis Patricia in die Reha kommt." Er drehte sich zu Ariane um. „Der Rehatechniker muss echt an der Bremse arbeiten. Die klemmt dauernd."

Ariane betätigte die Bremse und nickte. „Ich rufe Herrn Schneider vom Rehateam gleich an." Sie wandte sich an Patricia. „Und Patricia, weiter so. Das ist großartig. Wir reden nochmal, wann und wohin du in die Rehaklinik verlegt werden kannst."

„Komm doch mit in die Reha?" Patricia lächelte Milan an. „Du hast mir bisher echt viel geholfen. Danke."

Es summte, und Ariane griff nach ihrem Pager. „Komm Milan, wir lassen die beiden mal allein. Teamgespräch im Stationszimmer. Doris, treffen wir uns heute Abend auf ein Glas Wein?"

Doris Steigenburger richtete ihre Perlenkette. „Gern. Ich packe meine Koffer noch aus. Ich schreibe dir später, ja?"

Milan räusperte sich und trat an die Rückenlehne des Rollstuhls. Wieder zuckte Steigenburgers Augenlid. „Ich schaue später auch nochmal bei dir rein. Toll, wie du gestanden hast. Bleib noch etwas im Rolli, ich helfe dir dann zurück. Sind dreißig Minuten okay?"

Patricia drehte sich zu ihm um und griff nach seiner Hand „Passt. Super. Und vielen Dank für deine Hilfe. Und es heißt kompetent und geduldig. KG, du weißt schon."

Er berührte leicht ihre Schulter. „Muss ich mir merken. Klingt gut. Ich freue mich über deinen Fortschritt. Du schaffst das."

Doris Steigenburger stellte sich neben Patricia und umfasste mit beiden Händen die Schiebegriffe des Rollstuhls. Dabei drängte sie sich so nah, dass Milan einen Schritt zur Seite machen musste. „So, jetzt musst du mir erzählen, wie es dir geht. Was machst du nur für Sachen, mein Herzchen." Sie wandte sich Milan zu. „Danke, Herr Dorn, für Ihre Hilfe und entschuldigen Sie die Störung in der Apotheke."

Milan zwang sich, nicht wieder die Hand auf die Hosentasche zu legen und rang sich ein Lächeln ab.

Kapitel 4

Frankfurt-Nordend
Auf dem Friedberger Platz, der auf der anderen Straßenseite lag, war nicht viel los. Am blauen Kiosk standen zwei Frauen an und ein gutaussehender Mann im Anzug, der vor einem Stehtisch in ihre Richtung winkte.

Brigitte hätte beinahe zurückgewunken. Sie brauchte noch ein paar Zigaretten. Die würde sie sich dort holen. Christians Locken und seine geschwungenen Lippen gefielen ihr auf seinem Profilbild. Bestimmt war er einige Jahre jünger, vielleicht zehn. Mindestens. Die waren wenigstens nicht so kompliziert und im Bett hatten sie auch noch etwas zu bieten. Sie steckte das Handy in ihre Hosentasche. Wenn er nur annähernd so aussah wie auf dem Foto. Hoffentlich roch er gut. Dann wäre sie schnell zu allem bereit. Vor dem Harveys war sie in ein paar Minuten hoffentlich schlauer. Wie immer war sie viel zu früh. Bereit für Mr. Right.

Auf der gegenüberliegenden Fußgängerampel leuchtete ein Ampelmännchen in grün. Die Menschen vor Brigitte überquerten die Straße zur anderen Seite in Richtung Friedberger Platz. Auf der großen Standuhr war es 15.50 Uhr, noch zehn Minuten Zeit.

Zwei Schulmädchen hielten sich an der Hand und rannten los. Die Turnbeutel an ihren Schulranzen wippten dabei wie ihre Zöpfe nach rechts und links.

Die alte Frau vor Brigitte stand von ihrem Rollator auf. Das Haarnetz über ihrer Dauerwelle war fast unsichtbar. Mit einem Klack löste sie die Bremsen und schob mit den Pfandflaschen im Korb los. Rotbäckchen und drei Flaschen Piccolo lagen darin. Dass die ihr jetzt bloß nicht über die Krokostiefeletten fuhr. Sie umrundete den Anzugträger neben Brigitte, der seine braune Krawatte löste und zu ihr aufschaute. Seine Wimpern waren dicht und lang. Ein schöner Mann.

Brigitte schaute nach vorne. Mit ihren hohen Absätzen trat sie vom Bordstein auf die Straße. Die hochgeschlossene Bluse saß perfekt. Sie musste heute nicht gleich mit der Kirche ins Dorf fallen.

Neben ihr bewegten sich die Scheibenwischer eines roten Golfs mit Frankfurter Kennzeichen. Brigitte zog sich die Sonnenbrille aus dem Haar. Der Fahrer hielt sein Handy an die Frontscheibe und machte anscheinend Aufnahmen damit. Die beiden Stoffwürfel am Rückspiegel pendelten, als er dagegen stieß. Zweimal die Sechs. Pasch.

Als hätte er noch nie eine zwei Meter Frau gesehen. Knipste er halt mit seinem Handy. Hinter ihrer Sonnenbrille war sie sicher. Und an die vielen Blicke und Kommentare hatte sie sich mittlerweile gewöhnt. Sie schaute auf das Display ihres Handys und öffnete SHe. Christian war einfach zu süß. Mit dieser neuen App hatte sie bisher zwei Dates getroffen. Er wäre heute das Dritte. Einer ihrer früheren analogen Lover, Panaoitis, hatte einmal zu ihr gesagt: Die drei gefährlichsten Dinge im Leben sind Feuer, Frauen und das Meer. Sie hatten sich auf Mykonos kennengelernt und sie hatte sich bei ihm wirklich als Frau gefühlt. Ihm hatte der Unterschied gar nichts ausgemacht. Panaoitis hatte die gleichen Locken. Sie hatten an ihrem Hals gekitzelt beim Lagerfeuer am Meer. Wieder ganz Frau sein. Mit dem richtigen Mann.

Christian hatte ihr eine Nachricht geschickt. Vor vier Minuten: Großer Baum vorm Harveys, freu mich. Auch seine kräftigen Brustmuskeln zeichneten sich unter einem royalblauen Poloshirt mit Kronensymbol ab. Sie hatte tatsächlich royalblau gedacht. Ihr Prinz Christian von Frankfurt. Er wohnte im Nordend, nicht weit vom Friedberger Platz entfernt. Das war fußläufig. Über die Sonnenbrille auf seinem Profilbild sah sie dabei hinweg. Wenn die Augen dahinter nur annähernd so süß waren wie seine Worte, dann verzieh sie Christian die Brille. Er musste sich nicht dahinter verstecken.

Sie tippte: Bin sehr gespannt und schon ganz aufgeregt. Freu mich auch. Sie schrieb Bijou Brigitte, löschte es wieder und steckte das Handy in die Hosentasche ihrer Jeans. Aber vielleicht war Christian bald ihr neuer Bijou, ihr Schatz. Sie schaute wieder nach vorne. Das kribbelte vielleicht. Sie grinste. Diese schönen Locken.

Die Ampel schaltete auf Rot und sie war erst in der Mitte der Straße.

Eine dünne Frau rannte an ihr mit einem Jungen im Buggy vorbei und lächelte ihr zu. „Wow, was für Beine. Dann mal schnell los damit."

„Danke. Jetzt müssen wir aber wirklich rüber." Sie winkte dem kleinen Jungen im Buggy hinterher.

Es hupte, Brigitte erreichte den Bürgersteig und die Autos fuhren los.

Vor dem blauen Kiosk am Friedberger Platz hatte der Anzugträger eine Bügelflasche Altenmünster geöffnet und stieß mit einem zweiten Anzugträger an. Sie hatten den gleichen Haarschnitt. In dem Aschenbecher, der auf einem Bistrotisch stand, glomm eine Zigarette. Der Rauch wehte zu ihr hinüber.

„Prost. Ihr trinkt kein Binding?" Sie lächelte ihnen zu und trat näher an den Kiosk. Eine Zigarette wäre nicht schlecht. Aber vor einem Date vielleicht keine gute Idee. Christian war bestimmt Nichtraucher.

Die Anzugträger hatten ihre Krawatten ausgezogen und die obersten Hemdsknöpfe geöffnet. Sie hoben die Flaschen an und nickten in ihre Richtung. „Schmeckt auch."

In den Papiertüten der beiden Schulmädchen vor ihr war kaum noch Platz. Der Kioskbesitzer legte noch einen grünen Frosch oben auf. In der großen Frontscheibe spiegelte sich der ungleiche Kragen ihrer schwarzen Bluse. Sie richtete ihn und sah die Blicke der Anzugträger in der Scheibe. Was für ein guter Tag heute.

Die beiden Schulmädchen kauten auf weißen Schaumgummimäusen. „Lasst sie euch schmecken", rief ihnen der Kioskbesitzer zu. Er hatte einen Kaffeefleck auf seinem karierten Hemd, schaute über die Mädchen hinweg zu Brigitte und lächelte ihr zu.

„Einen Frosch würde ich auch nehmen und eine Packung Marlboro Lights für acht Euro bitte." Sie griff nach dem Portemonnaie in ihrer Handtasche. Die Mädchen schoben sich an Brigitte vorbei. Die Zöpfe hätten ihr als Kind auch gefallen. Sie legte das Geld auf den Tresen. „Ach, und eine Tasse Kaffee, wenn Sie noch einen haben." Sie deutete auf einen Fleck auf seinem Karohemd.

„Oh, Mist. Eine riesige Kanne sogar. Selbst aufgebrüht. Mit Milch und Zucker?"

„Schwarz bitte."

Er schob ihr eine Tasse Kaffee durch das Kioskfenster zu und rubbelte mit einer Serviette über den Fleck. Den Gummifrosch steckte sie sich direkt in den Mund.

„Ich bringe die Tasse wieder zurück, besser als diese Wegwerfbecher." Brigitte drehte sich zu den beiden Männern um. Der Anzugträger mit den langen Wimpern blies den Rauch genau in ihre Richtung. Das war doch immer ihre Masche.

Auf eine Zigarette hätte sie richtig Lust, aber Rauchatem beim ersten Date wollte sie Christian nicht zumuten. Sie stellte die Kaffeetasse kurz auf dem Bistrotisch ab, löste die Klarsichtfolie der Zigarettenpackung und knüllte die Folie in den Aschenbecher.

„In meiner Moon-Bar gibt es nicht nur richtig gutes Bier, einen schönen Abend gibt es noch dazu. Vielleicht bis bald mal." Sie schob ihnen ein Streichholzpäckchen mit einem roten Mond und der Adresse ihrer Bar zu.

Der Mann blinzelte mit seinen langen Wimpern zurück. Okay, der war definitiv schwul und könnte ihr gefallen. Aber jetzt wollte sie erstmal Christian treffen und ihm eine Chance geben.

Neben dem großen Baum beim Harveys stand noch kein Christian. Bis auf ein paar Tauben niemand da und der Platz fast leer. Die Frau mit ihrem Rollator warf ein paar Brotstücke auf den Boden. Von überallher landeten jetzt Tauben vor ihr. Eine sogar auf ihrer Schulter. Sie flogen auf, als eine Joggerin mit großen Kopfhörern und Schäferhund sich auf eine Mauer setzte. Der Schäferhund setzte sich direkt hin und kackte. Sie bückte sich, um sein Geschäft mit einem Kotbeutel aufzuheben.

Morgen am Freitagabend wäre der Platz voll und sie hätte am Weinstand Rolanderhof ein Glas Rosé in der Hand. Ein Flirt war da immer drin. Auf der niedrigen Mauer neben der Standuhr saßen ein paar Leute und die Schulmädchen balancierten darauf. Sie hatten ihre Schulranzen ausgezogen und ihre Papiertüten daneben abgelegt.

Sie nahm einen Schluck Kaffee, wartete und verglich die Uhrzeit ihrer Armbanduhr mit der Standuhr am Rand des Platzes. Noch vier Minuten. Sie tippte: bin schon da, wie immer etwas zu früh. Wie blöd las sich das denn. Sie löschte den Satz wieder.

Er war gerade online. Sollte sich mal lieber beeilen.

Im Harveys würde sie sich den Salat mit Oktopus und Garnelen bestellen. Der war fast so gut wie ein Tag am Meer. Fehlte noch das Lagerfeuer.

Zwei Typen mit schwarzen Hoodies saßen auf der Mauer in der Nähe der Standuhr. Auf dem Plakat für Lufthansa wurden Flüge innerhalb Europas für neunundsiebzig Euro angeboten. Amsterdam wäre toll oder doch lieber Paris? In die Stadt der Liebe fliegen, mit einem neuen Lover, das wär's. Oder ans Meer. Nicht immer nur Frösche küssen, die keine Prinzen wurden.

Die Typen hatten ihre Kapuzen wohl in die Stirn gezogen. Zumindest wirkte das von hinten so. Bei dem schönen Wetter.

Brigitte strich ihre Bluse glatt. Der Kragen saß richtig.

Auf den Hoodies der Typen waren Runenzeichen gedruckt. Vor ihnen stand ein Mädchen in einem roten Shirt, auf dem eine schwarze Sonne prangte. Ihr Kopf war kurzrasiert und über ihren Schultern lagen zwei Fransenzöpfe. Das war doch keine Frisur.

Das Mädchen rülpste laut. Wie ordinär. Ihr Eisenamulett funkelte in der Sonne. Wenn man sonst nichts draufhatte.

Die Typen beklatschten den Rülpser. Das Mädchen mit den Fransenzöpfen verbeugte sich, grinste und schaute in Brigittes Richtung.

Von Brigitte bekam sie keinen Beifall. Kein Applaus für Scheiße.

Die Joggerin warf den Kotbeutel in einem Abfalleimer neben dem Trio ein.

Das Mädchen streichelte den Hund. Er schnüffelte an ihren Fransenzöpfen. Sie stand auf, schlug sich erneut auf das Brustbein und stoppte. Die schaute aber komisch zu ihr herüber. Ja, ich sehe etwas anders aus, aber das ist noch lange kein Grund mich so anzustarren, dachte sich Brigitte.

Das Mädchen sprach mit den beiden Typen.

Christians Stärken lagen nicht in seiner Pünktlichkeit. Hinter dem Kiosk lag das Nordend. Er würde sicher gleich um die Ecke kommen. Kein royalblaues Poloshirt oder blonde Locken zu sehen. Prinz Christian war noch nicht bereit für eine Audienz.

Die Anzugträger beobachteten sie doch tatsächlich immer noch. Sie wären zumindest eine Alternative, wenn Christian nicht auftauchen würde. Auf ihrem Handy war keine Nachricht. Ihr Nudelook in der Kamera gefiel ihr. Auch, wenn dazu viel Arbeit notwendig war. Sie steckte das Handy wieder in die Hosentasche. Eine Minute drüber.

Das Mädchen schaute abwechselnd zu ihr und dann zu den Typen.

Die Typen standen auf und das Mädchen zwirbelte ihre beiden Zöpfe im Nacken. Die drei lachten.

Brigitte stellte die leere Kaffeetasse auf den Boden. In ihrer Handtasche fand sie die Packung mit den Zigaretten und das Feuerzeug. Sie steckte sich eine Zigarette an. Zwei Minuten drüber.

Die Oma hatte sich auf den Rollator gesetzt und sprach mit der Joggerin. Von den Tauben war nichts mehr zu sehen, aber der Hund freute sich über die Brotstücke. Die Joggerin hob seinen Kopf vom Boden hoch.

„Dürfen wir den streicheln?", fragten die beiden Schulmädchen. Eines der Mädchen schob sich einen Gummifrosch aus der Tüte in den Mund.

Der Hund bellte und die Mädchen rannten davon. Einer der Gummifrösche landete im Kies.

Hinter Brigitte knirschte es. Ihr fiel die Packung mit den Zigaretten aus der Hand. Sie bückte sich und hob sie auf.

Das Trio war bei ihr, als sie sich wieder aufrichtete. „Na, du Missgeburt." Einer der Typen trat auf den Frosch.

Nicht so eine bescheuerte Anmache. Aber deswegen jetzt ins Harveys reingehen? Wie peinlich, wenn Christian diese Aktion mitbekam. Der ging doch gleich wieder. Sie strich sich die Bluse glatt. Auf so eine Scheiße hatte sie jetzt echt keinen Bock. Mundhalten hatte sie sich abgewöhnt, sonst trampelte man noch mehr auf ihr rum. „Verpisst euch einfach! Vielleicht rülpst eure kleine Freundin noch ein bisschen rum."

Einer der Typen kam ihr näher und griff ihr in den Schritt. „Hast du noch nen Schwanz? Komm, zeig ihn uns mal!"

Sie schlug ihm die Hand weg. Das Mädchen holte ein Handy aus der Hosentasche und hielt es auf Brigitte.

Brigitte schaute in die Kamera des Handys. „Was soll das jetzt? Lasst mich in Ruhe!"

Die Anzugträger kamen ihr vom blauen Kiosk entgegen. Immerhin, vielleicht halfen die ihr. Sie zog an ihrer Zigarette und blies den Rauch nach oben.

Und Christian ließ sie richtig zappeln.

Das Gesicht des Mädchens war zart, jung und voller Sommersprossen.

„Los, hau der Sau eine rein."

In ihren großen Augen war nichts Zartes. Die hatte richtig Bock auf Stress. Wie eine Katze, die ihr Mäusespiel beginnen wollte. Solange, bis sich die Maus nicht mehr rührte.

„Tretet dem Typen die Eier weg!" Sie klang, wie ein Roboter.

Die drei lachten.

Der mit den Bartstoppeln zeigte auf das Handy. „Hast du das schon aufgenommen?" Er drehte sich wieder zu Brigitte. „Hast du eigentlich Tittchen, Brigittchen?" Er roch nach abgestandenem Bier und Banane.

Spucke spritzte auf ihr Gesicht. „Woher kennt ihr meinen Namen? Was habt ihr denn vor?"

Die Joggerin war verschwunden. Vielleicht holte sie Hilfe. Mit denen kam sie schon noch ein paar Minuten klar.

Mit seinen Bartstoppeln berührte er ihr Gesicht. Er griff ihr mit beiden Händen an die Brüste und drückte zu. Die Silikonkissen in ihrem BH rutschten heraus.

„Verdammte Scheiße, hör auf an mir rumzuzerren!" Sie wollte die Kissen festhalten, den Typen von sich schubsen, doch der zweite zerrte von hinten an ihrer Bluse. Ihr Kragen hing schief.

Schluss mit lustig.

Die beiden Typen warfen sich die Silikonkissen zu.

„Hier ist Christian, meine Süße. Los, zeig mir, was du hast."

Das Mädchen hielt die ganze Zeit das Handy auf Brigitte.

Es gab keinen Christian. Ein verficktes Fakeprofil dieser Wichser. Was für eine Scheiße.

Die erste Faust traf sie mitten im Gesicht. Sie torkelte und ihr knickte ein Fuß auf dem Kiesboden weg. Ihr wurde schwindelig. Der Kiefer brannte. Sie musste sich auf die Zunge gebissen haben.

Das Fransenmädchen hielt das Handy immer noch. Sie stand in der Mitte des Trios und lächelte.

Am blauen Kiosk war niemand mehr.

Eine Hand riss an ihrer Bluse. Jemand musste ihr helfen.

Die Knöpfe ihrer Bluse rissen ab. Sie landeten vor ihr auf dem Kies. Vom Frosch war nicht mehr viel übrig.

Die Anzugträger liefen ins Harveys. Hoffentlich holen sie Hilfe.

Der Typ mit den Bartstoppeln kickte ihr die Stiefeletten weg. Sie stürzte auf das Kopfsteinpflaster und der Henkel ihrer Kaffeetasse zerbrach. Als sie nach der Tasse greifen wollte, trat ihr das Fransenmädchen auf die Hand.

„Da liegst du richtig, du Stück Dreck. Schau mich an!" Das Fransenmädchen war über ihr. Sie hatte doch so süße Sommersprossen.

Von den Tritten in ihren Bauch und den Hoden musste sie gleich kotzen.

„Lasst die Frau in Ruhe!", rief die Oma mit dem Rollator.

Einer der Typen trat fester. „Verschwinde Oma! Is nix für dich. Lass uns mal machen."

Das Mädchen stand da und filmte. Sie sprach kein Wort. Ihr Blick war ohne Mitleid. Auf dieser Maske lag Vergnügen. „Lasst mich doch auch mal", rief sie. „Ich mach den platt."

„Nächstes Mal. Du filmst jetzt, halt einfach drauf!" Die Stimme des Typen mit den Bartstoppeln krächzte hoch. Irgendwie erregt.

„Was soll der Scheiß?" Brigitte begann zu husten. Sie schmeckte Magensäure und Eisen. Sie wollte hoch, trat um sich und blickte dabei in das Handy. „Warum macht ihr das mit mir?" Brigitte konzentrierte sich auf das Mädchen, auf ihre Augen. Sie blickte dabei in das Objektiv des Handys. „Warum hasst du mich?" Dann spürte sie eine Faust in ihrem Gesicht. Wieder Tritte mit schwarzen Turnschuhen.

Niemand kam aus dem Harveys zu ihr.

„Weil es einfach Spaß macht und man das mit sowas wie dir machen muss." Sie lachte und kam mit dem Handy noch näher an ihr Gesicht. Das Mädchen verwechselte sie mit einem Geburtstagsgeschenk.

Brigitte sah ihr eigenes Gesicht in der Linse des Handys.

Die beiden Jungs sammelten Spucke in ihrem Mund und ließen sie langsam auf sie heruntertropfen.

Brigitte war allein. Vielleicht hatte sie das hier verdient. Sie wollte doch nur die Frau sein, die sie schon immer war. Nicht mehr. Wann kam endlich jemand, um ihr zu helfen? Sie drehte den Kopf zu dem Frosch im Kies neben ihr. Ein letzter Tritt stach in ihre Rippen.

„Verpiss dich, scheiß Transe!" Das Mädchen bückte sich zu ihr auf den Boden und sprach ganz leise in ihr Ohr. „Das nächste Mal kommst du nicht mehr davon. Dann nehme ich dich ran."

Die Tür vom Harveys öffnete sich und die ersten Helfer stürzten heraus. Hatten die erst ein neues Bier bestellt?

Das Trio lachte. „Das Video will ich gleich sehen. So geil." Ein letzter Tritt und sie verschwanden hinterm Kiosk.

Die Schulmädchen weinten und der Kioskbesitzer wischte über seinen Kaffeefleck.

Brigitte würgte und schluckte die Kotze hinunter. Nicht das auch noch vor den ganzen Leuten. Ihre Bluse war zerrissen.

Noah, der Barkeeper vom Harveys, hob die Silikonkissen auf und brachte sie ihr. Sie roch den Speichel des Typen mit den Bartstoppeln auf ihrer Wange.

„So eine Scheiße, Björn. Was haben die nur mit dir gemacht?" Er hielt ihr die Hand hin, um ihr hochzuhelfen.

Sie verstaute die Silikonkissen in ihrem BH, knöpfte die Bluse zu und stand auf, ohne Noahs Hand zu greifen.

„Ich bin verdammt nochmal Brigitte."

Kapitel 5

Uniklinik

Milan sprintete von den Umkleiden im Kellergeschoss über das Treppenhaus zum Flur. Das Stationszimmer lag in der Mitte des Flurs. Er atmete stoßweiße und musste stehenbleiben. Ein paar Nächte Schlaf würden sicher Wunder wirken, er war außer Form. So ein Sprint durchs Treppenhaus hatte ihm doch sonst nichts ausgemacht. Patricias Zimmer lag am anderen Ende des Flurs. Der Steigenburger wollte er nicht noch einmal begegnen.

Aber das Fentanylspray lag in seinem Spind. Endlich.

Ariane würde er im Stationszimmer treffen, um mit Sonja auf ihren vierzigsten Geburtstag anzustoßen. Sonja wusste nichts von der Überraschung, die Milan mit seinen Kollegen für sie organisiert hatte. Er wollte unbedingt vor Sonja und vor allem auch vor Ariane im Stationszimmer sein.

Ariane hatte Steigenburgers Kommentar mit der Apotheke totsicher gehört. Sie hatte ihn nur verwundert angeschaut und nichts dazu gesagt. Das war ungewöhnlich. Vielleicht überschätzte er aber auch Arianes Aufmerksamkeit und sie hatte an etwas ganz anderes gedacht.

Im engen Stationszimmer standen Ariane und Erika, die Stationsleitung der Intensiv, vor dem einzigen Fenster. Die beiden schauten herüber zu Milan und winkten ihn zu sich. Da musste er jetzt wohl hin.

Das Geburtstagskind suchte er in der Menschenmenge vergeblich. In dem kleinen Raum standen die Teamkollegen eng beieinander. Eine Girlande mit den Buchstaben Happy Birthday hing zwischen zwei Hängeschränken.

Vielleicht war Sonja auf Station aufgehalten worden. Auch gut, dann war die Überraschung größer, wenn alle Kollegen auf sie warteten.

Ariane reichte ihm ein Glas Sekt von der Küchentheke. „Wo kommst du denn jetzt her? Bist du gerannt?" Sie warf ihm einen scharfen Blick zu, hob ihr Glas und stieß mit Erika und ihm an. Fuck, sie hatte doch genau mitgekriegt, was die Steigenburger gesagt hatte.

„Sonja ist ja noch gar nicht da. Sollen wir trotzdem schon anstoßen?"

Ariane und Erika nickten und Milan zuckte mit den Schultern. Während er an dem eiskalten Sekt nippte, strich er sich über die Taschen seines Kasaks. „Ich musste noch kurz zu Heidi. Sie hat sich ihr Sprunggelenk verletzt, und ich hab's getaped." Die Packung lag sicher im Spind. „Ihre hohen Schuhe."

„Und wo habt ihr das gemacht? Etwa in der Apotheke? So schnell?", fragte Ariane.

Ihre Stimmlage gefiel ihm nicht. „Heidi ist kurz hochgekommen, in den Therapieraum." Vielleicht war Ariane sogar am Therapieraum vorbeigelaufen. Er räusperte sich. „Warum bist du denn nicht reingekommen?" Er nahm noch einen Schluck. Ganz dünnes Eis. Falls sie tatsächlich nachgeschaut hatte, war seine Lüge jetzt aufgeflogen.

„Wir hatten doch gesagt, wir treffen uns gleich im Stationszimmer. Da bin ich nicht erst am Therapieraum vorbei."

Milan bemühte sich, nicht erleichtert auszuatmen.

Thorsten, ein Assistenzarzt, betrat den Raum und verwickelte Ariane in ein Gespräch. Sie lachte.

Erika stand Milan gegenüber, sie berührte immer wieder ihre neue Kette. An dem Anhänger hielt eine Fee einen blauen Stein in der Hand.

Milan streckte seine Hand nach dem Anhänger aus. „Die passt ja zu deinen Augen. Darf ich?"

Erika klimperte betont mit den Augenlidern. „Und zu meinem Lidschatten."

Er griff nach dem Anhänger. „Absolut. Ist das ein Saphir?"

„Was ist mit einem Saphir?", fragte Ariane. Sie trat einen Schritt näher heran. „Ein wirklich schöner Stein."

Auch Thorsten stellte sich zu ihnen.

Erika streichelte den Anhänger. „Es ist ein Aquamarin. Man sagt, diese Steine stammen aus der Schatzkiste einer Meerjungfrau. Angeblich helfen sie, besser zu sehen."

Gutes Thema. Hauptsache nichts mit Apotheke und der Steigenburger.

„Er sieht vor allem wunderschön aus", sagte Ariane.

„Den Anhänger haben mir meine Kinder zum Geburtstag geschenkt. Auf den passe ich besonders gut auf. Wenn der wegkommt, das wäre schlimm." Sie drehte ihn zwischen ihren Fingern.

Ariane schaute ihn seltsam an. Das bildete er sich bestimmt nicht ein. Dieser blöde Zufall. Verirrte sich ihre Bekannte in die Apotheke. Genau dann, wenn er den Stoff einpackte. Milan schaute zur Tür. „Wo bleibt denn unser Geburtstagskind?"

Ariane berührte ihn am Unterarm. „Was mich interessieren würde, hat dir Heidi das schon mit der Apotheke erzählt?" Sie redete sehr leise, sodass Erika und Thorsten nicht hören konnten, was sie sagte.

Die Packungen waren im Spind und seine Hosentaschen leer. „Was soll sie mir erzählt haben? Was ist denn mit der Apotheke?" Milan trank einen großen Schluck. Hoffentlich kam Sonja gleich zur Tür herein.

In diesem Moment winkte Erika jemandem hinter Milan zu. „Hallo, wo warst du denn? Ich hätte dich beim Umlagern gebrauchen können."

Zarah, eine Schwesternschülerin, schob sich zu ihnen durch. Milan hatte sie gar nicht bemerkt zwischen den vielen Leuten. Ihre Braids hatte sie hochgebunden.

Ariane wandte ihren Blick von Milan ab. „Da ist ja unser Geburtstagskind."

Wenn Sonja einen Raum betrat, wurde es hell. Sie hatte einfach immer gute Laune. Jetzt strahlte sie, als sie die Dekoration und die vielen Leute sah.

„Was macht ihr denn alle hier? Mensch, ihr seid so toll." Sie hielt eine Platte mit belegten Brötchen in ihren Händen.

Milan hob sein Glas. „Happy Birthday to you ..."

Die Kollegen stimmten mit ein.

Ariane endete in einem Solo. Sie musste immer das letzte Wort haben. Alle im Raum lachten.

Sonja stellte die Platte auf dem Besprechungstisch ab und knüllte die Frischhaltefolie zusammen. „Jetzt drücke ich euch erst mal alle."

Sie hatte ihre langen blonden Haare in einem Pixiecut schneiden lassen. Auch das neue platinblond stand ihr. Milan hob den Daumen.

Sonja grinste ihn an. „Bedient euch, ihr Lieben! Ich sehe, ihr habt alle schon zu trinken." Sie schaute zu Thorsten.

Thorsten strich ihr über den Oberarm. Zwischen den beiden lief doch etwas. Thorsten war genau Sonjas Typ. Blond, knapp zwei Meter und mit dem breiten Rücken und den Muskeln eines Schwimmers. Seinen Ehering hatte er an einer Halskette, Thorsten war verheiratet, soweit Milan wusste.

Sonja verneigte sich vor der Gruppe. „Ihr seid so super. Schön, dass ihr mich in dieser schweren Stunde unterstützt. Jetzt brauche ich Alkohol."

Alle lachten und Milan reichte Sonja ein Glas Sekt. „Sekt konserviert. Komm, vierzig ist nur eine Zahl. Lass dich feiern und nicht bemitleiden."

Ariane schob sich hinter Milan näher an die Spüle. Zwischen Erika und Zarah schenkte sie sich ein weiteres Glas ein. „Wer will noch? So ein kleines Gläschen geht bei mir noch. Es steht heute nichts Wichtiges mehr an auf Station."

Erika hielt ihre Hand über das Glas und schüttelte den Kopf. „Wir müssen noch ein paar Stunden. Sonja hat sich eine Riesenarbeit mit den vielen Brötchen gemacht."

Ariane drehte sich so, dass nur Milan sie hören konnte. „Was war denn in der Apotheke? Seit wann gehört das zu deinem Einsatzgebiet? Wieso Störung in der Apotheke?"

Milan roch den Sekt in ihrem Atem.

Ariane nippte an ihrem Glas und starrte ihn an. Sonst machte sie das nie.

„Da fehlen immer wieder ein paar Packungen", sagte sie. „Vor allem auch bei den BTM-pflichtigen Medikamenten. Heidis Notizbucheintragungen sind zwar etwas altmodisch, aber auch in ihrem Computer stimmen die Zahlen nicht. Ich weiß nicht, was ich davon halten soll."

Die Steigenburger musste doch etwas gesehen haben. Deshalb hatte sie in Patricias Zimmer dauernd auf seine Hände gestarrt. Scheiße. Ariane würde nicht lockerlassen.

Milan versuchte, sich von ihr weg Richtung Sonja zu bewegen. „Ist ja seltsam. Mir hat Heidi bisher nichts erzählt."

Sonja stellte sich zwischen Ariane und ihn und legte jedem einen Arm auf die Schulter, bevor sie ihr leeres Sektglas hochhielt. „Hi, was ist los? Ihr seht so geschockt aus."

Milan griff nach der Flasche auf der Arbeitsfläche, nahm ihr Glas und schenkte nach. „Es ist alles in Ordnung, oder Ariane?"

Ariane zuckte leicht mit den Schultern und stieß mit Sonja an. „Gut siehst du aus." Sie schob sich zum Tablett mit den belegten Brötchen.

Er musste ihr aus dem Weg gehen. Oder sich eine gute Ausrede einfallen lassen. Aber mit Sonja an seiner Seite löste sich seine Spannung. „Deine Veränderung ist dir gelungen. Toller Schnitt und die Farbe, super siehst du aus." Am besten trank er die ganze Flasche leer. „Lass dich mal drücken, meine Süße. Alles Gute zum Geburtstag."

„Schön, dass du da bist. Die Überraschung ist euch gelungen. Weil vierzig ist nämlich echt scheiße." Sie hob ihr Glas, stieß mit ihm an und umarmte ihn.

„Neues Jahr, neue Liebe?", flüsterte Milan ihr ins Ohr. Sie roch nach grünem Apfel und Ingwer.

„Von wem weißt du das denn?", fragte sie leise zurück.

„Wie er dir über den Arm gestrichen hat und dein Blick dazu. Scheint dir zu gefallen. Und du strahlst so. Schön." Er lächelte sie an. Wenn er das doch auch einmal von sich behaupten könnte.

„Vor dir kann man ja nichts verbergen. Auf dem Geburtstag von Sabine, als du dein Date hattest, also da, also danach ist Thorsten mit zu mir."

Irgendein Tinderdate war es gewesen. Carina, Carmen oder so ähnlich. Sie hatten nicht viel gesprochen. Von ihrem Schlafzimmerfenster aus hatte er bis zum Opernplatz sehen können. Der Brunnen war defekt gewesen. Nach dem Sex war er sofort gegangen. Wie immer.

Thorsten trat zum Stationstisch und griff nach einer Brötchenhälfte. Dabei zwinkerte er Sonja zu. Sie winkte zurück.

„Er scheint dir richtig gut zu tun. Du siehst glücklich aus. Und seine Frau?", fragte Milan.

Sonja zuckte mit den Schultern. „Er ist verheiratet, nicht ich. Sei's drum. Es ist echt schön mit ihm."

„Auf Sonja!" Thorsten trat zu ihnen.

Milan schenkte schnell nach und sie stießen zu dritt an.

Erikas Stimme hinter ihnen wurde lauter. „Die hört den Patienten so toll zu. Die Zarah. Nur ..." Sie schob sich zwischen Milan, Thorsten und Zarah. „Das mit der Pünktlichkeit, das muss noch besser werden." Erika schaute zu Milan. „Kommst du später nochmal hoch zu uns? Ich habe russischen Zupfkuchen gebacken. Da liegt ein Stück für dich." Sie hakte sich bei Zarah ein, die etwas verloren an Erikas Seite stand. „Wir gehen zurück auf Station. Zarah muss noch etwas Infusionen legen üben."

Erika stellte ihr Sektglas in die Spüle.

„Danke für den Sekt und das Käsebrötchen, Frau Pindrup." Zarah lächelte und reichte Sonja die Hand.

„Kannst Sonja zu mir sagen, wir sind hier alle per Du. Komm mal her." Sie umarmte Zarah. „Und für die Brötchen musst du dich doch nicht bedanken. Sehr gern."

Zarah steckte ihre Hände in den Kasak. „Danke, äh ... Sonja. Ich gehe dann auf Station Infusionen legen. Vielleicht schaffe ich es ja, dass Frau Deitel mit mir zufrieden ist." Sie grinste.

„Ganz bestimmt schaffst du das. Ich war schon in meiner Ausbildung bei Erika. Das wird. Sie ist eine ganz Liebe. Drück dir die Daumen."

Sonja war auch eine ganz Liebe. Sie wäre tief enttäuscht, wenn sie erfahren würde, dass Milan manchmal Medikamente aus der Apotheke mitgehen ließ.

„Ich bin dann auch mal weg. Bis später." Thorsten schob sich zwischen Milan und Sonja und flüsterte ihr etwas ins Ohr. Sie lachte leise und strahlte Thorsten hinterher, als er mit Erika und Zarah das Stationszimmer verließ.

Dass Sonja auf so einen abfuhr. Betrog seine Frau und zog noch nicht mal die Kette mit dem Ehering aus.

„Thorsten kann heute Abend doch zu mir kommen."

Milan nahm sich ein neues Sektglas. Oh Mist, jetzt stand er wieder neben Ariane. Das hätte er gern vermieden.

„Spricht denn Heidi nicht mit dir über diese Apothekensache?" Sie sprach leise, aber starrte ihn immer wieder so an. „Tut mir leid, wenn ich dich so angehe." Jetzt hatte Ariane wohl selbst gemerkt, wie sie ihn unter Druck setzte. Sie nippte an ihrem Sekt. „Ich bin im Moment ziemlich überarbeitet. Vielleicht sehe ich schon Gespenster. Hat mir gut gefallen, wie du mit Patricia arbeitest. Macht sie Fortschritte? Doris, also Frau Doktor Steigenburger, ist eine gute Freundin von mir. Wir haben während des Studiums in einer WG gewohnt."

„Das ist ja ein Zufall." Jetzt kannten die beiden sich auch noch richtig gut. Irgendetwas musste die Steigenburger Ariane gesagt haben. „Ich bin auch froh, wie sich Patricia entwickelt. Ich hoffe, sie kommt bald in die Rehaklinik."

„Ihre Mutter Doris ist auch so eine Frau mit Power. Pharmaziestudium, Dissertation und nun will sie auch noch die neue OB von Frankfurt werden."

Pharmazie. Doris Steigenburger kannte sich in Apotheken aus und hatte gesehen, welche Schachteln er eingesteckt hatte. Aber vielleicht interpretierte er auch zu viel in Arianes Verhalten. „Stimmt. Patricia hat Power", sagte er. „Sie will zurück zu ihrer Familie und ihrem Leben, und so schnell, wie ihre Heilung vorangeht, schafft sie das auch. Es hat anders ausgesehen, aber die Blutung hat bei ihr kaum Schäden angerichtet. Das Runterkühlen der Körpertemperatur bewährt sich. Die Hypothermie bei ihr war ein Erfolg." Schön im fachlichen Thema bleiben. Ariane blühte dabei immer auf. „Kommt ihre Mutter denn jetzt öfter zu Besuch?"

Ariane nickte. „Bestimmt kommt sie jetzt öfter. Warum fragst du?"

„Nur so. Wenn Frau Steigenburger so stark im Wahlkampf steckt, hat sie vielleicht keine Zeit." Keine Zeit, um sich in Apotheken zu verirren und ihn vorwurfsvoll anzustarren.

„Die Zeit nimmt sie sich. Kennst du Doris denn?" Da war es wieder, das seltsame Anstarren. Milan wäre am liebsten zu Sonja geflohen, die ganz in seiner Nähe stand und in ein Gespräch vertieft war. „Sie hatte mich gefragt, ob du schon lange im Haus bist. Und ob wir uns gut verstehen."

„Nein, gar nicht. Wir haben uns bei Patricia das erste Mal gesehen."

„Ich habe ihr gesagt, dass ich dich gut kenne. Schon seit Jahren. Ist was passiert bei dir, das ich wissen müsste?"

Milan lächelte nur. Das ging Ariane überhaupt nichts an. Niemanden ging es was an.

Sie drehte sich zu Sonja um. „Ich habe jetzt runden Tisch mit Wohlfarth. Die hatten vorhin Visite auf der Gastro. Gibt es etwas, was ich von euch vortragen soll?"

Sonja holte einen Zettel aus der Hosentasche und klickte mit ihrem Kugelschreiber. „Mich würde interessieren, wie wir mit dem Ilius von Frau Paulsen weiter vorgehen. Sie gefällt mir gar nicht. Ich schreib dir die Daten schnell auf."

Ariane nahm den Zettel von Sonja und schaute zu Milan. „Wann siehst du Heidi wieder?"

Er zuckte zusammen. „Ich hab sie doch schon getaped. Eigentlich wollte ich nicht noch mal zu ihr runter."

Ariane hob nur eine Augenbraue an, winkte kurz in die Runde der restlichen Kollegen und verließ den Raum.

„Sag mal, gehen wir demnächst mal wieder aus?" Sonja legte ihren Kopf auf seine Schulter. Ihre kurzen Haare kitzelten in seiner Nase. „So eine Kneipentour durchs Bahnhofsviertel wäre genau das Richtige, nur du und ich. Dann erzähle ich dir die Story mit mir und Thorsten." Sie klickte noch einmal mit dem

Kugelschreiber und hob den Kopf. „Wieso ist Ariane denn so seltsam hier rausmarschiert? War was zwischen euch?"

In der Apotheke hatte er die Ritalin-Päckchen einfach zu schnell und auffällig in seinen Kasak gestopft. *Also ich wollte nur nach dem Sterilium schauen.* Wie ein Anfänger. Sonja wusste nichts von seinen Jobs neben dem im Krankenhaus. Sie wusste nichts von dem Milan, der Farben schmecken und fliegen konnte. Von den Abstürzen in den Clubs. Seitdem sie ihren Bruder an das Heroin verloren hatte, engagierte Sonja sich bei der Drogenhilfe. Sie durfte auf keinen Fall erfahren, was er unten im Spind zwischenlagerte.

Sonja tippte ihm auf die Schulter. „Hörst du mir überhaupt zu? Also kommenden Freitag feiere ich bei mir ab halb acht. Du musst bei den vielen Muddis und Pärchen auf meinem Geburtstag Stimmung reinbringen. Ich brauche dich da. Kommst du?"

„Klar" ,sagte Milan. „Aber kommt Thorsten denn nicht?"

„Der kann nicht. Da wäre seine Frau sicher nicht einverstanden." Sie lachte. „Ständig spontaner Zusatzdienst. Das glaubt sie ihm bestimmt bald nicht mehr."

„Deine Truppe, die am Freitag kommt, kenne ich ja. Sind doch ganz viele nette Leute dabei. Die sehen die Welt halt aus ihrer Perspektive und da sind wir Singles die Armen und Bemitleidenswerten." Milan seufzte. Das würde sich so schnell bei ihm auch nicht ändern. „Ich gehe mal auf die Intensivstation und dann ab in den Feierabend. Schön, dass wir dich überraschen konnten. Feier noch schön."

„Und dann gehen wir bald aus?", fragte Sonja.

„Maxie Eisen, wie immer?"

Sie küsste ihn auf die Stirn. „Großartig wäre das. Am Freitag gibt es erst mal Thermomixrezepte und ganz viele gute Ratschläge für die Singlefrau Ü40. Da muss ich durch."

Milan nickte. „Musst du." Er schob sich zur Tür. „Genieß deinen Tag."

Sonja nahm das Tablett mit den Brötchenhälften und hielt es den anderen Gästen hin. Mit ein paar Schritten stand er auf dem Flur gegenüber des Fahrstuhls. Die Tür öffnete sich genau in diesem Moment, und Ariane trat heraus.

„Ist der Umtrunk schon vorbei?" Sie sprach ziemlich leise und starrte dabei auf den Boden. „Meine Schicht ist einfach schon zu lange. Und der Sekt. Doris will mit mir reden."

Konnte sie nicht endlich damit aufhören? „Du kannst ihr sagen, ihre Tochter wird aus meiner physiotherapeutischen Sicht wieder alles machen können."

„Ach so das. Ja, das sage ich ihr auch."

Ariane entfernte sich, und die Fahrstuhltür schloss sich vor Milan, bevor er einsteigen konnte. Sie sollte mit diesen Andeutungen aufhören, sie sollte ihn mit Heidi in Ruhe lassen. Er brauchte das Zeug und deshalb würde er einen Weg finden, damit sich dieses Missverständnis auflöste. Patricia war so begeistert von ihm, da könnte man über so eine kleine Apothekenverirrung auch hinwegsehen. Günther Steigenburger und sein Job im Twin Tower der Deutschen Bank. Da musste doch was möglich sein. Günther wollte das ganze Zeug. Milan stellte sich vor den Fahrstuhl und drückte auf den Schalter. Es war nur ein dummer Zufall. Er musste Ariane überzeugen, dass Doris Steigenburger sich geirrt hatte. Oder Günther überzeugte seine Frau.

Die Fahrstuhltür öffnete sich. Heidi lächelte. „Ich bin so froh, dich zu sehen. Hast du Tape und Cutter dabei? Der ist richtig geschwollen." Heidi humpelte auf ihn zu. „Ariane hat mir gesagt, dass ich dich hier finde. Ich habe sie eben in der Apotheke getroffen. Ist mit der was?"

Fuck. Ariane war überall. „Vielleicht der lange Dienst. Wir gehen jetzt mal in den Therapieraum und dann gibt es das versprochene Tape."

Kapitel 6

Potsdam, 1999
Das Mehrfamilienhaus lag an einer großen Kreuzung. Ein Langnese-Mülleimer hing vor dem Eingang an der Wand. Die Schrift darauf war verblichen. Regentropfen ploppten vom Vor-

dach des Kiosks hinein. Auf dessen geschlossener Jalousie hatte jemand das Wort Opfer gesprayt. Jeder Buchstabe in einer anderen Farbe. Wie bei einem Regenbogen.

Auf dem Klingelschild neben der Haustür stand: *Wohngruppe, Jugendhilfe Potsdam, Blaues Haus.*

Aus ein paar Fenstern zur Straße brannte Licht. Vereinzelt reflektierte die defekte Ampelschaltung, Gesichter hinter den Scheiben, die ihre Nasen plattdrückten oder mit ihren kleinen Händen Ferngläser formten und zur Kreuzung blickten.

Hinter der großen Eingangstür lag ein langer Sisalläufer. An einer Garderobe mit Regenjacken in bunten Farben standen ordentlich aufgereiht Gummistiefel in verschiedenen Größen nebeneinander. Zwölf Paar waren es heute.

Aus dem Raum der Betreuer neben der Garderobe lachte es aus dem Fernseher. Das Licht des Bildschirms flackerte in den Flur. Chlorreiniger und warmer Kakao zogen durch das Erdgeschoss.

Am Ende der breiten Treppe lagen die Schlafräume im Obergeschoss. Die alten Holzstufen knarrten bei jedem Schritt. An den Wänden hingen Bilder mit Motiven aus Potsdam. Der Park Sanssouci, das Neue Palais und Häuser aus dem Holländischen Viertel. Auf dem Bild mit der Glienicker Brücke hatte jemand mit einem rotem Edding-Stift Mama und ein Fragezeichen geschrieben.

Ganz plump waren die feinen Arbeiten am Stuck übermalt, der sich an den hohen Decken im Haus verkroch. Das neue Laminat auf dem alten Parkett ließ die Schritte zu den Zimmern klappern.

Neben den Türen zu den Zimmern hingen die mit Schreibmaschine beschrifteten Namensschilder der Bewohner. Daneben Kunstwerke aus Salzteig. Ein blaues Haus mit einem roten Dach, ein Regenbogen oder ein schiefer Baum mit einem lachenden Gesicht. Simon Neumann, Luisa und Lotte oder Jobst war mit verzierten Buchstaben darauf geschrieben.

Das Licht im Gang war ausgeschaltet. Eine Standuhr tickte.

Leise öffnete sich eine Tür. Das Licht einer Taschenlampe leuchtete auf den Flur und Schritte patschten über den Boden. Das war leiser als mit Schuhen. Es klackte sonst so.

Eine zweite Tür wurde geöffnet, man hörte den Lichtschalter und die Toilettenspülung rauschte.

Milan schloss die Tür zu ihrem Zimmer und legte sich in das untere Bett. Die Poster von DJ Ötzi, Star Wars und einem Meerschweinchen aus der Apotheken-Umschau hingen mit Powerstrips an den Wänden. So ein Meerschweinchen hätte er auch gern in seinem Zimmer. Eins das fiepte, wenn man es streichelte und dem man einem Namen geben konnte. Yoda vielleicht oder Simba, wenn es ein weißes wäre. Aber Tiere waren hier nicht erlaubt.

Ein Power-Strip hatte sich gelöst. Milan drückte fest zu.

Die Kurska, also in richtig Frau Kurskanowsky, hatte geschimpft, als er dafür damals Reißzwecken nehmen wollte. Sie schimpfte immer mit ihm und seinem Bruder Leo. In ihrem Dienst wollte sie nicht gestört werden und hockte bestimmt wieder im Betreuerzimmer. Aber mit ihr wollte er auch gar nicht reden.

Milan kuschelte sich in seine Star Wars Bettwäsche. Leo war leise. Vielleicht war er über ihm im Etagenbett schon eingeschlafen.

Hin und wieder warfen die Scheinwerfer vorbeifahrender Autos Licht in das Zimmer. Sie zogen sich vom Boden über die Wände, um dann an der Zimmerdecke zu verschwinden. Aus der Ferne drang leise die Sirene der Feuerwehr.

Da raschelte die Bettdecke und Leo kletterte die Leiter nach unten. „Aua, so ein Mist. Blödes Lego." Er kippte das Fenster. „Schläfst du schon? Es riecht nach Sommerregen."

Draußen auf der Straße knatterte ein Mofa vorbei.

Leo zog die Vorhänge auf. „Komm, wir schauen uns die Nacht an."

Leo flüsterte. „Ich glaube, da schaut jemand hoch zu unserem Fenster. Komm. Es ist wieder diese Frau."

Milan setzte sich im Bett auf. Der CD-Player auf dem Nachttisch zeigte 20:45 Uhr. „Auf der Straße? Welche Frau?"

Leo winkte ihn zu sich. „Nun mach schon. Die habe ich schon oft hier gesehen. Steht da und schaut hoch. Ich kann die nicht richtig erkennen. Komm doch mal und schau du."

„Winkt die denn?" Milan stellte sich neben Leo und kniff die Augen zusammen. Das Ampellicht leuchtete hinein. Kleine Blitze flogen davor. „Wo ist sie denn hin?"

Leo ließ sich auf den Schreibtischstuhl fallen. Die Rückenlehne quietschte. „Na nu? Die ist wieder verschwunden, aber ehrlich, die steht da manchmal und wenn ich gewinkt habe, ist sie gegangen. Komische Frau. Ich sehe nie ihr Gesicht, nur diesen Schatten. Wie ein Gespenst." Leo hatte ihm noch nie von dieser Frau erzählt.

Milan setzte sich zurück auf sein Bett und stopfte sich ein Kissen in den Rücken, lehnte sich gegen die Wand und klopfte zweimal auf seine Matratze. „Buhh, es ist keine Frau, sondern ein Gespenst vor unserem Fenster. Ich zeig dir mal was Gruseliges." Milan formte mit seinen Händen einen Wolf. „Ich habe ein riesiges Maul und fresse dich auf."

Leo setzte sich neben ihn. „Die ist kein Gespenst. Aber wie geht das denn mit dem Wolf?" Er legte die Hände aufeinander und knurrte dabei. „Kurska, ich fresse dich. Hast du die Frau echt noch nie gesehen? Ich vergesse das immer, wenn ich die nachts allein draußen sehe. Warte, ich hol meine Decke." Milan kletterte die Stufen des Etagenbettes hoch und legte sich dann neben Leo. „Noch nie und heute auch nicht, wegen der Ampel. Aber so spät steht die vor dem Blauen Haus? Meinst du, die ist lieb oder vielleicht gefährlich? Warum steht die denn da so oft rum?"

„Also Angst habe ich keine und die hat glaube ich lange Haare. Lieber als die doofe Kurska ist die bestimmt", sagte Leo. Er knurrte und formte wieder den Wolf mit seinen Händen.

Milan strich über sein Oberteil. „Schau mal, sowas müsste man haben."

„Was müsste man haben?", fragte Leo.

Unter seinen Fingern löst sich etwas von dem Aufdruck auf seinem Oberteil ab. „Na das hier." Er zeigte auf das Laserschwert von Luke Skywalker und fuchtelte in der Luft herum. „Dann würde ich uns befreien."

„Und wohin?" Leo schaute ihn mit großen Augen an. Er wartete auf eine Geschichte.

„Vielleicht in eine Familie, in der immer was los ist. In der immer jemand auf dem Sofa sitzt und wir immer viel lachen. Oder …, keine Ahnung … vielleicht zu Star Wars in ein Raumschiff. Wie auf unseren Pullis auf den Schreibtischstühlen. Halt weg von dem Wohnheim." Milan leuchtete mit seiner Taschenlampe durch den Raum. „Ich fand das heute doof, wie die Kurska gelacht hat, als du dich neben den Stuhl gesetzt hast. Die ist doch unsere Betreuerin. Das war alles nur Pauls Schuld. Der mag uns nicht."

Leo zuckte mit den Schultern. „Hör doch einfach nicht hin. Immer auf das Atmen achten. Dann regt man sich nicht auf. Hat doch der Mann gesagt, wo wir sprechen sollen. Der Pschüssostherapeut. Wir sind zehn Jahre und wir sind zu zweit."

Ganz langsam die Luft durch die Nase rein, dann kugelte sich der Bauch und dann war da eine kurze Pause. Da war Ruhe. „Wir machen lieber das Nachtlicht aus. Wenn uns die Kurska hört, dürfen wir nicht mit auf den Ausflug am Sonntag. Und da ist Paul mal bei seiner Mama. Die Mama darf den wieder mal nach Hause nehmen."

Leo legte einen Arm um Milan. „Und uns nimmt keiner mit. Die Kurska hat am Wochenende Dienst? Das wird dann eh ein doofer Ausflug. Mit so langen Spaziergängen. Wir wollen doch hier auch mal Action haben."

Milan lehnte sich an ihn. „Das wäre was. Mal so richtig Action haben. Aber so ist das halt hier. Bei der Pflegefamilie früher war es ja auch nicht so super."

Leo seufzte und strich Milan eine Haarsträhne aus der Stirn. „Ja, in einer richtigen Familie wäre es echt cooler, aber wir haben doch uns."

„Wollen wir kuscheln? Dann geht es mir wieder besser."

Leo nickte ihm zu. Es war immer noch genug Platz im Bett, wenn sie sich auf die Seite legten. Leos Atem war warm in seinem Nacken. Er zog seine Nase hoch. „Milan?" Leo drückte sich fester an Milan.

„Ja?"

„Meinst du, unsere richtige Mama hat uns lieb?" Leo streichelte ihm dabei über die Schulter.

Milan nahm Leos Hand und drückte sie. „Wie kommst du da drauf? Unsere echte Mama? Die hat uns ausgesetzt, hat die Kurska gesagt und Paul sagt, auch wenn seine Mutter ihn oft haut, ist das besser als keine Mama."

„Vielleicht ist die ja berühmt?", fragte Leo.

„Wer? Pauls Mama?"

Leo lachte kurz. „Die doch nicht. Die riecht immer nur nach Schnaps. Ich mein unsere." Er kitzelte Milan.

„Nicht. Hör auf." Milan kitzelte zurück und drückte seinen Bruder an sich. „Aber wir kennen die doch gar nicht. Glaubst du in echt? Und auch voll reich, dass die nen Porsche fährt?", fragte Milan.

Ein Auto hupte auf der Kreuzung vor ihrem Fenster. „Dass die daher gar keine Zeit hat für uns?", fragte Milan.

Milan setzte sich im Bett auf und schaute seinen Bruder an. Ein grelles Licht streifte sein Gesicht. Milan schmiegte sich an ihn und streichelte ihm über die Wangen.

Leo riss seine Augen auf. „Kann doch sein. Boah, das wäre cool. Dann klingelt die im Heim und sagt: Ich hole meine Jungs jetzt mal ab."

Milan klatschte in die Hände. „Dann rast die mit uns in eine Villa von der und dann zeigt die uns zwei riesige Zimmer und sagt jetzt wohnt ihr bei mir." Milan fiel ins Bett zurück. „Das habe ich schon mal so geträumt. Da war die auch hübsch und hat so ganz feine Sachen an." In seinen Träumen hatte die Frau die gleichen grüne Augen wie er und Leo und ganz warme Hände.

„Vielleicht haben wir dann auch ganz viele Spielsachen? Oder auch einen Fernseher?", fragte Leo. „Vielleicht war ja auch das Paket mit der Kassette von ihr? Oder die Schlafanzüge?"

„Du meinst, da, wo der Mann drauf singt?", fragte Milan.

An der Tür klopfte es.

Milan und Leo zogen sich die Decke über den Kopf. Sie mussten weiterlachen und hielten sich den Mund zu.

„Es wird geschlafen, Dorns. Und jeder in seinem Bett. Sonst ist nichts mit Ausflug am Wochenende. Ruhe jetzt!" Die Schritte entfernten sich langsam.

Eine Tür schlug zu.

Das Licht im Flur knackte.

Leo zog die Bettdecke wieder nach unten. „War doch klar. Die doofe Kurska."

Milan warf einen Socken zur Zimmertür. Er machte seine Hand fest. „Schau mal, wie sauer ich bin." Er zeigte Leo die Faust. „Klar. Doof bleibt doof. Da helfen keine Pillen."

Die Traummama hatte warme Hände. Seine Hand wurde wieder weicher. Einfach nur eine Mama haben, die weiche Haut hatte und ihnen mal über die Stirn strich. Die ihm sagte, dass sie ihn liebhatte. „Und meinst du, von unserem Papa ist die Mama dann geschieden? Sind ja auch fast alle. Hat mir zumindest die Jennifer gesagt."

Leo schlug sich vor die Stirn. „Und die Mama hat das dem dann nicht verraten, wo wir sind. Jetzt ist der bestimmt traurig und heult, weil der mit uns gern Fußball gespielt hätte."

Auf dem Flur hört man die Standuhr schlagen.

Neunmal.

Im Sportunterricht stellte die Mannschaft ihn beim Fußball immer ins Tor. „Aber wir mögen doch keinen Fußball", sagte Milan.

Leo seufzte. „Das weiß der Papa doch nicht. Der denkt, alle Jungs mögen Fußball und lieben Hertha."

Milan überlegte. „Welche Hertha? Heißt so deine Traummama?"

„Nein, die heißt nur Mama. Hertha ist ein Fußballverein in Berlin. Ich habe das mal in einem Stickeralbum gesehen."

„Ach so. Klar, wie peinlich." Ein Papa in einem Fußballtor, der mit ihnen spielte. Da würde er sogar Fußball spielen. „Weißt du, was noch besser ist als ein großes Zimmer mit einem Porsche und einer Villa oder ein Fußballpapa?", fragte Milan.

Leo kaute auf seiner Unterlippe. „Ja klar. Dass du mein Bruder bist und wir für immer zusammenbleiben. Egal, was passiert. Das ist das Beste."

Milan lächelte. Sein Bauch war warm. Aber von innen. „Genau. Da ist mir auch die Kurska egal. Oder so ne reiche Mama mit Porsche und Villa."

Leo formte einen Wolf mit der Hand. „Hey, schau mal. Den kann ich jetzt auch. Egal sind die alle. Wenn du da bist, dann ist es schön. Und ich mag das auch mit dir zu kuscheln. Auch wenn die anderen sagen, wir wären wie Siamesen. Als ob wir am Körper zusammengewachsen wären. Bei denen piept es wohl. Nur, weil wir gleich aussehen." Leo tippte auf seine Stirn.

Milan leuchtete mit der Taschenlampe auf sein Oberteil. „So ein bisschen sind wir schon zusammengewachsen."

Leo schaute auf das Luke Skywalker Oberteil „Wo denn?"

Milan deutete zuerst auf die rechte, dann auf die linke Seite. „Mit dem Herz bin ich festgewachsen. An dir. Das muss für immer so bleiben."

Leo schaltete die Taschenlampe aus. „Das bleibt so. Für immer. Auch ohne Villa."

Milan strahlte. „Aber mit Porsche. Und wenn die Mama kommt, bleiben wir zusammen. Nicht, dass die sich einen aussucht, weil die nur ein Zimmer hat." Milan drückte ihn an sich. „Gute Nacht."

„Ich habe doch nur dich auf der ganzen Welt", sagte Leo.

Milan spürte die Füße seines Bruders. Sie waren warm.

„Und ich nur dich. Wir zwei sind schön doll viel."

Kapitel 7

Uniklinik Frankfurt/ Main
Die Jalousien der Apotheke waren geschlossen. Wenn Milan weiter auf das Päckchen mit Erikas Zupfkuchen drückte, quoll der gleich aus der Alufolie. Er drehte sich von der Scheibe weg und ging zum Fahrstuhl. Das war es jetzt für heute. Dieses

Dreckspäckchen Ritalin, das ihm runtergefallen war, und die Tür, die er kurz nicht im Auge hatte. Wenn sein Besuch in der Apotheke auffliegen würde, könnte er in der Klinik einpacken. Und als Physiotherapeut nie wieder einen Job bekommen. Vielleicht gab es sogar Knast darauf. Genug jetzt. *Atme ruhig und achte auf die Pause nach dem Ausatmen. Das geht gleich vorbei.* Er drückte auf den Fahrstuhlknopf.

„Moment, warte auf mich", rief jemand. Es schepperte und wurde lauter.

Milan drehte sich um.

Pflegehelfer Giuseppe fuhr mit einer Bahre in den Fahrstuhl. Unter einem weißen Laken zeichnete sich ein Körper ab. Graue Zehen lagen frei. Am großen Zeh kräuselten sich Haare. Milan trat einen Schritt zurück.

Giuseppe zog das Laken über den Fuß. „Ciao bello. Fährst du auch in den Keller? Fertig für heute?" Auf seinem rechten Brillenbügel klebte ein kleines Pflaster.

„Fix und fertig. Schön dich zu sehen. Liegt da Herr Frey von der Intensivstation?" Er deutete auf das Laken.

Giuseppe schaute auf einen Zettel an der Bahre. „Wilhelm Frey, du hast recht. Der Bestatter wartet vor dem Kühlraum. Schlaganfall."

Die Türen schlossen sich hinter ihnen und der Fahrstuhl fuhr los.

Von der Bahre roch es nach getrocknetem Blut und Urinkatheter.

„Auch ins Kellergeschoss?" Giuseppe deutete auf die Anzeige des Fahrstuhls. „Woran hast du den Mann erkannt?"

„Ehrlich gesagt an den Haaren auf seinem großen Zeh. Herr Frey wirkte gestern stabil. Ich mochte ihn. Er hatte so eine nette Ehefrau." Milan hatte mit ihr bereits über den Sozialdienst gesprochen und die Kurzzeitpflege im Anschluss an den Klinikaufenthalt.

„Meine Mama hat es damals zum Glück geschafft." Giuseppe klickte die Bremsen der Bahre ein.

„Wie geht es deiner Mutter? Erholt sie sich gut? Das ist jetzt drei Monate her, dass ich sie auf der Intensivstation behandelt habe, oder?"

Giuseppe nickte. „Ich bin so froh, dass ich sie noch habe. Es geht ihr immer besser. Sie bekommt jetzt Gymnastik zu Hause. Mama sagt, der Therapeut ist nicht so gut wie ihr Milano."

Giuseppe löste seine Hand von der Bahre und reichte sie Milan. „Danke für alles. Du hast ihr sehr geholfen."

Milan erwiderte den Händedruck. „Habe ich doch gern gemacht. So eine liebe Frau, deine Mama. Grüße sie von mir und sag ihr alles Gute, wenn du sie das nächste Mal siehst."

„Mach ich." Giuseppe zog das Laken glatt. „Deine Mama ist bestimmt froh über ihren Sohn."

„Wenn ich eine hätte, wäre sie das vielleicht. Aber leider kannte ich meine Mutter gar nicht." Er hatte *meine Mutter* und sogar *leider* gesagt.

„Entschuldige, das wusste ich nicht. Ist sie schon gestorben?"

Das würde Milan auch gern wissen. Keine Ahnung, ob sie noch lebte oder bei der Geburt gestorben war. „Ich bin mit meinem Bruder in einem Kinderheim in Potsdam aufgewachsen. Von unserer Mutter wissen wir nichts."

„Kellergeschoss", kam es aus dem Lautsprecher des Fahrstuhls.

„Tut mir leid. Wenigstens hast du noch einen Bruder. Ich muss mich beeilen. Einen schönen Feierabend. Erhol dich gut."

Giuseppe trat auf den Flur und zog die Bahre hinter sich her. Sein rechtes Knie schlug bei jedem Schritt durch. Eine angeborene Behinderung, wie ihm Giuseppe berichtet hatte. Auch eine Hirnblutung, Frühgeburt in der 32. Schwangerschaftswoche. Wie bei Patricia, nur vierzig Jahre früher. Giuseppe bog zu den Kühlräumen ab. Er pfiff, bis sich die Tür hinter ihm schloss.

„Wenigstens hatte ich einen Zwillingsbruder", sagte er, aber niemand hörte seine Worte.

Er war allein.

Die Neonröhre über Milan flackerte. Ein Wackelkontakt, der schon ewig repariert werden sollte. Der Gehbarren mit den abgegriffenen Holmen stand an seinem Platz, gegenüber des Fahrstuhls. Aus der Belüftungsanlage über ihm rauschte es. Niemand war hier, der ihn beobachtete, aber auch niemand, der mit ihm sprach. *Ach Mensch Leo, is echt scheiße ohne dich.*

Der Fahrstuhl wurde in ein anderes Stockwerk gerufen. Milan drehte sich um. Hier musste auch mal entrümpelt werden. An dem alten Faltrollstuhl neben dem Gehbarren löste sich ein Teil der Rückenlehne ab. Die beiden Unterarmgehstützen sahen aus wie zwei lange Arme. Kaltes graues Hartplastik und bröselnde Gummistopfen am anderen Ende der Krücken. Darüber hingen an einem Schaubild entblößte Muskeln eines Gesichts, ein präparierter Unterleib und beschriftete Nervenbahnen. Sie blendeten immer wieder rhythmisch mit der Neonröhre auf.

Die anatomischen Lehrtafeln an den Wänden wurden nur dürftig von Tesafilm zusammengehalten. Sonst fiel der Putz von der Wand. Die Tafel mit der menschlichen Haut hing neben dem Skelett des Menschen und des Nervensystems.

Heute Abend musste er raus. Nicht daheimsitzen und nachdenken. Raus und Feiern. Einen draufmachen, einen durchziehen und wenn er gut drauf war, vielleicht auch jemanden finden, der ihm Nähe gab. Auch, wenn es nur für den Augenblick war oder für eine Nacht.

Er bog in den Gang zu den Umkleidekabinen der Physiotherapeuten ab. Die Lüftung schaltete sich wieder ein. Niemand war zu sehen. Seine Kollegen waren alle schon im Feierabend.

Durch die angelehnte Tür zur Umkleide fiel Licht. Er packte den Kuchen aus, knüllte die Alufolie zu einer Kugel zusammen und zielte auf den Abfalleimer. Daneben. Das Aluknäuel schlug gegen das Plastik der Abdeckung und fiel auf den Boden. Er bückte sich und sah die grauen Schnürsenkel eines roten Sneakers im Abfalleimer. Das Aluknäuel legte er behutsam daneben. Er fuhr über den Swoosh des Nike-Logos. Ihm wurde übel. Der Kuchen landete auf dem Linoleumboden.

Nicht jetzt. Er legte seinen Kopf an die Wand, spürte die kühlen Fliesen an seiner Stirn. *Konzentrier dich auf die Pause nach dem Ausatmen. Auf den Moment, in dem nichts passiert.* Scheiße, das war eine Panikattacke.

Das weiße Laken im Fahrstuhl. Der breite Zeh. Es war nur ein Sneaker. Es war so lange her. Fünfzehn Jahre.

Nachdem er das Zahlenschloss mit der Kombination 1990 geöffnet hatte, griff er nach der Packung Tramadol in seiner Lederjacke. Er riss die Packung auf, drückte direkt zwei Tabletten heraus, schluckte sie, und schob die Packung wieder in die Tasche zurück.

Er atmete ruhiger.

Beim nächsten Blick in den Mülleimer lag dort eine OP-Maske mit zerrissenen Ohrenbügeln neben dem Aluknäuel. Ja, sie sahen ein bisschen wie Schnürsenkel aus. Aber es war ganz klar eine OP-Maske. Den Kuchen warf er darauf.

Er zog die Klinikkleidung aus. Das grüne Oberteil landete mit der Hose im Wäschewagen. Aus dem Spind zog er die schwarze skinny Jeans und das Longsleeve.

Vor dem Spiegel verstrubbelte er mit etwas Haargel die schwarzen, halblangen Haare. Seine Augen waren rot und geschwollen. Richtig die Musik aufdrehen. Aus seinen Kopfhörern hämmerten die Beats und er spürte die Bässe bei jedem Schritt.

Er war wieder in der Spur.

Mit ein paar Spritzern Desinfektionsmittel reinigte er seine Hände, bevor er die Ringe überzog. Er warf sich die Lederjacke über die Schulter und gab dem Mülleimer mit der OP-Maske einen Tritt.

Das Flackern der Neonröhren hatte aufgehört. Er drückte auf den Schalter, um den Fahrstuhl zu holen.

Im nächsten Stockwerk stieg eine Frau zu. Ihr Nirvana-Shirt hing über Lackleggings. Der Ausschnitt war ausgefranst. Sie gefiel ihm. Wie die Schauspielerin Megan Fox. Ihre Hauptrolle in Transformers war mega. Super Film.

Er lächelte die Frau im Fahrstuhl an und zog seine Kopfhörer runter. „Coole Band." Er deutete auf ihr Shirt. „Kurt ist zu früh gestorben."

Sie lächelte zurück. „Die Besten gehen zuerst. Come as you are, oder?" Auf ihrem Hals leuchtete das Tattoo einer brennenden Rose in rot und schwarz. Ihre langen schwarzen Haare verdeckten einen Teil davon.

„Und bei dir so? Höre ich da Depeche Mode aus dem Kopfhörer? Feierabend oder Besucher?"

„Feierabend und du?", fragte Milan.

Sie strich über ihr Tattoo. „Bin zu Besuch da. Meine Oma liegt hier. Sie hatte eine Schenkelhalsfraktur."

Er deutete auf die Rose. „Sieht ja aus wie vom Cover der Violator?"

„Bingo. Mein Lieblingsalbum."

„I am waiting for the night to fall.", sang er. „Hat die Rose an deinem Hals Dornen?"

„Weitersingen. Deine Stimme gefällt mir. When everything is bearable. Wenn man die Rose falsch anpackt, sticht sie, oder? Was machst du hier im Krankenhaus? Bist du Arzt oder Pfleger?"

Auf der Fahrstuhlanzeige leuchtete die Zwei auf.

„Physio. Wo liegt deine Oma?"

„Auf der 4b und ist sicher noch etwas länger hier. Treffen wir uns demnächst wieder hier oder woanders? Ich bin Gwendoline." Sie zwinkerte ihm zu.

Die Fahrstuhltür öffnete sich, sie waren im Erdgeschoss. „Dann musst du aber hochfahren." Er drückte auf die vier. „Ich muss hier leider raus", sagte er.

„Leider. Morgen wieder im Fahrstuhl? Wie heißt du?"

„Milan. Milan Dorn. Um 16:30 Uhr habe ich Feierabend. Ich stehe manchmal auch noch auf eine Kippe draußen." Er wartete und die Türen begannen sich zu schließen.

Sie drückte auf den Öffner. „Morgen, gern. Wolltest du hier nicht raus?" Ihre Stimme klang rauchig. Angenehm.

Er trat aus dem Fahrstuhl „Oh, danke. Ja, wollte ich. Also bis … bis morgen?"

Sie lächelte. Ihr Gesicht verschwand hinter den Fahrstuhltüren. Die geschwungene Unterlippe und die Zahnlücke in der Mitte gefielen ihm.

Match.

Der Pförtner löste wie jeden Abend ein Kreuzworträtsel in seiner Zeitung. Er kaute auf dem Kugelschreiber herum, hob nur kurz den Blick und schaute ihn an.

„Tschüss, Herr Riebel. Einen ruhigen Abend für Sie", rief Milan ihm zu.

„Tschüss, Herr Dorn. Ach, Moment …" Pförtner Riebel schob seine Brille auf die Nasenspitze. „Fabelhafter heiliger Vogel der alten Ägypter mit sieben Buchstaben?"

Milan sah das Cover eines Harry Potter Bandes vor sich. Sein Bücherregal daheim in seiner Wohnung im Bahnhofsviertel. Einen brennenden Vogel, der sich aus der Asche erhob.

„Phoenix."

„P-H-O…" Riebel buchstabierte das Wort. Als er es in sein Rätsel eintrug.

„Perfekt. Dann flattern Sie mal in den Feierabend und genießen Sie den Frühsommer. Es ist herrlich draußen."

Die Türen zum Ausgang öffneten sich automatisch. Es roch nach Erde, Ozon und vielen Sonnenstrahlen auf einer feuchten Wiese. Doris Steigenburger lächelte. Ihr übergroßes Gesicht prangte von einem Wahlplakat.

Gegen den Irrsinn der Rechtspopulisten. Haltung zeigen. Mitmachen. Seine Hände strichen über die Taschen seiner Lederjacke.

Die Straßenbahn bog um die Ecke.

Kapitel 8

Frankfurt-Bahnhofsviertel
Marianne Rosenbergs Klassiker *Er gehört zu mir* dröhnte aus dem *Roten Haus* in der Taunusstraße. Eine Gruppe von zehn Männern, einer davon im rosa Tutu, grölte den Text mit. Sie prosteten sich mit ihren Bierflaschen zu.

Der im rosa Tutu trug dazu noch ein silbernes Diadem auf seinem Kopf. Es hing ihm schräg in den kurzen Haaren.

Wie niedlich, dachte Milan.

Vor dem Laufhaus stand Murat, ein Türsteher mit den dicksten Oberarmen, die Milan kannte. Murat wies die Gruppe ab. Er stand von seinem Barhocker auf, stemmte seine Hände in die

Hüften und nickte ihm zu. „So Pfeifen machen mir hier nur Ärger."

„Pass auf deinen Laden auf." Hinter dem roten Vorhang winkte eines der Mädchen Milan zu. Angelika oder Annika? Sie wechselten ständig die Besetzung.

Ein Punk mit blauem Iro hockte mit seinem Hund, einem großen Mischling, direkt vor ihm auf dem Boden. „Hast du'n Euro?" Die vielen Ketten an seiner Lederjacke klimperten, als er aufstand.

Milan steckte ihm einen Fünf-Euro Schein zu.

„Wow, n'Fünfer. Haste heute Abend Spendierlaune? Danke dir, Alter." Eine theatralische Verbeugung. Ohne Vorhang und Applaus.

Milan holte ein Päckchen Zigaretten aus seiner Lederjacke und zündete sich eine rote Gauloises mit einem Streichholzpäckchen von Brigittes Moon-Bar an. Ein roter Mond und dem dazugehörigen Schriftzug. Eine zweite Zigarette reichte er dem Punk.

Vor den Bars auf den Straßen des Bahnhofsviertels prostete sich das Partyvolk zum Wochenende zu.

Ganz in der Nähe war der Treffpunkt für sein heutiges Date. Im neuen Szeneviertel wohnte man großartig. Immer Lichter in allen Farben.

Rotlicht, Schwarzlicht, Blaulicht.

Die Mieten explodierten. Ohne Nebenjob war das für ihn hier nicht bezahlbar.

In seinem Spiegelbild im Schaufenster eines Friseursalons fehlte nur die weiße Strähne. Dann wäre er ganz. Die Männer in dem Laden hielten ihre Daumen hoch. Milan drehte die Ringe an seinen Fingern und zog das Longsleeve glatt.

Der rote Mond über dem Eingang der Moon-Bar leuchtete. Noch ein paar Schritte. Auf dem Profilbild gefiel ihm Devotee101. Sie schrieb intelligent, hörte die gleiche Musik und stand auch auf Tattoos. Mal gespannt, wie sie in echt wirkte. Bilder konnten täuschen und Worte lügen.

Brigittes Moon-Bar war wie so oft der perfekte Ort für ein erstes Date. Hoffentlich war er vor ihr da. Milan verstrubbelte seine Haare, zog noch einmal an seiner Zigarette und schnippte sie in den Rinnstein. Sie glühte. Immerhin die Kippe.

Seine Hand griff zur Tür.

Aus der Bar flossen Gelächter und laute Musik nach draußen. Zwei Frauen taumelten ihm entgegen. Sie hatten ihre Gesichter zu einem Duckface verzogen, machten Selfies und lachten schrill. Die waren aber schon früh voll.

Die Blonde schaute zuerst ihn und dann ihre Freundin an. „Hey komm, wir gehen wieder rein." Mit ihrer großen Zahnlücke sah sie fast wie Madonna aus. „Der Typ da ist heiß." Sie blickte ihm tief in die Augen. Ihr Selfie schien vergessen.

„Das wird deinem Robin aber nicht gefallen", sagte die andere Frau mit den silbernen Overkneestiefeln und dem schwarzen Minirock.

Die Blonde lachte und warf ihm eine Kusshand zu. „Wer ist Robin?" Sie verfehlte die Stufe und hielt sich am Geländer fest.

Milan trat einen Schritt zur Seite. „Alles okay? Ich geb dir gern die Hand an der Treppe."

Die beiden Frauen umarmten sich. „Schöner Mann, gern im nächsten Leben. So alt bin ich auch noch nicht."

Die Blonde ließ sich von ihrer Freundin an die Hand nehmen. „Und betrunken schon gar nicht."

Milan schob sich an den beiden Frauen vorbei. „Das glaube ich euch natürlich. Feiert noch schön." Und zur Frau mit den Overkneestiefeln: „Pass auf sie auf. So ein Bänderriss bei den Absätzen macht keinen Spaß."

„Verdrehst du wieder den Frauen die Köpfe", begrüßte ihn Brigitte, die hinter ihm in der Tür stand. Sie küsste ihn auf die Stirn. „Komm rein, mein Lieber." Sie ging hinter die Theke, griff nach einem Mixbecher, füllte Zutaten ein und schüttelte ihn. An ihren kräftigen Armen klimperten Bracelets. Wie ein Afro stand ihre rote Perücke ballonförmig ab. Der silberne Mini ging nur knapp über ihren Po. Mit den langen Fake Lashes klimperte sie unentwegt. Brigitte hatte heute Kino.

Milan setzte sich auf einen der roten Barhocker an der Theke. Trotz des weichen Polsters störte ihn das Handy in der engen Hose. Milan legte es mit der Packung Zigaretten vor sich auf den Tresen. Er zog einen massiven Aschenbecher zu sich. Kristallglas. Passte perfekt zu den vielen Lüstern.

Vor der Beleuchtung strahlten die vielen Ginsorten. Darunter stand immer der Rum. Überall bunte Farben. Schöner als das grau in ihm. „Du hast ja wieder den Monkey 47 da. Sag mal, wie viele Ginsorten hast du eigentlich?"

Brigitte zog eine Zigarette aus ihrer Packung. Ihre Fingernägel glitzerten wie ihr Minirock. „32. Die haben einfach so tolle Flaschen. Was trinkst du?"

„Gin Basil, meine liebe Brigitte." Eine Cocktailentdeckung des letzten Sommers.

Sie stütze ihr Kinn auf ihren Ellenbogen und legte die Zigarette im Aschenbecher ab. Ihr rechtes Auge wirkte geschwollen, eine Ader war geplatzt. „Avec grande de gin?" Niemand nahm ihr die Französin ab. Das Kölsch bahnte sich immer seinen Weg in ihre Stimme.

„Ist alles in Ordnung bei dir? Was ist mit deinem Auge los?", fragte Milan.

Sie zupfte am Basilikumtopf ein paar Blätter ab und vermied den Blickkontakt zu ihm. „Wieder mal was auf die Zwölf bekommen. Trans ist noch nicht hip. Fuck Nazikids."

Milan streckte seine Hand aus und berührte ihr Kinn. Sie war so ein lieber Mensch. „Scheiße. Was war los?"

Sie schloss ihre Augen.

Milan zog seine Hand wieder zurück und griff nach seiner Zigarette.

Brigitte nahm ebenfalls einen Zug, schaute kurz aus dem Schaufenster und dann zu ihm. „Ist vorm Harveys passiert." Sie blinzelte mit ihrem rechten Auge. „Peng in die Visage. Du weißt, wie sehr ich schon unter diesen Tränensäcken leide" Sie tupfte auf ihren Unterlidern herum. „Und dann das. Kostet mich wieder Tage, bis das gut aussieht."

„Warst du bei der Polizei?" Die Schürfwunde an der Stirn hatte sie gut überschminkt, aber unter dem Thekenlicht konnte er es erkennen.

„Und was machen die? Sich die Hände reiben?" Brigitte entkorkte eine Sektflasche und schenkte drei Gläser ein. „Bringt doch nichts außer dummen Sprüchen. Da habe ich keinen Bock mehr drauf."

„Mach uns noch ein viertes Glas, Süße", rief einer der vier Männer vom Nebentisch ihr zu.

Brigitte hielt ein weiteres Sektglas in die Höhe. „Schon dabei."

„Komm, es gibt auch gute Polizisten", sagte Milan.

„Mir ist noch keiner untergekommen. Außer vielleicht bei den Village People." Sie lachte, als sie vor ihm den Cocktail abstellte. In eine Schüssel füllte sie Salzpopcorn und stellte es auf das Tablett zu den Sektgläsern.

Sie schob ihm den Cocktail zu. „Geht auf mich. Wartest du auf jemand?"

Milan nahm den Cocktail, nippte daran und nickte. „Hmm, lecker. Devotee101 heißt sie. Ein Wisch. Ein Match. Mal schauen, was passiert."

„Bei mir war es Prinz Christian von Frankfurt. Ein Fakedate vom Feinsten und die Locken auf dem Profilbild haben mich wieder einmal blind gemacht. Die hatten mich so an Panaoitis erinnert." Sie strahlte und ihre Augen leuchteten. „Enjoy. Es gibt auch zum Glück genug normale Leute. Oder so feine Menschen wie dich. Wir reden ein anderes Mal weiter. Lass dich von Devotee101 begeistern. Und wenn du meine Hilfe brauchst, melde dich." Sie nahm das Tablett mit den Sektgläsern und hob ihr Kinn zur Eingangstür. „Dein Date?"

Milan drehte sich um und sah zuerst auf die langen Beine, die in glänzenden Lederleggings steckten. Auf hohen Stiefeletten steuerte die Frau mit den schwarzen Haaren auf ihn zu.

Ihr Pferdeschwanz betonte das zarte Gesicht mit den hohen Wangenknochen. „Bist du Burning Heart?"

Noch besser als auf dem Bild.

Jackpot. Sogar eine angenehme Stimme. Genau sein Typ. „Bin ich. Und du bist Devotee 101?" Er erhob sich von seinem Barhocker und umarmte sie kurz. Verbene und Nelke musste das sein. Hatte er in der Kombination noch nie gerochen. Besonders. „Ich bin Milan. Nimm doch Platz." Er schob ihr einen der roten Barhocker zurecht und klopfte auf das Samtpolster.

Sie nahm Platz, winkelte ihre Beine seitlich an und stellte sie auf der Fußstütze ab. „Schön, dich kennenzulernen. Ich bin Vanessa. Cooler Laden, hier war ich noch nie. Ein Gentleman mit schönen Augen."

„Freut mich, dass du gekommen bist."

Brigitte hatte die Discokugel über ihnen eingeschaltet.

Ihre Lichter glitzerten über der Theke, auf ihren Haaren und ihren Augen. „Was möchtest du trinken?"

„Was trinkst du?" Sie beugte sich zu seinem Cocktail. Verbene, Nelke und etwas Zimt.

„Gin Basil. Probier doch mal!" Er schob ihr sein Glas rüber.

Sie nippte, leerte fast die Hälfte des Cocktails im zweiten Zug und begann zu strahlen. „Wow. Richtig gut. Den nehme ich auch." Sie zog den schwarzen Blazer aus und hängte ihn über die Lehne des Barhockers. Unter ihrem rückenfreien Top krallte sich eine riesige Echse in die beiden Schulterblätter, ihre Zunge schlängelte sich zum Hals hoch.

„Schönes Tattoo."

Brigitte stellte sich wieder hinter die Theke.

„Bitte noch einen Gin Basil für Vanessa."

„Klar, mache ich. Der ist gut, stimmt's?", fragte Brigitte. Sie mixte und stellte den Cocktail vor Vanessa ab. „Geht aufs Haus. Lasst es euch gutgehen."

Vanessa trank langsamer. „Hier komme ich jetzt öfter her. Vielen Dank. Deine Corsage ist heiß."

Brigitte schob demonstrativ ihre Brüste zurecht und klimperte mit ihren Wimpern. Sie tanzte zur Musik und drehte lauter. Irgendwas von Madonna.

„Kennt ihr euch gut?", fragte Vanessa.

„Brigitte ist eine Freundin von mir. Ich hänge ständig in ihrer Bar rum." An ihrem Hals pochte der Puls. Ihre Lippen glänzten. Sie könnte sich gut anfühlen. Wenn nach dem Sex nur etwas blieb. Sie könnten später Musik hören. Er lächelte und zündete sich eine Zigarette an. „Rauchst du auch?"

Sie zog eine Zigarette aus seiner Packung und steckte sie sich an.

„Ist das ein Tattoo unter deinem Shirt? Ein brennendes Herz? Aha, ich verstehe, burning heart." Sie deutete auf sein Oberteil.

„Ganz genau. Noch einen Gin Basil?", fragte Milan. Wenn das mit Vanessa nicht funktionierte, was sollte denn noch passieren? Sie war genau richtig. Tolle Haare, dieser Geruch nach Verbene, ihre Beine und die gleiche Musik. Und trotzdem dieses scheiß einsame Gefühl.

An den Tresen setzte sich eine Frau mit roten Locken. Bestimmt Mitte Vierzig. Die hatte er hier noch nie gesehen. Ihre grünen Augen leuchteten. Sie winkte Brigitte zu.

Vanessa schlürfte den letzten Rest aus ihrem Glas.

„Für mich bitte ein Glas Rotwein", sagte die Frau mit den roten Locken.

Brigitte hatte wieder einmal ihre Ellenbogen auf den Tresen abgestützt und unterhielt sich mit ihr. Sie schaute zu Milan und dann wieder zu der Rothaarigen.

Vanessa legte eine Hand auf seine Schulter. Taubes Gefühl. Fuck.

Die Frau mit den Locken lächelte ihn an. Ihn hatte noch nie jemand so angesehen. Mitten ins Herz. Er stand doch gar nicht auf Ältere.

Brigitte unterhielt sich mit einem kleinen Mann mit dicken Oberarmen. Sein Gesicht schien in ihrem Dekolleté zu verschwinden.

„Wir nehmen nochmal zwei Gin Basil, oder?" Milan schaute Vanessa an. Sie lächelte.

Die Frau mit den roten Locken legte ein silbernes Feuerzeug mit einem goldenen N vor sich und zog eine Packung Zigaretten aus ihrer Handtasche.

„So und jetzt raus hier oder ich rufe die Bullen." Brigitte verpasste dem kleinen Mann eine Ohrfeige.

Der kleine Mann stand auf. „Als ob ich so eine Möchtegern-Frau bräuchte. Wer will so einen, wie dich?" Er zeigte Brigitte den Mittelfinger. „Besorg es dir selbst." Die Tür hinter ihm zog sich langsam zu.

„Was für ein Wichser. Ich komme mal zu den angenehmen Gästen. Ihr wolltet nochmal Gin Basil. Mixe ich euch."

„Alles okay, meine Liebe?" Milan griff nach ihrer Hand.

Sie nickte. „Ohne dickes Fell geht es nicht. Tut trotzdem weh. Schnell vergessen. Und dabei stehe ich so auf kleine Männer mit dicken Oberarmen." Sie schaute zum Ausgang, schüttelte ihren Kopf und lachte. Dann stellte sie den Regler der Musikanlage etwas lauter.

Er begann sich auf dem Barhocker zur Musik zu bewegen. „Wie wär's später noch mit Tanzen im *Nachtleben*?"

Sie strich ihm über den Nacken. „Du gefällst mir. Was nimmst du für einen Duft?"

„Dirty von Lush." Sie stießen mit ihren Cocktails an. „Auf einen schönen Abend."

„Und die Nacht." Sie grinste.

Sie verabschiedeten sich von Brigitte, die schon wieder in ein Gespräch mit der Rothaarigen vertieft war und die Hand hob. Milan würde sie gern einmal wiedersehen. Komisch.

„Vielleicht meint es ja auch mal einer ernst mit mir." Brigitte zog ihre Schultern hoch. „Ich wünsche euch einen schönen Abend. Lass dich bald wieder blicken." Sie drückte ihm einen Kuss auf die Stirn.

„Ganz bald." Er lächelte und hielt Vanessa die Tür auf.

Er wollte nicht wieder allein in seinem Bett liegen.

Vanessa griff nach seiner Hand.

„Einen Blick in die Kinly Bar in der Elbestraße?", fragte Milan. „Ist gleich um die Ecke." Er wich einem E-Scooter aus, der aus dem Nichts auf ihn zugeschossen kam. „Pass doch auf", rief er dem Fahrer hinterher und zog die Hand zurück.

„Dann lass uns schnell in die Bar rein", sagte Milan.

Sie hastete ihm hinterher. „Es gibt keine Straße, die so nach Pisse stinkt, wie die Elbestraße. So eklig. Wer da in der Gosse liegt, ist echt ganz unten." Vanessa rümpfte ihre Nase.

Vor einer Drückerkabine versammelten sich ein paar Junkies.

Der Gestank war hier kaum auszuhalten.

Daneben stand die Schlange der Wartenden vor der Kinly Bar. Eine Tür mit Guckloch wurde geöffnet. „Hey Milan, komm rein."

Milan und Vanessa gingen an der Schlange vorbei. Eine Treppe führte ins Kellergeschoss. Housemusik drang aus den Lautsprechern. Im Schein der Lampen glänzten die Wände golden. Zwischen Kerzenleuchtern thronte ein mächtiges Hirschgeweih über der Bar. Dahinter hantierten die Barkeeper mit Trockeneis. Nebel stieg von ihnen auf.

Sie setzten sich auf zwei alte Kinosessel an der Wand. Bequemer konnte man kaum sitzen. Herrlich. Eine Bedienung stellte sich neben sie. Auf ihrer Schürze stand Skin Gin. Den kannte er noch nicht. Unter dem Anker prangte Reptile Edition. Sie stellte ihnen eine Kristallkaraffe Wasser und zwei Gläser hin.

„Was möchtet ihr trinken?", fragte die Bedienung.

„Was für eine coole Schürze. Wir lassen uns gerne überraschen. Ich nehme etwas Fruchtiges. Und für dich?" Milan strich über Vanessas Unterarm. Sie hatte weiche Haut.

„Für mich darf es eher süß sein, aber bitte nicht mit Rum. Den vertrage ich nicht so gut", sagte Vanessa. Sie schaute zur Bedienung und lächelte Milan an.

Die Bedienung schenkte die mit Eiswürfeln gefüllten Gläser mit Wasser auf. „Alles klar. Wir zaubern euch was." Sie nahm eine Schale mit Erdnüssen von ihrem Tablett und stellte sie neben den Gläsern ab.

Vanessa nahm einen Schluck Wasser. „Von hier unten in unseren bequemen Sesseln, vergisst man, dass draußen der größte Drogenumschlagplatz Europas ist. Die ziehen sich doch ihr Crack direkt auf der Straße rein." Vanessa schüttelte den Kopf. „Einen coolen Laden hast du für uns ausgesucht. Woher soll man da von außen erkennen, dass hier eine Bar ist?"

Das Pärchen neben ihnen knutschte. Milan sah ihre Zungen und das Piercing der Frau blinkte im Kerzenlicht. Küssen war ihm zu nah.

Ein großes Grammophon aus Mahagoni stand neben alten Filmrequisiten auf einer Kommode. Neben den Filmrollen standen ein Scheinwerfer und ein Regiestuhl.

Die Bedienung stellte die Cocktailgläser vor ihnen ab. „Einmal den Elmo und dann haben wir noch den Flamboyant Redhead. Lasst es euch schmecken."

Vanessa nahm ihr Glas in die Hand. „Auf uns. Hmmm, der ist ja gut. Ich dachte, der Gin Basil wäre schon klasse gewesen. Guter Geschmack."

Vanessa strich über seine Ohrringe. In seinen Ohren klang ihr Atemgeräusch. Es war lauter als die Housemusik. „Bin gleich wieder da", unterbrach er ihre Streicheleinheiten. Er stand auf und verschwand auf der Toilette.

Milan tauchte sein Gesicht in die Hände mit kaltem Wasser. Er ließ sich noch etwas über die Unterarme laufen und richtete die Haare im Spiegel. Nur noch schnell den Cocktail austrinken und dann mit Vanessa zur Konstablerwache fahren. Bevor sie im *Nachtleben* tanzten, brauchte er etwas Koks. Irgendwas, was ihn in Fahrt brachte. Sonst lief mit Vanessa heute Abend nichts. Dieses Atemgeräusch in seinem Ohr und die Streicheleinheiten von ihr. Ihm wurde die Haut zu eng. Sein Spiegelbild war einsam.

Er würde für immer allein bleiben.

Vanessa saß im Kinosessel. In ihrer rechten Hand glomm eine Zigarette.

„Lass uns weiterziehen. Im *Nachtleben* ist bestimmt schon was los", sagte Milan.

Vanessa streckte eine Hand nach ihm aus. „Es war gerade so schön mit dir. Hier. Lass uns erst noch eine rauchen. Komm noch einmal her." Sie würde ihm wieder ins Ohr atmen.

„Wir rauchen eine auf dem Weg." Er hielt ihr seine Hand hin. Sie fixierte den Boden zu ihren Füßen. Ihre Haltung erschlaffte und das Lächeln verschwand aus ihrem Gesicht. Sie griff nach seiner Hand und erhob sich aus den alten Kinostühlen.

Milan legte der Bedienung einen Zwanzig-Euro-Schein hin und lief vor Vanessa die Treppe nach oben.

Vor der Tür grüßten ihn ein paar Bekannte. „Wir ziehen weiter ins *Nachtleben*. Dark Wave und Elektro. Typischer Dark-Freitag dort. Wird sicher gut. Vielleicht sieht man sich später", sagte er zu einer jungen Version Robert Smiths, dem Leadsänger der Band The Cure. Auftoupiertes Haar, schwarze Fingernägel, blutroter Mund und einem schwarzen Ledermantel. Pflicht für einen Gothic, auch bei knapp fünfundzwanzig Grad Außentemperatur. Der Goth nickte. Seine Antwort ging unter.

Die Sirene eines Streifenwagens heulte auf und mit quietschenden Reifen hielt er vor einem Laufhaus auf der anderen Straßenseite.

Kapitel 9

Frankfurt-Osthafen
Katharina knallte die Beifahrertür des BMWs zu. Der Schlagring in ihrer Hand fühlte sich großartig an. „Dem Zwitter haben wir es gezeigt. Ihr hättet dem Stück Dreck noch viel stärker in die Fresse hauen sollen. Wie dieses Es geglotzt hat, als Julian ihm die Bluse aufgerissen hat. Geil."

„Hast du alles mitgefilmt?", fragte Felix.

„Voll in ihre blöde Visage gehalten. Man konnte sehen, wie eure Rotze auf ihr Gesicht getropft ist. Wer weiß, vielleicht fand das Vieh das auch noch geil."

„Ich hätte ihm noch stärker in die Eier treten sollen", sagte Julian. „Dass hier sowas rumlaufen darf. Weggesperrt gehört so etwas. Da ist das, was wir gemacht haben, noch harmlos. Wir müssen echt krassere Aktionen machen."

Aus den Boxen des BMWs dröhnte *Faktor F*. Julian ließ die Kronkorken fliegen. „Aber du hättest auch gern zugetreten, oder?" Er reichte Katharina ein kaltes Bier.

Felix fuhr ihr durchs Haar. Sie roch das Bier in seinem Atem und spürte seine Zunge in ihrem Mund. „Was glaubst du denn. Kalt gemacht hätte ich das. Und jetzt schließ schon dein Auto ab. Ich will endlich los." Sie wollte es den Jungs zeigen. Heute war es an der Zeit. Sie drehte sich Richtung Skyline. Die EZB und die Hochhäuser leuchteten gegen die untergehende Sonne an. „Mir nach. Habt ihr die Dosen dabei?" Über die Fußgängerbrücke waren sie schnell beim alten Aurora-Gelände.

Vor ihr lagen Kräne, die sich zwischen den Schiffscontainern bewegten. Das restliche Gelände auf dieser Seite des Osthafens versank in Dunkelheit. Ein paar grelle Scheinwerfer und ganz viel Platz zum Sprayen. Bereit für ihre Hakenkreuze. *ROF* sollte die Stadt fluten. Die *Rechte Offensive Frankfurt*. Sie sollten sie alle kennenlernen. „Prost Jungs", schrie sie aus vollem Hals, als das erste Graffito eine Mauer zierte.

Sie gehörte dazu.

„Achtundachtzig", grölte Julian.

„Sieg Heil", schrie Katharina und streckte den rechten Arm zum Himmel.

Ein Partyschiff auf der anderen Seite. Lauter linkes Gesocks tanzt da zu beschissenen Alternativbeats, dachte sich Katharina. „Jetzt filmt ihr mich mal und ich zeige euch, wie man so ein Stück Scheiße richtig umhaut. Eine deutsche Frau kann auch zuschlagen."

Felix schaltete sein Handy ein.

Sie hob ihren rechten Arm in die Kamera. „So, ihr Lutscher da draußen. Heute zeige ich euch mal, wie man einen Menschen totschlägt." Sie zeigte ihren Schlagring und küsste ihn. „Wer mich aufhält, den schlage ich zu Brei. Und so eine Fidschifresse kommt mir da gerade recht." Katharina zeigte auf eine Gruppe von vier Männern, die es sich vor einem der Container bequem gemacht hatten.

Ihre Zunge wurde plötzlich schwer. Katharina begann zu lallen, wie aus dem Nichts, dann spürte sie, wie ihr Urin das Bein hinablief. Ey Scheiße, dachte sie sich. Sie musste kotzen. Ein Karussell, das sich immer schneller drehte. Ihre Finger um die Flasche lösten sich. Es ging abwärts. Ihre Beine waren taub. Da war kein Gefühl.

Felix lachte, als sie stürzte. „Geile Aktion. Steh schon auf. Ey, hast du dir in die Hose gepisst?"

Katharina wollte sich aufstützen, doch auch da verlor sie jeden Halt. Sie spürte eine Hand in ihrem Nacken. Julian zog an ihren Armen. „Helf mir doch mal, Felix! Kratzt die jetzt ab?", fragte Julian.

„Scheiße, du musst den Rettungswagen anrufen", sagte Felix.

Die Gesichter von Felix und Julian wurden immer schwammiger. Sie versuchte, sich auf die Seite zu drehen. Ihre Zunge würde ihr gleich in den Hals rutschen. Sie begann zu schwitzen. Die Geräusche des Krans in der Nähe, die Stimmen der Männer vor dem Container.

„Verpisst euch ihr Schlitzaugen", rief Julian.

Sie öffnete ihr rechtes Auge. Das Display des Handys vor ihrem Gesicht. Die Stimmen über ihr verstand sie noch.

Zuerst sprach Julian. Wenn er hektisch wurde, kam sein Ossidialekt raus. „Hast du deine Nummer unterdrückt?"

„Logo, denkst du, ich bin bescheuert? Am Ende denken die Bullen noch, wir hätten damit was zu tun." Felix klang manchmal echt wie ein Mädchen.

Julian rief in sein Handy. „Hier am Osthafen, kurz nach der Fußgängerbrücke vom Schwedlersee liegt eine junge Frau. Sie braucht Hilfe."

„Wir sind unterwegs", hörte sie noch eine Frauenstimme aus dem Handy antworten.

Ihr Atem wurde schwerer. Stand ihr jemand auf der Brust? Es kam kaum noch Luft durch die Nase. Die Zunge rutschte zurück.

Die konnten sie doch hier nicht liegen lassen. Ey, ihr Fotzen, lasst mich doch hier nicht liegen, wollte sie schreien, doch die Worte hockten nur auf der Scheißzunge, die Lippen funktionierten nicht und die Zunge in ihrem Mund zerfloss.

Die Luft wurde immer zäher. Ihre Lungen brannten.

Ich verrecke doch jetzt nicht hier vor diesen Drecksausländern. Helft mir hoch ihr Schwuchteln. Sie krallte sich mit ihren Fingern in den Boden. Löwenzahn, eine Zigarettenkippe und Ameisen, die über ihre Finger krabbelten. Sie konnte alles sehen. Doch sie bekam weder den Kopf hoch noch funktionierte sonst irgendwas an ihr. War in irgendeinem Bier was drin, oder Gift? Man konnte doch nicht einfach so zusammenfallen, dachte sie sich.

Die Fidschis waren verschwunden, das konnte sie sehen.

Ein Fahrrad klingelte im Hintergrund.

Sie spürte Regentropfen auf ihrem Gesicht.

Ihre beiden besten Freunde waren verschwunden. Die konnten sie doch nicht hier so einfach liegenlassen wie weggeworfenen Müll, ging es ihr immer wieder durch den Kopf. Sie waren doch eine Gemeinschaft.

Allein wurde ihr immer so kalt.

Dann hörte sie die Sirenen des Rettungswagens.

Kapitel 10

Frankfurt-Bahnhofsviertel
Vanessas Augen reflektierte das Blaulicht der Polizei.

„Hier ist immer was los. Die Junkies sitzen gegenüber und bekommen gar nichts mit. Völlig in sich versunken. Bemitleidenswert", sagte Milan. „Und das bei dem Wetter. Hoffentlich wird der Regen nicht stärker."

Vanessa antwortete nicht. Die zarten Finger auf seiner tauben Haut. Eben in der Bar. Ihr enttäuschter Blick, Dieses Date durfte nicht wieder enden, wie alle anderen vorher. Er brauchte was für den Rest des Abends.

Sie liefen bis zum Willy-Brandt-Platz. Vor der großen Eurostatue lag im Hintergrund der Twin Tower der Deutschen Bank. „Da drüben arbeite ich ab und zu außerhalb meines Klinikjobs. Das in der Klinik ist Berufung und da drüben kommt das gute Geld her."

„Was machst du denn in der Klinik? Bist du Arzt?", fragte Vanessa. Immerhin redete sie wieder mit ihm, dachte sich Milan.

„Nein, ich bin Physiotherapeut auf einer Intensivstation und der Neurologie in der Uniklinik." Er zog seine Zigarettenpackung aus der Lederjacke. Nicht, dass er dabei noch eine Blisterpackung verlor.

„Oh, Physiotherapeut. Wirklich? Dann kannst du mich heute noch massieren. Ich bin so verspannt." Sie griff sich an ihren Nacken und warf ihm einen unschuldigen Kinderblick zu. „Ich werde auch schnurren wie ein Kätzchen. Miau."

Das war ihm zu billig. So klare Anmachen waren gar nicht sein Ding. Er verstrubbelte seine Haare, bot ihr eine Zigarette an und zündete sich selbst eine an. „Und was machst du so, wenn du nicht im Bahnhofsviertel unterwegs bist?"

„Ich arbeite als Bankangestellte bei deiner Konkurrenz. Also bei der Sparkasse. Eher spießig mit Sparplänen und Kontoeröffnungen. Aber die Deutsche Bank wäre etwas für mich. Vielleicht kannst du für mich ein gutes Wort einlegen, wenn du jemanden aus der Chefetage massierst." Sie griff auf der Rolltreppe zur U-Bahn Haltestelle nach seiner Hand. Er erwiderte ihren Händedruck und strich ihr über die Wange. Wenn er es doch nur auch schön finden könnte, so etwas zu tun.

An der Konstablerwache stiegen sie aus. Auf der Rolltreppe rempelte ein Bodybuilder mit Glatze Vanessa an und rammte ihr seine Sporttasche in den Rücken.

Auf Stress hatte Milan jetzt keinen Bock.

Vanessa strauchelte und kam Milan ganz nah. Näher als nötig. Ihre Lippen streiften seine Wange.

Er drehte sich weg.

Der Regen hatte wieder aufgehört.

Aus den Lautsprechern unter den Platanen dröhnten Hip-Hop Beats zwischen den vielen Fußgängern über die Geräusche der Zeil. An den Treppenstufen der Konstablerwache probierten BMX-Fahrer und Skater ihre Tricks aus. Zwei Breakdancer bewegten sich unter den Anfeuerungsrufen der Zuschauer, die einen Halbkreis um sie gebildet hatten. Auch von den Außentischen der Restaurants klatschten Gäste zum Rhythmus.

Sein Dealer stand in der Nähe der Fahrradständer an der Haltestelle. Er trug immer den gleichen schwarzen Kapuzenpulli mit dem Aufdruck California Dreaming. Zwei Palmen und eine untergehende Sonne. Ein Gramm Snow müsste reichen. Vanessa musste schon einmal vorgehen, sonst konnte er ja schlecht bei ihm einkaufen. „Kannst du schon mal im *Nachtleben* einen Drink bestellen und zwei Plätze an der Bar für uns reservieren? Ich muss nur schnell etwas abliefern und komme gleich nach?" Dass er ‚uns' gesagt hatte, würde Vanessa hoffentlich bei der Stange halten. Traute Zweisamkeit.

„Etwas abliefern?", fragte Vanessa. „Wie geheimnisvoll. Und da kann ich nicht dabei sein?"

„Abgeben, einwerfen, sowas halt. Ich bin doch gleich da. Mal gespannt, was du für mich aussuchst", antwortete er.

„Aber lasse mich nicht zu lange warten."

Und wenn ich keinen Bock hätte, würde ich mich einfach in die nächste Bahn setzen und tschüss. „Durch die Scheibe kann ich sehen, dass an der Theke was frei ist. Das ist doch ein super Platz. Ich beeile mich. Nur fünf Minuten."

Er schaute ihr nach, wie sie den Laden betrat. Sollte er nicht einfach verschwinden?

„Pssst. Brauchst du was?", fragte ihn der Mann mit Kapuze.

Milan hatte richtig Bock auf eine Line. „Was hast du dabei? Lass uns mal ein Stückchen gehen."

„Deine Freundin weiß wohl nichts davon." Der Kapuzenmann hatte seine Hände aus den Hosentaschen genommen. Ein großer Totenkopf protzte auf einem Siegelring an seinem rechten Mittelfinger. „Kommt drauf an, wie viel Dröhnung du heute brauchst. Die ist doch auch so schon der Abfahrer."

Kapuzenmann hatte richtig schlechte Zähne. Wenn der mal nicht auf Crack war, so wie seine dünnen Beine zitterten.

„Statt mich hier zuzutexten. Also, ich wäre mit einer Line zufrieden. Ein Gramm sollte reichen", sagte Milan.

„Schon gut. Heute achtzig Euro für dich." Kapuzenmann zog ein Röhrchen aus seiner Jackentasche.

Milan gab ihm das Geld und steckte das Röhrchen ein. Das letzte Mal hatte er neunzig gezahlt. Hoffentlich war das gutes Zeug und brachte ihn richtig weit weg von sich.

„Bis bald mal wieder", sagte Milan.

Der Kapuzenmann drehte sich um und quatschte den Nächsten an.

„Bro hast du was für uns?" Die Breakdancer hatten ihre Vorstellung kurz unterbrochen und sammelten etwas Geld ein. Milan warf einen Euro in die Cap.

Milan zog die Line im Schatten des Gerichtsgebäudes. In seinem Kopf knallte es. Er hatte so einen Bock zu tanzen und das taube Zahnfleisch war jetzt auch egal.

An der Konstablerwache hatten die Typen mit den BMX Rädern tatsächlich ihre Speichen angemalt. Wie geil das aussah.

Irgendwie hatte er jetzt Lust mit so einem Rad auch mal die Treppen runterzufahren. Oder vielleicht am Bienenkorbhaus die Fassade hochklettern und Spiderman spielen. Die mussten nur bessere Musik laufen lassen. „Macht doch mal geile Musik an. Mögt ihr Techno?", fragte er.

Die Jungs setzten sich auf die Räder und fuhren davon. Wie lahm waren die denn drauf. Waren hier nur Langweiler unterwegs?

Vanessa saß mit dem Rücken zum Eingang. Sie hatte zwei Gläser Rotwein vor sich stehen. Schon ein wenig oldschool, aber Alkohol auf eine Line war immer eine gute Idee.

„Ich hatte schon befürchtet, du lässt mich sitzen", sagte Vanessa. Ihre Stimme klang so langsam.

„Äh, bitte was? Ganz im Gegenteil. Heute gibt es nur uns zwei. Lass uns den Rotwein mit nach unten nehmen. Ich will tanzen." Er zog sie mit sich und küsste sie direkt auf den Mund. „Lass uns tanzen gehen."

Die Musik dröhnte aus den Boxen. Die Tanzfläche war voll. In der Mitte winkte er dem DJ zu. Nur tolle Leute heute im Nachtleben und die Beste war an seiner Seite.

Sie lächelte und schlang die Arme um seinen Hals. „So gefällst du mir besser."

Er zog sie enger an sich. Das mit dem Koks war nur geil und er bekam einen Ständer. „Die Frau mit dem schwarzen Leukotape auf den Brustwarzen hat echt Mut", rief er ihr durch die lauten Bässe entgegen.

„Leute gucken ist echt mein Hobby. Und dann nur ein Tape im Schritt. Wie kommt man auf so eine Idee?", fragte Vanessa. Sie trank Flying Hirsch.

Ihre Küsse schmeckten gut.

„Die Tapefrau ist im wahren Leben vielleicht Steuerberaterin. Jeder hat doch seine Geheimnisse", sagte Milan.

Sie strich über seine Ohrringe und begann sein Ohr zu küssen. „Welche Geheimnisse hast du?", flüsterte sie ihm ins Ohr.

„Viel zu viele. Das willst du gar nicht wissen." Er drückte sich an sie. „Aber wie wäre es damit?" Milan strich ihr über den Hals. „Du warst so verspannt, sagtest du. Immer noch?"

„In dem Fall. Ja. Gehen wir jetzt zu dir? Ich möchte echt gern mit dir allein sein."

Er nahm nie jemanden mit zu sich nach Hause. „Das geht nicht. In meiner Wohnung trifft sich ein von Freund von mir mit seiner verheirateten Freundin."

„Dann komm mit zu mir", sagte Vanessa. Ihre Hand streichelte zärtlich seinen Unterarm. Er nahm ihr Lachen wie durch einen Nebel wahr. Sie knabberte an seinem Ohr.

Ihre hohen Absätze hallten kurz darauf auf der leeren Straße. Auch sie hatte ordentlich gebechert und hielt sich an ihm fest. In den Hauseingängen drückte er sie an die Wand. Sie kamen kaum vorwärts. Ihre Wohnung lag in der Leipziger Straße über einer alten Apotheke im ersten Stock.

„Du bist der attraktivste Mann, den ich bisher kennengelernt habe." Sie hatte das eben wirklich zu ihm gesagt. Fast wie in einer Soap. Der Wohnungsschlüssel fiel ihr aus der Hand, sie hob ihn auf, strich ihm durchs Haar und schloss die Tür auf. „Deine Wangen sind so weich und keine Bartstoppeln, die kratzen." Auf Quatschen hatte er jetzt echt keine Lust. „Pssst. Nicht so viel reden." Er küsste sie und zog sein Longsleeve aus.

Sie kickte ihre Stiefeletten in die Ecke, begann ihn zu streicheln, öffnete seinen Gürtel und berührte seine Tätowierung an der rechten Brust. Das brennende Herz und der Schriftzug schienen sie zu verwirren. Sie wich etwas zurück. „Wer ist Leo?"

„Ein Mensch, der mir sehr wichtig ist. Aber jetzt gibt es nur dich und mich."

„Wer bist du?"

Er begann ihren durchsichtigen BH zu öffnen. Sie zog ihn in ihr Bett und mit seinen Lippen schob er ihren String zur Seite.

Wenn ich das nur wüsste, dachte er.

*

Er beneidete sie um ihre Tränen nach dem Sex. Kurz nach dem Orgasmus stand er auf und entsorgte das Kondom im Mülleimer.

Vanessa schlief, als er zurück ins Schlafzimmer kam. Ihre Atemzüge waren tief und regelmäßig.

Das Kokain ließ nach. Er musste hier raus.

Hoffentlich wachte sie jetzt nicht auf. Auf eine zweite Runde Sex hatte er keine Lust. Er zog seine Kleidung wieder an, die in der ganzen Wohnung verstreut lag.

Vanessa war süß. Verdammt, es war kurz geil gewesen und das war es aber auch.

Milan zog leise die Haustür hinter sich zu.

Vanessa war eine Traumfrau. Doch es kribbelte nicht. Es kribbelte nie.

Sie könnten das perfekte Paar sein. Aber Milan würde niemals mit einem anderen Menschen ein Paar sein. Nie.

Der Weg von Bockenheim war lang, aber die frische Luft tat gut. In seiner Hosentasche vibrierte das Handy.

Auf dem Sperrbildschirm erschien eine erste WhatsApp von Vanessa. *Wo bist du?*

Er öffnete die App nicht.

Komm doch wieder zurück.

Es war so schön mit dir.

Ich vermisse dich.

Im Stakkato prasselten die Nachrichten ein. Wenn sie sich wiedersehen würden, wäre das okay für ihn, mehr aber auch nicht. Wenn das so weiterging, würde er sie blockieren. Auf jeden Fall würde er heute nicht auf die Nachrichten antworten. Er schlief nie neben einem Menschen. So nah Haut an Haut. Er schaltete sein Handy aus und steckte es in die Hosentasche. Vielleicht antwortete er morgen. Oder gar nicht.

In der Passage der E-Kinos an der Hauptwache hallten seine Schritte. Völlig verwirrt, aber immerhin war er nicht in irgendeinem Gebüsch aufgewacht.

Vor einem Kinoplakat irgendeines Blockbusters lehnte ein Obdachloser an der Wand und rutschte langsam zu Boden. Er hatte die Augen geschlossen und griff nach seinem Rucksack, den er in der Hand hielt.

Auf dem Plakat neben ihm küsste sich ein Paar. *Das Leben ist schön.* Ein Mann hielt ein Rad mit einem Kind darauf in der

Hand. Milan dachte daran, wie gern er in die Scheibe treten und dieses verfickte Plakat rausreißen würde. Nichts war schön. Völlig ausgelutscht und schlaff fühlte er sich. Einfach nur neben den Obdachlosen setzen und heulen.

Diese bescheuerten Filmrisse nach dem Koks. So geil das immer auch war, aber danach war es nur scheiße. Einfach nur auf sich zukommen lassen mit den Dates und nicht wie ein Vollidiot ziellos durch die Stadt irren.

Die Zigarette schmeckte auch nicht.

Der Obdachlose hustete, öffnete die Augen, musterte ihn kurz und dann jemanden hinter Milan.

Die Frau, die der Obdachlose anstierte, trug einen schwarzen Regenmantel und unter der großen Kapuze hingen nur ein paar rote Strähnen heraus. Auch sie rauchte.

Das Schweigen der Lämmer. Ein Nachtfalter auf dem Mund der Hauptdarstellerin. Auch diese Augen starrten ihn an.

Die Frau im Regenmantel schien das Plakat zu betrachten und drehte ihm nun den Rücken zu.

Überall standen Menschen an Straßenecken und drehten sich von ihm weg. Nur die Kinoplakate glotzten ihn an. The Lost City, Paw Patrol, Phantastische Tierwesen, der Irre aus Shining und dann ständig diese Filmmusik in seinem Kopf. Forrest Gump, Titanic und Der Weiße Hai. *Aufhören, bitte aufhören.*

Alle wandten sich von ihm ab. Alle schwiegen. Der Obdachlose hustete immer noch. Er sollte ihm eine reinschlagen, damit der endlich mit dem Husten aufhörte, ihn anschaute und mit ihm sprach.

Milan trat gegen einen Mülleimer. In seinen Ohren rauschte es. Erneut zündete er sich eine Zigarette an und schloss die Augen. Normalerweise genoss er es, durch die Straßen zu laufen und den neuen Morgen zu begrüßen.

Niemanden wollte er mehr begrüßen. Nur noch daheim die Decke über den Kopf ziehen.

Du bist wieder einmal allein und selbst schuld.

Das Koks haute ihm heute richtig eine rein.

Reset und delete. Ready to fuck off.

Reiß dich zusammen.

Die Frau im Regenmantel stand jetzt auf der anderen Straßenseite. Sie fixierte ihn zu lange. Wenn er stehenblieb, blieb sie auch stehen.

In einem Kiosk kaufte er sich eine Flasche Wasser. Er trank sie noch mit dem Restgeld in der Hand leer.

Sie stand hinter ihm und blätterte in einem Magazin. Die Frau im Spiegel. Passte so gar nicht zu ihr. Wie in einem billigen Film. Und wenn schon.

Die Frau im Regenmantel zog ihre Hände in die Ärmel hinein. Als er den Kiosk verließ, folgte sie ihm und beschleunigte ihre Schritte, als er schneller wurde.

Fuck, das war schon crazy. Wieder ein Grund von diesem Scheißkram Koks die Nase zu lassen.

Sie hatte ihn fast eingeholt. „Bleib mal stehn! Ich brauche deine Hilfe. Hast du einen kurzen Moment?"

Milan stoppte. Sie kam auf ihn zu.

„Ach, Milan!" Die rothaarige Frau aus der Moon-Bar. Sie hatte neben ihm gesessen und Rotwein getrunken. „Wo hast du Leo gelassen?" Der Name hämmerte rein. Leo und er, das war Potsdam. Hier in Frankfurt kannte niemand Leo.

Milan hatte hier nie jemandem von ihm erzählt.

„Mein Milan." Die Frau lächelte und schob sich die Kapuze vom Kopf. Schöne weiße Zähne hatte sie.

Sie kannte diese Verbindung zwischen Leo und ihm. Er nickte. „Ja, aber woher wissen Sie denn ...?"

„Ich muss mit dir reden. Es ist wichtig für mich. Du wohnst doch gleich um die Ecke", sagte die Frau.

Ihm wurde kalt, aber irgendwie auch warm. „Warum verfolgen Sie mich?"

„Nenn mich doch Martina. Ich bin ..., also ich ... bin deine Mutter."

Mit einem Fahrstuhl in eine Grube voller Eis. Er hatte keine Mutter. Sie hatten keine Mutter gehabt. Eine Mutter, die reich und berühmt war und sie zu sich nahm. Ohne Leo wollte er keine Mutter. Mit dem Porsche gegen eine Stahlwand brettern.

In seinem Kopf war alles zu viel.

Einfach nur losrennen. Seine Beine waren so schwer.

„Wir haben … ich habe keine Mutter." Milan griff nach der Packung mit den Zigaretten. Sie fiel ihm aus der Hand. „Das kann nicht sein. Wir sind in einem Heim aufgewachsen. Sie müssen sich irren." Sie sollte doch ihn und Leo abholen. Mit einem Porsche. So hatten sie es sich immer gewünscht.

Er weinte.

Sie fixierte ihn. „Es tut mir leid. Glaub mir, ich habe keine Zeit. Meine Tarnung ist aufgeflogen. Ich muss in deine Wohnung. Ich erkläre dir alles später."

In dreißig Jahren kein einziger Brief oder Anruf, nichts. Jetzt stand sie da. Die Frau aus der Moon-Bar. Einen Rotwein und dieses schöne Gefühl, als er sie angesehen hatte. Aber sie hatte keine Zeit. Sie brauchte seine Hilfe.

Martina schaute ihn an, im nächsten Moment sicherte sie die Umgebung, wie ein Wildtier. Überall schien sie Gefahr zu wittern und zuckte zusammen, als der Kioskbesitzer die Jalousie herunterkrachen ließ. Sie hatte genauso viel Angst wie er.

Nur ein falsches Wort und sie würde flüchten.

Milan wischte sich die Tränen mit dem Ärmel weg. Sie sollte ihm alles erzählen. Und er würde ihr erzählen, wie es war, allein zu sein.

Mitleid und Neugier drängten seine Bedenken beiseite. Milan schloss kurz die Augen und spürte die Hand seines Bruders auf dem Bassinplatz. „Komm mit! Ich will wissen, wer du wirklich bist."

Sie räusperte sich immerzu. „Ich werde verfolgt. Wenn die mich erwischen, bin ich geliefert. Kann ich bei dir bleiben?"

Kapitel 11

Uniklinik Frankfurt Intensivstation
Eine Pumpe zischte und blies sich auf. An Katharinas Ohr fiepte ein schriller Ton. Da waren Stimmen von Männern und Frauen, die in vielen Sprachen flüsterten und lachten. Sie wollte ihren Kopf vom Kissen heben. Unmöglich. Der musste festgebunden

sein, oder war viel zu schwer. Geräusche tanzten in ihrem Kopf. Saugen, blubbern und summen.

Mach doch deine Augen auf.

„Frau Nowak, ich sauge Sie jetzt ab. Ich bin Schwester Erika." Die Schwester sollte weitersprechen, dann wurde bestimmt alles gut. Überall roch es nach Desinfektionsmitteln und Scheiße. Ihren nächsten Dienst im Altenheim hatte sie am Mittwoch, bis dahin musste sie gesund sein. Welcher Tag war heute?

Sie würde an diesem Gestank ersticken. Etwas steckte in ihrem Hals, ein Rohr oder ein Kabel aus hartem Stahl. Füllte jemand Teer in ihre Lungen?

Das nasse Gras an ihrer Wange war verschwunden und auch Felix und Julian. Sie bewegte ihre Zunge. Da waren ihre Zähne. Speichel lief an ihrem Mundwinkel zum Kinn hinab.

Mach deinen Mund zu.

Der Geschmack im Mund war sauer. Als ob sie sich ewig nicht die Zähne geputzt und sogar noch gekotzt hätte.

Katharinas Augenlider klebten zusammen. Am Osthafen hatte sie noch in das Vorderlicht eines Fahrrads gesehen. Ein greller Scheinwerfer war nun über ihr. So grell, als würde sie direkt in die Sonne schauen. In das Gesicht einer Chinesin, das vor ihr auftauchte, wollte sie sofort reinschlagen. Ihre Schlitzaugen blinzelten und sie beförderte mit ihren Stäbchen den Teer in Katharinas Mund. Der Kopf der Chinesin flog wie ein Ballon zur Decke und starrte sie von dort aus weiter an.

Deine Augen sind zu.

Der Ton in ihrem Ohr fiepte wie eine Ratte, wurde schriller und jemand lachte.

Heb deinen verdammten Kopf an.

Eine Zigeunerin, die mit ihrem Nasenring brennende Hakenkreuze in ihre Glaskugel zauberte. Auch dieser Ballonkopf flog an die Decke und wackelte neben der Chinesin. Die Glaskugel explodierte und die Hakenkreuze brannten, als sie herabregneten. Tausende bohrten sich in ihre Haut. Aber sie hatte keine Arme mehr. Keine Beine, keinen Bauch oder Rücken. Nur ihren Kopf.

Helft mir. Schrei doch.

Ein Neger flog auf sie zu und streckte seine breite Zunge heraus. Er schob sie in ihren Mund. Sie versuchte zu beißen und würgte.
Dreh deinen Kopf weg.
Ihr Hals gurgelte.
Immer mehr Ballonköpfe flogen umher. Sie lachten und es war nichts Deutsches dabei.
Öffne deine Augen.
Ein Mundschutz, rote Wangen, blaue Augen und eine Haube über ihr. Die Augen waren mit grünem Lidschatten geschminkt. „Es geht ganz schnell." Das Gesicht verschwand. Keine Ballonköpfe über ihr an der Decke. Die grelle Sonne war aus.
„Zarah hilf mir mal, wir müssen Frau Nowak noch etwas sauber machen." Eine Schublade wurde aufgezogen.
Wieder ein Gesicht mit Mundschutz und Haube, aber nicht mit blauen Augen. Dunkle Augen strahlten sie aus einem schwarzen Gesicht an.
Eine Negerin. Verpiss dich.
„Ich helfe Ihnen, Frau Nowak, ich bin die Zarah." Die dunklen Augen strahlten sie immer noch an. Eine Hand fasste Katharina ins Gesicht.
Könnte sie über der Negerin stehen, träte sie ihr auf die Hand und schlüge zu wie bei diesem Zwitterding.
Die Lichter an der Decke tanzten im Kreis und die Gesichter flogen wieder. Infusionsständer, Monitore, auf denen ihr Blutdruck und Puls aufgezeichnet wurden, wanderten an die Zimmerdecke. Ihr hässliches Gesicht näherte sich. Sie streichelte ihr mit der dreckigen Hand wieder über die Wange.
Ich polier dir die Fresse.
„Ich bin so froh, dass Sie die Augen aufhaben", sagte die Negerin.
Ein feuchter Lappen irgendwo auf der Haut. Wischte sie die Hakenkreuze weg? Eine Windel ratschte.
Mein Dienst ist am Mittwoch.
Sie war nackt.
Die Negerin wischte sie sauber.
Ein Nasssauger zog Schleim heraus.

Schrei.
Keine Kraft war in ihr. Der Sauger nahm den Rest auch noch aus ihr heraus.
„Ich weiß, es ist unangenehm. Das Absaugen muss leider sein. Ich gebe Ihnen noch etwas zur Beruhigung. Gleich kommt die Visite."
Katharinas Zunge war nur ein breiter schlaffer Lappen. Der Puls klopfte im Kopf.
Nur noch würgen, kotzen und ersticken. Mama, bitte komm zu mir. Es tut mir leid.
„Beruhigen Sie sich. Es ist alles gut."
Wieder der Latexhandschuh auf ihrer Wange.
Halt mich fest. Lass mich nicht ersticken.
„Frau Dr. Karstens. Der Patientin wurde Likör entnommen. Alles deutet auf ein Barré Syndrom hin."
„Sie haben abgesaugt. Sehr gut. Hmmm." Es hörte sich so an, als ob Seiten umgeblättert wurden. „Das sieht ganz danach aus. Daher auch die schnelle Progredienz. Zarah, gab es einen vorhergehenden Infekt?"
„Der Stuhlgang wird noch untersucht, aber das Labor ist noch nicht so weit."
„Hmmm. Dann informieren Sie oder Schwester Erika mich bitte, sobald das Labor etwas Neues hat. Die intensivmedizinische Betreuung und Sedierung werden weiterhin fortgesetzt."
Sie hatte Likör im Körper. Damit war sicher Liquor gemeint. Bis sie am Mittwoch Dienst hatte, war sicher alles vorbei.
„Die Patientin wurde am Osthafen aufgefunden. Sie lag auf der Seite und hätte fast ihre eigene Zunge verschluckt."
Felix? Julian?
Die saßen bestimmt draußen und warteten, bis sie zu ihr durften.
„Fentanyl und Dormicum werden ihr helfen. Lassen Sie die Infusion schneller tropfen. Dann kann Milan sie später auch etwas durchbewegen."
Eine Schäfchenwolke flog vorbei und sie legte sich darauf. Sie drehte den Kopf etwas zur Seite. Ihre Jungs hatten die Rettung verständigt.

Die Zimmertür öffnete sich.

Ihre Schulterblätter drückten auf die Matratze und die kleine Falte darauf bohrte sich in ihren Körper.

„Dann lasse ich den Sauerbraten eine Woche eingelegt im Kühlschrank liegen, damit er gut durchzieht. Und nicht so viel bewegen. Der bekommt dann ein Aroma." Da hatte doch jemand den Fernseher eingeschaltet. Wollte man sie hier verarschen mit einer Kochshow? Auf der Intensivstation gab es doch keine Fernseher. Der Ton wurde leiser gedreht.

„Hallo, Frau Nowak. Mein Name ist Milan Dorn. Ich bin Ihr Physiotherapeut. Sie liegen da, als ob Sie Hilfe gebrauchen könnten."

Laber mich voll.

„Zarah hat mir von dem Verdacht erzählt. Das GBS hat echt gute Chancen. Ich bewege Sie mal durch, dann fühlen sich Ihre Gelenke nicht mehr an wie ein aufgepusteter Luftballon."

Immerhin hatte er eine nette Stimme.

Er rieb seine Hände ein. Hoffentlich wusste er, was er zu tun hatte. Die Schulterblätter drückten. Und der Hals war ganz wund.

Seine Augen waren so grün, die konnten doch gar nicht echt sein. Mithelfen konnte der vergessen.

Ich kann nichts.

Er roch nach Minze und etwas Warmem. Das passte zu seinem Blick. Seine Hände berührten sie. Ihre Haut fing Feuer.

Kapitel 12

Bahnhofsviertel

Die schweren Samtvorhänge ließen nur einen Teil des Tageslichts in Milans Wohnzimmer. Die Sonnenstrahlen streiften Martinas Beine, die unter der schwarzen Decke aus Fellimitat steckten. Nur die rot lackierten Zehennägel ihrer Füße lugten daraus über dem Sofapolster hervor.

Ihre Haare lagen wie frisch frisiert über ihren Schultern. Das Rot war unglaublich. Es war perfekt.

Milan hatte in der Nacht kaum geschlafen und sich nur herumgewälzt. Sogar das Kissen hatte er sich über die Ohren gezogen, doch auch da hörten Leos Fragen nach ihrer Mutter in seinem Kopf nicht auf.

Ihre Mutter lag hier auf seinem Sofa, ausgeleuchtet, wie auf einem Filmset. Leo hatte sie nie kennenlernen dürfen.

Abgestürzt war er schon oft genug. Mit Schüttelfrost, kaltem Schweiß und Herzklopfen. Er brauchte erst mal eine warme Dusche. Zehn Minuten Minimum. Oder einen kalten Guss. Vielleicht käme er dann zu sich.

Martina sprach zu Milans grauem Kater Malbec auf ihrem Schoß, der fast den gleichen Farbton wie das Sofa hatte, und streichelte über seinen Kopf. Es war mehr ein Flüstern. Malbec zeigte ihr seinen Bauch, der im Licht lag, und schnurrte. Der zweite Kater Merlot sprang vom Kratzbaum und legte sich zu seinem Bruder. Sie glichen sich bis auf einen Kringel an der Schwanzspitze. Wo der eine war, war der andere.

„Und Minz und Maunz, die Katzen." Ihre Stimme klang zärtlich.

Auf dem Couchtisch stand ein halbleeres Glas Wasser. Sie musste es sich aus der Küche geholt haben. Der Abdruck des Lippenstiftes war auf dem Rand, und auch auf den drei ausgedrückten Kippenstummeln im Aschenbecher.

Ihrem Aschenbecher.

Er hatte es Martina nicht gestattet. M und L stand auf dem gebrannten Ton. Die Buchstaben spiegelten sich, wie bei einem Monogramm. Jeder Buchstabe war mit dem anderen verbunden. Ein Geflecht, das sie beide wortlos eingeritzt hatten. Die Lasur ließ es verschmelzen.

Die letzte Klassenfahrt, der letzte Urlaub zusammen, das letzte Wort und die letzte Berührung. Sie hatten nur eine gemeinsame Zigarette darin ausgedrückt und sich geschworen immer auf ihn aufzupassen. Niemand fasste ihn an.

Der Aschenbecher war ihnen, war Milan wichtig, er durfte auf gar keinen Fall kaputtgehen. Die Lasur musste heil bleiben. Und jetzt stand er zu nah am Rand des Tisches.

Martina hatte nicht gefragt. Sie hatte den Aschenbecher einfach benutzt.

Ihre Reisetasche, ein großer Weekender aus Jeansstoff, stand auf dem freien Sessel gegenüber dem Sofa. Die Kissen lagen auf dem Boden verstreut.

Milan hob sie auf, drückte sie fest zusammen und legte sie direkt nebeneinander an den Sessel. Sie breitete sich aus. Hatte sie sich noch mehr genommen als das Glas und den Aschenbecher?

Martina musste ihn doch bemerkt haben. Sie redete leise weiter mit den Katern. Sie schnurrten lauter. „Erheben ihre Tatzen. Miau Mio." Sie lachte leise. Seltsam.

Milan räusperte sich. „Guten Morgen. Ihr scheint euch schon angefreundet zu haben. Ich hoffe, sie haben dich schlafen lassen. Ich bin noch gerädert." Er gähnte und schob den Aschenbecher zurück in die Tischmitte. „Das war heute eine Nacht wie in einer anderen Zeitzone." Er würde darauf achten, dass Martina nicht weiter nach allem griff.

Sie fuhr herum und drückte den Kater mit einer Hand an sich. Die Decke fiel von ihren Beinen, sie trug immer noch die Jeans im ripped-Look. Mit der anderen Hand hob sie die Decke vom Boden auf. Seine Mutter hatte er sich anders vorgestellt.

Ihre Haare fielen aus dem Licht. Das Rot erlosch im Halbschatten. Sie hatte den Aschenbecher einfach benutzt und sich keine Gedanken darüber gemacht, was er für Milan bedeutete. Ihre Augen schauten ihn an, wie ein Welpe, der fror.

„Ach du. Guten Morgen. Habe ich mich erschreckt. Bist du schon wach? Ich konnte nicht schlafen. Die sind so süß. Wie heißen die Zwei?"

„Malbec und Merlot."

Zarte Lachfältchen streichelten ihre Augen. Die Kater kuschelten sich an ihre Beine. Als ob sie hier dazugehörte.

„Wie die beiden guten Rotweine? Wie putzig."

Sie lachte anders als mit den Katern im Licht. Als ob das Licht in ihrem Gesicht auch mehr Wärme in ihr Lachen brachte. Ihre Haut war glatt und gepflegt. Sie hatte mit ihm noch nie gelacht.

„Ich hatte echt Angst dich anzusprechen. Aber ich wusste nicht mehr wohin."

Milan umarmte sie in seinen Gedanken. Er wollte, dass sie ihm übers Haar strich und Leo hinter ihrem Rücken auftauchte.

Ein Überraschungsbesuch.

Milan stand am gleichen Punkt und bewegte sich nicht zu ihr. Es zog ihn in den Boden. Leo tauchte nicht auf. Nie.

„Ist alles in Ordnung mit dir?" Sie setzte sich auf, wirkte erholt und voller Motivation. In der Nacht hatte sie noch panisch geklungen. Verfolgt. Vielleicht war sie schon im Bad gewesen. Aber er hatte weder die Dusche noch die Toilettenspülung gehört. Und das Bad lag genau neben seinem Schlafzimmer. Sie hatte ihm nicht erzählt vor wem sie auf der Flucht war. Mit einem Weekender aus Jeansstoff.

Martina blinzelte. Hatte er das richtig gesehen? Kurz kurz kurz lang lang lang kurz kurz kurz. Ihre grünen Augen zeigten die gleiche Unsicherheit wie Leo, wenn er unter Stress stand. Sie hatte sogar diesen kleinen braunen Fleck auf der rechten Iris. Leo war bei ihr. Ein Teil von ihr.

Er musste sie weiter ansehen.

Sie griff nach den Zigaretten und ihrem Feuerzeug. Das goldene N darauf konnte alles bedeuten. Sie zog den Aschenbecher näher zu sich und fuhr über die Buchstaben. „Wie ein Spiegelornament. Habt ihr das gemacht?"

Milan zog ihr den Aschenbecher weg und stellte ihr einen Ersatz aus schwerem Kristallglas hin. Damit konnte man jemanden erschlagen. Jemanden ausschalten. Oder Unmengen Zigaretten darin ausdrücken. „Den haben wir auf einer Klassenfahrt getöpfert. 2004 an der Ostsee. Über die Promenade laufen und dann konnte man bis ans Wasser. Die anderen haben darüber gelacht, also nicht böse gelacht, aber wir wären richtige Romantiker."

Milan schloss kurz die Augen. Leo und er, Rücken an Rücken im Sand, beide hatten die Augen geschlossen. Die Wellen rauschten leise. Während die anderen aus der Klasse im Sand rumknutschten, saßen sie einfach nur da. Hörten das erste Mal Wellen. Es war genau richtig so gewesen.

„Du hattest dich mit Brigitte in der Moon-Bar unterhalten. Als ich reingekommen bin und deine Augen gesehen habe, da habe ich gedacht: Das kann doch nicht wahr sein. Das ist einer deiner Jungs. Das gibt es doch gar nicht."

Im Kinderheim hatte sie Leo und ihn nicht einmal besucht. Sie konnte so locker mit ihm reden. Wie alte Bekannte das miteinander machen.

„Du bist aber zutraulich." Sie küsste den Kater auf den Kopf. „Ist das eine Russisch Blau?"

Milan nickte. Sie hatte von ihren Söhnen gesprochen. Wusste sie nicht, was passiert war?

„Aber der andere ist nicht ganz so anhänglich. Er wollte nicht bei mir bleiben, als ich ihn vom Kratzbaum geholt habe. Er beobachtet mich die ganze Zeit, aber traut sich nicht." Das Schnurren von Malbec wurde lauter. Martina seufzte. „So einen hätte ich auch schon immer gern gehabt."

Ihre Stimme tat ihm weh. Als ob er sich in einem Karussell drehte und Martina ihn mit den Katern zusah. Die Kater an sich drückte und lachte. Es drehte sich immer schneller. Er musste sich stärker festhalten. An einem Griff, einer Stange, einer Hand. Ihrer Hand.

„Autsch. Er hat mich gekratzt." Martina stieß einen kurzen Schrei aus. „Du bist aber ein böses Vieh. Dann geh, wenn du mich nicht willst. Ja, geh du ruhig auch noch." Sie nahm die Decke und wickelte sie fester um sich.

Das Karussell hielt an. Die beiden Kater schmusten auf dem Kratzbaum. Keiner wollte ohne den anderen sein. Das geschah ihr recht mit dem Kratzer. „Brauchst du ein Pflaster? Magst du auch einen Kaffee?" Milan hob zwei Kissen auf und reichte sie Martina, die sie sich direkt in den Rücken stopfte.

„Ein große Tasse Kaffee. Ist bequem hier bei dir." Sie zeigte ihm den Kratzer. „Das war mehr der Schreck. Es blutet nicht." Sie hielt die Zigarette zwischen ihrem Zeige- und Mittelfinger hoch. „Ich hoffe, es ist okay, dass ich mir in deinem Wohnzimmer eine angezündet habe? Magst du eine mitrauchen? Ich habe deinen Aschenbecher gesehen und gedacht, ich wecke dich mal nicht, um zu fragen."

Milan stellte sich an die Theke seiner offenen Küche. Er schaltete den Wasserkocher ein, griff nach dem Trichter aus Porzellan und legte einen Papierfilter ein. Die Kaffeebohnen mahlte er in einer Handmühle. Jede Umdrehung ließ den Duft stärker werden.

„Das riecht herrlich. Du brühst selbst auf?", fragte Martina.

„Ich verstehe einfach nicht, dass die meisten Menschen nur noch diese Kaffeevollautomaten benutzen. Man muss das doch genießen." Er schüttete das heiße Wasser in den Filter. „Gern rauche ich gleich eine mit dir, wenn der Kaffee durch ist. Willst du den Kaffee schwarz oder mit Milch und Zucker?" Er öffnete die Kühlschranktür und griff nach der Milchpackung. Sie redete so vertraut mit ihm und ihre Stimme hatte einen ganz anderen Klang. Gestern Nacht war sie kratzig und hoch gewesen. Entspannt, tiefer und langsamer war sie jetzt.

„Für mich bitte ohne Milch, aber mit Zucker. Du bist auch ein riesiger Musikjunkie." Martina zeigte auf die vielen Konzertkarten an seiner Kühlschranktür. Du hast tatsächlich eine Karte für das Depeche Mode Konzert in der Festhalle ergattert?"

„Magst du Depeche Mode? Die Karten waren nach fünfzehn Minuten weg."

Milan stellte die Kaffeebecher auf den Couchtisch. Vorsichtig schnitt er zwei große Stücke Marmorkuchen aus einer Fertigpackung ab. Er drückte den Button seiner Musik App. Der erste Titel begann mit einem Synthesizer.

Martina hob ihren Daumen.

Milan stellte das Tablett mit dem Kuchen auf den Couchtisch. „Über Musik spricht man nicht. Die spürt man, oder?"

Er hob Martinas Reisetasche vom Sessel. „Oh, die Tasche ist aber schwer. Was hast du denn alles drin?"

„Und dann gleich mit diesem Song." Sie schloss die Augen, zog erneut an ihrer Zigarette und bewegte sich zur Musik. „Words like violence, break the silence." Sie lächelte und öffnete wieder ihre Augen. „Ach so, in der Tasche? Dies und das. Klamotten, Schminke. Nichts Besonderes."

Er zog die Vorhänge zurück. Auf der auf der anderen Seite saß heute gar nicht die Obdachlose Manu mit ihrem Hund Ginger. Er hatte den beiden immer wieder mal Essen vorbeigebracht.

Martina sollte nicht obdachlos auf der Straße umherirren und Angst haben.

„Ich weiß auch noch nicht, wie ich es finden soll, aber ich helfe dir. Stört es dich, wenn ich mal die Fenster aufmache? Ich brauche Luft", sagte Milan. Er nahm sich eine Zigarette vom Couchtisch und trat wieder ans Fenster. An der Straßenbahnhaltestelle warteten die Leute auf die Bahn. Ein Taxifahrer stritt mit einem Kunden, wohl um das Fahrgeld. Manu kam mit ihrem Hund um die Ecke und winkte Milan zu. Er hob seine Hand und blies den ersten Zug nach draußen. Später würde er ihr etwas vom Kuchen bringen und Ginger eine Wurst.

Das Display seines Handys leuchtete immer wieder auf und vibrierte. *Du fehlst mir. Ich möchte dich wiedersehen.* Ein Emoji mit einem großen Herzen, das pulsierte. Wieder Nachrichten von Vanessa. Irgendwie süß.

„Darf ich dein Bad benutzen, solange du das Fenster aufmachst?", fragte Martina.

Er schaute auf sein Handy. „Klar, mach es dir gemütlich."

„Ich komme gleich wieder." Sie wandte sich Milan zu. „Danach erzählst du mir dann von Leo. Wäre toll, wenn ich ihn auch einmal sehen könnte."

Milans Hals fühlte sich trocken an. „Du weißt ja, wo das Bad ist. Ich gebe dir noch Handtücher mit." Martina wusste nicht, was passiert war. Er könnte auch die Reisetasche nehmen und sie rauswerfen. Ihr sagen, dass er eine Mutter die letzten dreißig Jahre gebraucht hätte und er dieses Lächeln in Kombination mit der Frage nach Leo zum Kotzen fand.

Sie griff nach ihrer Reisetasche und drückte sie an sich. „Danke, dass ich mitkommen durfte." Martina musterte ihn. „Ist irgendwas? Du schaust so komisch?"

„Nee, alles gut." Milan wollte nicht mit ihr darüber reden. „Duschgel, Shampoo und Zahnpasta. Ich habe alles da. Du brauchst dich mit der schweren Tasche nicht abzuschleppen."

Schon stand er am Badezimmerschrank und reichte ihr ein Handtuch. „Wenn du noch mehr brauchst, die sind hier drin." Einen zweiten Kaffee konnte er jetzt gut gebrauchen und vielleicht noch etwas Ibuprofen oder etwas zum in Watte packen. In seinem Nachttisch hatte er eine Auswahl für jede Gelegenheit. Ein schöner flauschiger Schutz vor der Hand, die sich in seinen Rücken bohrte und vor Leos Augen, die ihn ansahen und in fragten: Warum hilfst du mir nicht?

In Martinas Tasche vibrierte ein Handy. Sie lächelte und schloss die Tür hinter sich ab.

Kapitel 13

Uniklinik Frankfurt Intensivstation
Durch die großen Fenster des Stationszimmers überblickte Milan den leeren Flur mit den gelben Wänden und den bunten Kunstdrucken von Kandinsky.

Neben Zimmer 2 war das grüne Licht eingeschaltet. Ein Einzelzimmer. Katharina, seine neue Patientin, lag darin. Anscheinend war noch eine Pflegekraft im Zimmer, Zarah wahrscheinlich, um den Schleim abzusaugen, den sie nicht runterschlucken konnte.

Vor Zimmer 1 stand der Visitewagen. Dort musste er noch einiges in den Patientenakten nachtragen. Über Herrn Vollhardt hatten sie im Team ausführlich gesprochen. Noch war niemand zur Visite da. Die große Uhr über dem Visitewagen zeigte noch drei Minuten bis elf. Er hatte für das Nachtragen seiner Behandlungen noch ein paar Minuten Zeit. Pünktlich ging es nie los.

Zarah trat aus der Tür von Zimmer 2 auf den Flur und schaltete das grüne Licht neben der Tür aus. Die Tür ließ sie halb geöffnet. Sie winkte in das Zimmer und verabschiedete sich.

Milan lief Zarah entgegen „Ich habe es pünktlich geschafft. Sogar drei Minuten früher. Musstest du Katharina absaugen?", fragte er.

Sie desinfizierte sich ihre Hände an dem Spender. „Sie bekommt es einfach nicht runtergeschluckt. Das brodelt mega in den Bronchien." Sie notierte etwas in Katharinas Patientenakte, bevor sie diese zum Visitewagen vor Zimmer 1 brachte.

Es musste eine schwere neurologische Erkrankung sein, wenn sie noch nicht einmal schlucken konnte. Katharina lag in einer Art Koma und sie hatte die Kontrolle über jeden ihrer Muskeln verloren. In dieser Zwischenwelt kam man nicht zu ihr durch. Er musste wissen, wie das mit ihr weiterging. Die Ergebnisse der Liquorpunktion und der Nervenleitgeschwindigkeit würden sicher Auskunft geben, ob sie wirklich am Guillain-Barré-Syndrom erkrankt war, wie er es vermutete. „Weißt du, wann die Visite losgeht?", fragte er Zarah. „Wenn es länger dauert, gehe ich noch einmal zu Katharina rein."

Sie schaute auf die große Uhr. „Dr. Karstens hat gesagt, sie muss nochmal hoch in die Apotheke. Sie müsste gleich wieder zurück sein. Erika ist noch in der 4, die PEG-Sonde von Frau Paulsen läuft einfach nicht durch, und bei Katharina spinnt immer die Sauerstoffsättigung. Ich lasse ihre Tür besser auf. Sag mal, weißt du, was dieses Zeichen bedeutet? Moment, ich zeichne es dir mal auf." Zarah nahm sich einen Zettel und malte ein paar Striche. Ein gerader senkrechter Strich und dann ein V am oberen Drittel. Wie ein Kreuz, dessen Enden nach oben geklappt wurden. Sie hielt ihm den Zettel hin.

„Noch nie gesehen, ist das was Christliches? Woher hast du das denn?"

Zarah nahm den Zettel wieder an sich. „Ich glaube nicht, dass es was Christliches ist. Das hat Frau Nowak auf ihrer rechten Pobacke tätowiert, habe ich beim Saubermachen entdeckt. Wie ein Peacezeichen, bei dem der Kreis fehlt. Rechts und links davon steht noch HH."

Mit mystischen Symbolen kannte er sich gar nicht aus. Das war jetzt auch zweitrangig. Die Diagnose und das, was Katharina erwartete, war viel wichtiger. „Puh, da kann ich dir nicht weiterhelfen. Vielleicht eine Jugendsünde von Katharina. Hannes Hahn for ever oder sowas. Da ist die Stelle gut gewählt. Kann man ja verdecken."

Zarah zerknüllte den Zettel und warf ihn in den Abfallkorb im Stationszimmer. „Klar, könnte natürlich sein." Sie band sich die vielen kleinen Zöpfe zu einem Dutt zusammen. „Vielleicht bekommen wir es ja noch raus, was dahintersteckt und wie wir ihr helfen können. Sie wird noch etwas hierbleiben."

Wenn sie am Guillain-Barré-Syndrom erkrankt war, hatte sie die schwere Form erwischt. Eine schnelle aufsteigende Lähmung, die sogar das selbständige Atmen unmöglich machte. Ein Locked-in Syndrom, wie bei einem Hirnstamminfarkt, wäre natürlich die noch schlechtere Alternative, da das GBS sich fast vollständig zurückbilden konnte.

„Wie geht es ihr denn? Immer noch dieses starke Schwitzen und der Blutdruckabfall? Ich bin gespannt, was Ariane bei der Visite sagen wird."

„Der Blutdruck ist noch ziemlich instabil. Vor allem, wenn man sie anfasst. Mal hoch, dann tief und das Schwitzen ist echt richtig stark. Ich glaube, sie hat wahnsinnige Schmerzen. Sie reißt immer wieder die Augen auf und starrt mich an."

Die Augen der Patientin waren Milan zuerst aufgefallen. So hatte ihn noch nie jemand angesehen. „Meinst du, sie hat auch Halluzinationen? Bei dem ganzen Zeug, das sie gegen die Schmerzen bekommt, wäre das mit den Halluzinationen auch echt kein Wunder. Das Fentanyl haut ordentlich rein." Wenn er selbst nur ein klein wenig von dem Fentanylspray im Club in seine Nase sprühte, war alles leicht und flauschig. Wenn er zu viel nahm, ging es eher nach hinten los. Kompletter Absturz. Mit dem Kopf in einer Clubtoilette. Aber mit seinen Erfahrungen konnte er Zarah jetzt nicht beeindrucken. „Wie lange flechtest du eigentlich deine Haare? Das ist bestimmt eine Riesenarbeit. Werden die vorher auch geglättet?"

Zarah betrachtete einen der Zöpfe, die aus dem Dutt gerutscht waren. „So zwei bis drei Stunden hat meine Cousine da schon zu tun, aber ich flechte ihr auch die Braids, wir hören gute Musik und quatschen dabei. Wenn dann meine Mutter noch Injera macht und das aus der Küche duftet – das ist, wie im Himmel sein. T'afach'i.

„T'afach'i? Injera?"

„Also, T'afach'i ist amharisch und heißt lecker. Sag bloß, du kennst Injera nicht. Das ist äthiopisches Fladenbrot. Hey, das bekommst du bei jedem afrikanischen Lokal zum Essen dazu. Dieser Sauerteig, auf dem das Gemüse oder Fleisch liegt und für das du kein Besteck zum Essen brauchst. Injera eben."

„Oh doch, stimmt, ‚Im Herzen Afrikas' habe ich das auch schon gegessen. Da sitzt man im Sand und nascht diese vielen kleinen scharfen Sachen mit dem Teigfladen und bekommt nicht genug davon. Deine Familie stammt ursprünglich aus Äthiopien?"

„Meine Mama und ich, wir sind echte Frankfurter. Mein Vater und die Eltern von meiner Mama kommen aus Äthiopien. Ach, du warst im Gallusviertel bei der Konkurrenz. Und übrigens, das was ihr da esst, ist noch nicht einmal scharf, das ist nur deutsch-scharf."

„Keine Diskriminierung. Du bist auch eine Deutsche."

„Du weißt, wie ich das meine." Sie lächelte. Ein kleiner Strassstein glitzerte auf einem ihrer Schneidezähne.

„Äthiopisch muss ich unbedingt mal wieder essen gehen. Könnten wir doch auch mal als Teamessen machen?"

„Dann aber ins Lalibela an der Konstablerwache. Das gehört meinem Onkel." Zarah schnalzte mit der Zunge. „Und ist superlecker."

„Das teste ich auf jeden Fall. Aber nur deutsch-scharf. Wenn ich eins nicht gut kann, ist es eine Zunge, die nichts mehr schmeckt vor Schärfe." Am Restaurant Lalibela lief er regelmäßig vorbei. Er sollte eher dort essen gehen, als sich in der Nähe an der Konsti Kokain zu besorgen. „Danke für den Tipp."

Erika stand in der Tür und trank einen Schluck aus ihrer Kaffeetasse. Sie verzog ihr Gesicht. Schmeckte ihr wohl nicht, oder war wieder mal kalt. „Dann wollen wir mal. Ihr Lieben, die Visite geht los. Ariane ist schon in Zimmer 1."

Milan und Zarah folgten ihr auf den Flur. Zwei Studenten, ein junger Mann mit ordentlichem Scheitel und gebügeltem Hemd unter dem Kittel und eine Frau mit schwarzem Pagenkopf, lehnten an der Wand des Zimmers. Die Ärztin im Praktikum, Dr.

Carina Koch, notierte sich bereits etwas in ihr Notizbuch und prüfte die Werte auf den Monitoren.

Ariane trat näher an das Bett des Patienten, schlug die Bettdecke zurück und das Gurtsystem, mit dem der Patient am Bett fixiert war, wurde sichtbar. Nur die Studentin zuckte zusammen und streckte ihren Hals noch mehr. Der Patient, Herr Vollhardt, hatte sich bereits mehrfach die Kanülen gezogen und versucht, aus dem Krankenhaus zu flüchten. Die Fixierung war zu seinem Schutz und gerichtlich angeordnet worden.

Schrecklich, jemanden so festzubinden.

Herr Vollhardt schaute die Besucher in seinem Zimmer mit großen Augen an. Sein Mund öffnete und schloss sich, wie bei einer Marionette. Ohne einen Laut. Da gab es keine andere Möglichkeit.

„So ihr drei." Ariane deutete auf die Studenten und Dr. Koch. „Bei Herrn Vollhardt steht die Rückverlegung auf die Psychiatrie an, mit der Dialyse haben wir die Entgiftung gut hinbekommen und können nun noch die Sedativa runterfahren. Das mit der Fixierung haben Sie gesehen. Die Herz-Kreislauf Situation hat sich deutlich stabilisiert und die Nierenwerte sind auch wieder im unteren Normbereich. Zu den Nierenwerten gehören welche, Herr Pichler?"

Der Student mit dem Scheitel schaute sich um und biss sich auf seine Unterlippe. „Sie meinen mich?"

„Gibt es sonst noch einen Herr Pichler im Raum?", fragte Ariane und schaute sich theatralisch um.

Er trat einen Schritt nach vorne und fixierte etwas an der Wand.

Milan erkannte nicht, was er an den kahlen Wänden suchte.

„Kreatinin, Harnstoff, Harnsäure und ..." Der Student strich seinen Kittel glatt, öffnete den obersten Knopf und trommelte mit seinem linken Turnschuh auf den Linoleumboden. Der schnelle Takt seines Trommelns überlagerte das EKG-Signal.

„Danke, was fehlt noch? Und?" Ariane schaute zu Doktor Allwissend, wie sie hier genannt wurde, da sie als Ärztin im Praktikum sich schon aufführte wie die neue Chefärztin.

„Frau Dr. Koch, helfen Sie mal Herrn Pichler aus der Patsche. Wissen Sie was noch fehlt?"

„Cystatin C, der Eiweißstoff. Normwert zwischen 0,53 und 0.95 mg/l. In diesem Fall ...", Koch schaute in die Patientendokumentation, „... haben wir mit 1,12 noch einen erhöhten Wert." Frau Doktor Allwissend kannte alle Parameter auswendig.

Ariane nickte ihr zu. „Sehr gut. Und Herr Pichler, nochmal nachlesen. Das muss sitzen." Sie wandte sich Erika zu, die in der Patientenakte Notizen machte. „Verlegung auf die Station 8. Wir brauchen hier jedes Bett. Weiter geht es auf den Flur und dann in Zimmer 2."

Die anderen waren bis auf Zarah und Milan bereits ohne eine Verabschiedung aus dem Zimmer verschwunden.

Zarah trat vor Milan einen Schritt an das Bett des Patienten heran. Sie legte Herrn Vollhardt die Decke wieder über seinen Körper und gab ihm einen Schluck Wasser aus der Schnabeltasse. „Tschüss Herr Vollhardt, ich wünsche Ihnen alles Gute." Sie griff nach seiner Hand.

Ariane nahm die nächste Patientenakte und öffnete die halb geschlossene Tür von Katharina, der nächsten Patientin auf der Visite in Zimmer 2.

Milan hatte sie bisher erst einmal behandelt. Hinter dem sedierten Schleier in Katharinas Augen leuchtete es. Er suchte in ihren gelähmten Gesichtszügen nach einer Bewegung, doch Katharina richtete ihre Augen irgendwo in die Ferne. Ihm ging das sonst nicht so nah mit den Diagnosen bei der Visite.

„Hier in Zimmer 2 haben wir eine neue Patientin. Herr Pichler, was können Sie aus den Werten erkennen?"

Der Medizinstudent nahm die Patientenakte und blätterte. „Im Liqour, also dem Nervenwasser, ist eine deutliche Eiweißerhöhung zu erkennen und die Nervenleitgeschwindigkeit der peripheren Nerven ist deutlich verlangsamt."

„Was steht in der Anamnese?", fragte Ariane.

„Einsatz des Rettungsdienstes, nicht ansprechbar, somnolent, Lähmungen in den Extremitäten, Tachykardie und Blasen-Darmstörung." Der Medizinstudent blätterte weiter. Er hob seinen Kopf und schaute zu Doktor Allwissend. Sie grinste und schwieg.

„Und wie weiter? Haben wir einen Ausfall zentraler Nerven? Vorerkrankungen?" Ariane fixierte den Studenten.

„Nein, es ist nichts in den Unterlagen ersichtlich." Er blätterte weiter.

„Haben Sie auch schon einmal einen Blick von den Akten hin zur Patientin versucht?" Ariane stemmte ihre Hände in die Hüften. „Herr Pichler, der erste Blick geht auf den Menschen und dann in die Unterlagen. Ihre Erkenntnisse sind gut und richtig, aber Sie haben hier eine junge Patientin mit fünfundzwanzig Jahren, ohne Vorerkrankungen und einem spontanen Ausfall des peripheren Nervensystems. Schauen Sie mal." Sie griff nach ihrem Reflexhammer und testete unterhalb der Kniescheibe den Patellarsehnenreflex. Keine Muskelreaktion. Auch der Versuch, an der Ferse einen Reflex auszulösen, blieb ohne erkennbare Bewegung. „Sie sehen deutlich herabgesetzte Muskeleigenreflexe, die fast erloschen sind." Sie trat näher an das Krankenbett heran. „Die Hirnnervenbeteiligung sehen Sie an der Gesichtslähmung, hier nicht voll ausgeprägt, aber sie verhindert, dass die Patientin sich äußern kann."

„Dann könnte es eine Borreliose sein", rief die Studentin mit dem Pagenkopf dazwischen.

„Gut gedacht, aber daneben. Es könnten auch Intoxikationen sein oder ein Hirnstamminfarkt, aber es ist eine sehr seltene Erkrankung. Die Patientin leidet an einem sogenannten Guillain-Barré-Syndrom. Wir mussten intubieren und sie ist noch sediert. Die Nervenschmerzen sind sehr stark."

Die Studentin schrieb in ihr Notizbuch. „Wie ist denn die Progredienz?"

„Sie meinen die Inzidenz? Bitte den Fachjargon richtig verwenden."

„Oh ja, entschuldigen Sie." Die Studentin klickte mit ihrem Kugelschreiber und wartete.

„Die Inzidenz des GBS liegt bei 1-2 Fällen pro 100.000 Einwohner und Jahr. Die ersten klinischen Symptome treten in der Regel ein bis vier Wochen nach Infektionen der Atemwege oder des Magendarmtraktes auf. Welche können das sein, Frau Doktor Koch?"

„Campyolobacter jejuni, Epstein-Barr-Virus, SARS-CoV-2, ..."

Da stand eine medizinische Enzyklopädie. Sie machte ihrem Namen alle Ehre, das musste er ihr lassen. „Und sie ist oft unerkannt und führt bei ausbleibender Rettungskette zum Tod durch Ersticken. Hier kam es zu diesem Ereignis innerhalb weniger Stunden. Durch die Landry-Paralyse hätte Frau Nowak draußen am Osthafen die Nacht nicht überlebt."

Ariane strahlte. „Großartig, Frau Dr. Koch."

Der Student blätterte weiter in der Krankenakte. „Was ist denn eine Landry-Paralyse?" Er schaute zu Ariane.

„Sie beschreibt die rasche und schwere Verlaufsform der Lähmung. Die Krankheit ist nicht auf ein bestimmtes Lebensalter festgelegt. Ein Drittel der Patienten wird wieder vollkommen gesund. Der Rest behält Einschränkungen. Wir können im Moment noch nicht sagen, ob bei Frau Nowak etwas zurückbleibt. Milan, was sagt deine Erfahrung dazu?"

Koch zog ihre Augenbrauen zusammen. Sie war Physiotherapeuten gegenüber sehr skeptisch eingestellt.

„Wir müssen an der Entwöhnung von der Beatmung arbeiten, die Kau- und Schluckfunktion begleiten, den Kreislauf stabilisieren und sie in aufrechte Position bringen. Grober Richtwert bei so einer starken Verlaufsform. Laufen in circa einem Jahr, mit guter Reha."

„Ein Jahr? Habe ich das richtig verstanden?" Die Medizinstudentin notierte. „Das ist ja schrecklich." Sie schaute auf Katharina herab, die ihre Augen weit geöffnet hatte und zur Decke starrte.

Ariane stellte sich zum Perfusor. „Sie müssen sich mit Ihren Patienten beschäftigen und Herr Pichler, wenn Sie ein guter Arzt werden wollen, bitte nicht nur in die Akten schauen. Schauen Sie Ihre Patienten an."

„Ja, das mache ich. Ganz bestimmt."

Ariane beugte sich über Katharina und prüfte mit einer Diagnostikleuchte ihre Pupillen. „Frau Nowak, Sie werden bei unserem Fachchinesisch nicht viel verstanden haben, aber Sie sind hier gut aufgehoben und wir werden alles daransetzen, dass Sie bald wieder gesund werden." Ariane trat vom Bett zurück und sprach zu Erika. „Wie sieht es mit Angehörigen oder Verwandten aus?"

„Bisher hat sich niemand bei uns gemeldet und unter der Adresse ist niemand zu erreichen. Ich würde mit dir trotzdem gern noch kurz wegen Frau Nowak sprechen." Sie deutete auf die Tür.

„Frau Nowak, wir kümmern uns um Sie und wenn etwas ist, versuchen Sie, die Alarmklingel zu drücken."

Ariane legte ihr die Alarmklingel in die schlaffe Hand.

Katharina schloss ihre Augen.

Kapitel 14

Bahnhofsviertel

Martina trug eine schwarze Lederhose, enge Stiefel mit hohen Absätzen und einen dunkelgrauen Mantel mit großer Kapuze. Unter ihre schwarze Schiffermütze schob sie ihre roten Locken.

Milan drehte sich immer wieder zu ihr nach hinten um. „Schön, dass du mit mir mal um die Häuser läufst, lass uns doch bei Brigitte auf unser Wiedersehen anstoßen. Ich würde dich gern einladen."

Martina lief langsam. Sie schaute in alle Richtungen und blieb immer wieder stehen.

„Lass uns doch nebeneinander laufen. Suchst du irgendjemand, weil du dich ständig umdrehst?"

„Suchen? Ich? Nein, aber ich hoffe, dass mich niemand findet. Entschuldige, aber ich sollte mich auf dich konzentrieren. Mit einem meiner Söhne unterwegs. Was könnte schöner sein." Sie drehte sich zu ihm und lief rückwärts vom Bordstein.

Ein Radfahrer klingelte. „Pass doch auf, wo du hinläufst. Vielleicht ziehst du mal deine Mütze aus dem Gesicht, dann siehst du auch was." Der Radfahrer tippte sich an die Stirn und griff dann nach seinem Handy.

Milan zog Martina zurück auf den Bürgersteig.

„Ich bin echt ziemlich durch. Tut mir leid. Du gibst dir so eine Mühe. Für dich ist das auch nicht leicht mit mir." Sie hatte immer noch nichts von ihren Verfolgern erzählt. Ihr Handy steckte nun in der Hosentasche. Sie hatte sich stark verändert und bewegte sich auch ganz anders. Mehr wie ein Mädchen.

„Arbeitest du irgendwas?", fragte Milan. Solange sie nichts von Leo wissen wollte, war alles gut. Bald musste er ihr aber eine Antwort liefern.

Martina sah ihn an. Und das tat gut. Machte den schrillen Ton leiser. Sicher hatte sie Unmengen an Schuldgefühlen ihm gegenüber. Ihre grünen Augen, diese schönen Haare und die angenehme Stimme. Sie versuchte ein Lächeln aufzusetzen. Es gelang ihr nicht, die Augen zeigten keine Fältchen.

„Im Moment arbeite ich gar nichts. Kein Einkommen. Davor so Aushilfssachen. Mal im Pflegedienst, bisschen Taxifahren oder Nachhilfe."

„Und du wohnst aber eigentlich nicht hier in Frankfurt?"

„Nein, ich bin nur auf der Durchreise."

„Von wo? Lebst du allein?", fragte Milan

Martina schob sich eine Haarsträhne zurück unter die Mütze. „In Frankfurt bin ich erst seit gestern."

Milan lief vor ihr. Vor dem *Plank* standen wieder Partyvolk mit Bierflaschen oder Weingläsern in den Händen, Touristen und Geschäftsleute drängten mit Trolleys in Richtung des Hauptbahnhofs. An einer Litfaßsäule vor der nächsten Kreuzung stoppte Milan. „Jetzt bleib mal kurz stehen. Wo wolltest du denn eigentlich hin?"

„Eigentlich nach München, aber eine Freundin sagte, komm doch vorbei und dann hat sich das irgendwie anders ergeben."

Sie schaute auf das Plakat mit der Werbung für die Schirn-Ausstellung: Fantastische Frauen. Frida Kahlo mit einer schwarzen Katze und einem Affen auf der Schulter, zwei Schmetterlingshaarspangen im Haar. „Wo ist denn hier Brigittes Bar? Mich könntest du hier im Kreis drehen und ich würde mich verlaufen."

„Und dann warst du in der Moon-Bar, hast mich gesehen und gedacht. Oh, das könnte mein Sohn sein?", fragte Milan.

„Könnte man so sagen." Sie schob ihre Mütze zurecht. „Da will man nach München und steht hier vor dir. Gut, dass die Freundin nicht da gewesen ist. Sicherer ist es aber auch vielleicht bei dir. Ich habe dich, also euch, echt vermisst."

Sie liefen über die Kreuzung an der Elbestraße. Milan lehnte sich an die Scheibe eines Kampfsportstudios. Neben ihnen ging die Tür auf und ein Typ mit Sporttasche und Dutt kam heraus.

Martina zuckte zusammen.

Der Typ schloss sein Rad auf und fuhr davon.

Aus dem Studio dröhnte Techno-Musik und im schwachen Licht perlten Tropfen an der Scheibe herab.

„Was meinst du eigentlich mit Wiedersehen? Warum kommst du erst jetzt zu mir?", fragte Milan.

Im Hintergrund bewegten sich die Umrisse von drei Männern. Zwei Muskelpakete und ein dünnes Hemd vor einer Theke. Mehr konnte er durch die Lamellenjalousie nicht erkennen.

„Wenn wir die Straße runtergehen, sind wir gleich an der Moon-Bar. Da können wir besser reden."

„Die machen hier ja Krav Maga. Das hätte ich mal machen sollen, statt immer nur auf der Aschebahn zu laufen", sagte Martina.

„Und auch MMA wird hier trainiert. Mit denen will ich mich nicht anlegen."

Martina grinste. „In MMA bin ich fit. Du hast jetzt mich. Ich passe auf dich auf. Lass uns weitergehen."

Ein Glatzkopf hob die Jalousie an und glotzte hinter ihnen her.

„Was hat das mit der Aschebahn auf sich? Bist du gelaufen?", fragte Milan.

„Ach, das ist lange her, eine lange Geschichte. DDR und Leichtathletik. Ich war da mal gut dabei. Kurzstrecke. So ein neues Talent, DDR-Meisterschaften. Ich wollte 1984 nach Los Angeles, aber, ach egal."

„Wolltest du nicht schon früher auf uns aufpassen?", fragte Milan.

„Es ging einfach nicht. So vieles ging damals nicht. Ich wollte dich, also euch, auch mit dem ganzen Kram in Ruhe lassen. Ach, du ahnst gar nicht, wie schwer das ist, so allein zu sein." Sie blieb an der Straße stehen und beobachtete die Hauseingänge und die Balkone über ihnen.

„Wen suchst du denn eigentlich, was scannst du ab? Was meinst du mit Kram?"

Martina kickte ein paar Kronkorken vom Bürgersteig auf die Straße. Sie traf mit ihren Absätzen und die Kronkorken verschwanden in den Gullis. „Und weg ist der, und der." Sie lachte. Wieder keine Antwort auf seine Fragen.

„Ich brauch wieder eine Zigarette. Hast du mal Feuer für mich?", fragte sie.

Er kramte in seiner Lederjacke und hielt ihr das Päckchen hin. „Ich habe dich bis gestern noch nie gesehen. Ich wusste gar nicht, dass es dich gibt. Leo und ich, wir haben immer gesagt, irgendwann steht unsere Mutter vor der Tür und ist eine ganz berühmte Frau." Er stockte und holte tief Luft. „Sie holt uns mit einem Porsche ab und bringt uns in ihr Haus."

Martina blies den Rauch nach oben und nickte. „Ich will das euch beiden gern erklären. Auch, wenn es dafür weder eine gute Erklärung und schon gar keine Entschuldigung geben kann." Sie kickte den nächsten Kronkorken auf die Straße, der die Straßenbahn traf und schaute ihm in die Augen. Hinter ihr leuchtete der Schriftzug auf einem roten Mond.

„Wir sind da", sagte Milan. „Hinter dir."

„Kannst du Leo anrufen, vielleicht kommt er ja auch?", fragte sie.

Milan ging zwei Stufen zum Eingang der Moon-Bar hoch und drehte sich zu ihr um. „Ich kann ..." Er stockte. „Leo ist ..."

Die Tür wurde aufgerissen. Brigitte fuchtelte mit den Armen in der Luft herum. Sie trug ein breites Tuch in ihren schwarzen Locken. Aus der Bar drang die Stimme von Whitney Houston „Mensch, was macht ihr beide denn hier? Martina und Milan. Das ist ein Zufall, oder? Kommt doch rein. Ach, mir ist Jessy hinter der Theke ausgefallen. Ich muss jetzt mal ein bisschen flitzen und improvisieren. Setzt euch doch an die Bar." Brigitte wuselte wieder hinter die Theke, öffnete die Spülmaschine und zapfte mit der anderen Hand ein Pils.

Die Bar war voll. Die Discokugel drehte sich langsam und die Lichtpunkte wanderten von den Stufen des Eingangs über die Tapeten in violettem Plüschsamt.

Martina schloss die Tür hinter ihnen.

Milan hängte seine Lederjacke über einen der Barhocker und zeigte auf den Stuhl daneben. „Ich helfe Brigitte mal ein wenig. Bin gleich wieder da." Milan trat hinter die Theke und trocknete ein paar Gläser ab.

Brigitte drückte ihn an sich. „Du bist so klasse. Machst du mir drei Hefe und zwei Pils fertig. Dann kann ich die Cocktails raustragen. Da vorne sitzen so Tester für einen schwulen Reiseführer. Gayorama. Geil, wenn ich da reinkomme. Obwohl Heteros dürfen hier natürlich auch rein. Ich muss denen gleich mal imponieren und das Mikro noch rausholen. Bisschen Klischee ist gut fürs Geschäft. Und in der Zukunft brauche ich echt noch jemanden hinter der Theke. Die Jessy geht, glaube ich, lieber selbst gern feiern. Kennst du jemand, der gut drauf ist?" Brigitte nahm das Tablett. „Moment, ich bin gleich wieder bei dir. Das sehe ich dem einen Tester doch schon an, dass der ne Hete ist." Sie balancierte das Tablett an den Gästen vorbei.

Martina lächelte ihm zu. „Siehst gut aus hinter der Theke, ich habe dich noch gar nicht gefragt, was du eigentlich arbeitest. Gastronomie?"

„Ich bin Physiotherapeut."

„Ach? Und wo?"

„In der Uniklinik", sagte Milan.

„Die Physiotherapeutinnen kenne ich noch vom Training früher. Das waren aber immer so hagere Frauen mit schmalen Lippen. Und mit dem Gehalt kannst du dir so eine tolle Wohnung leisten?"

Brigitte stand wieder hinter der Theke und tupfte sich den Schweiß von der Stirn. „Den beiden Typen gefällt meine Bar. Das Farbkonzept und die Ölgemälde in den barocken Goldrahmen finden sie total tuffig." Brigitte nahm die Gläser mit dem Hefeweizen aufs Tablett. „Woher kennt ihr euch denn?

Und, wie hast du ihn gefunden, Martina?", fragte Brigitte. „Sie ist aber keine verrückte Alte, die dich stalked, oder?"

Milan reichte ihr die beiden gezapften Pils.

„Er ist mein Sohn."

Brigitte griff nach den Gläsern. Sie rutschten vom Tablett und ergossen sich auf dem Boden. „Jetzt verscheißer mich mal nicht. Milan hat keine Mutter. Und wenn ich die sehe, bekommt die was von mir zu hören." Sie bückte sich in Zeitlupe nach vorne. Jemand pfiff. „Wurde ja zum Glück keiner verletzt."

Milan reichte Brigitte einen Lappen und legte seinen Zeigefinger auf seine Lippen. „Sie hat ..."

Brigitte drehte sich zu den beiden Testern um und wischte über den Boden. „Wenn ich der nicht direkt sagen würde, was sie für eine schreckliche Frau ist."

„Schrecklich?", fragte Martina.

„Ja. Schrecklich. Wie würdest du das denn nennen?" Brigitte stand auf und wrang den Lappen aus. „Lässt die Söhne allein und bekommt nicht mit, dass einer der Zwillinge schon lange tot ist."

Martina hielt den Aschenbecher fest. Ihre Hände zitterten.

„Brigitte, bitte", sagte Milan.

Martinas Hände zuckten. Asche fiel auf den Tresen. „Er ist nicht ..." Milan legte seine Hand auf Martinas Hand. „Ist gut. Es ... also ich ... Leo ist ..."

Brigitte stand auf, schenkte sich ein Hefeweizen vom Zapfhahn ein und trank einen großen Schluck.

„Martina ist, also sie sagt, dass sie meine Mutter ist." Milan lächelte.

„Das kann nicht sein. Er ist nicht ...", sagte Martina. In ihren roten Locken reflektierte der Mond der Leuchtreklame. Ihre Mundwinkel zuckten.

„Na dann Prost. Das hat Brigitte toll hingekriegt."

Martina stand auf und stellte sich an das große Fenster zur Straße. „Was ist denn passiert?" Ihre Tränen glitzerten im Licht der Discokugel.

Kapitel 15

Frankfurt Twin Tower
Viel näher konnte er dem Himmel nicht sein. Zwischen den flachen Wolken schob das Abendrot hindurch und verzweigte sich wie unter einem riesigen Blätterdach in die Fenster der Frankfurter Wolkenkratzer. Auf den Straßen, die Milan von hier oben überblickte, herrschte Rush-Hour. Er trat näher an das Fenster, das bis zu seinen Füßen reichte. Am Mainufer wimmelte es von Fußgängern, Radfahrern und Joggern. Wie lauter kleine Ameisenmenschen sahen sie aus. Die Menschen saßen auf den Wiesen am Museumsufer und schauten hoch zur Skyline, die allmählich mit dem Rot in den Wolken verschmolz. Bald würden die Wolkenkratzer den Glanz des Himmels übernehmen und in der Nacht leuchten. Bis zum nächsten Morgen.

Milan war oben im rechten Twin Tower der Deutschen Bank. Schon allein wegen des Ausblickes lohnte es sich hier zu arbeiten. Die Bezahlung war mehr als angemessen.

Hinter ihm raschelte Kleidung. Sein Patient hatte sich ausgezogen. Er trat vom Fenster zurück, als sich Günther Steigenburger auf den Bauch legte. *Sie haben sich wohl in der Tür geirrt.*

Die mobile Massagebank hatte Milan neben dem Schreibtisch aufgebaut. Er nahm die Lotion, die er auf dem Boden abgestellt hatte. Mango-Vanille. Auf dem Schreibtisch durfte er sie nicht abstellen. Der hätte ein Vermögen gekostet, hatte ihn Steigenburger zurechtgewiesen, als er die Lotion darauf abstellen wollte. Sicher irgendein Tropenholz. Aufgeräumt und clean wirkte der Schreibtisch. Ein Foto seiner Frau stand darauf. Sonst nichts, was ihn von seiner Arbeit in der Bank ablenkte. Sogar das Glas Wasser mit dem Päckchen Tramadol daneben wirkte wie ein Shot für einen Social-Media-Kanal. Dazu müsste man einen Motivationsspruch texten. *Schmerz ist vergänglich, Erfolg bleibt für immer* oder so ähnlich. Mit der Vergänglichkeit war er sich hier nicht so sicher. Ohne das Tramadol schwer vorstellbar.

Steigenburger hatte Debussy auf seinem Rechner eingeschaltet. Milan konnte sich gut etwas Deep House zum Himmel vorstellen. Unkomplizierte Mucke. Aber er trug nur zu der Gesamtsituation bei. Milan war nur ein Teil dieses Drehbuches.

Über dem Ledersessel hingen ein dunkelblauer Boss-Anzug und eine Krawatte, deren Farbton glich dem Logo der Deutschen Bank. Vor dem Sessel standen Armani-Schuhe. Steigenburger hatte seinen Kopf in den Schlitz der Behandlungsbank gelegt. „Ich habe mich den ganzen Tag schon auf deine Hände gefreut, Milan. Mein Rücken bricht durch und ich halte dieses Ziehen ins Bein kaum noch aus."

Milan zog die engen Retropants über die Pobacken seines Patienten. Yes, you're welcome stand auf dem Bund der neongelben Pants. Er verteilte die Massagelotion zwischen seinen Händen. Der Duft erfüllte den Raum.

„War das wieder ein anstrengender Tag bei Ihnen?" Er begann die Lotion auf dem unteren Rücken einzumassieren. „Haben Sie die Übungen gemacht, die ich Ihnen gezeigt habe?" Er kannte die Antwort. Doch hier im Twin Tower stellte er viele Fragen. Es war ein Teil seiner Therapie.

„Ich bin froh, wenn du mir da weiterhilfst. Zeit zum Üben habe ich keine. Du hilfst mir zum Glück immer. So geht es mir besser. Genau da, wo du jetzt bist, ist es am schlimmsten. Du findest aber auch immer die richtigen Stellen." Steigenburger atmete hörbar aus. „Ohne die Tabletten würde ich das gar nicht schaffen mit den langen Arbeitstagen. Ob das auch der ganze Stress ist? Wir bewegen hier Millionen. Nur auf uns achten wir nicht." Er lachte trocken.

Die Blisterpackung auf seinem Tisch war bis auf zwei letzte Tabletten leer. Lange hatte die nicht gehalten. Und seine Frau hatte ihn in der Apotheke überrascht, als er den Nachschub einpackte.

„Vielleicht ist das aber auch schlimmer geworden, seitdem meine Frau so aktiv geworden ist und mir den Rücken nicht mehr freihält." Steigenburger legte seine Arme nach hinten, dann wieder nach vorne, schüttelte die Hände aus. Milan kippte das Kopfteil etwas nach unten. „Ist es so besser?"

„Viel besser. Und dann noch der Unfall meiner Tochter. Mir steht es echt bis zu Hals." Steigenburger drehte seinen Kopf, hob ihn von der Bank an. Sein Ausdruck hatte etwas Forderndes. Das Gesicht wirkte angespannt. Milan wich seinem Blick aus.

„Du musst mir bitte unbedingt noch etwas Stärkeres besorgen." Steigenburgers Stimme klang nach einem Befehl. Er drehte den Kopf zum Schreibtisch. Außer der Blisterpackung lag sonst nichts darauf. „Vielleicht was, das meine ganze Laune verbessert und mir mehr Power gibt." Er drehte sich wieder zurück in die Bauchlage.

Milan bearbeitete einen Triggerpunkt nach dem nächsten. „Meinen Sie nicht, ein Schmerztherapeut wäre der bessere Ansprechpartner?"

Steigenburger stöhnte. „Wenn ich zum Doc gehe, sagt der doch, Sie brauchen eine Auszeit oder eine Kur. Dann lächeln meine Kollegen hier und sagen, klar, nehmen Sie sich alle Zeit, die Sie brauchen. Aber da bin ich doch raus aus der Bank, werde mit besonderen Aufgaben in den 15. Stock versetzt." Er seufzte. „Und schaue meiner Frau beim Karrieremachen zu. Ich bin dann the First Gentleman der neuen Frankfurter OB. Weiß eh noch nicht, wie ich das packen soll. Eine Linke, die mit einem Vorstand der Deutschen Bank verheiratet ist. Ich sehe sie auf unzähligen Plakaten in der Stadt."

Auf den Plakaten war sie Milan lieber.

„Du musst dir von deinen Kunden auch einiges anhören", sagte Steigenburger.

Milan bückte sich und drückte auf die Dosierpumpe für die Massagelotion. „Es ist doch interessant, was Sie mir erzählen."

„Was gibt es denn außer Tramadol noch so?", fragte Steigenburger. „Du kennst dich doch aus. Könntest du mir denn auch mit anderen Mitteln weiterhelfen? Ich bezahle auch gut. Alles aus einer Hand." Er lachte, gefolgt von einem Hustenanfall.

„Sie meinen etwas Stärkeres?" Milan hatte ihm damals mit dem Tramadol schon weitergeholfen, weil ihm sein Arzt nichts mehr verschreiben wollte.

„Etwas, das auf jeden Fall stärker ist als das Tramadol. Ich weiß, ich muss bald zum Arzt und einiges umstellen, aber das geht jetzt im Moment nicht. Wir haben hier wichtige Entscheidungen zu treffen. Ich brauche nur noch ein paar Wochen eine schmerzfreie Zeit. Dann ändere ich etwas. Aber das soll nicht dein Problem sein. Kannst du mir helfen?"

Milan konnte ihm nun schlecht erzählen, dass ihn seine Frau gestern in der Apotheke erwischt hatte. Das würde alles nur noch komplizierter machen.

Steigenburger drehte sich um, stöhnte kurz auf und setzte sich auf die Kante der Behandlungsliege. „Was ist? Kannst du mir helfen oder nicht?" Er schüttelte seinen Kopf. Seine Füße ließ er vor und zurück baumeln. Er rutschte nach vorne, stellte seine Füße auf den Boden und stand von der Behandlungsbank auf. Über dem Stuhl hing sein weißes Hemd. Er griff danach.

Milan trat an das kleine Waschbecken und wusch sich seine Hände. Im Spiegel beobachtete er, wie Steigenburger in seine Hose schlüpfte und den Bauch einzog. Er richtete seine Krawatte und setzte seine Brille auf.

In der Dunkelheit strahlten die vielen Lichter aus den Büros der Wolkenkratzer.

„Wir machen einen Deal. Du hilfst mir mit meinen Schmerzen und ich helfe dir. Wir haben alle ein paar Leichen im Keller." Steigenburger zog sich sein Jackett über. „Wenn du mir ein stärkeres Mittel und weiterhin dieses Zeug hier beschaffst ...", er zog ein Tütchen mit einem weißen Pulver aus der Tasche und lächelte dabei, ohne Milan anzusehen, „...dann wird dir nichts passieren." Er ging einen Schritt auf ihn zu, klopfte ihm auf die Schulter und ließ seine Hand schwer auf ihr liegen. Steigenburgers Fingerkuppen drückten zu. „Dann bleibt alles so, wie es ist und das mit deiner Wohnung läuft auch so weiter. Besorge mir bis morgen etwas richtig Gutes, dann schauen wir weiter." Der Klang seiner Stimme hatte sich verändert. Gepresst und langsam. Er schob Milan einen Umschlag entgegen. „Und das ist für deine Mühen. Eine kleine Anzahlung. Du hattest mir einmal von diesen Matrixpflastern mit dem Wirkstoff Fentanyl erzählt. Sie wären doch sicher eine gute Möglichkeit die nächsten Wochen gut zu überstehen, oder?" Er drückte auf den Verschluss seiner Armbanduhr.

Das war eine klare Ansage von Steigenburger. Milan hatte keine andere Wahl. Sein Job hier ging flöten, wenn er Steigenburger nicht das besorgte, was er wollte. Immerhin stimmte die Kohle. Milan klappte die Massagebank zusammen. Er spürte immer noch die Stelle auf seiner Schulter, auf der Steigenburgers Hand gelegen hatte. „Das Kokain mit dem Fentanyl muss man wirklich sehr genau beobachten." Milan zeigte auf den Beutel in Steigenburgers Hand. „Und dann noch Ihr Ritalin dazu ist wirklich sehr gefährlich."

„Danke, aber ich weiß, was ich tue, und vor allem, was ich will." Steigenburger öffnete die Tür seines Büros. „Wir sehen uns dann wieder zum nächsten Termin in zwei Tagen. 19 Uhr, wie versprochen. Ich verlasse mich auf dich. Einen schönen Abend."

Milan schulterte die Tasche mit der mobilen Massagebank. „Ich versuche mein Bestes. Bis Donnerstag." Er trat auf den Flur, die Tür schloss sich hinter ihm.

„Milan, wo bleibst du denn?" Katzmarec wartete schon. Die Kniebeschwerden seines nächsten Kunden hatte ein Meniskusriss verursacht. Sexunfall mit der Geliebten, wie ihm Katzmarec gebeichtet hatte. Kopfkino war nicht immer schön.

Der Mann im blauen Anzug tippte auf die Uhr und zeigte auf sein Büro. Seine Krawatte im gleichen Farbton wie das Logo der Deutschen Bank. Lloydschuhe in dunkelblau, weißes Hemd von Boss. „Mein rechtes Knie bringt mich noch um."

Milan betrat das Büro. Das Saxofonsolo aus dem Lautsprecher war gar nicht sein Ding. Der Umschlag mit dem Geld lag schon auf dem Tisch. Für siebzig Euro die Stunde hörte er auch Saxofon. Milan schloss die Tür und klappte die Massagebank auf.

Kapitel 16

Frankfurt Café Maingold
Vanessa saß eingerahmt hinter der großen Scheibe des Café *Maingold* und tippte auf ihrem Handy. Sie berührte mit ihrem Zeigefinger kurz ihre Lippen und tippte weiter. Wie ein Kuss.

Milan beobachtete sie von der anderen Straßenseite aus. Sein Handy vibrierte. Er zog es aus der Hosentasche. *Wann kommst du denn? Ich sitze drin. Draußen war nichts mehr frei.*

Vielleicht sollte er sich noch einmal mit Vanessa treffen. Den ganzen Weg hierher hatte er mit sich gerungen, ob er denn wollte, dass das zwischen ihnen mehr wurde als ein One-Night-Stand. Zumindest war er schon einmal pünktlich da. Ihm hatten die Worte gutgetan, die sie ihm geschrieben hatte. Ihren Chat hatte er archiviert und nicht wie bei den anderen Frauen direkt gelöscht.

Vanessa hatte ihre Haare anders. Das konnte er von hier aus erkennen. Welliger und weicher, vielleicht mit einem Lockenstab bearbeitet. Statt einer schwarzen Bluse trug sie heute einen flauschigen Pullover in Bordeaux.

Er wollte zu ihr. Wahrscheinlich hatte er auch nur wieder zu hohe Ansprüche an sich selbst. Mit einer Person eins zu sein und seine fehlende Hälfte wiederzufinden. Dem konnte doch niemand gerecht werden. Einfach nur mit ihr im Café Maingold den verabredeten Kaffee trinken und zu frühstücken war eine gute Idee.

Vanessa blätterte in einer Modezeitschrift. Ein blonder Surfertyp stellte sich neben sie. Er notierte etwas auf einem Bierdeckel, den er Vanessa mit einer kleinen Verbeugung überreichte.

Immer mehr Wolken, immer weniger Sonne. Es zog sich zu. Ein seltsames Zwielicht. Nichts Halbes und nichts Ganzes.

Die zwei Tische vor dem Café waren mit zwei Pärchen besetzt.

Wenn Vanessa jetzt nach draußen schaute, würde sie ihn sehen.

Er konnte diese Entscheidung auch dem Zufall überlassen: Wenn Vanessa ihn nicht in einer Minute entdeckte, würde er gehen und ihre Nummer löschen. Ghosten. Das wäre doch ein Grund. Vanessa sollte ihn ansehen. Sie sollte entscheiden, ob es mit ihnen weiterging. Komm Vanessa, schau mich an!

Ein Mann mit Hipster-Bart am linken Außentisch hob die Hand. Der Surfertyp lief aus dem Café, stellte sich zu dem Pärchen am Tisch, nahm ihre Bierdeckel und schien zusammenzurechnen. Hipster-Bart bezahlte und legte den Arm um seine Freundin. Er strich ihr über die langen Haare und sie über seinen Bart. Sie küssten sich.

Vanessa verfolgte den Kuss des Pärchens. Sie lächelte, schaute auf ihr Handy und zu ihm auf die Straße.

Bingo. Das war der Augenblick, auf den Milan gewartet hatte.

Sie lächelte verlegen und hob ihre Hand.

Milan hatte nicht mehr auf die Uhr geschaut, aber das war sicher länger als eine Minute gewesen. Er winkte, lächelte zurück und betrat das Café.

Holztische in verschiedenen Größen, alle besetzt und ein Mix aus Stühlen, Sofas und Sesseln. Vanessa saß an einem runden Holztisch mit einem Sofa und zwei Sesseln im Stil der 50er Jahre. Der olivgrüne Kordstoff war verblichen und abgewetzt. Used Look. Eine Zuckerdose und das Magazin *InStyle* vor ihr auf dem Tisch. In der Blumenvase standen Äste mit rosa Kirschblüten. Hinter Milan rauschte die Kaffeemaschine, der Surfertyp grüßte ihn. Ein Hund bellte in das Lachen einer Frauengruppe, die an den zusammengeschobenen Nebentischen saßen. Die Besitzerin bückte sich zu dem kleinen Hund und streichelte ihn. Sein Bellen verstummte.

„Schön, dass du gekommen bist. Setz dich doch. Geht es dir gut?" Sie sprach schneller und höher als bei ihrem ersten Date in der Moon-Bar. Unsicher. Vielleicht war das aber auch nur die allgemeine Lautstärke im Hintergrund. Sie stand auf, umarmte ihn und öffnete leicht ihre Lippen.

Milan nahm ihren Kuss entgegen. Weiche Lippen. Er löste sich von ihr.

Sie wich einen Schritt zurück und strich ihren Pullover glatt.

Ihre Augen waren das, was ihn interessierte. Lange Wimpern, blaue große Augen, keine Adern in den weißen Skleren. Perfekt. Aber wie bei einer Puppe. Klimper, klimper. Sein Spiegelbild auf ihren Pupillen.

Sie blinzelte und schaute zu Boden.

„Schönes Café hast du ausgesucht. Bist du öfter hier? Wie läuft es auf der Bank?" Fragen waren immer gut. Vor allem, wenn man sie selbst stellte.

Sie setzte sich auf das Sofa und rutschte zu der großen Fensterfront. Sie schien ihn damit aufzufordern, sich neben sie zu setzen.

Milan hörte ein Klopfen auf dem Polster. Er lächelte und nahm ihr gegenüber auf einem der Sessel Platz. Der Sessel, der näher zur Tür stand. Er sank darin richtig ein. „Die sind ja sowas von bequem. Von dem Sessel will ich gar nicht mehr aufstehen."

Nur Vanessas Mund lächelte. Ihre Augen wichen seinem Blick aus. „Interne Fortbildung, mit viel Wirtschaftsenglisch. Schön mit dir heute zusammen zu sein. Und nicht in dieser Fachsprache zu reden."

Der Surfertyp trat von der Theke hinter ihnen an den Tisch. „Einen Latte Macchiato mit einem doppelten Weiße Schoko-Shot für dich, Vanessa." Er stellte ein großes Glas Kaffee mit zwei Cookies vor ihr ab. „Was kann ich euch sonst noch bringen?"

„Wir hatten noch gar keine Zeit gemeinsam in die Karte zu schauen, aber wie wäre es mit dem Frühstück honigsüße Zeiten für zwei?", fragte ihn Vanessa.

Der Surfertyp wartete. Schaute zuerst Milan an, dann Vanessa. „Er ist wohl nicht so honigsüß drauf?" Er zog eine Augenbraue hoch, wirkte genervt. Oder belustigt. Fixierte Vanessa.

„Wenn da Honig dabei ist, bin ich leider raus. Ich habe eine Honigallergie." Milan griff nach der Karte und blätterte. „Also, ich nehme das Frühstück Kaninchenglück gern mit extra Aioli dazu und eine große Rhabarbersaftschorle."

Der Surfertyp tippte mit einem Stift die Bestellung auf sein Handy.

Vanessa nippte an ihrem Glas mit dem Latte Macchiato. Etwas Milchschaum zierte ihre Oberlippe.

Sollte er sie darauf aufmerksam machen oder würde es ihr gefallen, wenn er sie küsste?

„Für mich dann bitte die süße Wonne." Sie lehnte sich zurück in das Sofa und schaute aus dem Fenster.

Milan zeigte auf ihre Oberlippe. „Du hast da etwas Milchschaum. Hast du sonst noch was Schönes vor heute? Shoppen oder mit einer Freundin treffen?"

Sie drehte sich zu ihm, wischte den Schaum weg. „Nein, ich bin doch hier mit dir." Vanessa schaute weiter aus dem Fenster. Die Markise wurde herausgefahren. Es nieselte. Auf der anderen Straßenseite wurde der erste Regenschirm aufgespannt. „Warum bist du nach der schönen Nacht gegangen? Es war doch so gut mit uns?"

Ein Kleinkind lief an ihrem Tisch vorbei. Vanessa winkte ihm zu. Sie setzte sich aufrecht und griff nach seiner Hand. Ihre Hand fühlte sich kraftlos in seiner an, die Fingerspitzen waren kalt. Sie streichelte um seinen Daumen herum, fuhr die Haut seines Nagelbetts nach. „Ich würde dich gern weitertreffen und den Abend und die Nacht wiederholen."

Milan griff nach ihrer Hand und massierte ihren Daumenballen. Wenn man bei Büromenschen die Stelle zwischen Daumen und Zeigefinger oberhalb des Ballens bearbeitete, entspannte sich auch die Schulter-Nacken-Muskulatur. Es half auch, wenn man starke Kopfschmerzen hatte. Milan würde sicher auch am Ellenbogen und im Nacken bei ihr einige entspannende Stellen drücken können. Vielleicht konnte er ihr später damit ein gutes Gefühl geben. So ganz ohne Drogen oder Musik war das echt schwer für ihn. Die Tanzfläche im *Nachtleben*, die Cocktails bei Brigitte und natürlich auch das Kokain hatten es ihm leichter gemacht, dass er Sex wollte.

„Einmal das Kaninchenglück und die himmlische Wonne." Der Surfertyp stellte ein Tablett mit zwei Tellern und einem großen Brotkorb vor ihnen ab.

„Die Croissants riechen wirklich sowas von lecker." Milan lächelte Vanessa an. „Die kommen wohl frisch aus dem Ofen."

Sie saß zu weit von ihm entfernt. Eine große Stehlampe ließ ihr Haar glänzen, wie in einer Werbung für diese neuen Haartrockner. Er wollte sich auch nicht neben sie setzen. Vanessa gefiel ihm mit dem Tisch dazwischen. Er konnte ihr nicht über das Haar streichen und er würde nie so sein, wie das Pärchen draußen vor dem Café vorhin. Sie blieb dieses schöne Profilbild von der Dating-App. Eine Frau, die einen tollen Musikgeschmack hatte, gut roch und deren Augen wunderschön aussahen. Bei der er aber nicht die Sehnsucht spürte, mit ihr immer zusammen sein zu wollen. Bei einem nächsten Date mit Vanessa könnte er sich wieder zudröhnen und dann auch mit ihr schlafen. Sie war eine liebe Person und sie erhoffte sich mehr von ihm. Etwas, das er ihr niemals geben könnte. Es war so, wie es immer war. Es führte zu nicht mehr als zu einer Nacht. Er musste es ihr sagen. „Es tut mir leid, wenn du dir mehr von mir versprichst, als ich bin. Wir können ausgehen und Spaß haben, aber ob ich mehr kann, glaube ich nicht." Milan biss in sein Croissant.

Sie schwieg, ließ ihre Schulter hängen.

„Es liegt nicht an dir. Du bist eine tolle Frau und genau mein Typ. Ich habe den Abend mit dir wirklich genossen und es war schön mit dir zu schlafen." Vielleicht beruhigte sie das, wenn er alle Schuld für dieses Scheitern auf sich nahm. Sie hatte viel versucht.

„Ganz so toll scheine ich ja dann doch nicht zu sein." Sie schaute zur Tür und aus dem Fenster. „Sonst hätte es ja vielleicht gefunkt bei dir." Sie griff wieder nach seiner Hand. „Vielleicht brauchst du auch nur etwas mehr Zeit und musst mich noch besser kennenlernen. Ich habe mich geborgen gefühlt mit dir."

Wie unterschiedlich zwei Menschen in der gleichen Situation empfinden konnten. „Ich bin für so etwas nicht gemacht. Du bist eine tolle Frau und ich habe es wirklich versucht und du gibst einem jeden Grund geliebt zu werden." Ihr vorzuschlagen nun noch über die Zeil laufen oder einen Wein auf dem Wochenmarkt zu trinken war bestimmt keine gute Idee. Wenn er gut drauf war, konnten sie ja auch später noch miteinander schlafen. Er würde sich anstrengen und vielleicht würde es ja auch irgendwann ohne Koks Spaß machen. Nur, ob sie dafür die Geduld aufbringen würde? „Wir können gern wieder einmal ausgehen und Spaß haben, aber ich bin für mehr im Moment nicht gemacht. Was meinst du?"

Vanessa trank kleine Schlucke ihres Lattes. Vielleicht hoffte sie darauf, dass er seine Meinung änderte.

„Sag du doch auch was dazu, Vanessa. Beschimpf mich oder mach mir eine Szene, aber schau nicht so traurig."

„Ich bin traurig, aber ich werde dich nicht mehr belästigen." Sie schob die Modezeitschrift in Richtung des Fensters, öffnete ihre Handtasche und zog ihr Portemonnaie heraus.

„Willst du schon gehen? Bleib doch noch ein bisschen." Milan griff nach ihrer Hand. Sie drückte sie, wie zu einer Verabschiedung bei einem Bewerbungsgespräch. Und löste den Griff, ohne ihn anzusehen.

Vanessa rutschte auf dem Sofa zum Gang. „Es tut mir leid mehr in dir gesehen zu haben und falsch empfunden zu haben." Sie stand auf und griff nach ihrer Tasche. „Ich dachte wirklich, jemand, der mich so berührt, muss doch ein Mensch mit Gefühl sein. Ein Mensch für mich." Ihre Stimme zitterte. Sie legte einen Zehn-Euro-Schein auf den Tisch, winkte dem Surfertyp zu und lief zur Tür. Wenn sie sich jetzt umdrehte und ihn ansah, dann würde er ihr hinterherlaufen.

Vanessa drehte sich nicht um. Milan schaute durch das große Fenster auf die Straße, Vanessa sollte sich umdrehen. Er würde ihr schreiben und sicher funktionierte das auch ohne Musik und Kokain mit ihr.

Die Sitzplätze vor dem *Maingold* waren nun leer und die Markise wurde zurückgekurbelt. Vanessa lief im Regen davon. Milan griff nach der Zeitschrift. *So wird er ihr Traummann*. Keine Ahnung, welcher Journalist so eine Scheiße schrieb.

Kapitel 17

Bahnhofsviertel Milans Wohnung
Der Reißverschluss ihres Weekenders war leicht geöffnet. Milans grauer Kater zog mit den Pfoten an den weißen Schnürsenkeln ihrer Turnschuhe.

Martina setzte sich zu ihm auf den Boden, hob ihn von der Tasche weg und streichelte sein weiches Fell. „Was machst du mit meinen neuen Schuhen, und wo hast du deinen Bruder gelassen?" Sie nahm den Kater auf den Arm. Er schnurrte zufrieden und rieb den Kopf an ihrem Hals.

Sie schloss die Augen. Die letzte Berührung war lange her. Sie vermisste das. Warm und lebendig. „Du bist so ein lieber kleiner Kater. Wer konnte dich nur weggeben?" Sie setzte ihn aufs Sofa, wo Milans zweiter Kater lag. Die beiden beschnupperten sich kurz und kuschelten nebeneinander. Das Schnurren endete.

Martina kniete sich erneut vor den Weekender und schob die Schnürsenkel wieder zurück. Die Schuhe hatte sie gestern auf der Zeil in einem Sportladen von ihrem letzten Geld gekauft. Jetzt war sie pleite.

Sie berührte ihre blonde Perücke und griff nach dem Bob in ihrer Tasche. Ein paar Strähnen verfingen sich im Reißverschluss. Mist. Der Verschluss ließ sich weiter öffnen und sie befreite den Bob, stülpte ihn über ihre Hand. So war er nur totes Haar. Erst als sie ihn über ihre roten Locken zog, veränderte sich etwas. Er wurde lebendig. Die vielen Gedanken blieben weg und ihr wurde leichter. Wie unter einer Tarnkappe. Mit der Perücke war sie eine andere. Martina war unsichtbar. Sie lächelte.

Bis nach Frankfurt war sie getrampt. Über der Perücke hatte sie eine Baskenmütze aus olivgrünem Filz getragen. Dazu einen Bundeswehrparka und verwaschene Röhrenjeans. Hatte sich das dumme Geschwätz der Fahrer angehört. Ein LKW-Fahrer sang polnische Schlager im Radio mit. Wenn sie einen LKW-Führerschein gehabt hätte, hätte ihn die Polizei mit mehr als einem eingetrockneten Ketchupfleck am Mundwinkel irgendwann neben der Autobahn gefunden. Sie stieg frühzeitig aus.

Die Studentin mit dem Polo war auf dem Weg zu ihren Eltern. Die Mutter wollte den Vater verlassen. Sie wollte schlichten. Blablabla. Nach einer Stunde ließ sie sich auf einem Rastplatz absetzen. Das war kaum zum Aushalten.

Das letzte Mal war sie mit Anfang zwanzig in ein fremdes Auto eingestiegen, um wegzukommen. Unter den Kerlen waren immer noch die gleichen Schweine wie vor dreißig Jahren.

Einem zudringlichen Familienvater, der ihr vor Chemnitz ans Knie griff, zeigte sie ihre Faust. Er war es nicht wert ihn umzulegen. Kurz nach Chemnitz warf er sie aus dem Auto. Ausgerechnet in Chemnitz. 1984, die Qualifikation für die Olympiade in Karl-Marx-Stadt. Ohne den zweiten Fehlstart und die Disqualifikation wäre vielleicht alles anders gekommen. Es war eine klare Fehlentscheidung gewesen. Sie war nicht nur ein Ausnahmetalent. Martina war die beste Hundertmetersprinterin der DDR.

Milan in Frankfurt aufzusuchen war die richtige Entscheidung gewesen. Sie legte die Perücke wieder zurück in die Tasche.

Ihr letzter Stopp war gestern der Hauptbahnhof gewesen. Mit einem Psychologiestudenten als letzte Mitfahrgelegenheit. Tom war gut drauf und sie hatten während der Fahrt geraucht. Das Gespräch über seinen neuen Lover in der Stadt gefiel ihr. Toms Eltern und seine Freundin wussten nichts von dem Mann. Er hatte genug Gründe für ein neues Leben und zu wenig, um sein Altes aufzugeben.

Martina hatte Gründe für einen Neuanfang. In der Nähe von Milans Wohnung war sie ausgestiegen. Sie hatte es gewusst. Eine wie sie kam an alle Informationen. Sonst war sie in Frankfurt immer nur am Flughafen unterwegs gewesen. Transit oder Zwischenstopp. Bis auf den einen Job im Stadtteil Sachsenhausen. Aber den Typen hätte sie auch ohne Auftrag ausgeschaltet. Diese Schweinerei im Hotelzimmer hinterher. Das war nun vorbei. Sie wollte hier neu anfangen. Sie wollte mit Milan neu anfangen. Mit ihrem Sohn.

Komm mit zu mir und dann erzählst du mir, wer du wirklich bist, hatte er gesagt. Er war heute Morgen in die Uniklinik gefahren und würde erst am späten Nachmittag von seinem Dienst zurückkommen.

Martina goss sich einen Kaffee in eine große Tasse. Milan brühte ihn mit Filter auf. Wie immer rührte sie zwei Löffel Zucker hinein. Mit der Tasse in ihrer linken Hand schob sie den Vorhang zur Seite. Der rote Samtstoff fühlte sich gut an. Er war fast so weich wie das Fell des Katers. Der Abend und die Nacht gestern in Frankfurt waren anstrengend gewesen. Sie hatte zu ihm gewollt, hatte endlich einmal irgendwo ankommen wollen.

Auf der anderen Straßenseite stand eine junge Prostituierte in kurzem Glitzermini, die einen Mann mit Schnauzer ansprach. Dabei blies sie gelangweilt den Rauch ihrer Zigarette nach oben. In Messewochen hatte sie sicher gut zu tun. Sie war jung und das reichte den meisten Männern.

Mit langsamen Schritten schob eine Frau in schwarzer Burka einen rosa Kinderwagen an ihr vorbei. Das Verdeck war heruntergezogen. Unsichtbar in ihrer Uniform.

Auf dem Gehweg vor einer chemischen Reinigung kniete ein Mann mit Halbglatze. Er vermied den Blickkontakt und verbarg sich in das Geflecht des Gehweges. Eine Keksdose für das Kleingeld stand vor ihm. Er nickte, sobald jemand stehenblieb und etwas hineinwarf. Überall liefen, standen oder knieten hier illegale Menschen. Niemandem fielen sie auf. Den Touristen war es egal und den Freiern sowieso.

Ihre Kohle war weg. Sie hatte alles verschleudert. Aber sie würde es schon schaffen. Vielleicht mit einem Job in der Gastronomie, oder sie stellte sich auf den Wochenmarkt. Ihr würde etwas einfallen.

Im Wohnzimmer legte sie sich auf das Sofa. Die Kater schnurrten und setzten sich auf ihren Schoß.

„Das artet ja in Arbeit aus mit euch beiden." Einfach mal runterkommen und nicht immer Alarm. Den Vorhang einmal zulassen und nicht nachschauen, was dahinter ist.

Eine Holzkiste mit Vinylplatten stand direkt neben dem Sofa. Sie strich mit den Fingerspitzen über die Alben von Depeche Mode, The Cure und David Bowie. Milan hatte Geschmack.

Die 80er in Westberlin waren die beste Zeit gewesen. Gern würde sie noch einmal in der Diskothek Dschungel an der Bar stehen. Dort hatten damals auch David Bowie und Depeche Mode neben ihr gestanden. Angesagteres gab es nicht. *Mix mir noch ne Bloody Mary, Stefan.* Sie hörte das Schütteln des Mixbechers irgendwo hinten in ihrem Kopf. We can be heroes, just for one day.

Auf diesen Song von Bowie hatte sie jetzt richtig Bock. Sie fand die LP in der Holzkiste. Die Nadel des Plattenspielers knisterte, bevor die Musik einsetzte. Sie nahm die Katzen von ihrem Schoß, stand auf und begann zu tanzen. Eine Discokugel leuchtete über ihr. Es roch nach der Nebelmaschine im Dschungel. Mit erhobenen Armen tanzte sie im Flur vor dem großen Spiegel. Hinter dem Spiegel war ihr altes Leben in Berlin. Es hätte doch immer so weiterleuchten können. Sie griff sich in die Haare und hob sie über ihren Kopf.

Ein Leben ohne Perücke. Sie hatte noch immer den rauchigen Geruch von Nikitas Haar in der Nase und spürte seine Finger in ihrem Nacken. Niemand hatte sie jemals so angeschaut wie er. Sie hatte gedacht, sie würde für immer seine Königin sein – und er ihr König.

Sie drehte die Musik lauter. Konnte sie dadurch zurück? Dorthin zurück? Zurück nach Berlin, zurück zu Nikita. Er mit dem Mikro in der Hand. Ihr erster Blickkontakt. Er hatte nur sie gesehen. Sie brannte nach jeder Sekunde mit ihm.

Milan sah Nikita so ähnlich. In seinen Augen funkelte die gleiche Sehnsucht. Sie griff nach dem Tape aus ihrer Tasche, hob die Plattennadel von der LP und legte das Tape ins Kassettendeck der Anlage. Nikitas Stimme. Milan würde sie nicht allein lassen. Milan war anders als ihr Vater, anders als Jürgen, anders als Leo.

Streng dich richtig an, dann schaffst du alles. Das hatte ihr Vater immer zu ihr gesagt. Für ihn war sie gerannt und für ihn hatte sie diese ganzen Schweine umgebracht. Es war nie genug gewesen. Sie hätte verbrennen sollen. Nicht ihre Mutter.

Die Musik schnitt eisig. Wo war ihre Tasche? Tanz Martina, tanz. Dann kannst du vergessen.

Milans Wohnung war jetzt ihr Zuhause.

Martina hatte sich auf eine Nacht in der B-Ebene eingestellt. Doch sie hatte ihn gefunden, hatte ihren Sohn gefunden. Und er hatte sie in seine Wohnung und sein Leben gelassen.

Martina kniete sich auf den Boden zu ihrer Tasche. Darin war alles, was ihr noch blieb. Sie brauchte nur wenig Gepäck. Es fühlte sich schwer genug an.

Frankfurt war weit weg von Berlin und Potsdam. Solange sie unsichtbar blieb. In ihrer Tasche war genug, um eine ganz andere zu sein. Sie zog die Perücke auf.

Eine mit Tarnkappe.

Eine mit einer Pistole.

Und eine andere Person.

Ramona lachte. Ihr Gesicht spiegelte sich auf den Pupillen ihrer Opfer. Der letzte Blick von ihnen, der nur ihr galt. Als sie erkannten, es war zu spät. Abgedrückt und tschüss.

Ramona strich über ihre Waffe. Sie brauchte die Tarnkappe noch.

An einen Briefumschlag in ihrer Tasche erinnerte sie sich nicht. Sie griff danach und erkannte die Schrift, mit der *für Ramona* auf die Außenseite geschrieben war. Jürgens Handschrift. Sie hörte seine Stimme, wie die Buchstaben ihren Namen formten. Dabei war sie doch in Frankfurt. Frankfurt am Main. Das war doch weit genug weg von ihm. Sie öffnete den Umschlag und entfaltete den Zettel. *Warst du wieder einmal im Interconti?* Dann mit einem Herz auf jedem i-Punkt: *Paulinchen war allein zu Haus, die Eltern waren beide aus. Als sie nun durch das Zimmer sprang. Mit leichtem Mut und sing und sang.*

Sie stand auf und trat zum Fenster. Auf der Straße bellte ein Hund. Aus einem Lieferwagen wurden Obstkisten in den türkischen Laden gegenüber getragen. Niemand sah zu ihr. Oder saß jemand in einem der Autos?

Mit einem Ruck zog sie die Vorhänge zu und klappte den Handspiegel auf. Die beiden Lines waren schnell auf der glatten Fläche verteilt.

Ramona war da.

Kapitel 18

Eiserner Steg
Eine junge Frau mit Strohhut zog einen Schlüssel aus dem Schloss am Brückengeländer des Eisernen Stegs. In den Gesäßtaschen ihrer Jeanshotpants steckte ein großes Handy. Das Schloss knackte, als sie es, mit einem Mann in kurzem Karohemd und grauen Shorts neben ihr, zusammendrückte. Das Paar küsste sich. Er zog sie näher an sich, strich ihre Haare zurück, sodass man einen Perlenohrstecker sehen konnte. Er sprach leise mit ihr. Vielleicht ein Liebesversprechen.

Sie lachte und streichelte seine Wange.

Das goldene Sicherheitsschloss glitzerte in den letzten Sonnenstrahlen des Tages, als sie sich ans Brückengeländer lehnten und den Schlüssel in den Main warfen.

Vermutlich hatten sie beide dieses Jahr ihr Abitur abgelegt und schworen sich mit dem Schloss Liebe für die Ewigkeit.

Milan blieb stehen.

Wieder ein neues Schloss neben den vielen anderen, die im leichten Wind klackerten. Der junge Mann hatte seinen linken Arm um ihre Hüfte gelegt. Ihr türkisfarbener BH schimmerte durch ihr weißes Top.

Ein weiterer inniger Kuss, dann zog der Mann im Karohemd eine Sektflasche aus seiner grünen Umhängetasche mit dem adidas-Logo. Es ploppte, als er die Flasche öffnete. Wie bei einer Pistole mit Schalldämpfer.

Sie lachten, als der Schaum auf sein Hemd lief und sich ein großer Fleck auf vier der Karos bildete. Die warme Luft und die leichte Brise auf der Brücke würden den Fleck bald trocknen lassen.

Er zog einen feuchten Zettel aus der Brusttasche seines Hemdes, hob wie zu einer Entschuldigung die Schultern hoch und steckte zwei Strohhalme in die Flasche. Den Zettel ließ er auf den Boden fallen, er segelte unter der Balustrade der Brücke hindurch in den Main. Die Sektflasche mit den Strohhalmen hielt er zwischen sich und seine Freundin. Sie nahm ihren breitkrempigen Hut und die Sonnenbrille ab, fuhr sich durch die braunen kurzen Haare und nippte am Sekt.

„Für immer", hörte ihn Milan sagen. „Das Gedicht kann ich auch auswendig." Das Paar trug die gleichen Turnschuhe. Dunkelblaue Chucks. Jeansstoff.

Aus einem ähnlichen Material war auch der Weekender in Milans Wohnung. In der eine Pistole zwischen den Kleidungstücken und den Perücken gelegen hatte. Ein kleines Modell, perfekt für eine Frauenhand. Er hatte sie zwischen die Kleidungsstücke zurückgleiten lassen.

Das Pärchen verschlang ihre Finger ineinander. Wie zu einem gemeinsamen Gebet. Auch ihre Gesichter wandten sich einander zu. So nah, dass sich fast ihre Nasenspitzen berührten. Sie hatten keinen Blick für die Welt außerhalb. Sie waren sich genug. Im Jetzt.

Nun lag der passende Schlüssel zu ihrem Schloss unter ihnen im Main. Und wenn niemand mit einer Zange das Herz knackte, blieb es hier für immer hängen.

Vanessa hätte mit ihm bestimmt gerne ein Schloss aufgehängt. Sie hatten sich nicht mehr geschrieben.

Milan hatte auch einen Zettel gefunden. Nicht in seiner Brusttasche, sondern im Restmüll unter der Spüle in seiner Wohnung, als er die Aschenbecher ausgeleert hatte. Mit den vielen Zigaretten, die Martina am Vorabend geraucht hatte. Er hatte in ihrem Weekender gewühlt, um einen Hinweis zu finden, der mit dem Zettel in Verbindung stehen konnte.

Es war eine verfluchte Pistole zwischen der Kleidung und sie war nach eigener Aussage auf der Flucht. Es war nicht ihre Handschrift auf diesem Zettel. Das linierte Papier war in einer harten Druckschrift mit schwarzem Kugelschreiber beschrieben worden.

Paulinchen war allein zu Haus. Die Eltern waren beide aus. Und wie sie nun durchs Zimmer sprang. Mit leichtem Mut und sing und sang. Da sah sie plötzlich vor sich stehn. Ein Feuerzeug nett anzusehn.

Das war doch absurd.

Bis auf den Zettel im Mülleimer hatte er keinen Anhaltspunkt, wo Martina steckte. Das war mehr als absurd. Das war verrückt.

Alles war verrückt. Die Perücke in dem Weekender und der Zettel auch. Er zog ihn noch einmal aus der Hosentasche. Immer noch der gleiche wirre Text. Kein Absender auf dem Papier. Der Zettel war mit einer Schere schräg zurechtgeschnitten worden. Der erste Absatz aus einer Geschichte des Struwwelpeters. *Die gar traurige Geschichte mit dem Feuerzeug.*

Das Heinrich-Hoffmann-Museum war nun in der Neuen Altstadt am Hühnermarkt untergebracht. Das war auf der anderen Mainseite in der Nähe des Römers. Milan hatte bisher nur einmal vor dem Schaufenster gestanden, um sich die Arbeiten der Frankfurter Werkgemeinschaft anzuschauen. Er musste nachsehen. Vielleicht gab es dort irgendeinen Hinweis.

Ein Buch mit dieser Geschichte hatte damals irgendjemand bei ihnen in Potsdam in den Briefkasten des Kinderheims gesteckt. Adressiert an M und L. Es war eines der wenigen Geschenke, die sie bekommen hatten. Es musste immer noch irgendwo im Heim liegen. Milan hatte bis auf einen Koffer mit Kleidung nichts mitgenommen. Leo war Potsdam.

Vielleicht hingen der Zettel und das Buch miteinander in Verbindung. Am Ende der Geschichte standen zwei Schuhe in der Asche. Die beiden Kater Minz und Maunz weinten. Dieses Bild würde er gern wieder vergessen.

Das Paar ging in die andere Richtung. Zum Museumsufer in Richtung Sachsenhausen. Sie hatte den Strohhut wieder aufgesetzt.

Überall liefen Paare auf der Fußgängerbrücke. Einige waren mit einem Selfiestick an die Brückengeländer gelehnt. Im Hintergrund die Skyline. Junge Familien, ein Mann mit Pferdeschwanz, schoben Zwillingskinderwagen. Reiswaffeln oder Schnuller in den kleinen Mündern. Ein Mann mit einer Cap auf dem Kopf schulterte sein Rennrad.

Laute Musik hallte vom Deck eines Afterworkschiffes. Das Schiff mit seinen vielen Partygästen näherte sich der Brücke. Deutscher Schlager. Einige Partygäste sangen den Text und trommelten dazu mit ihren Händen und Füßen auf dem Boden und den Tischen, als sie unter der Brücke waren.

Bis zum Römer und der Neuen Altstadt waren es noch ein paar Minuten zu Fuß. Vielleicht würde er dort Martina finden.

Sie musste ihm sagen, warum sie ihn überhaupt angequatscht hatte. Irgendwie war sie auf ihn aufmerksam geworden. Er musste wissen, wen er sich in seine Wohnung geholt hatte.

Er wollte sich beeilen.

In der Mitte der Brücke stand eine Frau, barfuß, in einem olivfarbenen Parka und einem blonden Pagenkopf. Mit dem blonden Pagenkopf hätte er sie fast nicht erkannt.

Ihre Pumps standen neben ihr. Sie lehnte sich ans Brückengeländer, bewegte ihre Lippen und blickte auf den Main.

Milan ging ein paar Schritte auf sie zu. Er kannte den Song. Und er erkannte die Stimme. Martinas Stimme.

Let's get away. Just for one day. Let me see you stripped down to the bones.

Sie hatte die Augen geschlossen.

Aus der Ferne hörte er einen Rettungswagen und die Sirene der Polizei.

Martina brauchte Hilfe. Er würde sie retten. Wenn sie auf den Brückenpfeiler kletterte und einen falschen Schritt machte, würde sie abstürzen. Mit dem Kopf an einen Brückenpfeiler aufschlagen. Er durfte sie nicht erschrecken. Sie sollte bei ihm bleiben. Sie sollte ihm alles erzählen. Die Pistole in dem Weekender hatte sie zu ihrem Schutz dabei. Oder aus Angst. Es gab für alles eine einfache Erklärung.

Einatmen. Ausatmen. Achte auf die Pause. Du übertreibst, dachte er sich. Vielleicht sprach er es sogar laut aus.

Das waren nur sechs bis sieben Meter über dem Main, aber das Wasser war hier nicht tief.

Wieder näherte sich ein Partyschiff mit After Work-Gästen der Brücke. Dieses Mal mit House-Beats. Sie überlagerten Martinas leisen Gesang.

Sie schien weit weg zu sein und nahm ihn gar nicht wahr.

Die Sonnenstrahlen legten das Muster eines Dreiecks auf ihre Wangenknochen. Es bewegte sich im Wind über ihre Stirn zu ihrem Haaransatz. Eine rote Strähne befreite sich aus dem blonden Pagenkopf. Die vielen Stimmen der Schiffsgäste hallten unter der Brücke. Die Beats wurden leiser.

Martina sang.

Die vielen Schlösser an den Eisengittern klackten im Wind, wie ein Applaus für ihre Stimme.

Sang sie für ihn? Er lächelte.

Sie könnte an seinem Bett sitzen, wenn er einsam war. Und singen. Für ihn, ihren Sohn.

Ihre Wimperntusche war verlaufen.

Take my hand. Come back to the land.

Milan streckte die Hand aus. „Martina, du bist großartig." Er hatte es laut ausgesprochen.

Hinter ihnen klatschte jemand. Der Typ mit dem Rennrad. „Gute Vorstellung." Er sollte sie nicht stören.

Martina lächelte. Kleine Fältchen um ihren Mund und den Augen. Sie wischte die verlaufene Wimperntusche mit ihrem Zeigefinger weg und zog die Perücke ab. Die roten Locken fielen auf ihre Schulter. „Hört das mit der Angst irgendwann auf?", fragte sie. Ihre Stimme war weich.

Milan griff nach ihrer Hand. „Wie meinst du das, Mama?"

„Dass du mich nicht mehr willst, wenn du mich kennenlernst." Sie senkte den Blick. „Woher wusstest du, dass ich hier bin?"

Martina blutete aus dem rechten Nasenloch. Ein Blutstropfen lief über ihre Haut. Ganz langsam. Sie wischte ihn weg und betrachtete das Blut auf ihrem Zeigefinger.

„Dein Gesang war so schön. Ich hätte dir noch stundenlang zuhören können. Ich habe dich gesucht. Blöde Idee, aber alle Touris wollen zum Eisernen Steg. Von da aus wäre ich zur Paulskirche oder zum Römer gelaufen. Ich wollte einmal raus nach dem langen Tag und du hast mir gefehlt."

Sie trat einen Schritt näher zu ihm und legte eine Hand auf seine Schulter, streichelte darüber.

Milan schloss die Augen.

Martina hustete. Nilgänse kreischten vom Museumsufer und vertrieben ein paar Enten und Schwäne vom Ufer. Vom *Yachtklub*, einem Bootshaus mit Blick auf Main und Skyline, hörte

Milan Lounge Beats. Sie könnten dort gemeinsam ein Bier trinken und sich einen schönen Abend machen.

Paulinchen war allein zu Haus. Zwischen ihren Klamotten lag eine Pistole. Sie sang auf der Brücke. Der Blutstropfen auf ihrer Haut. Die verlaufene Wimperntusche. Er musste ihr dringend ein paar Fragen stellen.

Milan konnte so keinen Mutter-Sohn-Abend vorschlagen. Das wäre nicht ehrlich.

Er wusste nicht, wie er mit den Fragen einsteigen sollte. Erst nach dem Zettel oder nach der Pistole.

Milan griff in seine Hosentasche. Er zitterte mit seiner Hand, als er den Zettel auseinanderfaltete. „Paulinchen war allein zu Haus. Das Struwwelpeter-Museum ist in der Neuen Altstadt. Der Weg führt über den Eisernen Steg. Da wollte ich hin. Wer schickt dir so was? Wer kennt dich hier?"

Martina nahm ihm den Zettel aus der Hand und lächelte. „Hier gibt es extra ein Museum dafür? Wo hast du den denn her?" Sie griff in ihre Hosentasche und zückte ein Feuerzeug. Wieder das goldene N. „Ach, dieser Zettel. Der ist halb so wild. Lag schon ewig in meiner Tasche. Er musste einmal entsorgt werden. Das ist nur ein Spiel. Schau mal." Sie trat einen Schritt näher an das Geländer, zündete den Zettel an und ließ ihn von der Brücke auf den Main gleiten.

Milan betrachtete den Flug des Zettels. Als er auf das Wasser segelte, war er fast völlig verbrannt. Nur etwas Asche, die auf den Grund sank und sich auflöste. Ein Ruderer kam unter der Brücke hervor und er verlor die Überreste des Zettels aus den Augen. Er hatte wieder einmal nicht richtig aufgepasst.

Martina tippte ihm auf die Schulter. „Alles in Ordnung bei dir? Wie gesagt, das ist nur ein Spiel. Lass uns auf den Schrecken mal eine Zigarette rauchen." Sie zündete sich mit dem Feuerzeug eine aus ihrem Päckchen an und hielt ihm ebenfalls eine hin.

Milan steckte sie sich zwischen die Lippen. Der Ruderer entfernte sich immer weiter.

Martina strich ihm über seinen Rücken. Es beruhigte ihn nicht.

Milan hob seinen Kopf an. „Und du kommst einfach so in der Nacht auf mich zu und weißt, wer ich bin und wo ich wohne?"

„Ich bin deine Mutter. So hast du mich vorhin doch selbst genannt. *Mama*. So was Schönes habe ich in all den Jahren nicht gehört." Sie blies den Rauch der Zigarette aus. „Mama. Das hört sich großartig an. So wollte ich immer genannt werden." Sie schluckte hörbar und griff wieder nach der Zigarette. „Ich habe ein paar Probleme. Aber wenn ich bei dir unterkommen kann, dann schaffe ich das."

Milan zog an seiner Zigarette.

Martina stopfte die Perücke in ihre Lederjacke. Sie schlüpfte in ihre Pumps.

Er überlegte kurz sie nach einem Absacker im *Yachtclub* zu fragen, entschied sich aber anders. „Und warum brauchst du dazu eine Pistole?"

Kapitel 19

West-Berlin, Diskothek Dschungel, 1989
Die ersten Synthesizer erklangen.

Ramona stand am Rand der Tanzfläche. Sie hatte sich eine Zigarette angezündet und nippte an einer Cherry-Coke. Ihre hohen Absätze klackten, wenn sie auf die Tanzfläche trat. Die anderen Gäste in der Disco um sie herum begannen zu tanzen. Frauen und Männer mit schwarzen Klamotten, schwarzen Haaren, viel Haarspray und sogar die Männer hatten ihre Augen mit Kajalstift geschminkt. Von der Bühne schien ein grelles Licht, das immer sanfter wurde. Sie hatte hier oft ihre Abende allein begonnen.

Einen besseren Auftrag konnte sie sich gar nicht vorstellen. Für so viel Kohle. In ihrer Lieblingsdisco *Dschungel* Musik einer neuen Band hören, tanzen und an ein paar Informationen kommen. Und dieses Mal musste es keinen Toten geben. Durfte es sogar keinen Toten geben. Ungewöhnlich.

Ramona strich ihren schwarzen Ledermini glatt. Der Sänger stand im dichten Disconebel auf der Bühne. Auf dem Foto in ihrer Tasche sah er richtig heiß aus. Bravokompatibel. Enge Jeans, Tank-Top und schöne Oberarme. Nikita.

Ein paar Laserstrahlen zuckten über seine Schultern, die Brust und sein Gesicht. Blieben kurz auf seinen Lippen.

Ramona sah ihn an.

Er trat ins Licht und sang: „My soul is burning, burning, burning and you're the reason. For ever the reason."

Er schaute ins Publikum, musterte sie, hielt inne und verpasste den Einsatz nach dem Keyboard. Beim nächsten Hook schaute er sie wieder an, zwinkerte vor dem Einsatz. *My soul is burning.*

Ramona trat einen Schritt auf die Tanzfläche. Seine Stimme galt ihr. Er meinte sie mit dem Hook. *And you're the reason.* Sein Mund sah toll aus. Der konnte bestimmt gut küssen. Wenn er das Mikro in der Hand hielt, bewegten sich immer wieder seine Finger, als streichelten sie das Mikro. Seine Lederjacke hatte er nach dem ersten Song in die hintere Ecke der Bühne geworfen. Nun glänzten seine Oberarme im Licht der Scheinwerfer. Ramona hätte am liebsten alle nach Hause geschickt, damit er nur für sie sang.

Die Nebelmaschine blies noch mehr. Die anderen Tänzer um sie herum verschwammen darin. Sie wollte zu ihm auf die Bühne. Dann gehörte er ihr.

Sie schob sich durch die Menge bis in die erste Reihe. Neben ihm in seinem Licht stehen. Er sollte sich zu ihr drehen und nur noch für sie singen. Damit es immer in ihr leuchtete.

Die Songs der Band *Holy Crime* waren beendet. Sie verbeugten sich. Der Keyboarder, ein Typ mit wasserstoffblond gefärbten Haaren und der Gitarrist in Lederjacke und einem The Cure-Shirt waren hinter der Bühne verschwunden.

Nikita stand nach seinem letzten Song noch immer da. Sein Atem rauschte im Mikro. Er sollte niemals aufhören zu atmen. Neben ihrem Ohr, an ihrer Seite.

Der Dschungel roch nach Schweiß, Kippen und dem Patchouli der anderen Tänzer. Und nach etwas, das sie nicht beschreiben konnte. Wie die Trainingsjacke, die sie nach ihrem

Fehlstart in den Mülleimer der Umkleidekabine geworfen hatte. Nicht komplett neu, aber so seltsam. Sie schloss kurz die Augen. Da war Ruhe in ihr.

Es war einfach der *Dschungel*. Der Nebel im Club löste sich auf. Nikita blieb. Er schaute zu ihr herüber. Die anderen Gäste entzündeten Kippen und ein paar Joints wurden herumgereicht. Bier aus umgekippten Flaschen klebte auf dem Boden der Tanzfläche.

Ein BH und zwei Höschen lagen auf der Bühne. Rote Spitze. Nikita kickte sie weg. Sie flogen in die Menge. Das Publikum pfiff und lachte. Da waren wohl doch noch ein paar Leute da. Ramona hatte sie ausgeblendet.

„Zugabe, Zugabe, Zugabe." Ein immer lauter werdender Rhythmus aus dem ganzen Club, von hinten und um Ramona herum. Ramona stimmte mit ein und klatschte in die Hände.

Nikita lächelte sie an. Seine Bandkollegen traten wieder auf die Bühne, verbeugten sich erneut, winkten ihn zu sich, bauten ihre Instrumente ab. Nikita reagierte nicht.

Er stand dort oben und schaute sie einfach nur an. Auch die Rufe aus dem Publikum hielten ihn nicht davon ab.

Ramona hatte ihn am Faden. Normalerweise brauchte sie sonst nur daran zu ziehen. Ganz leicht winkte sie ihn zu sich. Es war kaum eine Bewegung, mehr ein Gedanke.

Nikita lächelte und griff nach seiner Lederjacke auf dem Boden.

Hinter der Tanzfläche war die große Bar mit den vielen Flaschen fürs Cocktailmixen oder die Longdrinks. Stefan, den Barkeeper, kannte sie schon von ihren vielen Nächten in diesem Club. Er hatte sich schon mehrfach Tipps geben lassen, wie sie immer an die tollen Typen kam. Heute hatte auch er schwarzen Lippenstift aufgelegt, verteilte rote Grablichter auf der Theke, schaltete die Beleuchtung hinter den vielen Flaschen an. Sein gefärbter Irokesenschnitt leuchtete mit dem Blue Curacao hinter ihm um die Wette.

Stefan hob ein Cocktailglas mit roter Flüssigkeit an. Wie immer eine Bloody Mary für sie, sollte das bedeuten. Ramona zeigte ihm Daumen und Zeigefinger. Mach mir gleich zwei.

Hier im Dschungel traf Ramona normalerweise Männer für eine gute Nacht. Heute traf sie ihren Auftrag. Und was für einen! Compirecords wollte an das Demotape von *Holy Crime*. Keine Ahnung. Jürgen wusste schon, warum er ausgerechnet sie dort hinschickte. Und Auftrag war Auftrag. Einem Sänger ein Tape abnehmen. Nichts leichter als das.

Nikita warf sein nasses Shirt ins Publikum. Es landete zu ihren Füßen auf dem Boden. Ramona drehte sich um und ging zur Bar. Etwas mehr sollte es doch sein. An dem Faden musste sie also kräftiger rucken, als gedacht.

Ramona setzte sich auf den Barhocker vor Stefan. Sie strich ihr Top glatt. Die Frisur saß, das konnte sie in der großen Spiegelfront erkennen. Eine halbe Dose Haarspray fixierte ihre blonde Mähne. Stefan stellte ihr zwei Gläser und eine kleine Schale Erdnüsse hin. An seinem linken Ohr hingen mindestens zehn Ohrringe. Ein paar Kreuze und Totenköpfe.

Der Deckel einer Tabasco-Flasche war bereits aufgeschraubt und lag auf einem kleinen Teller neben ihr. Sie würde sich gleich etwas davon in ihren Cocktail mixen.

Sie zündete sich eine Zigarette an, inhalierte und schloss die Augen.

Als sie die Augen wieder öffnete, schaute sie in die Spiegelfront vor ihr.

Nikita sprang auf die Tanzfläche. Ein paar Groupies fassten ihn an. Ein Ordner mit dicken Oberarmen und einem riesigen Tattoo an seinem Hals schob die Groupies zur Seite.

Nikita kam näher. Er streifte sich ein neues Shirt über und verwuschelte seine schwarzen Haare. Eine weiße Haarsträhne hing ihm bis auf die Oberlippe, die mit einer Narbe auf der rechten Seite sein einziger Makel war. Doch dieser Makel lud ein zu küssen. Nikita merkte nicht, wie Ramona jede seiner Bewegungen beobachtete und genoss.

Er ignorierte die Groupies und schaute immer nur zu ihr an der Theke. Er sprach sie über ihre linke Schulter gebeugt an. Ihre Blicke trafen sich im Spiegel. Sein glattes Gesicht berührte ihre Wange.

Ramona schloss kurz die Augen. Er roch nach Bewegung. „Magst du auch etwas trinken?" Sie drehte sich ihm zu, blies ihm den Rauch ihrer Zigarette langsam in sein Gesicht und nippte an ihrem Glas.

„Was hast du bestellt? Wie heißt du?"

„Zwei Bloody Mary. Forever the reason."

„Dir hat das Konzert gefallen? Burning ist unser neuester Song."

„Mehr als das. Ich bin begeistert. Du hast mich begeistert." Sie reichte ihm ihre Hand. „Ramona."

Er hielt die Hand fest. „Du hast gemerkt, wie ich den Einsatz da verpasst habe?" Er lachte und strich ihr eine blonde Strähne hinter das Ohr. Im Schwarzlicht, das von der Theke auf ihr Haar fiel, leuchtete sie.

„Ich habe deinen Blick bemerkt."

„Für mich auch eine Bloody Mary. Mit ordentlich Schuss." Er kramte in seiner Hosentasche nach einem Fünf-Mark-Schein. Ein silbernes Feuerzeug mit einem goldenen N legte er auf die Theke.

„Habe ich schon bestellt. Lass deine Kohle stecken. Geht auf mich." Ramona winkte Stefan zu sich, griff nach dem Feuerzeug und reichte Stefan einen Schein. Sie bot Nikita ihre Kippen an.

„Geiles Feuerzeug. Echtes Gold?"

„Echtes Gold."

„Ihr habt ein paar gute Songs dabei. Hatte gar nicht gesehen, dass hier eine neue Band auftritt. Holy Crime. Ihr habt es echt drauf."

„Danke dir. Freut mich, dass dir unser Gig gefallen hat."

Sie lehnte sich nun mit ihrem Rücken an die lange Theke. „Ich stehe ja auch auf Depeche Mode. Aber deine Stimme kann es gut mit Dave Gahan aufnehmen. Die geht da hin." Sie zeigte auf ihre linke Brust.

„Das ist ein Riesenkompliment für mich. Ich liebe diese Band."

„Ich auch. Dave ist ein Freund von mir. Aber an deinem Hüftschwung kannst du noch etwas arbeiten." Sie lächelte. Einen knackigen Hintern hatte er. Gutes Paket auch von vorne.

Ihr hätte es gefallen, wenn er sich kein neues Shirt angezogen hätte.

„Zeigst du mir, wie ich das mache mit dem Hüftschwung?"

Er trat einen Schritt zurück und begann vor ihr zu tanzen. Seine Hüften wussten, was sie taten.

Sie stand von ihrem Barhocker auf. Mit den hohen Absätzen war sie fast so groß wie er. Sie schaute trotzdem ein klein wenig nach oben. Das passierte ihr nicht oft bei Männern. Er sollte nur noch sie ansehen.

„Hier und jetzt?" Sie lachte. Total uncool von ihr. Wie eines der Groupies vor der Bühne. Der DJ legte auf. Und das gleich genau richtig. „Wow. Stripped. Das passt, oder?" Sie begann auch zu tanzen, berührte seinen Arm.

„Let me see you stripped ...", hauchte er ihr ins Ohr.

Es kitzelte. Sie spürte seine warme Haut. Der Schweiß störte sie gar nicht.

„Gerne auch auf einem Hotelzimmer", fügte er hinzu.

Lust hätte sie schon. Ihn für sich haben, ganz allein. Cooler Abschluss eines easy Jobs. Sie brauchte nur ein Tape einstecken. „Mich wirft man aber nicht sofort auf die Matratze. Greif dir besser eines der Flittchen aus den ersten Reihen." Sie zeigte Richtung Bühne.

„Du willst also lieber mich auf die Matratze werfen?" Er lachte. „Du hast mir noch nicht gesagt, wie du heißt. Bist du öfter hier? Ich muss dich ..."

„Du hast mir nicht zugehört. Ramona. Und nicht so schnell." Sie legte ihren Zeigefinger auf die Lippen. „Pssssst. Ganz ruhig. Ich bin hier fast jeden Tag, mein zweites Zuhause. Ich lebe hier also." Sie flüsterte. „Und das weiß hier fast niemand. Und so bleibt das auch, ja? Sag mal, hast du ein bisschen was zum Spaß haben dabei?" Sie streichelte ihre Nasenflügel.

Nikita wiederholte ihre Geste. „So viel du schniefen kannst." Er lachte. „Aber auch sonst kannst du viel Spaß mit mir haben."

„Zwei Bloody Marys. Stark, wie immer, Ramona."

Sie nickte, hob ihren Daumen und drehte sich wieder Nikita zu. „Das glaube ich dir. Auf was stoßen wir an?"

„Sehe ich dich jemals wieder?"

„Das kommt auf dich an. Sagen wir mal, du suchst mich. Stefan ...", sie zeigte auf den Barkeeper, „... weiß, wohin ich gehe und zu finden bin. Ich warte dort genau dreißig Minuten auf dich." Sie deutete auf ihre Armbanduhr. „Wenn du es nicht schaffst, wirst du mich nie wiedersehen. Aber du kommst mit dem Leben davon."

„Ich komme mit dem Leben davon, wenn ich dich nicht wiederfinde? Sowas habe ich auch noch nie gehört." Nikita lachte. „Den Versuch ist es mir wert."

Ramona leerte ihre Bloody Mary in einem Zug. „Dann verpasse deine Chance nicht. Die Zeit läuft ..."

Sie lief die enge Wendeltreppe nach oben. Jeden Schritt kostete sie aus. Ganz langsam. Auf der letzten Stufe hielt sie sich am Treppengeländer fest. Nikita saß nun auf ihrem Platz und ließ sie nicht aus den Augen.

In einer Seitenstraße, nicht weit vom Dschungel, stand ihr roter Mustang. Das Kennzeichen wechselte sie regelmäßig aus. Heute eins aus Frankfurt/Main. F-UN-46. Sie warf das schwarze Verdeck des Cabrios zurück und stieg auf den Fahrersitz. Der Ledersitz knarrte. Sie drehte den Zündschlüssel und ließ den Motor aufheulen. Ihre Reifen quietschten, als sie aus der Parklücke schoss.

Der Wind zerzauste ihr Haar. Sie drehte die Musik auf, trat fester auf das Gaspedal und überholte einen grünen VW Käfer. Die Ampel war rot und der Fahrer zeigte ihr den Vogel. Sie könnte ihre Pistole aus der Handtasche holen und ihm für diese Frechheit ein Loch zwischen die Augen schießen. Doch sie hob nur den Mittelfinger.

Sie würde die Kontrolle behalten. Es war ein Auftrag und nicht mehr. Da hatte sie schon deutlich kompliziertere und vor allem blutigere Aufträge erledigt. Sie war einfach die beste Cleanerin, die sich Jürgen nur vorstellen konnte. Sollte Nikita sie suchen und finden. Die Aufgabe war nicht zu schwer. Wer in Berlin unterwegs war, konnte mit der Gedächtniskirche am Breitscheidplatz etwas anfangen.

Stefan würde Nikita schon einen Tipp geben. Ihr Ellenbogen hing über das heruntergekurbelte Fenster. Sie schaute in den

Rückspiegel, zog ihren tiefroten Lippenstift nach und steckte sich eine Gauloises an. Heute hatte sie es nicht auf die vergifteten Zigaretten nach dem Sex abgesehen. Aber mit Nikita war für sie alles vorstellbar.

Sie hielt mit ihrem Mustang direkt am Breitscheidplatz an. In der Bucht für die Busse war genug Platz. Vor ihr fuhr ein Doppeldecker der Linie 100 heraus, nur noch seine Rücklichter leuchteten in der Dunkelheit. Sie stellte den Motor ab, stieg aus und ließ die Tür zufallen. Ein paar Tauben trippelten vor der Gedächtniskirche. Ramona ging zur Motorhaube und setzte sich darauf. Ihre Porsche-Sonnenbrille steckte sie sich ins Haar.

Sie streichelte über das ‚Geschenk' ihres letzten Opfers am Handgelenk. Eine wunderschöne Cartier mit schwarzem Lederarmband. Die Uhr war ein Vermögen wert.

Der entsetzte Blick ihres Opfers und die Gewissheit, die Zigarette *danach* war das Letzte, was er rauchte.

Zehn Minuten hatte Nikita noch.

Wenn das Gefühl mit ihm so blieb, war das so viel besser, als den vielen Männern beim Sterben zuzuschauen.

Die Motorhaube fühlte sich warm an. Bald hatte sie den Mustang ein Jahr und genug Geld, damit sie nie wieder einen Finger krumm machen musste. Oder die Beine breit. 850.000 DM in der kurzen Zeit, seitdem sie den Fehlstart hingelegt hatte. So viel hätte sie als Leichtathletin niemals verdienen können. Auch ohne Gold in Los Angeles kam sie immer als Erste zum Ziel. Immer hoch aufs Treppchen. Und sie erhielt immer ganz viel Gold.

Noch fünf Minuten.

Ein Taxi legte eine Vollbremsung hin. Es stand auf der gegenüberliegenden Seite vor dem heruntergekommenen Bikini-Haus. Im Innenlicht des Taxis standen Nikitas hochtoupierte Haare zur Wagendecke ab. Die weiße Strähne strich über seine Oberlippe. Sein Blick ging zwischen dem Taxifahrer und ihr hin und her. Er schien auf sein Wechselgeld zu warten.

Ramona zündete sich wieder eine Zigarette an und drehte ihren Kopf zu den Tauben, die zu ihren Füßen nach Brotresten pickten.

Die Tür des Taxis schlug zu, Nikita rannte auf sie zu.

„Das war aber knapp." Mehr sagte sie nicht. Sie lächelte und schnippte ihm ihre Zigarette vor die Füße. „Ich bin froh, dass du es geschafft hast. Du gefällst mir." Er musste direkt, nachdem sie aus dem Dschungel gegangen war, Stefan befragt und losgestürzt sein.

„Wo gehen wir jetzt noch hin? Willst du mit mir an meinem Hüftschwung arbeiten oder hat noch was offen?"

„Komm mal ein bisschen runter. Oder hast du ohne mich schon eine Line gezogen? Dann kannst du gleich wieder abhauen. Ich habe eine Idee, wie wir etwas Spaß haben können. Steig ein!"

„You're behind the wheel!"

„Absolut, Nikita."

Sie drehte den Song lauter und startete den Wagen. Nikita saß neben ihr und legte ihr die Hand auf den Oberschenkel. Sie schob die Hand nicht beiseite, sondern blickte ihn an.

„Halt dich fest. Du hast es nicht anders gewollt." Sie beschleunigte den Mustang und wendete auf die andere Straßenseite. Zwei Straßen, Café Kranzler und dann waren sie bald am Ziel. Nächster Halt Ku'damm. Kempinski Hotel Bristol.

*

Ramona hielt den Zimmerschlüssel in der Hand und drückte auf den Fahrstuhlknopf. Über ihr leuchtete das oberste Lämpchen für die vierte Etage auf. Hier lag ihr Zimmer – mit Blick auf den Ku'damm.

Nikita hatte den Arm um ihre Hüfte gelegt. Er glitt mit seiner rechten Hand zu ihrem Kreuzbein. Der wusste, wo es für sie schön war. Er hatte seine Hand nicht einfach nur auf ihren Po gelegt, sondern strich mit seinen Fingerspitzen über jeden Zentimeter des engen Ledreminis. Dort, wo sich der Reißverschluss befand.

Hinter den zwei großen Kübelpflanzen und einer Amphore aus schwarzem Marmor war ihr der Mann im braunen Anzug gar nicht aufgefallen. Er saß allein in der grauen Sofalandschaft.

Wahrscheinlich ein Versicherungsvertreter. Er hielt ein Glas Brandy in der Hand und hob seine rechte Augenbraue an, als er bemerkte, dass sie zu ihm hinüberschaute. Diese Art Blick kannte Ramona. Es war der typische Blick einsamer Männer in Hotelbars. Normalerweise war so einer leichte Beute für Ramona, wenn sie auf ihn angesetzt gewesen wäre.

Der Mann in der Sofalandschaft nippte wieder an seinem Glas und beobachtete etwas auf der anderen Seite der großen Palmen.

Nikita griff nach ihrer Hand.

Die junge Frau hinter der Rezeption, die ihnen den Zimmerschlüssel gegeben hatte, schlug ein Buch auf. Ramona konnte ihre roten Fingernägel auf dem Buchcover sehen. Autor und der Titel waren gut zu erkennen. Milan Kundera: *Die unerträgliche Leichtigkeit des Seins*. Milan, das war ein toller Name.

Die junge Frau schaute kurz von ihrem Buch auf und lächelte ihnen zu. „Einen schönen Abend und eine gute Nacht für Sie."

Gleich war sie allein mit dem Mann hinter den Palmen und seinem Blick.

Nikita streichelte unter ihrem Top über jeden einzelnen Wirbel ihres Rückens. Wie ein Klavierspieler, der sein Instrument erklingen lässt. Sanfte und langsame Töne fuhren ihre Wirbelsäule entlang. Die Hände von Nikita waren warm und weich.

Das Lämpchen über dem Fahrstuhl zeigte die Zwei an.

„Du hast schon ein Zimmer für uns reserviert?" Er zog seine Hand aus dem Top und schob sie bis zu ihrem Nacken und dem Haaransatz hoch. „Bist du davon ausgegangen, dass ich dich finde?" Die Töne breiteten sich bis in ihre Haarspitzen aus. Es kribbelte. Ramona neigte ihm ihren Kopf entgegen. Nikita konnte sicher gut massieren. Einmal mit jemandem ankommen und nur sein. Ohne die vielen Gedanken. „So viele Fragen. Schön, gleich mit dir ganz allein zu sein." Sie schob sich näher an ihn.

Er legte seine Lippen an ihren Hals. „Du riechst so gut", flüsterte er.

Sie atmete ihn ein. Weißer Pfirsich auf Zitronenmelisse und es war noch etwas Basilikum in diesem Duft. Es war genug Haut für sie da. Noch nie hatte ein Mann so gut gerochen.

Die Fahrstuhltür öffnete sich mit einem leichten Quietschen. Die Kabine war leer. Ramona hob ihren Kopf und ging einen Schritt in den Fahrstuhl hinein. Nikita folgte ihr.

In die verspiegelten Wandpaneele war ein Tableau in Mahagoni eingelassen. Auf seinen goldenen Schaltern standen die Etagen in römischen Ziffern.

Nikita nahm ihr Gesicht in die Hände. Sie schaute ihm direkt in die Augen. Seine Pupillen wurden weiter und in den grünen Augen zeichneten sich kleine Sprenkel in olive ab. Er schloss die Augen und legte den Kopf schräg. Sie betrachtete die Narbe auf seiner Oberlippe. Sie sah aus wie ein Semikolon. Ramona wollte die Narbe anfassen. Stattdessen schaute sie hoch, seine Nase, die beiden Wangen. Auf seinem Unterlid lag eine verlorene Wimper. Ramona legte sie auf ihren Zeigefinger und pustete sie davon.

„Hast du dir etwas gewünscht?" Nikita öffnete seine Augen.

„Dass du mich küsst." Sie legte ihre Hände auf seine Wangen.

Nikita zog sie an sich. Er strich über ihre Schulterblätter. Seine Lippen waren feucht und der Kuss kribbelte auf ihrer Zunge wie eine bitzelnde Coke. In den Werbespots von Coca-Cola küssten sich glückliche Paare, drehten sich im Kreis, gingen am Strand spazieren und warteten an Bahnsteigen – auf ihren ersten Kuss. Sie griff ihm mit ihren Händen in die Haare, ließ seine Locken durch die Finger gleiten. Dieser erste Kuss sollte nie enden.

Nikita hatte einen kleinen Wirbel an seinem Hinterkopf. So jemanden wie ihn hatte sie noch nie im Arm gehalten. Er fühlte sich richtig an. Sie wollte ihn weiter so halten.

Er schmeckte noch etwas nach der Bloody Mary aus dem Dschungel. Aber auch nach Pfirsich. Sie konnte das gar nicht beschreiben. Niemand hatte sie so geküsst und dabei die Augen geschlossen gehabt. Die Männer, mit denen sie sonst hoch zu Hotelzimmern ging, schauten sie gierig an. Sie beobachtete ihn, doch er war mit seinem Kuss ganz bei ihr.

„Schaust du mich an?" Er streichelte ihr kurz über die Wange. „Ich möchte dich kennenlernen." Er küsste sie wieder und schloss die Augen.

Seine dichten Wimpern waren getuscht, ein typischer New Wave Look. Die dunklen Haare waren fast schwarz, mit einer hellen Strähne über der rechten Augenbraue. Nikita hatte etwas von Dave Gahan, vom jungen Robert de Niro. Zart, aber nicht weich. Er bewegte sich gut. Das Mikro hatte er wie eine Geliebte gehalten. Sie war die wichtigste Frau auf dem Planeten. Nikita hatte sich beeilt, sie zu finden. Er war mit dem Taxi durch die Nacht gerast. Im Dschungel hätte er jede haben können. Im Backstagebereich, in der Umkleide oder im Tourbus. Alle Frauen fuhren auf so einen Mann ab. Manche Männer wahrscheinlich auch.

Die vielen Spiegel im Fahrstuhl zeigten ihr Nikita von hinten in den schwarzen Jeans und dem weißen Top. Auch den Wirbel in seinen Haaren über die verspiegelte Decke des Fahrstuhls. Er beugte seine Knie. Die Lederjacke hatte er auf den Boden sinken lassen.

„Fühlst du dich wohl? Hat sich die Wimper gelohnt?" Er sprach leise.

Ramona zog ihn zu sich an die Spiegelfront. Sie spürte ihn hart in ihrem Schritt. Er begann sich an ihr zu reiben. Ihr Ledermini rutschte nach oben.

„Gefällt dir der Hüftschwung? Ich tanze auch für dich."

Das Semikolon auf seiner feuchten Oberlippe wollte weiter geküsst werden.

„Nicht nur der." Sie drückte ihn an die Fahrstuhlwand.

Die Tür öffnete sich.

„Ach, wir sind noch im Erdgeschoss?", fragte Nikita.

„Wir können überall sein. Du bist da. Ich bin da." Sie drückte auf den Knopf für die vierte Etage.

Die Fahrstuhltür schloss sich und sie glitt mit ihren Händen über seine Oberarme und seine Brust. Seine Brustwarzen fühlten sich hart an. Er lachte kurz auf. Ihre Hände glitten unter sein Top. Sie öffnete den Reißverschluss seiner Hose.

Vielleicht war sie doch nur ein Groupie für ihn.

„Ich bin nicht nur eine schnelle Nummer für dich, oder?", fragte Nikita.

Sie nahm ihre Hände vom Reißverschluss. „Das wollen wir doch nicht hoffen. Ganz langsam würde es mir besser gefallen." Sie fuhr ihm mit dem Finger über das Semikolon. „Wer hat dich da verletzt?"

„Kleine Operation, die Lippe war bei meiner Geburt nicht ganz geschlossen." Nikita legte seinen Zeigefinger davor.

„Nein, bitte nicht verstecken. Es macht dich unglaublich sexy." Sie zog ihn an sich und küsste ihn.

Die Fahrstuhltür öffnete sich wieder mit dem Quietschen.

Ramona löste sich von Nikita. Sie trat auf den leeren Gang. Der Teppichboden in flaschengrün dämpfte ihre Absätze. Nur die Notbeleuchtung an den Wänden schickte etwas Licht über die goldgerahmten Drucke. Auf dem festen Karton waren Insekten, Schmetterlinge und Blumen hinter Glas abgedruckt.

Nikita drückte sie an die Wand. Die Kristallglasanhänger der Wandbeleuchtung klirrten dabei.

Nikita nahm ihr den Schlüssel aus der Hand und wollte die Tür aufschließen. Er verfehlte das Schloss, und der Ballanhänger mit der Zimmernummer 406 schlug an den Türknauf. Dreimal versuchte er es, und dreimal klackte der Ball an den Messingknauf.

„Da ist einer aber ganz schön aufgeregt." Sie drückte sich von hinten an ihn und schob ihre Hände unter sein Shirt. Seine Schultern waren nicht besonders muskulös. Seine Haut war weich. Sie berührte wieder seine Brustwarzen. Er stöhnte auf, drehte sich zu ihr um und schob sie an den Türrahmen. Der Schlüssel glitt ihm aus der Hand und fiel auf den Boden. Im weichen Teppich landete die Kugel sanft.

„Ich bekomme es echt nicht hin mit dem Schlüssel." Er griff ihr unter das Shirt und öffnete den Verschluss ihres BHs.

„Lass uns aufs Zimmer gehen, oder?"

„Ja, los! Moment, ich geb dir den Schlüssel. Es ist besser, wenn du aufschließt", sagte Nikita. Er bückte sich und hob den Schlüssel vom Boden auf.

Ramona wollte seine schwarzen Haare in ihrem Gesicht spüren, seine Schulter umfassen und ihre Hände auf seinen Hintern legen, wenn er sich auf ihr bewegte.

Nikita reichte ihr den Schlüssel. Er kniete vor ihr und fasste sie an beide Kniekehlen. Er blinzelte und legte wieder die Finger über seine Lippen. Nur noch der Punkt des Semikolons war zu sehen. „Tu mir nicht weh", sagte er so leise, dass Ramona nicht sicher war, ob sie die Worte wirklich gehört hatte.

„Lass mich mal versuchen." Sie griff nach dem Schlüssel und strich ihm seine helle Strähne aus dem Gesicht. Sie schüttelte den Kopf. *Dir werde ich nie wehtun können.*

Nikita lächelte und schob seine Hände ihre Oberschenkel entlang nach oben. Sie öffnete ihre Beine. Der Ledermini rutschte noch höher, über ihren Slip.

Sie schob den Schlüssel ins Schloss und drehte ihn um. Die Tür öffnete sich.

Als er sie unter ihrem Rock küsste, stieß sie die Tür auf.

Das große Bett war mit zwei Schwänen aus weißen Handtüchern dekoriert. Nikita folgte ihr, drehte sie zu sich und hob sie hoch. Sie umschlang ihn mit ihren Beinen und klammerte sich an ihm fest. Er kickte mit einem Stiefel die Tür hinter ihnen zu.

Eine der großen Nachttischlampen kippte, als sie auf das Bett fielen. Ramona stellte sie wieder auf. Über dem Bett hing ein ovaler Spiegel in einem Goldrahmen eingefasst. Auf einem Sekretär aus dunklem Tropenholz lag ein Reiseführer für West-Berlin. Den würden sie nicht brauchen.

Die vom Mond beschienenen Platanenblätter des Ku'damms warfen ein Muster auf die weiße Bettwäsche.

Ramona zog ihr Oberteil aus und warf ihren BH auf den grauen Teppichboden.

Nikita zog sie zu sich ins Bett. Die Bettwäsche war kühl und weich. Wahrscheinlich Seide.

Sie wollte seine Hände überall an ihrem Körper spüren. Nicht langsam jetzt, sondern richtig schnell. Sie griff an den Reißverschluss seiner Jeans und schob ihre Hand hinein. Er trug keine Unterwäsche. Sein Schwanz fühlte sich warm an. Kaum Schamhaar und nicht so groß, wie sie erwartet hatte. Sie öffnete den

Knopf seiner Jeans und zog sie ihm über seinen Po. Sie drehte ihn auf den Rücken. Seine Hand lag auf ihrem Kreuzbein, Nikita öffnete den Reißverschluss ihres Rocks.

Sie wollte nie wieder irgendwo anders sein als mit Nikita in diesem Bett.

*

Ramona hatte in der Nacht die grünen Samtvorhänge zugezogen. Die Gelegenheit hatte sie genutzt, um ihren Auftrag auszuführen: Das Tape von Nikita hatte sie in ihre Handtasche gesteckt. Es passte gerade noch zu ihrer Pistole.

Die Sonnenstrahlen schlichen sich vom unteren Saum des Vorhangs über den Teppichboden bis auf Nikitas Brust.

Sie lag nackt unter dem Laken. Die Bettdecke hatten sie auf den Boden geworfen. Sie legte ihre Hand genau dorthin, wo ihn die Sonnenstrahlen berührten. Er schlief noch, sein Atem ging ganz ruhig. Er faltete beide Hände auf seinem Laken. Voller Frieden. Nikita sollte niemals von ihr weggehen, nicht aufwachen und für immer so neben ihr liegenbleiben. Einer der Sonnenstrahlen hatte es zwischen den Vorhängen hindurch bis auf seine Narbe an der Oberlippe geschafft. In wenigen Minuten würde die Sonne weiter zu seinen Augen wandern und ihn wecken. Sie wollte dem mit einem Kuss zuvorkommen.

Nikita lächelte, öffnete die Augen und legte einen Arm auf ihr Schulterblatt. „Das war wunderschön mit dir heute Nacht."

Draußen auf dem Flur schaltete jemand einen Staubsauger ein. Nikita stand auf. Auch er hatte nackt geschlafen und streckte sich vor dem ovalen Spiegel über dem Sekretär. Sein Rücken und der Po spannten sich an. Er sollte wieder zu ihr ins Bett zurückkommen. Doch er griff nach einem *Bitte nicht stören-Schild*, öffnete die Zimmertür und hängte es außen an den Türknauf.

Die Uhr auf dem Nachttisch zeigte 11.30 Uhr. Zum Glück hatte sie direkt zwei Nächte gebucht. So hatte sie noch etwas Zeit mit ihm.

Nikita lief zum Fenster und zog die Vorhänge zurück. Ein Prachtstück vor diesem großen Doppelfenster mit Blick auf den

Ku'damm. Mit seiner Erektion hatte er bestimmt Lust noch einmal mit ihr zu schlafen.

„Hast du auch so einen Hunger?", fragte er.

„Normalerweise bin ich immer schon weg, nach so einer Nacht." Sie hob die Bettdecke an.

„Das ist eigentlich immer mein Satz."

„Los, komm wieder unter die Decke. Mir wird sonst kalt."

Er legte sich zu ihr und zündete sich eine Zigarette an. Rauchwölkchen kringelten bis an die Zimmerdecke.

Ramona legte sich auf die Seite und strich ihm über die glatte Brust. Sie griff nach der Zigarette in seinem Mund und drehte sich ebenfalls auf den Rücken. „Ich kann auch Wölkchen machen."

An der Zimmerdecke hielten sich vier Engel an den Händen. Sie waren von Blütenkränzen und Schleifen eingerahmt. Jedes Detail der Stuckrosette war zu erkennen. Zwei der Engel lächelten zufrieden.

Sie beugte sich über Nikita und drückte ihre Zigarette im Aschenbecher aus. Ein altes Telefon stand daneben auf dem Nachttisch. Es war aus Mahagoni und Gold, bestimmt ein Original aus den Zwanzigern.

Nikita streichelte sanft ihre Brustwarzen.

„Hmmm. Mach ruhig weiter so." Ramona schloss die Augen und kuschelte sich an ihn. Sie atmete seinen Geruch ein.

„Soll ich uns etwas zum Frühstück bestellen?", flüsterte er und strich ihr über die Wange.

Der Sonnenstrahl legte sich warm auf ihre Haut. Seine Hände strichen über ihren Hals, durch ihre Haare. Sie öffnete ihre Lippen und seine Zunge kitzelte.

Von ihren Knien an aufwärts streichelte er mit einer Hand die Innenseite ihrer Schenkel. Jede seiner Berührungen war genau richtig. Sie ließ ihre Augen geschlossen.

Die Wählscheibe rotierte.

„Einmal Ihre ganze Frühstückskarte rauf und runter, und bitte stellen Sie alles vor der Zimmertür ab." Seine Hand lag wieder auf ihrer Wange. „Sekt trinkst du auch, oder lieber eine Bloody Mary?"

Er könnte ihr alles bestellen. Ramona zuckte nur kurz mit ihren Schultern.

„Genau, Zimmer 406. Vielen Dank. Auf Wiederhören."

Er legte den Hörer zurück auf die Gabel. Mit seiner Hand fuhr er ihr durchs Haar.

„ You are the reason. You are always the reason. Because my heart is burning, my heart is burning, when I see your tears", sagte Nikita leise. Ein Sprechgesang an ihrem Ohr, wie ein Gedicht.

Die Stimme von Jürgen mischte sich dazwischen, ein ganz anderer Singsang. *Paulinchen war allein zu Haus. Die Eltern waren beide aus.* Er hatte ihr immer vorgelesen, sie ihren Kopf an seine Brust geschmiegt. Sie wurde immer ruhig, wenn er ihr vorgelesen hatte. Oft war sie dabei eingeschlafen.

Das Tape war in ihrer Tasche. Sie hatte es besorgt, wie es Jürgen von ihr verlangt hatte. Es war ihr Auftrag.

„And when I see your tears, my skin is like a burning fire and only your heart can stop the flames." Seine Stimme kam von oben, über ihr und Jürgens Stimme wurde leiser.

Als sie nun durch das Zimmer sprang mit leichtem Mut und sing und sang.

Wenn sie das Tape nicht mitnähme, würde sie Jürgen verraten. Sie hatten es mit ihm so abgesprochen.

Da sah sie plötzlich vor sich stehn. Ein Feuerzeug nett anzusehn.

Jürgen war immer für sie da gewesen. Seitdem ihre Mutter tot war, hatte sie niemanden mehr gehabt, der sie in den Am nahm.

Ei sprach sie, ei wie schön und fein! Das muss ein trefflich Spielzeug sein.

„And when I can see your smile, it is like the only cure for my burning heart." Sein Sprechgesang klang besser als Jürgens Worte.

Sie war jetzt hier bei Nikita. Sie lag mit ihm im Bett und er sang für sie. Sie öffnete ihre Augen und lächelte. Wenn er diesen Song gestern Nacht für sie gesungen hätte, wäre das Tape nicht in ihrer Tasche gelandet.

„Ich bin ein Fan von Nikita. Ich will alles von dir wissen. Burning ist wunderschön. Singst du weiter für mich?" Sie könnte das Tape immer noch zurücklegen. „Wie sieht es mit eurem neuen Albums aus?" Sie stützte sich auf ihren Unterarm und küsste Nikita. „Ihr seid bei compirecords?"

Er ließ seine Hand über ihren Bauch kreisen und strich tiefer bis zu ihrem Schamhaar. „Das ist noch top-secret. Aber wir haben ein neues Angebot von Mute-Records bekommen. Vor zwei Tagen." Er rutschte tiefer und legte sein Gesicht zwischen ihre Beine. „Als Vorband für Depeche Mode sind wir vielleicht noch im Sommer mit dabei. Sie touren durch die USA." Er küsste sie auf den Bauch. „Das wäre mein Traum mit der neuen Plattenfirma." Er begann mit seiner Zunge ihre Schamlippen zu lecken.

Ramona schloss die Augen. Sie drückte seinen Kopf fester an sich und öffnete ihre Beine. Immer nur noch Nikita spüren. „Her mit dem Flugticket. Ich wollte schon immer nach Los Angeles", sagte sie und lachte dabei. Er sollte sie weiter mit seiner Zunge lecken.

Nikita hob seinen Kopf an. „Der Manager von compirecords darf davon nicht ein Wort erfahren."

Sie schob ihn wieder zwischen ihre Beine.

Nikita hielt ihre Hand fest und sah sie an. „Nur, wenn der Deal in fünf Tagen klappt, braucht niemand Vertragsstrafe zu zahlen."

„Mach dir keine Sorgen. Das wird klappen. Aber hör nicht auf mit dem hier." Sie schob ihn zurück.

Nikita küsste wieder die Innenseiten ihrer Schenkel. „Ich will jetzt nicht daran denken. Heute zählt nur das mit dir."

„Und morgen nicht mehr?" Ramona schloss ihre Augen.

„Heute, morgen, immer."

Es klopfte an der Tür.

„Zimmerservice. Einmal die Karte rauf und runter." Die Stimme eines jungen Mannes drang leise durch die Tür.

Nikita legte sich zwischen ihre Beine. „Stellen Sie alles vor der Tür ab. Wir haben noch etwas zu tun."

Ramona umfasste seinen Po. „Ach, so nennst du das."

*

Die Tür des Fahrstuhls quietschte immer noch, als sie aufging. Von einem der beiden Fikusbäume in den großen Pflanzkübeln segelte ein Blatt zu einem anderen auf die Marmorfließen in der Eingangshalle.

Nikita hielt Ramonas Hand. „An der Rezeption ist aber viel los." Er setzte sich in die graue Sofalandschaft hinter den beiden Kübelpflanzen und der Amphore und zog sie mit sich.

Der Vertreter von gestern Nacht war nirgends zu sehen. Wahrscheinlich war er schon lange abgereist. Die Rezeptionistin hatte ihre Nachtschicht bestimmt beendet.

Nikita legte seinen Kopf an ihren Hals. „Ich will dich weiter ansehen." Er nahm ihren Kopf in seine Hände und strich ihr über die Augenlider. Er blies eine Wimper von seinem Zeigefinger. „Achtung, jetzt habe ich einen Wunsch frei."

Ramona lehnte sich zurück in das Polster. „Und was hast du dir gewünscht?"

Das Semikolon auf seiner Oberlippe zuckte. Er fuhr sich durch seine Haare. „Dass alles genau so bleibt."

Ramona legte Nikita einen Arm um die Schulter und streichelte seinen Nacken.

„Wie geht es jetzt weiter mit uns?" Er stand auf und zog sie zu sich. Eine Gruppe Hotelgäste rollte Koffer an ihnen vorbei.

Sie blieb mit Nikita stehen. Ein Ellenbogen streifte ihren Oberarm. Es wurde asiatisch gesprochen. Vermutlich Chinesen.

Sie strich ihm über den Rücken. „Ich regele das hier für uns. Das mit dem Auschecken wird wohl etwas dauern."

Vor dem Eingang des Frühstücksraumes und auf den Sesseln und Sofas neben der Rezeption war eine große Reisegruppe aus Asien versammelt. Sie warteten auf ihre Zimmerschlüssel und ein spätes Frühstück.

„Da ist ja einiges los." Er umfasste sie von hinten und küsste ihren Hals. „Das sollten wir wiederholen."

„Ich habe heute ein paar Dinge zu erledigen. Geh du schon einmal und kümmere dich um eure Aufnahmen im Studio." Sie prüfte den Druckknopf ihrer Handtasche. „Ich bezahle noch unsere Rechnung und heute Abend gegen 21 Uhr sehen wir uns wieder am gleichen Ort wie gestern?"

„Wo immer du willst. Aber keine Minute später. Ich vermisse dich jetzt schon." Er drückte sie an sich und roch an ihrem Haar. Sein Mund schmeckte immer noch nach Pfirsich.

Sein Tape hatte sie in ihrer Handtasche verstaut. Sie wollte professionell bleiben.

Nikita löste sich von ihr. „Ich freue mich so auf heute Abend." Er lief durch die Reisegruppe hindurch, drehte sich noch einmal zu ihr um und hob leicht die Hand. Seine Schultern und sein Hintern würde sie gerne heute Abend wieder spüren. Seine Stimme hören und über die Narbe streichen. Aber sie durfte ihm nicht hinterherlaufen und ihm das Tape wieder zurückgeben. So gerne das die andere Ramona getan hätte.

Erst als Nikita durch die Drehtür getreten war, drehte er sich ganz um und lief auf die Straße. Einen Moment später versperrte ihr ein altes Ehepaar mit einem Hund an der Leine den Blick auf ihn. Nikita war weg.

Sie musste die Info und das Tape an Jürgen weitergeben. Kurz war da der Impuls, den Auftrag als gescheitert zu melden. Aber Jürgen würde ihr das niemals abnehmen. Nicht bei so einem leichten Auftrag.

Ramona ging zur Rezeption. Der Concierge hatte die gleichen Augen wie Sean Connery. Schwarzer Anzug, weißes Hemd und eine schwarze Fliege. Seine Haare gegeelt und mit einem Scheitel gekämmt.

„Wo haben Sie denn Ihre Telefone?" Ramona drehte sich um zur Fensterfront.

„Die Telefonkabinen sind rechts hinter der Bar", sagte der Concierge.

Ein Blumenbouquet aus weißen Lilien stand vor einer fensterlosen Ecke. Die vielen langstieligen Blumen mussten ein Vermögen gekostet haben. Nikita war nicht mehr in der Nähe. Er hatte nicht draußen auf sie gewartet oder sie durch das Fenster beobachtet. Draußen bückte sich der ältere Herr, um den Hund auf seinen Arm zu nehmen. Seine Frau stand neben ihm und zog ihren Lippenstift mit Blick in das Fenster nach. Hund und Frauchen hatten die gleiche Frisur. Ramona hielt kurz inne und strich über die Blumen. Ein Hauch Pfirsich. Kabine zwei befand sich genau dahinter.

Sie trat in die Kabine und wählte.

„Und, wie ist es gelaufen? Müssen wir wieder jemanden abtransportieren?" Jürgen lachte am anderen Ende der Leitung. Es hörte sich kratzig an.

„Die Vermutungen deines Auftraggebers sind richtig. Mute-Records steht vor der Tür." Es war raus, sie hatte die Informationen weitergegeben. Jürgen würde sie an seinen Auftraggeber weiterleiten und der würde Nikita und seiner Band ordentlich das Geschäft vermasseln. Ausgeträumt. Sie hatte Nikita verraten. Er wäre am Boden zerstört. Doch nun konnte sie es nicht mehr zurücknehmen.

„Wie war genau sein Wortlaut? Hast du Fakten für mich, die ich weitergeben kann." Er zog an einer Zigarette.

„Er hat es mir erzählt, und da kannst du dir sicher sein. Alles ist so gelaufen, wie du es mir aufgetragen hast." Nikita hatte zwischen ihren Beinen gelegen und sie hatte sein Haar gestreichelt. Nicht einmal dabei hatte sie den Auftrag vergessen können.

„Gute Arbeit! Versuch noch, an die Texte und Aufzeichnungen für das neue Album zu kommen. Die Zeit drängt bei compirecords. Wann siehst du ihn wieder?"

„Heute Abend um neun. Gleicher Ort." Vielleicht würde sie das Tape doch nicht rausrücken.

„Erledige einfach deinen Job. Also nicht ganz so wie immer, du musst ihm ja nicht das Licht auspusten oder eine andere Geheimwaffe einsetzen." Er lachte wieder.

„Bist du mit mir zufrieden?"

„Mehr als das. Du bist meine Beste. Machs gut. Und vergesse das Tape nicht."

Es knackte in der Leitung und das Münzgeld schepperte. Ramona griff nach den beiden Fünfzig-Pfennig Stücken. Sie polierte die angelaufenen Münzen. *Und Minz und Maunz, die schreien gar jämmerlich zu zweien: Herbei! Herbei! Wer hilft geschwind? In Feuer steht das ganze Kind!*

Bis heute Abend hatte sie noch acht Stunden Zeit. Zeit zu überlegen. Es war kalt geworden. Sie trat in den Gang und zog die Tür der Telefonkabine hinter sich zu. Sie strich noch einmal über die Blumen. Pfirsichduft. Ramona wollte in die Sonne. Vielleicht würde die Wärme helfen. Sie rieb über die Gänsehaut an ihren Unterarmen und strich über ihre Handtasche. Bis zur Übergabe des Tapes hatte sie noch einen ganzen Tag.

Kapitel 20

Frankfurt, Taunusanlage
Martina saß auf einer Bank in der Taunusanlage, zündete sich eine Zigarette an und ließ den Rauch lange in ihrem Mund. Eine kleine Wolke davon strömte aus ihrer Nase. Etwas von diesem Rauch sollte in ihr bleiben.
Da sah sie plötzlich vor sich stehn, ein Feuerzeug nett anzusehn. „Ei", sprach sie, „ei wie schön und fein! Das muss ein trefflich Spielzeug sein. Ich zünde mir ein Hölzchen an, wie's oft die Mutter hat getan."
Der zweite Zettel hatte keine Herzen auf den i-Punkten. Doch sie hörte die warme Stimme von Jürgen in jedem Wort darauf. Wenn er damals *Spielzeug* sagte, hatte er sie dabei gekitzelt.
Auch jetzt lachte sie. Jürgen war anders als ihr Vater. Jürgen hatte Zeit und er las ihr vor, wenn sie traurig war. Wie oft hatte er ihr diese Geschichte vorgelesen. Die gar traurige Geschichte mit dem Feuerzeug. Aus dem Struwwelpeter-Buch. Es war ihre Lieblingsgeschichte. Vor allem die Stelle, wenn die beiden Kater Minz und Maunz Paulinchen warnten: *Lass' stehen, sonst brennst du lichterloh!* Doch hier auf diesem Zettel war es nicht dasselbe. Sie wollte dabei seine Stimme hören, die Hand auf ihrem Haar spüren.
Sie schnippte ihre Zigarette auf den Kiesweg der Taunusanlage. Jürgen musste den Zettel in den Briefkasten geworfen haben. Mit zwei Fingern hatte sie ihn heute Morgen aus dem Schlitz gezogen. Er wusste, wo sie war, und sie sollte wissen, dass er sie immer im Auge behielt.

Milan hatte gleich Feierabend. Sie wollte ihn vor seiner Arbeitsstelle im Twin Tower der Deutschen Bank, nur 100 Meter von hier, überraschen. Sein Zusatzjob, um sich die teure Miete im Bahnhofsviertel leisten zu können und sich etwas zur Seite zu legen. Das hatte er ihr erzählt. Nach der Arbeit würde er immer durch die Taunusanlage zu seiner Wohnung laufen. Von ihrer Parkbank aus, die unter einem großen Lindenbaum stand, sah man die Lichter in den Fenstern der Wolkenkratzer. Kein Platz für Dunkelheit. Die Lindenblüten rochen süßlich und einige segelten auf ihre Schultern. Ein Blatt landete auf ihrer Brust.

Zwei Jogger liefen an ihr vorbei, stoppten und simulierten einen Start. „Das war ein verdammter Fehlstart", rief der Größere der beiden Läufer. „Der Schnellere gewinnt trotzdem." Der Kleinere lachte und war verschwunden.

Martina schloss ihre Augen. Das Licht der Wolkenkratzer blendete sie, der Boden zu ihren Füßen fühlte sich feucht an.

*

Um sie herum wurde der Applaus lauter und der Stadionsprecher zählte die Läuferinnen auf den zugehörigen Bahnen auf.

Im Ernst-Thälmann Stadion in Karl-Marx-Stadt war die Regenpause beendet.

Martinas Vater war nicht erschienen. Melanie hatte aus heiterem Himmel Bauchschmerzen bekommen. Martina hatte ihren braunen Trainingsanzug mit den gelb-roten Seitenstreifen ausgezogen und war nun in ihrem Wettkampfoutfit des ASK Vorwärts Potsdam.

Ihr Lauf. Kraftvoll sprang sie ein paarmal in die Höhe, suchte den Rang der Besucher ab. Nirgendwo saß ihr Vater. Sie begab sich in Startposition. Jetzt erst recht.

100 Meter der Frauen. Nur 15 Grad an diesem 17. Juni 1983. Der erste Fehlstart durch sie. Ihre Anspannung war zu groß. Sie hatte Marlies Göhr im Vorlauf deutlich deplatziert. Ein Sieg wäre ihre Eintrittskarte für das Olympiateam. Endlich in den Westen. Los Angeles 1984.

Für Moskau war sie noch zu jung gewesen. Heute würden ihre Zeiten für Gold reichen. Der Vorlauf in 10,87 Sekunden. Das war der neue Weltrekord. Jeder Muskel in ihr spannte. Sie war bereit für Gold. Sie war bereit zu siegen. Sich hochleben zu lassen. Sieg für Martina Morgendorn, hörte sie bereits aus den Lautsprechern. Honecker würde ihr zuwinken. Ein Goldmädchen. Zeig es allen, Martina. Du bist die Beste. Hol dir das, was dir zusteht.

Sie atmete stoßartig aus.

Sie bohrte die Finger in die feuchte Aschebahn. Die Anfeuerungsrufe aus dem Publikum legten sich.

Ein letzter Blick zu Erich Honecker und seiner Frau Margot, die zum Start nickten. Am Himmel zogen erneut Regenwolken auf.

Martina wartete auf den erlösenden Knall der Pistole.

Dieser Schuss konnte ihr ganzes Leben verändern. Für immer. Heute zählte nur Erste zu werden, koste es, was es wolle.

Ihre Fingerspitzen berührten den Boden der Bahn drei. Die Favoritenbahn. Jeden Schritt bis zum Ziel hatte sie im Kopf.

Marlies Göhr auf der vier.

Mit dem Trikot von ASK Vorwärts Potsdam hatte sie gute Chancen auf die DDR-Meisterschaft.

Sie hörte das Anzählen und schoss zeitgleich mit dem Knall aus der Bahn. Das perfekte Timing. Sie übernahm sofort die Führung. Das Adrenalin peitschte sie immer weiter, gleich, vielleicht noch dreißig Meter. Sie flog fast über die Bahn und bereitete sich schon darauf vor, jubelnd die Arme hochzureißen. Da wurde die rote Fahne auf ihrer Bahn gehisst.

Disqualifiziert. Der zweite Fehlstart. Ihr Aus.

Die Siegerin Marlies Göhr vom SC Motor Jena reckte ihr die geballte Faust entgegen. Göhr, die Silbermedaillengewinnerin von Moskau, ihr Vorbild, blieb die Nummer eins.

Die Menschenmenge toste um sie herum. Martina wurde schwindelig. Die Menschen im Publikum zerflossen. Ihr Herz hämmerte. Sie lief sich aus.

Sie spürte den nassen Boden unter sich. Eine Menschentraube hatte sich über ihr versammelt. Sanitäter standen mit einer Trage bereit. Martinas Ohren rauschten. Sie zitterte. Sie hatte alles verloren. Der Traum von Olympia war ausgeträumt.

Ihr Vater würde nur wissend grinsen.

Ihre Füße wurden hochgehoben, die Arme gegriffen. „Es geht schon, lasst mich los."

Sie rappelte sich auf, sah noch immer die rote Fahne vor sich.

Das war doch eine Fehlentscheidung. Man wollte sie nicht siegen lassen.

Sie wollte den mitleidigen Blicken entfliehen, alle umbringen, oder sich selbst. Das durfte doch alles nicht wahr sein.

Martina lief zu ihrem Korb mit den Trainingssachen. Es fing wieder an zu regnen. So konnte man die Tränen auf ihrem Gesicht nicht sehen.

Von der Tribüne lächelte Erich Honecker, der auf die nächste Veranstaltung und seine Sieger wartete.

Marlies Göhr, Marita Koch und Silke Gladisch liefen zur Siegerehrung. Wenn sie eine Pistole gehabt hätte, hätte sie alle umgenietet. Das war ihr Gold. Ihr Sieg. Das wussten hier alle.

Martina lief zu den Umkleidekabinen. Jürgen kam direkt auf sie zu. Seine Kleidung sah so anders heute aus. Modern und westlich, gar nicht im Trainingsanzug.

Er räusperte sich. „Du kommst heute in den Westen. Das Kapitel hier ist beendet. Lass uns gehen. Kein Wort, zu niemandem." Sein Mund war nah an ihrem Ohr gewesen, die Stimme ganz leise. *„Da sah sie plötzlich vor sich stehn, ein Feuerzeug nett anzusehn."*

Martina hatte nach ihrer Trainingsjacke gegriffen.

„Die brauchst du ab heute nicht mehr." Jürgen hatte sie an der Hand genommen und sie war ihm gefolgt. Bis heute.

*

„Bist du eingeschlafen?" Milans Stimme. Die Jogger waren verschwunden. Ihr Film war zu Ende.

Martina öffnete ihre Augen. Sie lächelte. „Bisschen weggedöst, ich wollte dich überraschen."

„Ist dir gelungen, aber was liegt denn da für ein Zettel auf deinem Schoß? Zeig doch mal!", sagte Milan. Er setzte sich neben sie auf die Bank. „Der sieht ja genauso aus wie der andere, den ich im Müll gefunden habe."

Martina faltete den Zettel zusammen. „Ach, das ist nur …"

„Auch wieder was vom Paulinchen?", fragte Milan.

Martina hatte vergessen, den Zettel wegzustecken. So ein Mist. Sie verschloss ihn in ihrer Hand. „Wie war dein Arbeitstag da oben?" Martina zeigte auf das Gebäude der Deutschen Bank.

Milan nickte ernst. „Du hast einen wahnsinnigen Blick, von da aus. Ganz Frankfurt, das Mainufer, Richtung Taunus und Odenwald und wenn dann noch der Himmel in diesem Abendrot leuchtet – top. Absolut top. Du siehst sie alle laufen und fahren. Jeder hat ein anderes Ziel, jeder eine andere Welt. Jeder hat ein Geheimnis, oder?"

Martina verstand nicht, worauf er damit hinaus wollte. Ging es um den Zettel? Das war ihre Angelegenheit. Das war ihr Leben und das wollte sie auch mit niemandem teilen.

„Es ist schön, dass du in meinem Leben bist, Martina, so sehr ich mich daran auch noch gewöhnen muss", sagte Milan.

Milan rutschte näher und nahm ihre Hand. Er griff wieder nach dem Zettel. Martina ließ nicht los. Er zerriss in zwei Teile. „Wer schreibt dir sowas? Ist es der, vor dem du abhaust? Dein Mann, unser Vater?" Er griff stärker nach ihrer Hand, dem Unterarm.

Sie zog seinen Arm um ihre Schultern. Würde er das mit Jürgen verstehen? Er durfte sie nicht allein lassen, auch dann nicht, wenn sie ihm die Wahrheit verriet. Einen Teil der Wahrheit.

Ihren Job.

Kapitel 21

Frankfurt Tanzhaus West
Milan schmeckte grün und leuchtendes Orange auf seiner Zunge. Die Farbe schoss in den Kopf. Die Dunkelheit um ihm herum, wechselte sich mit dem Licht der Scheinwerfer im *Tanzhaus West* ab. Er schloss immer wieder seine Augen. Das war echt grell mit dem LSD. Die Farben auf seiner Zunge erlösten ihn.

Er öffnete seine Augen. Die Konturen der anderen Körper zerflossen. Sie sprangen und flogen. Es waren nur noch Wellen aus Köpfen und Armen. Überall gehörnte Engel, gesichtslose Köpfe, Vögel mit menschlichen Gliedmaßen, die sich bewegten und tanzten. Einfach der Hammer.

Er legte den Kopf in den Nacken. Und atmete. Die Welt musste draußen bleiben. So war es am besten. Immer nur den Beat, den Frankfurter Beat in sich aufnehmen, immer weiter vibrieren.

Er war dem Bass nah. Das LSD-Plättchen auf der Zunge hatte seine Sorgen wegexplodieren lassen. Die Sorgen würden nie wieder in seinen Kopf einziehen. Dafür musste nur der Bass noch schneller werden, bis er wie eine Rakete in den Himmel schoss und in allen Farben erstrahlte.

Hier im Club gab es keine Sorgen mehr, sondern nur noch den Bass. Das Licht, die vielen wunderbaren Menschen und bestimmt auch Sex gab es hier.

Jemand schob seine Zunge in sein Ohr. Milan schmeckte sie, als er den Kopf drehte und den Mund öffnete. Scheißegal wer das war. Tanzte mit der warmen Zunge an seinen Lippen und den Bässen in seinem Kopf.

Er schob eine Hand von seinem Reißverschluss weg. Er wurde hart in seiner Boxershorts. Härter, als er in den Augen jeder Frau bei einem Date werden könnte. Die traurigen Augen von Vanessa, als sie vom Tisch aufgestanden war. Es war einfach scheiße gelaufen. Die war doch genau richtig für ihn gewesen.

Diese Frau an seinem Reißverschluss hatte keine Augen. Milan sah sie nicht an. „Nicht hier auf der Tanzfläche." Er zog sie an sich. Ihre Haarfarbe wechselte, von platinblond über rosa, bis ihr Kopf wieder ganz verschwunden war. Überall waren diese grellen Farben um ihn herum und dieser geile Beat. Er wollte tanzen und es gab nichts, worin er sich in dieser Frau vor ihm sehen konnte. Sie roch nach der Nebelmaschine, Basilikum und Gras.

„Wie heißt du?" Er wollte das nicht wirklich wissen. Man fragte sowas halt.

„Wie du willst." Ihre Stimme drang kaum zu ihm durch.

Milan öffnete seine Lippen und sie blies ihm eine Ladung Dope hinein. Ihre Hand berührte seine Brust und seine Haut am Rücken und dem Bauch. Das Dope schmeckte. Es wurde freier in seiner Haut. Sie hielt ihn mehr fest.

Er war ein Anderer.

Ihr lachender Kopf verschwand im Nirgendwo der Tanzfläche. Dieser Kopf ohne ein Gesicht. Es war so egal. Er lachte. Wieder waren Hände an seinem Körper und Stimmen, die ihm etwas zuflüsterten. Trotz der starken Bässe. Er brauchte jetzt keine Stimmen, keine Worte und auch keine Sätze mehr. *Ich möchte mit dir neu anfangen.* Sie hatte es vor ein paar Stunden gesagt. Es konnten aber auch erst Minuten sein. Er hatte es an der Stimmlage gemerkt, dass etwas folgen würde.

Er könnte sich aus dem Club verabschieden. Vom Twin Tower aus hatte man einen Blick über alles. Von dort aus könnte er weit wegfliegen.

Martina wäre an diesem fernen Ort eine neue Mutter. Wie Mutter Beimer aus der Lindenstraße. So hatte er sich eine Mutter immer vorgestellt. Martina war nicht so. Vielleicht brauchte er noch etwas Stärkeres in sich. Der Bass gab mehr Speed.

Martina hatte niemanden umgebracht. Auch nicht für Kohle. Niemals. Das hatte er nur nicht richtig verstanden.

Milan würde mit ihr zusammen in die Abendsonne fliegen, verglühen und als Mutter und Sohn zur Erde regnen. Wie der zerrissene Zettel, den er in die Luft geworfen hatte. Er war nach diesen Sätzen losgerannt, um nur noch die Bässe zu hören. *Ich habe für Geld getötet. Aber ich habe aufgehört.*

Ein Ascheregen sollte vom Himmel fallen. Mit ihm. Und dort wäre auch Leo. Er wartete schon so lange auf ihn. Auf sie.

Er musste hierbleiben. Hier war der Himmel. Hier im *Tanzhaus West*. Überall flogen Wolken aus weißem Nebel, die zu Tauben verschmolzen waren, wenn er in das Licht schaute. Die vielen Farben, die er nun hören konnte. Ein Bass, der ihn streichelte. Und so sehr festhielt.

Sonst flog er davon.

Neben ihm knutschten zwei Gestalten. Konturlose Körper in einem Kopf vereint.

Milan tanzte neben sie und winkte sie zu sich. Er wollte endlich jemanden spüren mit diesen Bässen in ihm. Nicht wieder einsam sein und auf einem kalten Boden hocken oder sich an die Wände aus Edelstahl lehnen. Es leuchtete so hart von allen Seiten auf ihn. Das erdrückte richtig.

Jemand stand bei ihm und redete irgendwas. Viele Worte, die keinen Sinn ergaben. Es war auch egal. Sie schnieften gemeinsam etwas. Es könnte Ketamin sein. Wie das noch draufballerte. Wenn er in ein K-Hole fiel, war er nicht mehr Milan. Das wäre auch okay.

Milan schob seine Zunge in die Worte der Person neben ihm hinein. Er war in diesem anderen Kopf.

Alle waren drauf hier. Alle wollten Sex. Niemand hier war seine Mutter.

Er versuchte den Reißverschluss seiner Hose zu öffnen. Er hatte keine Kraft und seine Hände zogen sich in seinen Unterarm zurück. Sie wurden kürzer. Er wollte Sex und vergessen. Oder sich weiter auflösen. Der Reißverschluss klemmte. Scheißegal, er wollte nur diese Worte vergessen. „Ich will mit dir ficken."

Ich habe für Geld getötet. Ich konnte nicht anders. Ich liebe dich, Milan. Es ist vorbei.

Jemand stieß ihn weg. „Fick dich selbst, Psycho."

Milan schob sich mit den Händen an den Wänden bis zum Klo. Das Metall war kalt. Es sog seinen Hals nach innen. Er würde in sich verschwinden. Implodieren mit einem Plopp. In der Toilette legte er sich über die brillenlose Keramik. Er war immer noch da und wollte darin verschwinden. Alles musste aus ihm heraus. Er kotzte.

Kapitel 22

Intensivstation
Katharina öffnete ihre Augen und starrte zur weißen Zimmerdecke. Drei Platten, jede Platte wie ein Quadrat geformt. Eine Lampe, wieder drei Platten. Viele kleine Punkte, die vor ihren Augen verschwammen. Überall waren Platten, Licht und Punkte. Also, ihr Zimmer daheim sah anders aus. In ihrem Pflegepraktikum hatte es Zimmer mit einer ähnlichen Decke gegeben. Das war in einem Krankenhaus gewesen.

Augen auf. Augen zu. Mehr ging wohl erst mal nicht. Das kam doch jetzt nicht von dem einen Bier am Osthafen.

Beweg deine Hände endlich.

Ein wenig Spannung in ihrem Mund, sonst war da nichts. Im ganzen Körper nicht. Alles schlaff. Als ob sie gelähmt wäre.

Beweg deine Beine. Nichts. Sie musste doch wenigstens ihren Kopf drehen können. Nichts.

Augen auf.

Das Licht von der Deckenlampe schien ihr grell in die Augen.

Augen zu.

Maschinen piepsten und summten. Sie pumpten richtig. Das hörte sich doch an wie in einem Krankenhaus. Sie konnte doch unmöglich bei diesem Lärm allein in diesem Zimmer liegen und an diesen Maschinen hängen.

Augen auf. Das konnte doch nicht so schwer sein!

Wieder nur die drei Platten und eine Lampe mit Neonröhren. Von draußen, wo immer das auch war, tönte ein Alarmsignal.

In ihrem Brustkorb steckte etwas. Zäh und fest, als ob jemand auf ihr stand und einen Stiefel reindrückte. Stahlkappen und derbes Profil in der Sohle.

Das Atmen wurde immer schwerer und brannte. Wenn das noch viel zäher wurde, dann war irgendwann ihr Hals ganz verstopft, dann kam keine Luft mehr rein. Dann würde sie ersticken.

Wie dieser Scheiß-Ali, dem sie den Kopf ins volle Waschbecken auf der öffentlichen Toilette gedrückt hatten. Wie der sie angefleht hatte. *Lasst mich am Leben.* Memme.

Das war eines ihrer Lieblingsvideos auf dem Handy. Sie hatte es doch eingesteckt. Auf dem Handy durfte keiner rumspionieren. Mit dem Code 1234 war sie sich bestimmt zu sicher gewesen. Fuck.

Felix und Julian hatten sich bei dem Ali immer wieder abgewechselt. Jedes Mal mit einer Pause dazwischen. Damit der etwas Luft holen konnte. Das nannte man Waterboarding, oder so ähnlich. Richtig coole Foltermethode.

Julians Hände hatten auf dem schwarzen Lockenkopf des Scheißtürken gelegen. Seine Hände waren nass von dem Wasser und der Kotze. Daraufhin hatte er dem Ali die Kotze an seine Klamotten geschmiert. Der Ali war in feinen Klamotten unterwegs gewesen. Ein Taxifahrer mit weißem Hemd und Stoffhose. Ein feiner Typ war der Ali.

Sie hatten ihn laufen lassen. „Bis zum nächsten Mal", hatten sie gesagt. „Wenn du zur Polizei gehst, sind Fatima und Ayshe tot, oder wie deine Kopftuchschwestern heißen."

Der Türke war gerannt.

Das geschah ihm recht. Er sollte sich verpissen aus Deutschland. Die zweihundert Euro aus seinem Portemonnaie waren auch nicht schlecht gewesen. Der bekam genug Kohle vom Staat.

Aber da waren noch viel mehr Sachen, die sie gefilmt hatten. Sie hatte noch die Powerbank angeschlossen. Genug Saft müsste noch drauf sein. Vielleicht hatten Felix und Julian das Handy auch mitgenommen. Dann wäre alles safe. Niemand könnte etwas darauf entdecken.

Es wurde immer zäher in ihrem Brustkorb. Das drückte ihr nun auch in den Hals. Sie hatte doch einen Schlauch in ihrem Mund. Da konnte man doch nicht ersticken. Wahrscheinlich hatte sich der Türke so gefühlt. Richtig ätzend. Es brodelte schleimig aus ihrem Hals, und es wurde immer anstrengender zu atmen. Sie brauchte langsam echt Hilfe. Ihre Zunge war auch nur ein schlaffer Lappen. Sie konnte nicht sprechen. Noch nicht einmal flüstern. Sie hatte keine Ahnung, was mit ihr da draußen am Osthafen passiert war. Das war doch keine Krankheit, von der die da bei der Visite gelabert hatten. Den Namen der

Krankheit hatte sie sich nicht behalten. Nur, dass einer gesagt hatte, es würde ein Jahr dauern, bis sie wieder laufen könnte. Das ging so nicht. Sie hatte etwas vor und sie wurde verdammt nochmal gebraucht. Die im Krankenhaus mussten sich getäuscht haben.

Augen zu.

Sie musste sich selbst den scheiß Schleim rausziehen.

Beweg deine Hände. Nichts. Verfickt nochmal.

Augen auf.

Die Tür öffnete sich. Es würde doch jemand kommen und ihr helfen. Zwei Frauen unterhielten sich. Sie kamen näher. Beide sprachen klares Deutsch. Keine Ausländer. Was ein Glück.

Die eine Stimme hörte sich älter an. Die andere Stimme klang wie die einer ausgebildeten Sängerin. So klar und deutlich. Mit einem perfekten Deutsch.

Noch ein Gerät in ihrem Zimmer wurde eingeschaltet. Der Sauger. Der war ihre Rettung.

Augen auf.

Ein Gesicht über ihr schaute sie an. Ein blauer Mundschutz, Sommersprossen auf der Stirn, rote Haare und liebe Augen. Das musste Schwester Erika sein. Sie lächelte. Die Fältchen um ihre Augen wurden noch mehr. Jetzt wurde es aber auch Zeit. Was für ein Glück. Fuck, sie hatte jetzt keine Zeit mehr. Gleich blieb die Luft weg. Erika musste den Hals frei machen und absaugen.

„Hallo, meine Liebe. Du brodelst wieder ganz schön. Ich zeig es jetzt mal Zarah. Gleich geht es dir wieder besser."

Das zweite Gesicht neben dem von Erika schob sich über sie. Verdunkelte das Neonlicht. Viele kleine geflochtene Zöpfe, auch ein blauer Mundschutz und darunter diese dreckige Haut. Eine verfluchte Negerin. Die sollte hier verschwinden. Der Sauger wurde lauter.

„Hallo, Frau Nowak. Ich sauge Sie jetzt ab. Es wird alles gut gehen. Gleich bekommen Sie besser Luft."

Die saugte sie mit ihren schwarzen Händen ab. Hoffentlich hatte die wenigstens Handschuhe an. Sie würde an der Negerin ersticken. Katharina würgte.

„Du musst noch etwas tiefer gehen, Zarah. Sei nicht so zaghaft. Genau, schön ein wenig zurückziehen und wieder nachschieben. Hier am Gerät siehst du, was alles rauskommt. Bisher ist alles klar und zäh. Sehr gut. Das heißt, es sind keine Bakterien im Sekret."

Der Druck wurde leichter in Katharinas Brust. Die Negerin über ihr lächelte ihr zu. Katharina wollte ihren Kopf anheben und ihn ihr vor die Stirn donnern.

„Ich hoffe, es war nicht zu schmerzhaft", sagte die Negerin.

Die erwartete doch jetzt nicht, dass sie sich bei ihr bedankte. Ihr vielleicht sogar um den Hals fiel.

Sobald sie sich wieder bewegen konnte, gab es ein neues Video fürs Handy. Vielleicht wurde das sogar noch besser als der letzte Dreh mit dieser Transe am Friedberger Platz. Für ihre Kameraden der ROF. Sie wollte endlich zeigen, was sie draufhatte. Das Handy war vielleicht doch noch in ihrer Schublade. Da waren einige Jahre Knast auf dem Handy. Sie musste echt wissen, was mit diesem Handy war.

Augen zu.

Katharina würgte.

Augen auf.

Ihr wurde schwindelig. Die Quadrate zerflossen.

„Frau Nowak weint, Erika", sagte die Negerin.

Eine Hand legte sich auf ihre Wange. Die Negerin wischte die Tränen weg. Es roch nach Desinfektionsmittel und nach Nivea. Und dieser seltsame Gestank, wenn sie einen Ausländer vor sich hatte. Nach Abfall und Scheiße. Da konnte die noch so viel Nivea draufschmieren.

Katharina blinzelte die Tränen weg.

Auf den weißen Zähnen in dem schwarzen Gesicht über ihr glitzerte ein Steinchen. Sie hatte den Mundschutz runtergeschoben.

Katharina würde das Geglitzere gern aus dem Gesicht hauen. Bis ihr das Lächeln verging und auch kein Ersatz mehr in ihrem Mund hielt.

Hoffentlich hatte niemand in ihren Taschen gewühlt und die Handy-Videos gesehen. Hatte von dem gesehen oder gelesen, was bald in Frankfurt geplant war.

Sie hatte sich so gut auf diesen Tag vorbereitet. Endlich könnte sie es allen zeigen. Denn sie war härter als ihre Kameraden.

Niemand durfte von der Ankündigung, die sie auf einem Video aufgenommen hatten, erfahren. Ihre Jungs von der ROF wussten, dass sie mitgefilmt hatte. Sie würden sicher hier auftauchen, wenn das Handy noch bei ihr war. So wie sie jetzt dalag, war sie nicht mehr zu gebrauchen. Unwert, wenn sie nicht bald wieder aufrecht stand.

Sie wollte wieder allein atmen und sich hinsetzen. Aus diesem Bett aufstehen und aus dem Krankenhaus raus. Vielleicht würde auch einmal ihre Mutter vorbeikommen.

Das mit der Paulskirche musste in drei Tagen sein und sie wurde gebraucht. Sie hatte jedes Zeitgefühl verloren. Das Einzige, was im Moment ging, war eine Bewegung.

Augen auf.

Ein Fenster ohne Aussicht. Die Quadrate an der Decke.

Augen zu.

*

Museumsufer

„Ey hier liegt einer. Kommt doch mal."

Milan öffnete seine Augen. Er musste eingeschlafen sein. Die Sonne schien durch das Blätterdach der Holunderhecke, irgendetwas summte um ihn herum. Vielleicht eine Hummel. Die stachen zumindest nicht zu.

Jemand hatte gesprochen. Ein Mann, jünger, klang etwas besorgt dabei. Vielleicht galt das ihm. „Hier liegt einer." Ein zweites Mal. Er hatte keine Lust auf eine Antwort. Einfach noch ein wenig liegen bleiben und die Augen geschlossen halten. Die Stimme des Mannes klang dumpf und weit entfernt, egal, wo die jetzt herkam. Vielleicht lief er auch schon wieder weiter.

Die kalte Keramik, über die er sich gelegt hatte, war verschwunden. Viel wusste er nicht mehr von seinem Absturz. Er hatte unbedingt ficken wollen. Und musste dann kotzen. Raus zum Wasser und einfach nur die Augen zumachen. Keine Bässe, keine Beats und kein Rumgemache mit irgendwelchen Leuten.

Jedes Mal die gleiche Scheiße.

Sein Gespräch mit Martina in der Taunusanlage. Ihr Wunsch nach einem Neuanfang mit ihm. Diese harten Sätze aus ihrem Mund. *Ich habe für Geld getötet. Ich will bei dir bleiben. Ich bin doch deine Mutter.* Milan wusste noch nicht genau, welchen Satz er davon am meisten verachtete. Er fasste sich ins Haar. Ein fucking Kaugummi klebte an seinem Hinterkopf. Zum Glück hatte er sich wenigstens nicht in einen Haufen Hundescheiße gelegt.

„Alles in Ordnung mit dir?" Der Typ vor ihm schob die Äste des Holunders beiseite. Vertrocknete weiße Blüten regneten auf ihn herab. Noch mehr Licht in seinen Augen. Und das alles mit diesem Geschmack nach Kotze in seinem Mund.

„War eine harte Nacht gestern." Milan lachte. Ziemlich peinlich vor der Männergruppe, die auf ihn herabschaute.

„Da ist noch so einer mit einer harten Nacht, Fabi. Nur du hast sie noch vor dir. Schau mal." Er reichte Milan die Hand. „Auch ein Junggesellenabschied und dabei verloren gegangen?"

„Verloren schon, aber ganz ohne Junggesellenabschied", sagte Milan.

Milan zog sich hoch und stand wie ein Fohlen, bereit für die ersten Schritte zwischen der Männergruppe. Typen in seinem Alter. Ein paar mit Hipsterbärten, Sonnenbrillen und alle bis auf einen mit dem gleichen Shirt. *Fabi will go to be married.*

Vielleicht würde Milan gleich wieder einen Abgang machen, wenn er losgelassen wurde. Er musste stehen bleiben. So blendete ihn das Licht nicht mehr. Der Typ ließ seine Hand los.

„Danke für eure Hilfe", sagte Milan.

„Du hattest richtig Fun, oder?" Ein anderer Typ mit Krönchen und rosa Plüschhandschellen reichte ihm ein Bier. „Wir feiern gerade meinen Abschied. Aus dem Nachtleben. Rein in die Ehe."

Milan nahm die Flasche und stieß mit den Typen an. „Prost Männer." Das war kein Konterbier. Alkohol hatte er gestern nicht getrunken. Vielleicht wäre das die bessere Wahl gewesen. Aber mit Alkohol heulte er schnell. Mit dem Kokain-Ketamin-was-auch-immer-Mix war ihm zum Weglaufen zumute.

Milan nippte an seiner Flasche. Kühl und mit etwas Kohlensäure. Da war zumindest dieser eklige Geschmack im Mund weg Jemand hielt ihm ein Päckchen Zigaretten hin. „Auch eine?"

Er griff nach einer Kippe, wartete auf das Feuer und nickte nach dem ersten Zug. „Zigarette und Bier sind schon einmal ein guter Anfang. Hab's etwas übertrieben. Danke euch fürs Wecken. Ich wohne gleich um die Ecke. Leg mich dann lieber daheim noch mal ab."

Daheim war Martina. Vielleicht war sie aber auch gegangen. Er hätte von der Bank der Taunusanlage nicht wegrennen sollen. „Hab etwas Ablenkung gebraucht."

Milan wollte Martina sprechen.

Milan reichte dem Bräutigam die leere Bierflasche. „Du hast echt Glück. Mach das Beste draus." Er würde nie eine Partnerin finden. Vielleicht musste er erst einmal Martina finden. Er hob seine Arme in die Luft. „Haut rein, Jungs! Und schaut immer schön in die Hecken."

„Cooler Typ", sagte der Bräutigam.

Bierflaschen klirrten.

Martina war eine Mörderin.

*

Augen auf. An der Zimmerdecke die gleichen Planquadrate, Neonröhren und die vielen kleinen Löcher in den Platten.

Katharinas Unterleib schmerzte. Das fuhr richtig rein. Schlimmer, als der erste Tag ihrer Periode oder als sie mal eine reingetreten bekommen hatte. Und damals hatte sie davon gekotzt.

Die Notfallklingel lag neben ihr. Am Handrücken berührte sie das Hartplastik. Nur ein klein wenig die Hand bewegen.

Nun komm schon. Streng dich verdammt nochmal an.

Augen zu. Ganz fest. Vielleicht könnte sie auf diese Klingel drücken und um Hilfe klingeln. Hauptsache mal zeigen, dass sie nicht nur ein Haufen Körper war.

So, wie sich das anfühlte, stellte sie sich eine Operation ohne Narkose vor. Aber es war ihr Zimmer im Krankenhaus. Hundertprozentig.

Lasst mich doch hier nicht verrecken. Helft mir doch! Bitte.

Ihr Bauch blähte sich immer weiter auf. Gleich würde sie den Ballon sehen und mit ihm an die Zimmerdecke schweben. Bis sie platzte und sich alles im Zimmer verteilte. Verdammt.

Dieser Scheißkörper machte mit ihr, was er wollte. Gab ihr das zurück, was sie der Transe angetan hatten.

Niemand war da, um hier zu helfen. Sie brauchte jetzt dringend ein starkes Medikament oder eine Narkose. Sonst schnappte sie komplett über. Ihr ganzer Körper wurde nass und zitterte. Der Schweiß brannte in ihren Augen. Gebt mir irgendeinen Knopf und ich schalte mich ab. Sie wollte keine scheiß Behinderte sein.

Unter ihrem Rücken oder was auch immer davon übriggeblieben war, wurde es ganz warm. Das war nicht vom kalten Schweiß. Sie hatte jetzt auch noch ins Bett gepisst. Da musste doch aber auch ein Schlauch in ihr stecken, damit sie hier nicht in ihrer eigenen Pisse absoff.

Erika, bitte Erika, komm. Mama komm.

Die Apparate wurden immer lauter. Überall piepste es. In ihr wurde der Druck immer stärker. Einem Gaul würde man den Gnadenschuss geben.

Die Tür öffnete sich.

„Hallo, Frau Nowak. Ich helfe Ihnen sofort. Sie sind nicht allein. Ich bin jetzt da." Oh nein, auch das noch. Die junge Stimme. Das war die Negerin und die würde sie hier gleich sauber machen. Dann wäre sie also noch dreckiger.

Sie riss ihre Augen auf. Die Negerin musste doch sehen, dass sie sich verpissen sollte. Erika sollte hereinkommen und hier helfen. Aber dieser Druck in ihr. Konnte ihr die Negerin vielleicht doch helfen?

Komm streng dich an.

„Frau Nowak, was ist denn los? Sie schauen so aufgeregt. Nur ein kleiner Moment. Ich seh mal nach, was los ist." Sie bewegte ihr schwarzes Gesicht aus Katharinas Blickfeld. „Oh je, da stimmt was nicht mit dem Katheter. Das muss mega wehtun. Ich helfe Ihnen sofort. Dann wird es wieder besser."

Die Negerin zog die Decke von Katharinas Körper und legte sie zur Seite. Der leichte Luftzug zwischen dem geöffneten Fenster und der Tür stach auf Katharinas Haut.

Die Negerin griff an ihren Körper. Katharina spürte nur einen kurzen Ruck, der bis in den Kopf zog, und hörte das Geräusch des Windelverschlusses. Ratsch, ratsch.

Sie lag nackt vor der Negerin.

Nach dem Ruck wurde es leichter. Es zog weniger im Unterleib. Das tat so gut.

„Die Verplombung ist nicht richtig eingesetzt worden. Das muss so wahnsinnig wehgetan haben. Es tut mir leid für Sie. Ich hoffe, es ist jetzt besser."

Augen auf. Augen zu. Auf. Zu. Vielleicht verstand die Schwarze ja, was Katharina damit meinte.

Die Schwarze ging ans Waschbecken und ließ das Wasser laufen. Sie hatte nicht auf Katharinas Augen reagiert. Katharina musste es weiter versuchen. Jetzt würde die Schwarze gleich mit einem nassen Waschlappen zwischen ihre Beine fahren und sie sauber machen. Bisher hatte das immer nur Erika getan, wenn sie wach war.

„Ich wasche Sie jetzt noch und dann lege ich Ihnen eine neue Windel an. Der Katheter muss noch einmal neu gelegt werden. Aber jetzt dürften Sie erstmal weniger Schmerzen haben."

Augen auf. Augen zu. Auf. Zu. Es fühlte sich viel besser an. Katharina wusste nicht, wie lange sie das noch ausgehalten hätte. Zarah war ihre Retterin. Auch, wenn sie eine Schwarze war. Sie war ihr richtig dankbar.

„Zweimal Augen auf und zu heißt das Ja?" Zarah lächelte sie an.

Augen zu. Auf. Zu. Auf. Sie war schnell von Begriff.

„Okay, prima. Was wollen wir für Nein festlegen?", fragte Zarah.

Katharina riss die Augen auf. Sie versuchte den Kopf nach hinten zu schieben.

„Okay, Kopf nach hinten und Augen nach oben heißt Nein. Das ist doch ein guter Anfang."

Das war geil. Zarah verstand sie. Katharina könnte sie nach dem Handy fragen und dann wäre sie sich sicher, dass es in den richtigen Händen war. Und niemand im Krankenhaus danach suchte. Sonst würden am Ende auch bei ihr noch die Handschellen klicken.

War nicht so einfach, nur mit Ja oder Nein auf das Thema Handy zu kommen.

Zarah erkannte doch bestimmt, wen sie hier vor sich liegen hatte. Mit ihrem rasierten Kopf, den zwei Zöpfen und den Tattoos war das einfach. Und trotzdem half ihr Zarah. Sie hätte ihr doch genauso gut Schmerzen zufügen oder sich rächen können für ihre Ausländerkumpel.

Zarah drehte sie auf die Seite. Da standen überall Geräte um sie herum. Ein Fenster, das wohl zum Flur zeigte. Die Neonbeleuchtung blendete.

Augen zu.

Kapitel 23

Intensivstation
Milan entriegelte das Bettgitter.

Katharina hatte ihre Augen geschlossen.

Er trat einen Schritt zurück und schaltete das Licht aus. „Hi, ich bin Milan. Die Werte auf den Monitoren sehen richtig gut aus. Scheint voranzugehen bei dir. Mal schauen, was wir mit der Physiotherapie hinbekommen." Milan griff nach dem Schalter am Bettgitter und fuhr das Bett in die Höhe.

„Ich würde heute damit anfangen deine Gelenke durchzubewegen, damit sie nicht immer fester werden. Dann fühlt sich bestimmt auch dein Körper besser an. Auch für den Kreislauf..."

Katharina drehte ihm ihr Gesicht zu. Sie öffnete ihre Augen und schloss sie direkt wieder. Zwei lange Haarsträhnen lagen auf dem Kopfkissen. So eine Renee-Frisur mit kurz rasiertem Schädel und diesen Fransenzöpfen hatte er zuletzt in dem Film *Die Kriegerin* gesehen. Der Film war schon ein paar Jahre alt, spielte im Osten und dieses Faschomädel war wirklich krass gewesen. Hoffentlich war Katharina nicht auch so heftig drauf. „Prima, du hast die Augen aufgemacht. Frau Doktor Karstens hat schon erzählt, dass sich dein Kreislauf stabilisiert hat." Die Frisur war eine Kopie aus dem Film. Die Wut der Kriegerin kopierte sie sicher auch perfekt. Er hatte hier in Frankfurt noch nie eine Renee gesehen.

Der Beatmungsschlauch ragte immer noch aus ihrem Hals. Aus dem Hintergrund rauschte die Maschine. Von ihr bekam sie den wichtigen Sauerstoff. Ein immer gleichbleibender Rhythmus. Saugen und pumpen. Einatmen. Ausatmen.

Auf den drei Monitoren neben ihrem Pflegebett ging die Sauerstoffsättigung runter und der Puls beschleunigte sich. Sie musste aufgeregt oder angespannt sein. Sie drehte ihren Kopf weg.

Katharina war am Osthafen gefunden worden. Im Übergabeprotokoll des Rettungsteams stand, wie knapp das bei ihr gewesen war. Ein anonymer Notruf wurde von ihrem Handy aus abgegeben. Der Anrufer hatte sie allein dort liegen gelassen. Nun war ihr Zustand stabil. Für einige Guillain-Barré-Syndrom Patienten kam jede Hilfe zu spät. Sie mussten ersticken, weil die Atemmuskulatur versagte – und das bei vollem Bewusstsein.

Und er warf sich ständig irgendein Zeug rein, um sein Bewusstsein zu erweitern oder im besten Fall für einen kurzen Moment zu verlieren. Bis zum nächsten Absturz.

Katharina drehte ihm wieder ihren Kopf zu, drückte ihn nach hinten ins Kissen und riss ihre Augen auf. Nach Freude sah das für ihn nicht aus.

Sie wollte, dass er ging. Etwas anderes konnte das nicht bedeuten.

„Du hast keine Lust, oder? Aber die Physiotherapie ist wichtig. Du sollst dich nach der Intensivstation noch bewegen können." Ihre Strähnen verrutschten auf dem weißen Kissen. Schweißperlen bildeten sich auf ihrer Stirn.

Der Alarm von den Monitoren ging wieder los.

Milan schaltete ihn aus.

„Es gibt keinen Grund sich so aufzuregen. Mit deiner Hilfe ist dieses Beatmungsteil bald nicht mehr notwendig. Aber das schaffen wir nur zusammen."

Er zog die Bettdecke zurück. Katharina schloss ihre Augen. Ihr Klinikhemd war hinter ihrem Nacken nicht zugeknotet. „Ich würde gerne mal an den Schlüsselbeinen einen leichten Druck ausüben, um dir die Atmung zu erleichtern." Er löste die Spannung des Bundes und legte seine Hände etwas unter den Schlüsselbeinen auf.

Sie öffnete die Augen, verdrehte wieder ihren Kopf.

„Gib mir eine Chance. Es geht nur, wenn du mich auch lässt." Sie schloss ihre Augen und öffnete sie wieder. Das sah wie eine Zustimmung aus. Das war doch ein gutes Zeichen. Die Bewegungen des Brustkorbs verlangsamten sich. Die Sauerstoffsättigung war wieder im Normbereich.

„Ich drücke jetzt mal einen Punkt an deinem Mundboden, unter dem Kinn, damit du besser schlucken kannst. Wenn das okay ist, dann bitte einmal die Augen schließen und öffnen. Dann weiß ich, dass du mich verstehst." Ihre Augen blieben geschlossen. Sie verdrehte ihren Kopf nach hinten. Die Werte auf den Monitoren gingen wieder hoch. Der Puls war bei 111. Der Alarm ging wieder an.

„Ist alles okay bei euch?", fragte Zarah. Sie stand hinter ihm in der Tür, kam näher an Katharinas Bett und prüfte die Werte auf dem Monitor. „Frau Nowak, ist alles okay bei Ihnen?"

Katharina bewegte ihren Kopf wieder nach hinten. „Haben Sie Schmerzen?" Katharina drehte ihnen den Kopf zu, öffnete ihre Augen und schloss sie wieder. Öffnete sie erneut und fixierte Milan. Es schien eindeutig mit ihm zu tun zu haben. Er war doch höflich geblieben und hatte jeden nächsten Behandlungsschritt angekündigt.

„Sie hat Schmerzen." Zarah wandte sich dem Infusionsständer zu. „Die Infusionen gegen die Schmerzen laufen aber gut durch."

Katharina überstreckte ihren Kopf wieder.

„Das glaube ich. Große Scheiße das Guillain-Barré-Syndrom. Die Missempfindungen sind die Hölle. Hoffentlich helfen die Medikamente." Er nickte Katharina zu.

„Frau Nowak meint nein, wenn sie den Kopf überstreckt." Zarah notierte etwas in die Patientenakte, die am Fußende des Bettes lag.

„Aber ich muss trotzdem mit ihr arbeiten. Ich werde später einmal mit Ariane, also Frau Doktor Karstens, reden."

Zarah strich Katharinas Haarsträhnen glatt. „Sind die Unterleibsschmerzen weggeblieben?" Katharina schloss und öffnete die Augen.

Das war dann wohl eine klare Zustimmung. Er hatte doch jetzt gar nichts falsch gemacht. „Hatte sie denn starke Schmerzen?", fragte Milan.

„Der Katheter hatte nicht richtig gelegen und war ganz verlegt. Vielleicht war das einfach ein harter Tag für Sie, Frau Nowak?" Zarah griff nach Katharinas rechter Hand. Ihre Nägel waren nicht lackiert und ein blauer Fleck zeichnete sich unter dem Zugang auf dem Handrücken ab. Der Beatmungsschlauch rasselte. Zarah löste ihn und griff nach dem Sauger. „Was ist dein nächstes Ziel bei Frau Nowak?"

„Ich versuche ihr das Atmen zu erleichtern und das Schlucken zu faszilitieren, damit sie bald von der Beatmungsmaschine wegkommt. Dann muss sie auch nicht mehr abgesaugt werden."

Zarah legte den Sauger zur Seite. „Faszi was?" Zarah drehte die Infusion auf. Sie tropfte nun etwas schneller.

„Mit Faszilitieren meine ich Bewegungen wieder anbahnen. Also die Muskeln wieder an ihre Aufgaben erinnern."

Zarah nickte. „Und das hat was mit dieser Vojta-Therapie zu tun?"

„Ganz genau. Es gab eine Studie, dass Patienten, die mit Vojta behandelt wurden, deutlich schneller von der Beatmung wegkommen."

„Wie bei dem Patienten mit dem Motoradunfall in Zimmer 5. Das ist mega. Ich würde da gern einmal zuschauen."

„Klar, komm einfach dazu, wenn du magst. Ich habe den Kollegen immer mal etwas gezeigt. Und du zeigst mir mal, wie du das mit dem Zugang hier schaffst."

Augen zu. Augen auf.

Katharina bewegte ihre Augen zwischen Milan und Zarah hin und her.

„Hat sich jemand von den Angehörigen auf Station gemeldet?", fragte Milan.

„Wir haben nur das Handy im Nachttisch, aber da ist mittlerweile der Akku leer. Wir könnten die Powerbank einmal anschließen oder ich hole mein Ladekabel, habe das gleiche Modell. Ich weiß gar nicht, ob wir das dürfen, aber wir haben keinen PIN. Auf dem Sperrbildschirm war nur eine Nachricht von einem JR. Keine Ahnung, wer das ist. Frau Nowak, das wollte ich Sie noch fragen. Wissen Sie, wer das sein kann?", fragte Zarah.

Es klopfte an der Tür. Erika schob ihren Kopf zur Tür hinein. „Brauchst du noch ein bisschen, Milan?"

„Ich kann auch erst noch einen anderen Patienten behandeln, wenn Katharina Untersuchungen bekommt oder abgesaugt werden muss. Warum?"

Erika lächelte. „Katharina bekommt Besuch. Ihre Mutter möchte sie gern sehen."

Milan drehte sich zu Katharina um. Ihr Kopf bewegte sich nach hinten. Der Alarm ging los. Ihr Puls stieg auf 130.

Kapitel 24

Bahnhofsviertel Moon-Bar
Über dem antiken Wasserhahn hing ein Spüllappen. Martina griff danach und wischte ein paar Krümel auf der Theke weg.
Brigitte hatte die Musik eingeschaltet. Pop aus den 80ern. Sie saß immer wieder an verschiedenen Tischen ihrer Gäste. Es wurde viel gelacht.
In den Porzellanschalen vor Martina waren nur noch Reste von Erdnüssen und Popcorn. Die Erdnusspackungen zum Nachfül-

len standen unter der Theke. Nur das mit dem Popcorn musste sie gleich noch einmal Brigitte fragen.

Martina hatte noch nie in einer Bar gearbeitet. Sie hatte immer auf der anderen Seite der Theke gesessen und ihren Job erledigt. Milan hatte ihr den Job bei Brigitte vermittelt. Sie brauchte dringend Hilfe.

Martina hatte genug Zeit. So schnell ging das manchmal.

Sie spülte den Lappen aus und hängte ihn zurück an seinen Platz. Drei Biergläser hatte ihr Brigitte zum Spülen auf die Theke gestellt. Das war nun ihre Arbeit. Spülen, Getränke fertigmachen und bedienen. Im Becken mit den Spülbürsten war noch genug Schaum.

Ein Mann mit Schnauzer setzte sich an die Theke. Er lächelte ihr zu: „Neu? Ich hab dich noch nie hier gesehen. So schöne Augen wären mir aufgefallen." Er legte eine Packung Zigaretten auf den Tresen. „Das Grün in deinen Augen ist wirklich bezaubernd. Hast du Lust eine mit mir zu rauchen?" Er griff in die Reste der Erdnüsse und kaute.

Sie spülte die Gläser mit klarem Wasser nach und stellte sie zum Trocknen ab. „Heute ist mein erster Tag bei Brigitte. Du scheinst öfter hier zu sein? Klar rauche ich eine mit. Gib mal rüber." Sie lächelte.

Er strich sich mit beiden Händen durch den Schnauzer. Ein paar Erdnusskrümel fielen runter. Er fuhr sich mit der Zunge über die Oberlippe.

Die Perücke war in ihrer Sporttasche. Sie hatte die Tasche hinter der Theke abgestellt.

„Was trinkst du denn? Und wie heißt du eigentlich?"

„Sag einfach Peppi zu mir. So nennen mich hier alle. Und wie heißt du, meine Schöne?"

„Martina. Wo bleibt denn die versprochene Kippe? Willst du ein Hefe trinken?" Sie griff nach einem Weizenglas hinter sich. Peppi nickte. „Du weißt, was ich brauche." Er hielt ihr eine Zigarette hin. Seine Finger zitterten. Ein Ehering spannte an einem behaarten Ringfinger. Das war sicher nur 333er Gold.

Martina beugte sich über den Tresen und schob den Träger ihres schwarzen Tops hoch. Sie nahm die Zigarette zwischen ihre

Lippen. Peppi zündete sie ihr an. Durch das Aftershave von Old Spice hindurch roch sie Erdnüsse und Hering.

Der erste Zug an der Zigarette fühlte sich gut an. Sie blies den Rauch nach oben. Nicht, dass er das mit dem Rauch falsch verstand. „Danke dir." Über den Kronleuchtern waren die Rosetten aus Stuck. Da hatte sich jemand Mühe gegeben. Blüten, Blätter und sogar ein paar Früchte. Mit den Straußenfedern in den Bodenvasen, den roten Wänden, Samtsofas und den vielen Kerzen hatte Brigitte einen fast royalen Charme in ihre Moon-Bar gezaubert. Sie könnte sich vorstellen weiter hier zu arbeiten. Immer in Milans Nähe sein. Sie nahm einen weiteren Zug von ihrer Zigarette und blies ihn über Peppis Stirnglatze. „Willst du noch ein paar Nüsschen?" Sie schüttete ein paar Erdnüsse in die Schalen. Die Gläser für das Hefeweizen standen hinter ihr in einem offenen Regal. Die Beleuchtung dahinter ließ auch die vielen Flaschen in allen Farben leuchten. Überwiegend Grün- und Blautöne. Die Auswahl an Gin und Absinth war riesig. Sie begann das Hefe zu zapfen. Die Zigarette qualmte im Aschenbecher weiter.

Brigitte schwang ihr Becken zur Musik in der Bar. Holiday von Madonna.

Jürgen hatte den Song damals eingeschaltet, als sie mit seinem Opel im Westen angekommen waren. Martina hatte einen neuen Pass in der Hand gehalten. Sie hatte sich an der Grenzkontrolle konzentriert, ruhig zu bleiben, und den Grenzer angelächelt. Der Grenzer hatte sie durchgewunken. Jürgen hatte das Autoradio lauter gedreht, als sie die ersten Meter im Westen fuhren.

Martina spürte noch den Luftzug des offenen Fensters.

„You can turn this world around." Brigitte reckte ihre Arme in die Höhe und tanzte ihr entgegen.

Die Frauengruppe am Nebentisch sang mit. Sogar Peppis Bart wirkte nun lustiger. Nach oben gezwirbelt, wie bei diesem Fernsehkoch. Peppis Hemd war richtig schick. Das war ihr eben gar nicht aufgefallen.

„Martina, mach mir mal noch zwei Pils für Tisch drei und dann qualme ich mal eine mit euch." Brigitte legte eine Hand auf Peppis Arm. „Schön, dass du da bist." Sie tanzte zum Tisch der

Frauen. Sie musste über Jahre Salsa getanzt haben. Was für ein Hüftschwung. Und ihr Hintern saß straff und trainiert im knappen Mini. Ihre rote Afroperücke wippte zu den Bässen. „Leute, nicht zu schüchtern hier. Im Moon wird getanzt. Stand das nicht am Eingang?" Sie übertönte mit ihrer Stimme Madonnas Gesang und ging zur Musikanlage. Die Musik wurde lauter. Sie nahm sich ein Mikro und fuhr sich über ihr breites Collier aus grünen Steinen. „Der Song hier ist für euch. Habt euch alle lieb. Es ist nie zu spät. Für nichts und vor allem nicht für die Liebe. Love is a shield, isn't it?"

Die Gäste in der Bar hatten wohl auf Brigittes Auftritt gewartet. Einige standen von den Sofas auf und sangen lauthals mit. „Love is a shield to hide behind. Love is a baby in a mother's arms."

Martina hätte ihre Jungs behalten sollen.

Brigitte verbeugte sich vor ihren Gästen. Sie legte das Mikro wieder zurück und drehte die Musik etwas leiser. „Später geht es weiter. Ihr seid so toll." Sie stellte sich zu Martina hinter die Theke und bereitete ein Tablett mit kleinen Schnapsgläsern vor. „Peppi, du trinkst doch bestimmt einen mit. Pfeffi, müsstest du eigentlich heißen." Sie beugte sich über den Tresen und strich ihm über die Halbglatze. „Schön, dass du da bist." Brigitte schenkte Schnapsgläser mit grünem Pfefferminzlikör ein und das Tablett füllte sich.

Brigitte schaffte es sogar damit über die Köpfe der Gäste zu jonglieren. „Trinkt alle einen aufs Haus ihr Süßen und liebt euch einfach, ja?" Sie kam zurück zur Theke und zog sich eine Packung Zigaretten aus dem Strumpfband. „Lasst uns mal anstoßen." Sie reichte Martina ein Schnapsglas. „Auf eine gute Zusammenarbeit. Ich glaube, das klappt mit uns. Prost."

Der Likör brannte. „Das hoffe ich auch. Danke, dass du mir eine Chance gibst", sagte Martina.

Auch wenn sie es gut geschminkt hatte, war das kein Lidschatten um Brigittes Augen. „Du hast so eine großartige Stimme. Und einen super Musikgeschmack." Sie räusperte sich. „Sag mal, ist was mit deinem Auge passiert? Wenn du hier so unter dem Spot sitzt, schimmert das blau.".

„Habs wohl nicht gut genug abgeschminkt." Brigitte drehte sich zur Vitrine mit den vielen Flaschen und betrachtete sich in einer Spiegelfließe. „Scheiße. Man sieht es wirklich unter dem Spot. Ich kann dir sagen, das war ein Fakedate vom Feinsten. Wäre auch zu schön gewesen, um wahr zu sein. Falle ich auf dieses lockige Schnuckelchen rein. Ich habe ordentlich auf die Schnauze bekommen am Friedberger Platz. Naja, ist nichts Neues." Brigitte schraubte die Pfefferminzlikörflasche wieder zu und stellte sie in den Kühlschrank. „Ich dachte, nur Männer sind so krass. Da war ein Mädchen dabei, die hätte mich kaltgemacht, wenn sie gekonnt hätte. Aber die hat alles nur mit ihrem Handy gefilmt. So böse Augen."

„Welches Mädchen?" Martina stellte drei gezapfte Pils auf ein Tablett.

„Perfekte Krone." Brigitte hielt das Glas gegen das Vitrinenlicht. „Ach, so ein Faschomädel. Sie hatte kurzgeschorene Haare und zwei Renee-Zöpfe, aber sonst normale Klamotten an. Ganz zart, hübsche Figur, aber diese kalten Augen. Die hat mich mit ihren beiden Jungs am Friedberger Platz in die Mangel genommen. Daher das Auge. Genau vorm Harveys. In dem Lokal sind immer viele Schwule und Lesben. Da war nur dieser Hass in ihren großen Augen. Die wollte, dass ich am Boden liegen bleibe. Naja egal, die Polizei schnappt die eh nicht. Vielleicht kann man über die App was nachverfolgen. Ich kenne mich da nicht so aus. Aber die Polizei denkt wahrscheinlich sowieso, was will die dumme Transe. Die hat es nicht anders verdient." Brigitte zeigte auf ihren glatten Unterarm. „Ein dickes Fell habe ich trotzdem noch keins bekommen. Den Typ auf dem Foto hätte ich echt gerne kennengelernt." Sie prüfte ihr Auge noch einmal in der Spiegelfliese. „Da muss ich aus dem Spot bleiben oder die Beleuchtung dimmen." Sie lachte. „Ach, die Menschen müssten so wie mein Peppi sein, oder wie dein Sohn. Milan ist echt ein Schatz."

Peppi schob sich eine Hand Erdnüsse in den Mund. Er zwinkerte Martina zu. „Genau, so wie ich."

Martina füllte die Schüssel wieder nach. Sie legte eine Hand auf Brigittes Schulter. „Lieb, wie du über Milan sprichst. Das habe ich auch schon gemerkt, wie toll der ist. Schönes Gefühl jetzt bei ihm zu sein. Es tut mir echt leid für dich mit der Schlägerei. Hast du noch Schmerzen?"

Brigitte strich ihr über die Hand. „Danke dir. Ach, das mit dem Auge geht, aber als die mir so heftig unten reingetreten haben. Das war schon übel. Zum Glück musste ich nicht kotzen. Das wäre vorm Harveys echt peinlich gewesen, wenn die alte Brigitte noch gereihert hätte."

Martina griff nach Peppis Hefeglas. „Ich mache dir noch eins und du erzählst mir mal von der Geschichte mit dem Ehering, Peppi."

Brigitte griff nach dem Tablett mit den Pilsgläsern. „Erzählst du mir einmal, warum du deine Jungs ausgesetzt hast?" Sie trat näher. „Warst du zu der Zeit auf Droge oder waren die Bullen hinter dir her?"

Martina zuckte nur mit den Schultern. Hoffentlich gab es heute keine ruhige Minute dafür. Sie musste sich eine passende Story einfallen lassen.

Brigitte strich ihr über den Oberarm. „Ich bring die Pils mal kurz weg und achte du mal auf den Peppi, der fällt dir gleich in dein Dekolleté. Peppi, mach mal den Mund zu, sonst sabberst du mir noch das gute Hefe auf den Tisch." Brigitte drehte die Musikanlage auf, als sie zum Tisch tanzte und die Pils abstellte. Die drei Männer stimmten in Brigittes lautes Lachen ein. Sie warf den Kopf in den Nacken.

In der Bar wurde es immer heißer.

Martina steckte sich ihre Haare hoch und schloss die Augen. Sie nippte an ihrer Cola und nahm noch eine Zigarette aus Peppis Schachtel. Sie sollte nicht an früher denken. Hier war ihr neues Leben. Berlin war weit weg. Potsdam noch weiter. Ihre Jungs hatten es immer gutgehabt. Sie hatte an der Pforte der Französischen Kirche geklopft und hinter einer Hecke gewartet, bis das Licht anging.

Sie hatte keine andere Wahl gehabt.

Jürgen hatte es ihr befohlen. Sie hatte ihm geglaubt, dass es das Beste für alle war, wenn die beiden Jungs nicht bei ihr lebten. Sie hatten so unglaublich gut gerochen von ihren Babyköpfen.

Jemand klopfte an die Schaufensterscheibe neben ihr. Martina war abgedriftet. Die beiden Männer auf der Straße kannte sie nicht. Sie trugen enge T-Shirts. Gut durchtrainierte Sportler, wie die Zehnkämpfer auf den Leichtathletikmeisterschaften. Das war echt lange her. Die beiden Männer winkten an ihr vorbei und küssten sich.

Brigitte winkte den Männern zurück.

Hier war sie zum Glück fast unsichtbar.

Niemand würde sie hier finden.

„Ich werde nie so eine Frau wie dich kennenlernen." Peppi hatte sein Kinn auf seinen Händen abgestützt und schaute sie aus traurigen Augen an.

„Peppi, sei froh! Das willst du auch nicht." Er stierte trotzdem auf ihre Brüste. Eben war er noch nicht so einfältig. Dachte der echt, auf so eine scheiß Anmache würde sie stehen. Männer kotzten sie an. Bis auf Jürgen gab es nur einen Mann, der ihr was bedeutet hatte.

Aber Nikita war nicht mehr da.

Brigitte kam zurück an die Theke. Sie trank ihr Glas in einem Zug leer. „Ja logo. Was wäre das Moon ohne die Königin der Nacht? Gott, bin ich Klischee!" Brigitte straffte ihren roten Mini und mixte einen Cocktail. Alle Blicke waren auf sie gerichtet. Das Publikum wartete auf den nächsten Einsatz.

Martina reichte ihr den Behälter mit crushed ice. „Danke, dass ich hier arbeiten darf."

„Du wiederholst dich. Fühlt sich supi an, mit dir in meiner Nähe." Brigitte nahm sie in den Arm. „Dein Sohn steht mir bei und sieht mich als Mensch. Klar, dass ich seiner Ma helfe. Wenn du jemanden zum Quatschen brauchst." Sie deutete mit beiden Daumen auf sich und strich dann Martina eine Strähne hinter das Ohr. „Wir haben alle unsere Geheimnisse und oft ist es gut darüber zu reden. Du hast einiges durchgemacht, das spüre ich. Ich bin da, ja."

„Danke dir." Martina wollte nicht reden. Sie wollte vergessen.

Brigitte trat an die Anlage und griff nach dem Mikro. Sie schwang sich das Kabel um ihren Unterarm. „Wer will sich, wie ich, eine Runde mit Chris Isaak im Sand wälzen?" Sie begann in einem tiefen Bariton: „The world was on fire and no one could save me but you." Setzte sich auf den Barhocker neben Peppi. „I never dreamed that I'd love somebody like you." Peppi spielte mit. Er zog sie vom Hocker hoch und legte seinen Arm um sie. Brigitte und Peppi schmachteten sich an. Die beiden tanzten engumschlungen an den Tischen vorbei.

Martina lachte. Brigitte war großartig. „Nobody loves noone", beendete sie den Song. Peppi hatte sich mit seiner Stirnglatze auf Brigittes Dekolleté abgelegt. Sie gab ihm einen angedeuteten Kuss.

Die Gäste applaudierten. Sie legte das Mikrofon zurück und stellte sich an den Tisch mit den drei Männern.

„Zwei Äppler pur und drei Pfeffis für Tisch vier, Martina."

Brigitte griff sich einen Fächer. „Meine Brüste spannen und gleichzeitig habe ich Hitzewallungen. Hormoneller Super-GAU. Du sag mal, kennst du den Opi mit den Muckis? Der stand hier vorhin irgendwo und hat nach dir gefragt."

Martina runzelte ihre Stirn. „Welcher Opi? Mich kennt hier doch niemand."

„Na der Typ, der aussieht wie von der Bundeswehr oder aus nem Panzer. Heißes Gerät, aber der hat mich ziemlich assi angeschaut." Brigitte blickte sich um. „Vielleicht auf der Toilette."

„Ich weiß nicht, wen du meinst. Ich kenne nur dich, Milan und unseren Peppi. Sonst niemand." Wenn die vom BKA hier auftauchen würden, könnte es mit einem Blutbad enden. Festnehmen würde sie sich nicht lassen. In ein paar Schritten könnte sie bei der Tür sein und am nächsten Tag schon wieder jemand anderes. Martina drehte sich zur verspiegelten Wand mit den vielen Flaschen. Sie hatte den Raum hinter sich im Blick. Kein Opi mit dicken Muskeln. Mit ihren hohen Absätzen kam sie auch an die roten Martini Flaschen im obersten Regal heran. Die hatte sie sich damals immer ausgeben lassen. Der Anfang vom Ende ihres Auftrages. Die vielen Hotelbars und die vielen Männer, die sich immer so sicher waren. Sie nahm einen Zug von ihrer Zigarette. Und sie hatte immer die richtige Zigarette für danach dabeigehabt.

„Ich wusste, dass ich dich wiederfinde." Jedes Wort in ihrem Rücken wie aus einer Maschinenpistole. Ihre Hand verkrampfte sich um den Flaschenhals, dann fiel die Flasche Martini zu Boden.

„Hier ist er ja", rief Brigitte, die gerade ein Bier zapfte. „Kennt ihr euch? Du schaust ja, als ob dir ein Gespenst gegenübersteht."

Jürgen war kein Gespenst.
Er stand leibhaftig vor ihr.

Kapitel 25

Intensivstation
Die Tür zum Krankenzimmer blieb geöffnet. Katharinas Mutter machte kleine lautlose Schritte zum Bett ihrer Tochter. Frau Nowak war einen Kopf größer als Erika. Weniger Lachfältchen um die Augen, tiefere Stirnfurchen und hängende Mundwinkel im Gesicht. Sie war nicht so groß wie Martina, aber sicher genauso alt. Die Nagelhaut an ihrem Zeigefinger war eingerissen. Sie stand Milan gegenüber und kam ihm vor wie ein Kind, das Angst hatte entdeckt zu werden, wenn es sich heimlich etwas aus dem Kühlschrank nahm. Sie stellte sich an das Fußende des Bettes. Ihr Blick wirkte ratlos und sie schlug die Hand vor den Mund. Tränen lösten sich aus ihren Augen. Von ihrer weiten Bluse leuchtete eine rote Klatschmohnblüte. Der Rock passte, das gleiche Rot.

Katharinas Behandlung musste warten. Der Besuch ihrer Mutter war jetzt wichtiger. Die Notrufklingel lag in ihrer Hand und ihre Finger zuckten. Ihr Wille war da. Etwas Kooperation auch. Nur die Leitung zum Muskel reichte noch nicht aus.

Erika hatte Katharinas Mutter tatsächlich erreicht. Erika war unglaublich. Sie kontrollierte die Monitore und regulierte die Tropfgeschwindigkeit am Infusionsbeutel. Zwischendurch legte sie eine Hand auf Frau Nowaks Schulter und lächelte ihr mit einem Kopfnicken zu. Es sollte wohl eine Aufmunterung sein, sich ihrer Tochter etwas zu nähern. Frau Nowak schien sich nicht an Katharina heranzuwagen. Vielleicht hatte sie Angst etwas kaputt zu machen. Aber da war auch Freude. Wie nach einer langen Reise am Flughafen mit einem *Willkommen Daheim*-Schild in der Hand. Sie streckte immer wieder ihre Hände aus.

Im neuen Infusionsbeutel, den Erika anhängte, war immer noch die gleiche hohe Dosierung an Schmerzmitteln. Katharina brauchte dieses Zeug dringend. Sonst waren die Schmerzen nicht auszuhalten.

„Mein Name ist Milan Dorn. Ich bin Katharinas Physiotherapeut. Schön, Sie kennenzulernen." Er streckte ihr seine Hand entgegen. Eine seiner Heimerzieherinnen hatte auch so eine Bluse mit Blume getragen. Frau Portola hatte ihm und Leo immer wieder über den Kopf gestreichelt. Ihren Vanillepudding gab es auch nach dem Zähneputzen. Sie war sicher schon in Rente.

Frau Nowak nickte ihm zu. „Nowak. Anastasia Nowak. Freut mich und vielen Dank, dass Sie sich um meine Tochter kümmern. Ich bin ganz durcheinander. Ich habe sie schon so lange nicht mehr gesehen und nun das." Sie sprach langsam. In ihrer tiefen Stimme rollte das R. Eine osteuropäische Einfärbung. Sie strich über das Laken und seufzte.

Katharinas Bein zuckte. Sie hatte die Augen geöffnet, starrte an die Zimmerdecke und überstreckte ihren Kopf auf dem Kissen.

Sie hatte sicher kein gutes Verhältnis zu ihrer Mutter.

Frau Nowak hatte Tränen in den Augen. Sie musste voller Sorge sein. Erneut strich sie sanft über das Laken. Sie räusperte sich. „Da bin ich, meine Maus."

Katharina riss die Augen auf. Auch sanfte Berührungen schmerzten sie. Das hatte Milan schon bei anderen GBS-Patienten festgestellt. Ein gereiztes Nervensystem reagierte auch gereizt und nur eine gute Schmerztherapie würde ihr Linderung verschaffen.

„Ich bin sofort gekommen." Frau Nowak schwitzte und ihr Hals zeigte rote Flecken. „Es tut mir so leid."

Frau Portola mit ihrem sächsischen Dialekt hatte anders geklungen. Sie hatte sehr warme Hände gehabt.

„Ich hätte eine Bitte wegen dem Streicheln." Er trat einen Schritt näher ans Bett. „Leichte Berührungen schmerzen bei Katharinas Erkrankung. Es fühlt sich wie ein Brennen an. Wenn Sie Ihre Tochter anfassen, dann lieber mit festem Griff."

Frau Nowak zog ihre Hand weg. „Danke, gut zu wissen. Ich habe sie schon so lange nicht mehr berührt." Sie ging zum Kopfende. „Es ist so lange her, meine Maus. Jetzt wird alles wieder gut. Erkan lebt auch nicht mehr bei mir." Beim letzten Satz wurde ihre Stimme brüchig.

Katharina fixierte ihre Mutter. Es schien mit ihrer letzten Bemerkung zu tun zu haben.

„Welche Erkrankung hat sie denn?", fragte Frau Nowak. Sie griff nach einem Taschentuch aus ihrer kleinen Umhängetasche und tupfte sich die Tränen ab. „Ach, meine Maus. Ich hätte ihn schon viel früher rauswerfen sollen. Du hattest recht mit dem, was er getan hat. Katharina, es tut mir so leid." Frau Nowak zog ein weiteres Taschentuch und tupfte Katharina über die Stirn. „Wird sie denn wieder gesund? Sie schwitzt so." Sie strich ihr die Strähnen glatt.

Katharina schloss die Augen, drehte den Kopf weg. Bei Milan hatte sie sich ähnlich abwehrend verhalten.

Die Sauerstoffsättigung auf dem Monitor senkte sich. Ihr Puls und Blutdruck stiegen an.

Frau Nowak schaute abwechselnd zu Katharina, dem Alarm auf dem Monitor und Erika. „Was hat sie nur? Ist sie bei Bewusstsein? Wird sie wieder gesund? Haben die ihr das angetan?" Sie griff nach Katharinas Hand und legte sie schnell zurück, als sie die Zugänge auf Katharinas Handrücken sah. Das Muttermal zwischen Katharinas Daumen und Zeigefinger hatte die Form eines Kleeblatts. Vierblättrig. „Was ist nur mit meiner Tochter?" Sie schaute zuerst Milan und dann wieder Erika an.

Erika legte einen Arm um Frau Nowak. „Katharina ist bei uns in guten Händen. Sie wurde rechtzeitig gefunden."

„Das haben Sie mir am Telefon schon gesagt. War denn niemand bei ihr, als sie den Unfall hatte? Wieso hat sie denn so viele Maschinen und Schläuche an ihrem Körper?"

„Setzen Sie sich doch erst einmal." Milan zog ihr einen Stuhl neben den Monitor.

„Danke, Herr ..." Sie blickte auf sein Namensschild.

„Nennen Sie mich ruhig Milan." Er zeigte auf den Stuhl.

„Ihre Tochter hat eine schwere Viruserkrankung, die ihre Nervenbahnen betroffen hat. Sie wird hier gut versorgt, und wenn alles gut läuft, wird sie wieder ganz gesund", sagte Erika.

„Wenn alles gut läuft? Und wenn nicht?", fragte Frau Nowak.

Milan hielt ihr ein Glas Wasser hin. Sie griff danach und nippte. „Vielen Dank. Das tut gut. Mein Hals ist trocken."

Erika kontrollierte erneut die Infusionsbeutel und erhöhte die Tropfgeschwindigkeit des Schmerzmittels. „In manchen Fällen bleiben Einschränkungen zurück, aber wir sind ja erst ganz am Anfang. Bisher ist ihr Kreislauf stabil und Milan arbeitet daran, sie bald von der Beatmung zu entwöhnen. Um nicht der Ärztin zuvor zu greifen, aber wir sind bisher sehr zuversichtlich."

„Waren die auch schon da? Die dürfen doch hier nicht rein, oder?", fragte Frau Nowak. Sie griff nach dem Taschentuch und schnäuzte sich. „Diese ROF. Ich bin schuld. Ich hätte dir zuhören sollen."

Irgendetwas war in der Vergangenheit mit einem Erkan passiert. Vielleicht ein Freund der Mutter und mit der ROF meinte sie sicher diese Frankfurter Neonazigruppe. Da hatte er doch richtig gelegen mit ihrer Renee-Frisur. Kurzgeschorener Schädel, zwei Fransenzöpfe und das Tattoo.

Katharina öffnete die Augen. Der Alarm auf dem Monitor mit der Sauerstoffsättigung ging los.

Frau Nowak stand auf und stellte sich zu ihr. „Du bist wach, meine Maus. Ach, ich bin so dankbar. Wenn du wieder gesund bist, wird alles wieder gut. Wir fangen noch mal ganz von vorne an. Das mit der Polizei bekommen wir auch noch hin. Ich werde Erkan anzeigen."

Erika stellte den Alarm aus. „Sie scheint sich sehr aufzuregen. Vielleicht verabschieden Sie sich kurz von Ihrer Tochter. Ich muss sie einmal absaugen."

Es klopfte an der Tür. Zarah trat einen Schritt ins Zimmer und sah den Besuch im Zimmer. „Oh Entschuldigung. Ich wollte nur kurz einmal ..."

„Komm ruhig rein. Du kannst mir beim Absaugen helfen", sagte Erika.

„Sie sind auch für meine Tochter zuständig? Katharina hatte früher so viele Freunde, die alle so ... verschieden waren." Sie strich über die beiden Zöpfe Katharinas, die auf dem Kopfkissen lagen. „Als sie noch meine Katharina war."

Ihre Tochter war nun eine andere und etwas musste passiert sein, dass sie sich so verändert hatte. Die Haare, die Tattoos und die Einlieferung ins Krankenhaus. Sie wurde allein am Osthafen zurückgelassen. Ihre Freunde von der ROF hatten vielleicht damit zu tun. Niemand kam so schräg und böse auf die Welt. Sie hatte einen Grund gehabt, im Leben falsch abgebogen zu sein. Milan wollte sie verstehen lernen. „Ich nehme Sie einmal kurz mit nach draußen. Wir holen uns einen Kaffee. Dann können Schwester Erika und Zarah in Ruhe arbeiten. Und Sie erzählen mir von Ihrer Tochter."

Kapitel 26

Bahnhofsviertel
Milan ließ die schwere Eingangstür hinter sich zufallen. Im Flur roch es nach angebratenen Zwiebeln. Er ging zu der Briefkastenreihe. Im Kinderwagen von Familie Üner lag ein Pixie-Buch. *Connie kommt in den Kindergarten.* Er wollte es der kleinen Sibel unter der Haustür durchschieben. Sie versteckte sich immer hinter ihren Händen, wenn er sie grüßte.

Neben seinem Musik-Magazin lag noch ein Brief der Hausverwaltung und ein gefalteter Zettel im Briefkasten. *Für Ramona und Milan* stand darauf. Er kannte keine Ramona und steckte den Zettel in die Hosentasche.

Milan ging die Treppe hoch in die zweite Etage. Angebratene Zwiebeln, Pancakes und frischer Hefezopf. Das kam aus seiner Wohnung. Wie herrlich. Gleich war er zu Hause.

Er steckte den Schlüssel ins Schloss. Von innen steckte ein Schlüssel quer. Die Tür ließ sich nicht öffnen. Er klopfte zweimal.

„Martina? Hallo, hier ist Milan."

Im Inneren näherte sich jemand mit leisen Schritten der Tür.

Wahrscheinlich hatte Martina nur Socken und keine Hausschuhe an. Der Schlüssel wurde umgedreht.

Ich habe für Geld getötet.

„Tut mir leid, dass ich abgeschlossen habe. Es hat sich so sicherer angefühlt", sagte Martina. Sie trat einen Schritt zurück und winkte Milan in die Wohnung. „Schön, dass du daheim bist. Ich habe für uns gekocht." Sie hatte kleine Augen und wirkte so, als habe sie Kopfschmerzen.

Sie trug sein Lieblingsshirt. Das Schwarze mit der roten Rose. In den letzten Tagen hatte sie jeden Abend bis spät in die Nacht gearbeitet. Sie stellte sich auf die Zehenspitzen und schaute an ihm vorbei ins Treppenhaus.

„Ich bin allein. Keine Angst. Nun sind wir zu zweit", sagte Milan.

Er legte seinen Schlüsselbund auf die Kommode am Eingang. Der gelbe Plastiksonne-Anhänger daran klapperte. Er war schon ganz abgegriffen. Das Gelb existierte eigentlich nur noch in seiner Erinnerung. Leo hatte ihm den Anhänger von einem Ausflug in die Sternwarte mitgebracht. Milans Reizhusten hätte die Gruppe gestört, hieß es damals. Er durfte nicht mit. Leo hatte nicht verzichten sollen. „Damit scheint für dich bald die Sonne", hatte Leo zu ihm gesagt.

Er rieb über die Sonne. Das mit der Sonne lief im Moment nicht so gut.

Milan legte seine Lederjacke über das Sofa und ging in die offene Küche. Die Dunstabzugshaube rauschte leise. Martina hatte Pfannkuchen auf dem Herd und nebenan brutzelten Spinat und Zwiebeln in einer anderen Pfanne. Insgeheim hatte sich Milan schon oft gewünscht, jemand wäre da, wenn er heimkam, und das Abendessen stünde schon auf dem Herd.

Der Esstisch war gedeckt.

Ich habe für Geld getötet. Der Satz kam wieder unpassend. Martina gab sich so viel Mühe.

„Ich hoffe, du magst Nudeln." Sie strich ihm über den Rücken.

Ihre Hand war warm. Er lehnte sich von ihrer Hand weg. Sie konnte unmöglich jemanden umgebracht haben.

„Entschuldige." Sie trat einen Schritt zurück. „Ich habe uns eine große Pfanne mit Feta, Zwiebeln und Spinat gemacht. Das lag alles noch in deinem Kühlschrank."

Er drehte sich zu ihr um. Es fiel ihm schwer zu lächeln. „Ich liebe One Pot Pasta. Das hat schon im Treppenhaus sehr lecker gerochen. Ich habe einen riesigen Hunger."

Ich will mit dir neu anfangen.

Sie lächelte ihn an. „Gedeckt habe ich auch schon."

Auf dem Esstisch standen zwei Teller, Weingläser und eine Flasche Rosé. Die Flasche war leicht beschlagen. Wassertropfen sammelten sich auf dem Glas. Der Wein war genau richtig. Schön kalt.

Martina ging zum Fenster und schaute hinaus. Das mit dem Zettel hatte Zeit bis nach dem Essen.

Er griff sich die Flasche vom Tisch. „Wie läuft es in der Moon-Bar? Ich habe Brigitte auf der Straße getroffen. Du hast sie beindruckt. Als ob du dich auf jeden Menschen einlassen kannst." Sie hatte sich auch auf ihn eingestellt. Er hatte sie mit in seine Wohnung genommen. Er hatte sie nicht rausgeschmissen.

„Brigitte ist eine tolle Frau." Sie trat vom Fenster zurück und nahm die Pfanne vom Herd. Sie stellte sie auf der Mitte des Tisches ab und rührte noch einmal um. „Jetzt bin ich beruhigt."

Sie meinte sicher die Situation auf der Straße. Niemand konnte von dort in seine Wohnung schauen. Milan schraubte den Verschluss des Weines auf. „Perfekt gekühlt."

Sie griff nach seinem Teller und lächelte ihm zu. „Wie Mutter und Sohn."

Martina hatte viele Menschen einfach umgebracht. Sie hatte ihm bisher nicht erzählt, warum oder wer sie dazu gebracht hatte. In seiner Wohnung hatte er eine Mörderin aufgenommen. Er stieß eines der Weingläser um. Ein Sohn mit einer Mutter, die getötet hatte. Eine Mutter, die er erst seit ein paar Tagen kannte. Die sich in alles verwandeln konnte, was sie wollte. Sie wollte seine Mutter sein.

Martina hatte ihn ausgekundschaftet, sie hatte vor der Deutschen Bank auf ihn gewartet, ihn abgefangen.

Sie war zu ihm gekommen.

Sie hatte für ihn gekocht.

Er stellte das Glas wieder auf. Es war nicht zerbrochen. „Ich wünschte mir fast, ich wüsste nicht, was du getan hast." Er griff nach dem Teller. In der Pfanne war noch genug Pasta für ein paar weitere Gäste.

Martina setzte sich an den Tisch. Ihr Fuß stieß immer wieder an das Tischbein. „Wie war dein Arbeitstag? Du gehst morgen wieder zur Deutschen Bank, oder?" Sie strich den Kragen des Shirts glatt. Sie spießte jedes Stückchen Feta einzeln auf und schob es in den Mund. Immer wieder fiel ihr eines der Stückchen von der Gabel.

Er schenkte ihr den Wein ein und reichte ihr eines der gefüllten Gläser. Sie schaute immer wieder im Raum umher. Zum Fenster, dem Herd, der Eingangstür und zu ihrer Sporttasche.

Katharina lag bewegungslos auf der Intensivstation. Sie wurde noch mit Infusionen und der Magensonde versorgt.

Er trank einen Schluck. Musik aufdrehen, Alkohol und Pillen rein und alles vergessen.

„Ja, morgen schaue ich von dort oben wieder auf die kleinen Ameisenmenschen mit ihren großen Problemen. Heute habe ich mit der Mutter meiner Patientin Katharina gesprochen. Sie ist abgedriftet in die Neonaziszene. Ihre Mutter hat sie sehr vermisst."

Martina hielt ihm die Pfeffermühle hin. „Das Mädchen von der Intensivstation?"

„Katharina Nowak. Sie hat trotz guter Noten und Abitur eine Ausbildung zur Altenpflegehelferin geschmissen, weil sie nur noch in diesem braunen Sumpf unterwegs war."

Martina trank einen Schluck Wein. „Hmmm. Ein Merlot. Heißt wie dein Kater." Sie schaute auf das Etikett der Flasche. „Teuer?"

„Aus der Drogerie, aber schmeckt einfach, oder?" Sie musste mit ihren Morden genug Geld verdient haben.

Sie nickte. „Und das hat dir die Mutter erzählt? Etwa am Bett vor ihrer Tochter?"

„Nein, natürlich nicht. Darauf hätte ich sie schon aufmerksam gemacht. Schwester Erika musste sie absaugen. Katharina hat sich über den Besuch ihrer Mutter ziemlich aufgeregt. Sie kann ihr nicht aus dem Weg gehen. In ihrem Zustand ist sie allen und jedem ausgeliefert."

„Woran hat man das denn gemerkt, dass diese Katharina abgedriftet ist?" In Martinas Hosentasche vibrierte ihr Handy. Sie griff danach und schaute auf das Display. „Entschuldige. Oh." Sie lächelte nur mit den Mundwinkeln. In ihren Augen stand die Nachricht des Displays.

„Der Mutter sind die Jungs zuerst gar nicht besonders aufgefallen. Es waren keine Glatzen oder typische Faschos. Katharina hat sie auch nie mit in die Wohnung gebracht. Frau Nowak, also ihre Mutter, hat Katharina hinter der Gardine am Fenster beobachtet und gedacht, das wären ganz normale Jungs. Der eine wirkte deutlich älter, aber manchmal täuschte man sich ja in der Entfernung." Milan probierte den Spinat. Der war lecker. Genau die richtige Menge Sahne. „Als dann nur noch diese Musik aus ihrem Zimmer kam mit heftigen Texten und nur noch abfällige Bemerkungen über frühere Freundinnen hat sie noch gehofft, das wäre nur eine Phase."

Martina schaute wieder auf das Display.

„Alles in Ordnung?", fragte Milan.

„Ja, klar. Erzähl bitte weiter." Sie leerte das Weinglas mit einem tiefen Zug.

„Frau Nowak wollte keinen Streit. Katharina zog die Springerstiefel an, kurz bevor sie sich die Renee-Frisur rasierte. Sie hat sich nie verabschiedet und blieb verschwunden. Frau Nowak hatte sie immer wieder mal in der Ferne gesehen. Und jetzt liegt sie auf der Intensivstation, voll gelähmt, und wird von Maschinen beatmet. Was für ein Wiedersehen."

„Schrecklich, wenn man sein Kind so leiden sehen muss und nicht helfen kann."

„Woher willst du das wissen?" Die Frage klang schärfer, als Milan es beabsichtigt hatte.

Aber Martina hob nur leicht die Augenbrauen, „Ich denke mir das zumindest." Sie stand auf und ging zur Musikanlage „Ich lege uns mal gute Musik auf. Das können wir sicher gebrauchen. Ruhig oder eher Bass?"

„Bass!"

Martina lächelte. „Mein Sohn." Sie schaltete die Anlage ein und die ersten Synthesizer erklangen. Für sie war die absurde Situation sicher auch nicht einfach. Die seltsamen Zettel, die sie sich nicht erklären konnte. Ihre Beichte. Sie könnten etwas Ruhe miteinander gebrauchen.

Martina bewegte sich zur Musik. „Auf uns, mein Lieber. Lass dich nicht verunsichern. Es ist alles gut bei mir."

„Du meinst die Nachrichten auf deinem Handy?", fragte Milan. Wenn er das nur auch von sich behaupten könnte. Ihm war nicht zum Tanzen zumute. Sie wirkte entspannt mit ihrem Weinglas in der Hand.

Er gab ihr den Zettel. „Und was soll das bedeuten? Alles gut? Ich finde, überhaupt nichts ist gut." Die gleiche Handschrift war auch auf dem Zettel.

Und ihre Tränen fließen, wie's Bächlein auf den Wiesen. Nur dieser eine Satz stand darauf. Martina musste doch eine Idee haben, was das zu bedeuten hatte. Bevor er sie aufgenommen hatte, hatte er keine Zettel in seinem Briefkasten gehabt. Und in ihrer Sporttasche war genauso ein Zettel mit der gleichen Handschrift. Sie spielte hier Theater. Ihr Lächeln beim Betrachten des Displays.

Sie blieb stehen, griff sich an die Hosentasche.

Er hatte ihr den Zettel nicht aus der Hosentasche gestohlen, aber vielleicht waren dort noch mehr.

„Ich will damit nichts mehr zu tun haben. Es ist vorbei." Sie zerriss den Zettel.

„Von wem ist das? Und wer ist Ramona?"

„Ich weiß es nicht." Ihr Auge zuckte. Sie schaute Richtung Fenster und dann zu Boden. „Woher soll ich das denn wissen? Von mir stammt der Zettel nicht."

Sie reagierte, als hätte sie den Namen noch nie gehört.

„Sollen wir eine Anzeige gegen Unbekannt aufgeben, was meinst du?", fragte Milan. „Das ist doch Stalking."

„Ich soll zur Polizei? Milan, das geht nicht. Die suchen mich doch."

Kapitel 27

Uniklinik
Milan klopfte an Patricias Zimmertür. Sie war seine nächste Patientin.

„Herein." Die Stimme auf der anderen Seite klang nicht nach Patricia.

In dem Zimmer waren die Jalousien heruntergelassen. Schatten zeichneten sich auf dem Fußboden ab, ein enges Gittermuster auf dem grauen Linoleumboden.

Doris Steigenburger stand am Bett ihrer Tochter und strich über die Narbe auf Patricias Kopf. Ihre Hände tasteten vorsichtig jeden Millimeter ab. Vielleicht würde sie gleich noch darüber pusten. Alles wird gut.

Patricia hob ihren Kopf an. „Oh, ich habe wieder Therapie." Sie stützte sich auf ihren Ellenbogen. Ihre Mutter gab ihr einen sanften Kuss auf die Stirn und half ihr zum Sitzen hoch.

Steigenburger hatte ihre Haare hochgesteckt. Eine Strähne hatte sich aus dem blau-weißen Haarband gelöst und fiel auf den Kragen einer hellblauen Bluse. Der weiße Rock mit Stickerei, wie von einem Trödelmarkt auf Ibiza, stand ihr hervorragend. Sie wirkte wie frisch aus dem Urlaub. Eine lässige Frau in den Fünfzigern.

Sie drehte sich zu ihm um. Ganz die Geschäftsfrau aus der Apotheke.

Wenn sie das nächste Mal mit Ariane sprach, würde sie ihr sicher von ihrem Aufeinandertreffen in der Apotheke berichten. Das durfte Milan auf keinen Fall riskieren.

Sie straffte ihre Schultern, richtete den Kragen ihrer Bluse und zeigte wieder ein Lächeln, wie auf den Wahlplakaten. Der knallrote Lippenstift dominierte auch hier ihr Gesicht. „Als ob er es geahnt hätte." Sie sprach leise. Die Art und Weise, wie sie über ihn in der dritten Person sprach, war unangemessen.

Er sparte sich einen Kommentar. Sicher war es besser neutral zu wirken. Aber irgendetwas musste er antworten. „Ich kann auch später noch einmal wiederkommen. Dann behandele ich vorher einen anderen Patienten." Doch Flucht war die falsche Herangehensweise. Er musste bleiben und Steigenburger überzeugen, dass er in der Apotheke nur etwas Sterilium hatte holen wollen. Die Päckchen in seiner Hand waren Zufall gewesen. Eine Verwechslung, ein Fehlgriff. Das musste sie ihm einfach abnehmen, wenn er es richtig anstellte. Sonst wurden Arianes Fragen noch deutlicher.

„Sie könnten mir aber auch etwas bei der Therapie helfen, Frau Doktor Steigenburger. Ihre Tochter und ich können jede Hand gebrauchen." Er zeigte ihr seine Handflächen. Eine Einladung, sich einander anzunähern. *Schau, ich bin unbewaffnet.*

„Sie kennen mich? Ich dachte, wir hätten uns bisher nur einmal gesehen?", fragte Frau Steigenburger.

„Ich schätze Ihre politische Arbeit sehr. Ihr Mann hat außerdem ein schönes Portraitfoto von Ihnen auf seinem Schreibtisch in der Deutschen Bank stehen. Ich drücke Ihnen für die Stichwahl die Daumen."

Sie rollte ihre Haarsträhne um ihren Zeigefinger. Scheinbar fühlte sie sich geschmeichelt. Vielleicht überzeugte er sie mit etwas Lob und Bewunderung. Solange sie den Vorfall in der Apotheke vergaß, war ihm alles recht.

Sie nickte und fuhr Patricia wieder über ihre Narbe. „Ach, Sie sind auch der Therapeut meines Mannes?"

Milan lächelte. „Jeden Dienstag und Donnerstag. Wir haben die Schmerzen gut in den Griff bekommen." Er musste Gemeinsamkeiten schaffen und eine emotionale Bindung herstellen. Das fiel ihm normalerweise nicht schwer. Sie säßen dann in einem Boot. Die Medikamente aus der Apotheke waren schließlich auch gegen die Schmerzen ihres Günthers.

„Der richtige Griff ist entscheidend", sagte Frau Steigenburger.

Sie legte ein paar Zeitschriften auf den Nachttisch und stellte aus einem Tragekorb Obst und Säfte daneben. Eine neue Tüte Mandeln schob sie auf den Stapel mit den Zeitschriften. Ihrer Tochter sollte es an nichts fehlen.

Da klopfte es an der Tür, dreimal.

„Herein", sagte Frau Steigenburger.

Sonja streckte ihren Kopf herein.

„Ach, wie gut, dass Sie da sind, Schwester Sonja."

Sonja trug ein Blutdruckmessgerät. Sehr angenehm, dass Sonja mit ihrer Anwesenheit die Situation auflockerte. „Einmal Blutdruck und Puls. Was macht der Schwindel?"

„Wird immer besser", sagte Patricia.

Sonja wandte sich an Milan. „Gut, dass du hier bist. Erika sucht dich. Sie braucht dich bei Katharina."

„Ich wollte gerade mit der Behandlung von Patricia anfangen, aber das mache ich dann besser später." Milan prüfte die Uhrzeit. 11.20 Uhr. „Ich bin gleich da."

Sonja nickte, prüfte den Blutdruck und notierte die Werte in Patricias Patientenakte. „Ich gebe Erika Bescheid." Sie schloss die Tür hinter sich.

Hoffentlich ging es Katharina gut.

Frau Steigenburger flüsterte etwas in Patricias Ohr.

„Mama, wenn du ein Problem damit hast, dann wende dich an Dr. Karstens", sagte Patricia. „Aber lass mich da raus. Du hast dich sicher geirrt. Soll auch mal vorkommen." Patricia griff nach der Tüte mit den Mandeln neben ihr. Ihre Mutter hatte einen guten Geschmack. Schokomandeln.

Frau Steigenburger schüttelte den Kopf, als Patricia ihr die Tüte mit den Mandeln anbot. Sie hielt sie auch Milan hin. Er trat einen Schritt näher und griff in die Tüte. „Diese Mandeln sind so lecker. Ich könnte süchtig werden."

Patricia seufzte und schaute auf ihre Armbanduhr. „Wir legen sofort los, Milan. Meine Mutter wollte gerade aufbrechen."

„Ach, wollte ich das?", fragte Frau Steigenburger. Sie zog ihre rechte Augenbraue hoch. „Wenn das so ist, ich möchte deine Therapie nicht stören. Aber wir reden darüber noch einmal." Frau Steigenburger wirkte gelassen und griff nach ihrem taillierten Blazer aus Leinen, der über einem Sessel der Sitzgruppe hing. Sie legte ihn über ihren Unterarm.

„Schön, dass du da warst. Und danke auch für Fozzie. Mach dir wegen der anderen Sache keine Gedanken. Das war eine Verwechslung. Lass es auf sich beruhen." Patricias Stimme wurde warm. So beruhigte sie sicher auch ihre drei zankenden Kinder daheim.

Frau Steigenburger schaute auf Milans Hände und seine Hosentaschen. „Der richtige Griff ist wohl immer entscheidend." Sie checkte ihr Handy. „Gleich beginnt eine Konferenz. Ich muss los."

Milan trat ans Fenster. Weg von Patricias Mutter. Es waren ein paar Wolken aufgezogen. Die Jalousie ließ er wieder nach oben fahren. So kam doch noch etwas Licht ins Zimmer. Über dem Twin Tower war es wolkenlos. In der Ferne schwebte ein Heißluftballon davon.

„Dann werde ich vielleicht noch einmal mit Ariane sprechen." Sie räusperte sich und blickte auf ihr Handy.

Genau dieses Gespräch wollte er verhindern.

Ihren Kopf hielt sie genauso schräg wie auf dem Plakat mit ihrem Portrait. So hatte sie sicher bald ein Problem mit ihrer Halswirbelsäule. Und scheinbar immer auch noch ein Problem mit ihm. „Wir telefonieren, meine Liebe." Sie schloss leise die Tür.

Ich wünsche einen schönen Tag, klang erstmal nicht nach Konfrontation. Vielleicht hatte sie auch mehr zu tun, als sich um so eine Bagatelle zu kümmern. *Gegen den Irrsinn der Rechtspopulisten. Haltung zeigen. Mitmachen.*

Da war sie mehr gefordert. Nicht so einfach, wenn jetzt sogar das SEK seine Haltung verlor.

Patricia hustete und griff nach einem Glas Wasser auf ihrem Nachttisch. Sie hatte sich wohl an den Mandeln verschluckt und lächelte anders als sonst. Irgendwie traurig, als habe er eine Krankheit oder ein schweres Schicksal. Dabei war er doch ihr Therapeut und sie seine Patientin und nicht umgekehrt.

Neben dem Familienbild stand nun noch ein Bär mit einem Verband um seine rechte Pfote. Das war sicher Fozzie. Er war ganz abgeknuddelt.

„Der ist ja süß. Ist der von deinen Kindern?"

Patricia nahm den Bären in ihre Hand. Sie drehte seine rechte Pfote und winkte ihm damit zu. „Nein, das ist meiner. Meine Mutter hatte ihn mir geschenkt, als ich mir mit fünf den Unterarm gebrochen hatte. Manchmal spüre ich den Bruch noch. Vor allem, wenn ich die Kleine trage." Eines von Fozzies Knopfaugen hing nur noch locker an drei Fäden. „Darf ich vorstellen: Fozzie, der Bär. Vielleicht sollte er jetzt noch einen Verband um den Kopf bekommen? Meine Mutter hat ihn mir heute mitgebracht. Sie hat viel von mir aufgehoben." Patricia legte den Bären neben sich auf das Bett. „Wollen wir noch einmal das Stehen versuchen?"

Wenn er Glück hatte, war Ariane in Rufbereitschaft auf ihrem Dienstzimmer. Dort war sie auch für die Steigenburger nicht zu sprechen.

Er stellte sich vor Patricia. „Dann mal los. Füße gut auf den Boden aufstellen. Greif nach meinen Unterarmen und dann hochziehen zum Stand. Eins, zwei und drei. Hoch!"

Patricia zitterte.

Milan stabilisierte ihre Knie und mit ein wenig Unterstützung half er ihr in den Stand. Das war nun schon deutlich weniger Arbeit.

Sie presste die Lippen aufeinander. Der Druck ihrer Hände auf seinen Unterarmen wurde stärker. „Ich muss mich setzen." Sie atmete schwer. „Aber es wird immer besser."

„War deine Mutter schon öfter bei dir, nachdem ich sie das letzte Mal gesehen habe? Ich habe zuerst gedacht, die kenne ich doch irgendwo her und dann sehe ich sie auf dem Wahlplakat vor dem Krankenhaus. Eine tolle Frau. Wäre super, wenn sie es schafft bei der Stichwahl gegen Karsten Mühlert von der CDU."

„Ich wünsche es ihr sehr. Ist nicht einfach, als Linke. Sie überzeugt jedoch mit ihrer Hartnäckigkeit." Patrizia hielt ihm wieder die Arme entgegen. „Probieren wir es noch einmal?"

Milan schaute auf das Bild an der Wand in ihrem Zimmer über der Sitzgruppe. Hoppers Fenster zum Meer. Der Betrachter hatte nicht nur den Blick zum Meer. Dort war auch die Wand, hinter der man im Dunkeln bleiben konnte. Wenn das mit der Apotheke rauskam, hatte er noch ein riesiges Problem mehr.

Patricia zog sich zum Stehen hoch und hob ihr rechtes Bein an. Sie machte einen Schritt auf ihn zu. „Kennst du meine Mutter?", fragte sie.

Kapitel 28

Berlin, 1983
Martina hatte die Tür ihres Zimmers zugezogen. Dahinter hatte nur ein Einzelbett aus Pressspan gestanden, ein passender Nachttisch und ein kleiner Schwarzweiß-Fernseher. Sogar ihr Vater hatte bei der Einrichtung ihrer Ostbude mehr Geschmack bewiesen. Sie hatte sich die Hitparade angesehen. Der Kleiderschrank hatte einen Sprung in der eingelassenen Glasscheibe. Sie war allein und wenn sie einen Wunsch frei hätte, wäre es, das Gesicht ihrer Mutter zu sehen, wenn sie hineinblickte.

Im Zimmer roch es nach Lavendelsäckchen und Seife. Besser als daheim in Potsdam.

Sie war nicht zum Urlaub machen hier.

Ramona Sander, wohnhaft in West-Berlin, Lindenufer 47. Sie war noch nie da gewesen. Auf dem Passfoto trug sie die gleiche Perücke wie jetzt. Einen blonden Bob, der brav und unauffällig war. Keine verrückte Mähne wie Kim Wilde. Die wäre ihr lieber gewesen.

Sie hatte lange genug Kurzhaarfrisuren getragen. Mit einem Stirnband war der Ansatz nicht zu sehen.

Heute trug sie eine Baseballkappe.

Sie trat auf den Flur. Die Auslegeware auf dem Boden wirkte braun. Es war kein wirklicher Dreck. Auf den schmalen Fluren waren sicher schon viele Menschen darüber gelaufen. Sie hatten Flecken hinterlassen und den Stoff abgewetzt. Hinter einer anderen Tür in der dritten Etage lief der Fernseher. Im Nachbarzimmer stritt sich ein Paar um eine Zahlenkombination für ein Kofferschloss. Ein Kleinkind weinte.

Ihre neuen Turnschuhe, die ihr Jürgen geschenkt hatte, leuchteten unter der großen Stehlampe im Foyer. In dem Sessel darunter lag zusammengerollt eine Tigerkatze. Sie schlief und der Schriftzug Swoosh auf ihrem Laufschuh war noch ganz weiß auf dem roten Leder. Sie lief sie heute ein.

An den Wänden des Treppenhauses hingen ein paar Sammelteller mit Sehenswürdigkeiten aus Berlin. Die stammten sicher noch aus der Zeit vor der Teilung. Sie lief die Treppen nach unten zur Rezeption und dem Ausgang und strich über einen Teller mit dem Motiv des Brandenburger Tors. Mit der Kinder- und Jugendsportschule hatten sie damals auch den Westen besucht.

Eine Woche später war ihre Mutter verunglückt.

Der Staub des Tellers schwebte auf die Schnürsenkel ihrer neuen Laufschuhe. Das Brandenburger Tor glänzte nun wieder. Damals war alles noch in Ordnung gewesen.

Sie musste los. Ohne einen festen Zeitplan würde sie den Job vermasseln. 20.15 Uhr. Sie hatte noch dreizehn Minuten.

Immerhin schluckte die Auslegeware das Geräusch ihrer Schritte.

Die Pension Scharoun lag in der Nähe des Tiergartens. Perfekt, in sechs Minuten war sie am Königin Luise-Denkmal. Sie war immer noch gut in Form. Sie blieb eine Sprinterin.

Auf dem Tresen der Rezeption stand neben einem *Bin gleich wieder da-* Schild nur eine Tischklingel.

In der Pension war es besser als in den Ferienlagern mit der Mannschaft. Keine Stockbetten und keine Gemeinschaftsduschen. Aber da war noch Luft nach oben. Im Foyer standen zwei abgeranzte Cordsessel mit einem Nierentisch aus den 50ern. Eine BILD-Zeitung von gestern lag auf einem der Sessel. *Kudamm Bomben-Terror – 24 Opfer.* Die Trümmer eines Gebäudes waren unter der Schlagzeile platziert. Von einer Detonation hatte sie gar nichts mitbekommen.

Aus einem angrenzenden Zimmer neben der Rezeption drang die Stimme einer Frau. Die Tür war geöffnet, aber Ramona konnte nicht hineinsehen. „Rolf, das war Liebe mit dem Anschlag. Nein, ich weiß so etwas geht zu weit. Carlos ist ein Terrorist. Nein, ich laufe nicht über den Ku'damm. Am Maison du France wird schon nicht noch eine Bombe hochgehen."

Sollte die Frau ruhig mit ihrem Rolf streiten. Ramona zog die Cap tiefer und stellte den Kragen ihrer Laufjacke höher.

Die Rezeption war nicht besetzt. Da hatte sie Glück. Sie öffnete die Tür und trat auf die Straße. Unerkannt lief schon einmal richtig gut.

Ein Anschlag auf so viele Menschen. 24 Tote mitten auf einer viel befahrenen Straße. Ihr Ding war das nicht.

Jürgen hatte ihr von diesem Carlos vorgeschwärmt. Der wäre eine große Nummer. Ihm schwebten immer größere Aufträge vor. Sie könnte viel von Carlos, diesem Terroristen, lernen. Irgendetwas war bei Carlos' Auftrag in Paris schiefgelaufen, sonst wäre Carlos' Frau nicht festgenommen und verhaftet worden. Er war der Terrorist, der offenbar hinter dem Anschlag von vor zwei Tagen steckte.

Ihr Auftrag war klar und es gab genug Kohle dafür. Jürgen würde nichts anderes von ihr verlangen. Sie konnte sich an alles gewöhnen.

Vor der Eingangstür prüfte sie die kleinen Fenster des Altbaus. Niemand schaute ihr hinterher und wenn sie dort einsteigen musste, war die Höhe kein Problem.

Auf ihrer Uhr war es 20.19 Uhr.

Kleine Bistrogardinen aus Spitze hingen daran. In ihrem Zimmer hatte sie den Rollladen heruntergelassen. Immer noch niemand an einem der Fenster. Die ersten Lichter waren eingeschaltet. Bald würde die Sonne ganz untergehen. Auf der

Leuchtreklame blinkte das R der Pension Scharoun. R wie Ramona.

Sie schob ein 17-Schuss Magazin in ihre Glock. Mit dem Schalldämpfer war die Pistole leiser. Ein Magazin sollte reichen. Sie sollte kein Sieb schießen. In der Regel saß der erste Schuss.

Zum Glück hatte sie früher immer wieder einmal Biathlon trainiert. Obwohl sie sich dann in der Leichtathletik wohler gefühlt hatte.

Aber Schießen hatte ihr immer gelegen. Vor allem im Stehen. Mit der Atmung den Puls drosseln und eine ruhige Hand an der Waffe. Sie war zu gut gelaufen für eine Schützin.

Jetzt musste sie endlich los. Ein leichter Nieselregen setzte ein. Der war nicht vorhergesagt worden. Es waren aber noch keine großen Pfützen auf dem Bürgersteig. Ihre Schuhe blieben sauber.

In den Autos, die an den Straßen parkten, saßen keine Menschen. Ein Pärchen kam ihr entgegen und steuerte auf einen silbernen Golf zu. Die Frau trug ihre Haare tatsächlich wie Kim Wilde. Das Bolerojäckchen mit den Goldstickereien sah großartig aus. Auf den Straßen schaltete sich die Nachtbeleuchtung an.

Ramona würde heute noch abreisen, spät am Abend. Das Zimmer war bereits bezahlt. Niemand hatte sie in der Pension gesehen.

Jürgen hatte gesagt, danach käme sie in ihre neue Wohnung. Eine Überraschung, wenn sie erfolgreich war. Nur eine Runde durch den Tiergarten. Sie zog den Reißverschluss ihrer Bauchtasche zu.

20.21 Uhr.

Sie würde das hinbekommen und Jürgen nicht enttäuschen. Nicht noch einmal, nicht wie in Karl-Marx-Stadt.

Sie stopfte ihre Haare unter die schwarze Kappe. Im Notfall konnte sie noch die Kapuze des Sweatshirts darüber ziehen. Sie war eine stinknormale Joggerin. Niemand erkannte in ihr die Sprinterin Martina Dorn. die Goldhoffnung, die wegen einer verdammten Fehlentscheidung disqualifiziert wurde. Nun noch laufen und ihren Job erledigen.

Mit der Zielperson hatte Jürgen noch eine Rechnung offen, der auch bei ihrem Fehlstart seine Finger im Spiel gehabt hatte.

Nun hatte sie die Glock. Auch bei einer Sache mit Steroiden aus dem Osten hatte die Zielperson ihre dreckigen Finger dringehabt.

Er hatte ihre Karriere zerstört. Und das Olympiagold und ihre Ehre hatte er ihr ebenfalls genommen.

Auch vor ihrem Vater.

Sie strich über die Bauchtasche.

Nur ein Schuss.

20.22 Uhr.

Nach ein paar Schritten über dem Asphalt knirschte der Kies unter ihr. Es war nicht viel los im Tiergarten. Auch nicht in den Büschen. Der Regen hielt viele Läufer ab. Umso besser. Die Konturen der Büsche verschwommen in der Dämmerung.

Zwei Eichhörnchen zankten mit einer Krähe um irgendeine Nuss oder Frucht. Die Krähe flog krächzend davon. Sonst war niemand im Park. Bei dem Wetter waren nur Jägerinnen unterwegs.

Zielperson Plässler lief immer zur gleichen Zeit: samstags nach der Tagesschau. Er war immer pünktlich um 20.28 Uhr am Königin Luise-Denkmal. Dort machte er ein paar Liegestütze. Mit seiner Frau und einem Kind lebte er in einer Villa in der Nähe des Parks.

Wenn Ramona in vier Minuten auf den Kilometer ihr Tempo hielt, würde sie auf Plässler treffen, ohne dass jemand sie beobachtet haben konnte. Sie konnte auch noch das Tempo erhöhen. So hatte es Jürgen geplant.

Er hatte ihr immer geholfen und sie würde ihm dieses eine Mal auch helfen. Das war sie ihm schuldig.

Sie kannte Plässler von Wettkämpfen. Er kannte sie auch, als Martina. Da bog er schon um die Ecke. Pünktlich und mit einem weißen Schweißband um die Stirn.

20.25 Uhr.

Sie konnte ihn jagen.

Zog die Glock aus der Bauchtausche. Stolperte über eine Baumwurzel. Fiel und rollte sich auf die Seite. Sie schraubte den Schalldämpfer auf und schob das Magazin ein.

Plässler drehte sich um. Er hatte sie entdeckt. „Kann ich Ihnen helfen?", fragte er und kam ein paar Schritte auf sie zu.

Sie entsicherte und drückte ab. Ein Schuss mitten ins Herz. Er war trotz des Schalldämpfers lauter, als sie gedacht hatte.

Plässler stürzte auf den regennassen Kies.

20.27 Uhr

Ramona sprang auf und rannte die letzten Schritte auf ihn zu. Er durfte nicht entkommen. Blut lief ihm aus Mund und Nase, seine Augen wurden dumpf.

Ein Schuss hatte gereicht. Auch im Liegen traf sie sicher. Keine Strafrunde.

Ramona hatte noch eine Stunde, bevor sie die Pension verlassen musste.

Kapitel 29

Milans Wohnung
Martina war allein.

Sie stand vor dem Spiegel im Badezimmer und trug nur Unterwäsche. In der schwarzen Spitze sah sie immer noch gut aus. Ihre Haut war nicht von Schwangerschaftsstreifen verunstaltet. Die Haut war hell, aber nicht blass. Der jahrelange Sport und das Training zahlten sich aus. Mit einem Schritt war sie ihrem Spiegelbild nah. Sie hielt die Perücke auf ihrer Hand und strich die blonden Haare glatt. Mit der anderen Hand schob sie sich ihre Haare aus der Stirn und zog die Perücke auf. Der neue Pony fiel ihr bis auf die Augenbrauen. Sie zog den Eyeliner nach und trug etwas Kajal auf. Ihre „smokey eyes" brauchten keine künstlichen Wimpern. Sie hauchte gegen die Oberfläche. Ihr Mund und die Nase verschwanden hinter dem blinden Glas vor ihr.

Milan war einfach verschwunden.

Ramona ließ man nicht stehen. Zumindest nicht ungestraft.

Ramona dachte immer wieder an diese Situation in der Taunusanlage. Ihr Leben war einfacher, wenn die Wahrheit dort blieb, wo sie hingehörte: bei ihr. Sie wischte den Spiegel mit einem Waschlappen sauber. So einfach würde sie nicht fortgehen können.

Ramona zog den Verschluss des Weekenders auf und ein enges Kleid heraus.

Milan brauchte nicht mitbekommen, was sie alles darin aufbewahrte. Nicht nur schwarze Spitzenunterwäsche und enge Kleider. Mit seinem Inhalt konnte sie in jede Rolle schlüpfen, die nötig war und zu dem machte, die sie sein wollte. Sie zog ihre Lippen mit dem Chanel aus ihrer Handtasche nach. Ramona trug immer Rouge Rebelle.

Die Perücke auf ihrem Kopf rutschte. Ihr Hals war trocken. Sie brauchte dringend etwas zu trinken.

Aus dem Treppenhaus rief die Stimme eines Kleinkinds: „Mama. Mama. Mama." Die Rufe klangen einsam. Das Kind mochte zwei bis drei Jahre alt sein und konnte sich in seiner Angst wohl noch nicht anders ausdrücken. Vielleicht war seine Mutter noch vor der Tür oder in einer der Wohnungen im Haus. Man konnte ein Kind in diesem Alter nicht allein im Treppenhaus lassen. Das war unverantwortlich, was sie an der Lautstärke des Kindes erkannte. Vor der Haustür waren immerhin das Bahnhofsviertel, eine stark befahrene Straße und viele Menschen, unter denen sich ein Kind verlieren konnte.

Für ein Glas Alkohol war es noch zu früh. Aber Milan hatte diesen Sprudelautomaten in seiner Küche. Sie brauchte dringend ein Glas Wasser.

Die Flaschen waren zum Glück noch voll und lagen im Kühlschrank. Martina schenkte sich ein Glas Wasser ein und hielt es sich an die Stirn.

Sie war immer einsam gewesen. Ohne ihre Mutter.

Ihr Vater hatte Martina für ihren Tod verantwortlich gemacht. Martina war damals sieben Jahre alt gewesen und hatte nur zeigen wollen, wie viel frische Luft ins Auto kommt, wenn sie die Tür öffnete. Ihr Vater hatte die Kontrolle verloren. Sie sah nur das große Feuer aufsteigen. Hörte, wie ein Fenster splitterte. Sie saß damals auf der Straße. Ihre kleine Schwester Melanie auf ihrem Schoß. Ihre Windeln waren voll gewesen. Mama konnte den Gurt nicht lösen. Ihr Vater hatte sich für Martina entschieden. Er hatte ihr immer wieder gesagt, wie sehr er diese Entscheidung bereute.

Sie schob die Fransen ihres Ponys zur Seite und zog die Perücke fest auf ihren Kopf.

Jürgen hatte ihr damals einen anderen Pass besorgt, damit sie mit ihm in den Westen fliehen konnte. Der neue Name Ramona Sander hatte ihr von Anfang an gefallen. Sie hatte nicht zweimal darüber nachdenken müssen mit ihm in den Westen zu gehen.

Auf dem Beifahrersitz eines nachtblauen Ford Capri hatte sie neben Jürgen gesessen, als der Grenzer sie einfach so durchgewunken hatte. Mit ihrer blonden Perücke und der großen Sonnenbrille war sie nicht mehr die, die auf einer Aschenbahn rannte und am Olympiagold für die DDR arbeitete.

Ramona wollte nie wieder ein Trikot anziehen. Ramona war keine Athletin mehr und sie kannte keine Gnade.

Im Westen hatte sie Jürgen nie wieder Martina genannt.

Sie war eigentlich seitdem immer Ramona gewesen. Die Frau vor ihr im Spiegel.

Diese Perücke war doch echt warm auf ihrem Kopf. Sie setzte sie ab. So fühlte es sich leichter an. Das Rot auf ihren Lippen war viel zu stark.

Martina liebte pure nude.

Milan war bestimmt nichts passiert. Er hatte sich früher auch gefragt, wer seine Mutter eigentlich war und vor allem, wo sie war. Er hatte bisher auch ohne Martina auskommen müssen.

Ramona hatte er bisher nicht kennengelernt.

Er nicht.

Martina hatte so viele Abende vor dem Kinderheim in Potsdam gestanden. Im Winter mit einem dicken Mantel, im Regen mit einem Schirm und an ihrem Geburtstag nahm sie keinen Auftrag an. Ein paar Minuten hatte sie auch an anderen Tagen auf der gegenüberliegenden Straßenseite gestanden. Hinter einer Laterne, die sie für ihre Söhne unsichtbar machte. Manchmal trat sie ins

Licht und winkte, kurz bevor sie ganz verschwand. Am Fenster hatte einer ihrer Söhne gestanden und ihr hinterhergeschaut. Oft hatten sie am Abend die weichen Schlafanzüge getragen, die sie immer wieder vor dem Kinderheim abgelegt hatte. Sie roch den Duft der frisch gewaschenen Wäsche noch heute. Doch mehr Nähe als hinter dieser Laterne hatte sie sich zunächst nicht getraut. Sie hatte sich nach diesen Tagen gesehnt. Leo und Milan drückten ihre kleinen Hände an die Scheiben. Sie wäre gern nur einmal das Glas dieser Scheibe gewesen. Die Hände ihrer Söhne auf ihrer Haut.

Dann wünschte sie, sie wäre nicht die meistgesuchte Frau Deutschlands. Von der Top-Athletin zur Top-Cleanerin. Das Rennen blieb.

Jürgen hatte immer wieder betont, es wäre besser so, wie es war. Aber er hatte doch auch einen Sohn. Und sie hätte damals niemals gewagt, ihm zu widersprechen.

Leo hatte ihr oft interessiert von dem Fenster im ersten Stock zugewunken. Dieser kleine Kerl. Er legte seine Hände an die Scheibe, um sie besser sehen zu können, und fuhr durch sein schwarzes Haar. Nikita und er hatten die gleiche weiße Strähne. Nur darin unterschied er sich von Milan. Die beiden Jungs waren zusammen gewesen.

Und nicht allein.

Martinas fünf Jahre jüngere Schwester Melanie war genau das Gegenteil davon. Ein kleines Miststück, die ihr den Vater gestohlen und die er als Erste aus dem brennenden Auto gerettet hatte.

„Du bist die gleiche Schönheit wie deine Mutter, Meli." Martina würde nie seine Nummer eins sein, so schnell sie auch gelaufen war. Sie hatte nie wieder von ihnen gehört. Ihr Vater hatte nie nach ihr suchen lassen.

Martina wollte in Frankfurt mit Milan neu anfangen. Das ging nur mit der Wahrheit. Sie hatte alles richtig gemacht und war nun auch weit genug entfernt von Potsdam und Berlin.

Milan war einfach losgelaufen und hatte sie wie eine Idiotin an der Parkbank in der Taunusanlage stehen lassen. Sie war seine Mutter und sie hatte sich entschieden, ihm die Wahrheit zu sagen. Er hatte sie nicht hören wollen. Kurz davor hatte er noch seinen Arm um sie gelegt. Sie hatte sich ihm so nah gefühlt. Es war der richtige Moment gewesen. Er war bereit gewesen, ihr zuzuhören. So, wie es sich für einen guten Sohn gehörte. Und jetzt war er verschwunden und hatte sie allein gelassen.

Ramona hätte gelacht, als er weggelaufen war. Drauf geschissen hätte sie. Wer nicht will, der hat schon, hätte sie gesagt. Oder sie wäre ihm nachgelaufen und hätte ihn wieder eingefangen.

Ramona hatte es immer leichter. Sie war keine Mutter.

Martina hatte erst nur dagestanden, sich eine Zigarette angesteckt und gehofft, dass er schnell zurückkommen würde. Sie hatte sogar einmal gerufen: „Es tut mir leid." Das war aufrichtig gewesen, da konnte man doch eine angemessene Reaktion erwarten.

Milan hatte sich nicht mehr umgedreht und war hinter der nächsten Ecke abgebogen. Das hatte sie nicht verdient. Auch wenn sie ihm nun schon zum Feierabend gekocht hatte, war er doch einfach weggelaufen. Vielleicht begann er aber auch schon zu vergessen.

Sie wagte wieder einen Blick in den Spiegel. Die Perücke hatte sich wie von selbst wieder auf ihren Kopf gezogen. Da war ein seltsamer Geschmack im Mund, metallisch, nach Eisen.

Es hatte keinen Zweck gehabt, Milan einzufangen. Das war nicht Martinas Art. Sie konnte die Worte auch nicht mehr zurücknehmen. Martina war wieder in Milans Wohnung zurückgekehrt. Immer wieder legte sie ihre Handflächen auf die Fensterscheibe im Wohnzimmer, an der sie die Straße überblicken konnte. Hinter den Laternen lagen direkt die Häuser und Geschäfte. Man konnte nur in ihr Licht treten und sich nicht in ihrem Schatten verstecken. Sie war davon ausgegangen, dass er ihr sicher in der nächsten Stunde gefolgt wäre. Zwei Stunden später hatte sie noch genug Koks für eine Line zusammengekratzt. Die Perücke und der Lippenstift verwandelten sie wieder in Ramona.

Martina hatte sich gefreut, als Ramona sie wieder eingeladen hatte, die Kontrolle zu übernehmen. Ein Schalter legte sich um und die Unsicherheit war verschwunden. Ramona war die taffe Frau. Die sich gerne im Spiegel ansah. Der niemand wehtun konnte. Die man nicht stehen ließ. Zumindest nicht ungestraft.

Sie kam am Spiegel im Wohnzimmer vorbei. *Fuck you.* Die blonde Perücke, der rote Mund und da war etwas mit ihren Zähnen. Sie ging mit ihrem Gesicht näher an den Spiegel heran. Das war Blut auf ihren Zähnen. Sie hatte gar nicht bemerkt, dass sie sich auf die Lippe gebissen hatte. Das Blutrot passte so gar nicht zu ihrem Lippenstift.

Im Badezimmer tropfte das Blut bereits ins Waschbecken. Sie spuckte es aus. Die blonde Perücke auf ihrem Kopf war auch verrutscht. Mit einem Griff konnte sie die Perücke vom Kopf ziehen und wieder Martina sein. Sie zog sie gerade und spülte den Mund aus. Die Perücke blieb auf. Das war sicherer. Mit Ramona an ihrer Seite. Die konnte gut übernehmen.

Sie hatte es ruhig und zärtlich zu Milan gesagt. *Ich habe für Geld getötet.* Es hatte doch keine andere Möglichkeit gegeben ihm zu sagen, dass sie eine Mörderin war. Martina wollte doch nur Verständnis von ihm.

Sie selbst verstand Ramona doch auch nicht immer. Dass sie auch Spaß am Töten gefunden hatte, das hatte sie noch nicht einmal erwähnt. Sie hatte sich gewünscht, dass er einfach nur zuhörte. Oder ihr ein paar Fragen stellte. So konnte sie vielleicht wieder zu der Frau werden, die sie sein wollte. Aber außer diesen traurigen Augen und seiner Flucht hatte er keine Reaktion gezeigt. Sie hatte diesen Blick schon einmal gesehen.

Nein, zweimal.

Es klopfte leise an der Tür. Sie hatte den Schlüssel von innen in der Tür steckengelassen. Vielleicht suchte die Mutter ihr Kind. Sie hatte es gar nicht mehr rufen hören. Oder Jürgen war hier vor dieser Tür und überreichte ihr persönlich einen neuen Zettel. Das musste sie auf jeden Fall verhindern.

Sie hielt die Luft an. Sie war jetzt Ramona. Sie konnte hier niemanden gebrauchen. Vielleicht könnte sie sich noch eine Line ziehen, Musik hören und warten, bis Milan wieder hier auftauchte. Und ihm zeigte, was es hieß, Ramona zu enttäuschen.

Sie lauschte an der Tür. Jürgen hätte sie doch gerufen oder stärker geklopft. Wenn er es war, würde er nicht gehen, bevor sie ihm die Tür öffnete und ihn hineinbat.

In ihrem Weekender musste doch noch etwas von dem Koks sein. Das konnte sie nun gut gebrauchen. Es drückte die Angst weg und sperrte die Leere aus. Jürgen hatte sie gezwungen ihre Kinder auszusetzen. Ohne ihn hätte sie ihre Kinder niemals weggeben.

Sie könnte auch die Tür öffnen und zeigen, was es bedeutete, wenn sich Ramona gestört fühlte.

Es klopfte etwas lauter.

„Martina? Du hast den Schlüssel von innen steckenlassen."

Das war Milan. Ihr Sohn. Sie strich sich über die Haare und fuhr sich mit dem Handrücken über den Mund. Er war zurückgekommen.

Sie stand auf, griff an die Perücke und trat näher an die Tür. Auf der anderen Seite des Türspions stand Milan.

Er hatte müde Augen. Seine Schultern hingen kraftlos nach vorne. Er machte einen traurigen Eindruck. Wie ein Kind, das etwas angestellt hatte oder nicht mitspielen durfte.

„Man kann sehen, dass es auf der anderen Seite dunkler wird. Mach mir bitte auf. Ich weiß, du bist zu Hause."

Er hatte *zu Hause* gesagt. „Wo warst du denn?" Sie öffnete die Tür. „Ich habe mir Sorgen gemacht."

„Und deshalb hast du dich mal kurz verkleidet?" Er schien geweint zu haben. Seine Augen waren rot und er hatte kleine Pupillen. Er putzte seine Nase und trat an ihr vorbei in den Flur. „Danke, ist alles okay bei dir?" Er hängte seine Lederjacke an die Garderobe. Sie roch nach Zigarettenrauch und etwas Gras. Wahrscheinlich hatte er die ganze Nacht nicht geschlafen. „Mir gefällt dein Rot besser."

Sie hatte vergessen, die Perücke wieder abzuziehen. Martina griff nach ihr und warf sie zum Weekender. „So, meine kleine Stylingshow ist beendet. Du findest, sie steht mir nicht? Wo warst du denn die ganze Nacht?"

„Im Club, hab mich treiben lassen. Meine Gedanken mussten weg von dir. Weg von Leo. Ich habe keine Ahnung, was da los war. Das war eine harte Nacht. Ich brauche jetzt erst mal eine Dusche und einen starken Kaffee könnte ich auch gebrauchen."

Die Perücke rutschte vom Weekender. Ramona wäre ausgerastet. Martina ließ sie nicht zu Wort kommen. Sie rieb etwas über ihre Lippen. „Lust auf einen Kaffee? Wenn du aus der Dusche kommst, ist er fertig. Schwarz magst du ihn am liebsten. Hast du auch Hunger?" Sie reichte ihm ein Handtuch aus dem Schrank im Flur. Es roch nach den weichen Schlafanzügen.

„Ich will einfach nur, dass es aufhört. Dass es nicht mehr wehtut. Es hört nicht auf. Ich war nicht da, als Leo mich gebraucht hat." Milan griff nach dem Handtuch und legte seinen Kopf hinein. Er schluchzte.

„Es tut mir leid." Martina zündete sich eine Zigarette an. Sie strich über ihr Feuerzeug.

„Du hast damit abgeschlossen? Das versprichst du mir?"

Martina reichte ihm eine Zigarette. Er beugte sich zu ihr und das Feuerzeug ließ die Asche glühen, als er den Rauch einsog.

„Klar, ich habe mich losgesagt." Von Jürgen würde er nie etwas erfahren. Auch nicht, dass Jürgen wusste, wo sie war.

Milan öffnete die Tür zum Badezimmer. Er ließ die Tür einen Spalt offen.

Martina folgte ihm und sah ihn vor dem Spiegel stehen. Er schien sie nicht zu bemerken und zog sein Shirt aus. Leo stand auf seiner linken Brust. Seine großen grünen Augen und die weiße Haarsträhne. In der Ferne die Musik eines Geigenspielers.

Sie schlang die Arme um ihren Körper. Fror.

Er fuhr über die Tätowierung und drehte sich zu ihr um. „Was würde passieren, wenn dich dieser Mann oder die Polizei finden würde?"

„Die Polizei?" Martina griff nach der Perücke. Sie vertraute ihm. „Du würdest mich doch niemals verraten, oder?"

Kapitel 30

Uniklinik
Die Jalousien waren heruntergelassen und die Maschinen summten gleichmäßig. Katharina atmete leichter. Irgendwann wurde sie abgesaugt. Erika und Zarah gaben sich große Mühe mit ihr. Sie konnte sich auf die beiden verlassen.

Sie erkannte sie immer schon daran, wie sie das Zimmer betraten. Nun öffnete sich die Tür, aber das Geräusch war anders. Sie wurde zu leise geöffnet. Und auch genauso wieder geschlossen. Die Ärztin Ariane, den Nachnamen behielt sie einfach nicht, knallte die Tür immer zu, Milan klopfte an und Erika drückte bei geöffneter Tür auf den Desinfektionsspender.

Mehrere Schritte folgten. Vielleicht eine Visite mit neuen Studenten. Eine feste Sohle mit größeren Schritten.

Sie hörte kein *Hallo, ich will dich nur ein ganz kleines bisschen stören*, wie es Zarah immer tat. Einen Satz oder ein paar liebe Worte. Da war nur Schweigen und es fehlte etwas Lebendiges zwischen dem ganzen Gepiepse, den Neonröhren, Spritzen und dem Geruch nach ihrer eigenen Scheiße.

Nur ein Räuspern. Von einem Mann. Und es roch nach einer starken Brise vom Meer, die mit Zitrus und irgendeiner Blume zu ihr wehte. Es roch nach Felix. Das konnte doch nicht wahr sein. Es roch nach einer Umarmung, einem Kuss und ihrem alten Leben. Sie wollte mehr von davon. Das Acqua di Gio von Armani hatte sie ihm zu Weihnachten geschenkt. Er war zu ihr gekommen. Sie hatte es gewusst, dass er sie nicht im Stich lassen würde.

„Meinst du, wir finden das Handy hier?" Wieder dieses Räuspern.

Felix' Stimme, so nah bei ihr. Noch ein klein wenig und seine Lippen berührten ihr Gesicht. Wenn sie doch nur ihren Kopf drehen könnte, um ihn anzusehen. Vielleicht ging das jetzt wieder mit den Halluzinationen los. *Mensch, wird auch mal Zeit, dass du kommst. Ich habe dich echt vermisst.* Doch die Worte blieben in ihrem Kopf.

„So viele Schläuche, wie die bei der dranhängen, bekommt die doch eh nichts mehr mit."

Der andere war Julian. Seine Stimme klang richtig hart. Er musste seine Zähne aufeinandergepresst haben, sonst zischte er nicht so. Sie musste ihnen zeigen, dass sie alles mitbekam und sie eine von ihnen war. Wenn sie ihren Arm zum Hitlergruß anhob, wären die beiden sicher geschockt. Das wäre doch geil. Die würden ihre Münder nicht mehr zubekommen und es wäre klar, dass man sie nicht abschreiben musste. Aber nichts ging, außer vielleicht ein paar Zuckungen in der Hand oder den Fingern. Die merkten ihre Freunde sicher nicht. Sie hatten sich noch nicht einmal zu ihr gebeugt oder sie mit ihrem Namen angesprochen. Noch nicht einmal Felix, der so gut nach dem Acqua di Gio roch. Das Geschenkpapier dafür hatte sie sogar bei ihrer Mutter mitgehen lassen. Goldene Glocken auf rotem Hochglanz.

Sicher wollten sie sich das Video mit der Transe ansehen. Sie hatte es gar nicht mehr verschicken können. Und das Video vom Osthafen ja auch nicht. Sie hatte noch das nasse Gras auf ihrer Haut gefühlt. Die Ameisen waren auf ihrem Nacken und im Gesicht gekrabbelt und ein Fahrrad hatte geklingelt.

„Und du meinst, die bleibt so behindert?"

Das war wieder Felix. Sie hatten noch rumgeknutscht, bevor sie zusammengesackt war. Felix und Julian hatten sie einfach so mit dem Gesicht im Gras liegen lassen. Sie würde ihnen verzeihen. Das hatten sie nicht so gemeint. Sie wollten Hilfe holen und keine Zeit verschwenden. Einmal Rechte Offensive Frankfurt, immer Rechte Offensive Frankfurt. Das hatte Julian gesagt. Sie blieben immer vereint.

Aber sie war doch keine Behinderte.

Die Schublade an ihrem Bett wurde aufgezogen. Es raschelte.

Sie würde gerne wieder einmal das Gesicht von Felix sehen und seine vollen Lippen küssen. Die waren viel zu schön für einen Mann. Nichts roch so gut wie seine weichen Locken. Das musste sie ihm irgendwann einmal sagen, wenn es nicht zu uncool rüberkam.

„Hier ist das Teil. Was ein Glück."

„Und du meinst echt, wir sollen sie plattmachen? Nur wegen dem Handy?"

Das war Felix. Sie sah aber nur eine Kapuze.

„Die hat Puls."

Sie konnte sich nur nicht bewegen. Das war alles. Sie würden es sicher bald merken und ihr auch einmal ins Gesicht schauen.

„Sag doch was, Julian. Bleibt die so kaputt?" Felix klang komisch. Er sprach gar nicht mit ihr.

Keiner von beiden sprach mit ihr. So redeten sie zusammen immer nur über diese Scheißopfer. Sie war doch kein Opfer und auch nicht kaputt. Sie sollten aufhören, so über sie zu reden. Sie redeten über sie, als wäre sie ein Ding – kein Mensch. Sie war am Leben, sie würde von dieser Maschine wegkommen und dann auch wieder aufstehen. Die beiden müssten sie nur einmal richtig anschauen, dann würden sie doch begreifen, dass hier kein Ding vor ihnen lag. Zwischen diesen Maschinen lag sie, Katharina.

„Wahrscheinlich hat die was mit ihrem Gehirn. Dann erzählt die noch wirres Zeug, wenn die aufwacht, und am Ende gehen wir wegen der in den Knast. Die verpfeift vielleicht unsere ganze Gruppe."

Was redete Julian da. So etwas würde sie niemals tun.

„Aber die gehört doch zu uns. Sie ist ein deutsches Mädchen und eine richtige Kriegerin. Wie in dem Film. So eine wollten wir doch immer haben. Und wir können die doch jetzt nicht im Stich lassen."

Das Gesicht von Felix kam ihr nah. Sie roch seinen Atem. Er hatte sicher vor Aufregung noch eine Zigarette geraucht.

Sie versuchte ihn anzulächeln. *Felix, pass auf mich auf. Hier liegt eure Kriegerin. Bald bin ich wieder fit. Dann könnt ihr auf mich zählen. Ich mache das in der Paulskirche. Ich verpfeife euch nicht. Das müsst ihr mir glauben.*

„Katharina guckt mich an. Ich kann das nicht."

Das ist mein Felix. Schau mich wieder an. Wie, was kannst du nicht? Hat dir Julian wieder einmal einen Auftrag gegeben? Schau mich bitte an. Hilf mir. Bitte.

„Dann halt ihr die Augen zu. Es ist besser so. Wir haben das so besprochen. Katharina hätte nicht so weiterleben wollen.

Katharina ist schon am Osthafen gegangen." Julian war verrückt. Anders konnte es nicht sein. Er sprach über sie, als sei sie gar kein Mensch mehr. Als sei sie schon tot. *Bitte nicht. Ich gehöre zu euch. Ich will nicht sterben.*

Felix schaute sie traurig an. Er könnte ihr über das Gesicht streichen und ihr sagen, dass alles gut wird. Julian hatte sie immer noch nicht einmal angesehen.

„Ich habe das Handy. Und jetzt kommt sie weg. So hatten wir es abgesprochen. Jürgen und der Rest waren auch dafür."

Sie wollten ihr keinen Besuch abstatten. Sie wollten nur das Handy und sie aus dem Weg räumen. Sie würde sterben. Ausgelöscht werden. Nein.

„Du drückst da jetzt ein Kissen drauf oder ziehst den Schlauch am Hals weg. Jetzt mach schon! Gleich kommt ne Schwester rein. Wir haben jetzt echt keine Zeit. Tu es!"

„Ich kann das nicht." Felix verschwand aus ihrem Blickfeld. *Felix würde ihr helfen. Er würde sie nicht im Stich lassen und Julian davon überzeugen. Sie konnten ihr doch nicht wie bei diesem Türken die Luft wegnehmen. Das schaffte sie nicht. Sie konnte nicht allein atmen. Der Türke hatte gekotzt und dann weiter geatmet. Das Wasser rausbekommen. Der konnte auch allein atmen. Seine Augen hatten Hilfe bei ihr gesucht. Aber sie hatte gefilmt.*

„Sei nicht so ein Weichei. Zieh mal an dem Teil am Hals. Und lass mich da jetzt ran. Die schreit schon nicht."

Julian drehte sein Gesicht weg. Sie sah nur seinen Hinterkopf. Auch in der Kapuze.

Erika und Zarah würden sicher gleich ins Zimmer kommen. Das musste doch jemand mitbekommen, was die hier machten. Es musste doch irgendjemanden interessieren.

Julian riss an ihrem Tubus. Er würde ihren Hals zerfetzen, wenn er noch stärker riss. In ihrem Hals wurde es eng. Es kam keine Luft mehr. Etwas Wasser in ihrem Hals. Es füllte gleich alles aus. Sie konnte nicht husten. *Der Türke hatte gehustet. Er war weggerannt. Er hatte überlebt.*

Die Luft war weg. Da war doch noch die Klingel in ihrer Hand. Unter der Decke.

Sie drückte zu.

Kapitel 31

Frankfurt Westend

Doris parkte ihren Golf in der Garage. Ihr Mann hatte bereits seinen roten Porsche Cayenne auf dem Kiesweg vor dem Eingang geparkt. Damit die Nachbarschaft auch auf jeden Fall seinen Neuerwerb sehen konnte.

Sie hatte bisher noch nie auf dem Beifahrersitz seines Autos gesessen. Dann könnte sie gleich aus der Partei austreten. Günther verstand nicht, dass sie seine Protzerei in Schwierigkeiten bringen könnte. Früher war er anders gewesen. Da hatte ihn das viele Geld seiner Eltern eher angewidert.

Er hatte die Scheiben seines Porsches nicht wieder hochgefahren. Auf dem Beifahrersitz lag noch sein schwarzes Jackett. Das Polster aus Leder war noch heiß. Sie griff nach dem Jackett. Eine Tablettenpackung fiel aus einer der Taschen und landete neben dem einzigen Löwenzahn, der das Unkrautjäten auf der Kiesfläche überstanden hatte. Ihr wäre eine bunte Bienenweide als Vorgarten lieber gewesen.

Sie bückte sich nach der orange-weißen Packung. Diese Tabletten von Ratiopharm hatte sie doch erst vor Kurzem gesehen. In der Hand dieses Therapeuten. Sie wusste gar nicht, dass ihr Günther Tramadol verschrieben bekam. Auf einem Betäubungsmittelrezept. Das hätte er ihr doch erzählt. Günther hatte noch nie ein Betäubungsmittelrezept bekommen. Bei seinen Rückenschmerzen war das auch etwas übertrieben. Männer.

Er hörte nicht auf sie und nahm sich ja auch keine Zeit, um sich zu bewegen, und etwas für seine Gesundheit zu tun. Mit dem Rad war das aus dem Westend gar nicht weit bis zu seiner Bank an der Taunusanlage. Doch er ließ sich lieber für viel Geld von einem Physiotherapeuten behandeln.

Sie schob die Packung wieder zurück in die Tasche seines Jacketts und hängte sie sich über den Unterarm. Mal gespannt, ob er darüber ein Wort verlieren würde. Wenn er einmal den Mund aufmachte.

Die weißen Hortensien vor dem Eingang hatten zu viel Regen abbekommen. Ihre Dolden berührten fast den Kiesboden. Sie brach zwei davon ab. Die würden zu der Vase passen, die ihre Enkelin Charlotte für sie zum Geburtstag getöpfert hatte.

Am kommenden Samstag hatte sie wieder einmal Zeit für ihre Enkelkinder. Vor allem für ihre kleine Charlotte.

Davor war am Freitag in der Frankfurter Paulskirche ein großes Event geplant. Bisher lief alles so, wie sie es sich vorstellte. Sie war die Schirmherrin bei *Musik gegen Rechts*. Keiner der Gäste hatte abgesagt. Die Künstler verzichteten alle auf ihre Gage. Sie würden einen großen Charity-Event daraus machen und eine beeindruckende Spende überreichen. Die lokale Presse hatte das Konzert gut beworben und ihr Gesicht war auf dem Titel des aktuellen *Journal Frankfurt*. Sie hatte auf ein Bild ihrer Wahlplakate bestanden. Auf politischer Ebene lief es richtig gut für sie. Sie roch an der Hortensie. Ein Marienkäfer landete auf ihrem Handrücken. Sie pustete ihn an. *Bring mir Glück*. Sie lächelte. Der Marienkäfer flog über den Porsche hinweg und davon.

Ihr Konkurrent Volkmar Frings von der CDU hatte nichts Vergleichbares vorzuweisen. Außer seinem Posten als Dezernent im Magistrat und den guten Kontakten zur Wirtschaft.

Sie musste Günther bitten, seine Fahrten mit dem Porsche etwas einzuschränken. Sonst brach ihr so eine Lappalie noch das Genick. Eine Linke musste für ihre Wählerschaft gewisse Prinzipien aufweisen. Dass sie reich geheiratet hatte, genügte als Erklärung nicht.

Dass Günther aber auch nie an ihre Karriere dachte.

Sie schloss die Haustür auf. Die Spülmaschine rauschte. Günther sollte doch eigentlich in seiner Therapiestunde sein. Die nahm er immer im Anschluss an seinen Dienst in der Bank und der Therapeut kam immer in sein Büro. Günther hatte die Spülmaschine tatsächlich eingeräumt und angestellt. Doch im Flur hatte er seine Schuhe wieder nur abgestreift und mitten im Weg liegenlassen. Sie waren rahmengenäht und maßgeschneidert. Braunes Kalbsleder, nur vom Feinsten. Das arme Kalb.

„Günther, ich bin daheim. Komm bitte runter und mach die Fenster deines Porsche zu, gleich fängt es an zu regnen." Sie ging in die Küche und öffnete die Kühlschranktür. Ein Schluck kalter Roséwein wäre jetzt nicht schlecht. Sie griff nach der Flasche und stellte sie neben der Spüle ab. Sonst hatte sie sich vielleicht nicht so gut im Griff. Sie wollte heute keinen Streit mit Günther.

Vom Küchenfenster aus schaute sie in den großen Garten. Ein Rasenroboter zog seine Runden. Bei ihrer Homestory hatte sie die Hochbeete und die Kräuterspirale ablichten lassen. Das kam bei den Wählern gut an und sie gefiel sich auf diesen Bildern. Eine Frau und ihr naturnaher Garten. Zumindest ein kleiner Teil davon.

Sie schenkte sich ein Glas ein und trank einen großen Schluck. Zum Glück ging es mit Patricia aufwärts. Sie seufzte.

„Günther, hörst du mich eigentlich?"

Er hatte bestimmt wieder Kopfhörer auf und hörte Jazzmusik. Immerhin hielt er sich daran und ließ nicht die Musik durchs ganze Haus dröhnen. Ihr wurde von dem Gedudel mit dem Saxofon übel. Früher hatten sie zu Talk, Talk oder Nena getanzt. Ihr letzter Kuss war lange her.

Mit einer Zigarre in der Hand kam Günther aus der oberen Etage die Treppe hinunter. Er trug ein hellgraues T-Shirt und eine bequeme Hose in oliv. Die Kopfhörer hatte er sich um den Nacken gelegt. „Da ist ja meine zukünftige Frau Oberbürgermeisterin. Sind die Blumen für mich, die zukünftige First Lady von Frankfurt?"

Früher hatten sie immer gemeinsam geraucht. Bis sie es sich abgewöhnt hatte.

„Scherzkeks. Deine Autoscheiben sind noch offen. Nicht dass die teure Karre gleich kaputt geht. Du rauchst hier drin?" Eigentlich war klar abgemacht, dass bei ihnen im Haus nicht geraucht wurde.

Günther lief ihr entgegen. Er zuckte mit den Schultern und griff nach seinem schwarzen Jackett. „Du kannst ja richtig fürsorglich sein. Ich dachte schon, ich hätte sie im Büro vergessen. Danke." Er schaute auf ihr Glas und zuckte kurz mit seinem Mund. Ihm gefiel es nicht, wenn sie allein trank. Das wusste sie.

Aber Doris hatte das im Griff. Da konnte er noch so anzüglich auf ihr Glas stieren.

„Du bist schon daheim? Hast du heute nicht normalerweise deine Therapie in der Bank?" Sie nahm einen großen Schluck und schenkte sich aus der Flasche nach.

Günther zog an der Zigarre und blies den Rauch aus.

Wenn sie einen Zug nahm, war ihre Sucht wieder da.

„Mein Therapeut hat den Termin verschieben müssen. Normalerweise lasse ich so etwas nicht zu, aber Milan macht das so gut. Der hat meinen Rücken toll hinbekommen." Er streifte die Asche in dem Aschenbecher ab, den sie gemeinsam aus Marrakesch mitgebracht hatten. Blau-weiße Streifen innen und außen an der Keramik und eine abgeplatzte Ecke am oberen Rand. Patricia hatte sie einmal als Kind fallen gelassen.

„Und das alles ganz ohne Medikamente? Hätte ich nach den erfolglosen Spritzen vom Neurochirurgen nicht gedacht. Professor Steinmetz war wohl doch nicht der Richtige für dich." Vielleicht würde er von der Tablettenpackung sprechen, die aus seinem Jackett gerutscht waren.

„Das war er dann wohl nicht."

„Ich war gerade bei Patricia. Sie macht so wunderbare Fortschritte."

Er drückte die Zigarre im Aschenbecher aus und küsste ihr Haar. Das hatte er früher viel häufiger getan. Sie schloss kurz die Augen. „Das freut mich für deine Tochter."

Sie hätte gerne Kinder mit Günther gehabt. „Sie wird auch von einem Herrn Milan behandelt. Das wird doch nicht der gleiche Therapeut sein, der auch dich behandelt, oder?"

Günther trat einen Schritt zurück und griff nach einem Weinglas auf der Kommode. „Er arbeitet in der Uniklinik, hat er erzählt. Könnte schon derselbe sein. Dann bekommt er Patricia auch wieder hin. Ich kann dir sagen, wie Milan die Frau vom ..."

„Wie sieht er denn aus? Schwarze Haare, schlank, Typ Balletttänzer, so um die dreißig?"

„Könnte er tatsächlich sein. Ich frag ihn mal nach Patricia." Er hielt ihr das Glas hin.

Sie trank einen Schluck. Dieser Zigarrengestank würde noch Tage im Haus stecken. Günther sprach immer von einem Bouquet von gemahlenem Kaffee und Früchten. Sie roch Kneipe, alten Mann und faules Holz. „Patricia ist begeistert von ihm, aber ich weiß nicht, was ich von ihm halten soll. Ich habe ihn in der Krankenhausapotheke erwischt. Da scheint er sich zu bedienen."

Sie schenkte Günther aus der Flasche ein.

Behandelte dieser Therapeut ausgerechnet ihre Tochter und sie erwischte den Patientenschwarm auf frischer Tat. Der hatte nicht nur ein Desinfektionsmittel eingesteckt. Sie wusste doch, was er in seine Taschen gestopft hatte. Immerhin hatte sie vierzehn Semestern Pharmazie studiert.

„Bedient? Was soll das denn heißen?" Günther runzelte die Stirn.

„Was soll das wohl heißen? Geklaut oder mitgenommen. Angeblich hat er nur Sterilium für die Station gebraucht."

„Das war sicher eine Verwechslung. Was soll er denn da?" Er nahm einen tiefen Schluck aus dem Weinglas und strich über die Tasche seines Jacketts. Seine Lippen wurden schmal. Er wich ihrem Blick aus. „Ich bringe mein Jackett in das Ankleidezimmer und mache dann meinen Porsche zu. Du kannst mir gerne ein zweites Glas von dem Rosé einschenken." Er ging mit dem Aschenbecher wieder die Treppe nach oben. Normalerweise stand er immer draußen auf dem Tisch im Pavillon. Kaum war sie aus dem Haus, machte Günther seine eigenen Regeln. Und sicher nicht nur da. Wenn Günther die Tabletten von Milan hatte, hatte der sie doch praktisch in der Hand. Ein Gespräch mit Ariane, seiner Chefin, war unvermeidlich. So gut dieser Therapeut auch zu ihrer Tochter war, es gab Prinzipien im Leben. In ihrem Leben.

Ariane würde ihn aus der Klinik rausschmeißen. Da kannte sie Ariane gut genug. Aber wenn rauskam, dass sich Günther von einem Dealer mit rezeptpflichtigen Medikamenten versorgen ließ, konnte sie sich den Posten als Oberbürgermeisterin von der Backe wischen. Sie würde weiterhin in diesem Haus leben und auf Günther warten. Wenn er sich wenigstens darüber freuen würde.

Aber eine Linke als Oberbürgermeisterin in der Bankenstadt. Das wäre doch etwas. Sie hatte so viele Ideen, wie es besser laufen könnte. Nur daheimsitzen und warten war nicht mehr das, was sie wollte.

Günther griff nach dem Jackett und lächelte sie an. Er drückte die Zigarre aus. „Entschuldige bitte das mit der Zigarre. Ich hatte einen sehr anstrengenden Tag und draußen hatte es geregnet. Sonst hätte ich gelüftet." Er drehte sich um.

Er würde nicht über die Medikamente sprechen. Sie hielt es nicht mehr aus. „Günther. Es ist nicht die Zigarre. Das wissen wir beide. Wie lange geht das schon mit den gedealten Medikamenten von diesem Milan?"

Kapitel 32

Intensivstation
Eine der Reinigungskräfte musste den Putzwagen vergessen haben. Das Wischtuch lag noch unbenutzt daneben.

Erika und Zarah mussten in einem der Intensivzimmer sein. Wenn es einen Alarm gab, wurden sie über einen Pager darüber informiert. Auf dem Flur war es ruhig. Die Uhr über dem Eingang zum Stationszimmer tickte. In einem der Zimmer wurde eine elektrische Jalousie heruntergelassen.

Michael Fengel war eine Neuaufnahme auf der Intensivstation. Seine Patientenakte steckte im Visitenwagen auf dem Flur vor dem Stationszimmer. Milan schlug sie auf. Viele Befunde und eine lange Vorgeschichte waren darin abgeheftet. Michael Fengel war am 4. Oktober 1990 geboren. Er war einen Tag jünger als Milan.

Erika trat aus Zimmer eins und desinfizierte ihre Hände, als sie auf ihn zukam. Ein Blutdruckmessgerät hing aus einer Kasaktasche. „Schaust du dir einmal die Akte von Herrn Fengel an?" Erika seufzte, bevor sie einen Schluck aus ihrer Kaffeetasse nahm. Sie umklammerte den Becher, wie er es auf Weihnachtsmärkten mit Glühweinbechern tat. Dunkle Schatten unter ihren Augen zeigten, dass sie wieder einmal ein paar Stunden schlafen musste. „Seine Mutter hat ihn mit einem Einweggrill in seiner

Wohnung gefunden. Nur dieser Rauch und ihr Sohn auf dem Sofa."

Eine schwere Intoxikation mit Kohlenstoffmonoxid war das Ergebnis. Es stand auf einem Begleitblatt in der Akte.

„Weiß die Mutter über die Prognose Bescheid?" Wenn Michael Fengel aufwachen würde, würde er in die psychiatrische Abteilung im Haus verlegt werden. Wenn er Glück hatte. Vielleicht blieb nur eine Heiserkeit durch den Luftröhrenschnitt zurück. So wie es bisher aussah, hatte er Pech und er würde weder das Bewusstsein noch einen Weg zurück in ein selbstbestimmtes Leben finden.

„Es ist noch zu frisch für sie. Ich stelle mal die Infusionen zusammen. Vielleicht kannst du mir später kurz beim Umlagern von ihm helfen. Ich habe seiner Mutter gesagt, sie soll ihm etwas Musik mitbringen. Sie muss doch irgendetwas für ihren Sohn tun können." Erika nahm einen weiteren Schluck aus ihrer Tasse. „Es ist schlimm für eine Mutter, das eigene Kind so zu sehen."

Milan nickte ihr zu. „Klar. Ich schaue mal kurz nach ihm."

„Das ist lieb von dir. Wenn du so weit bist, rufe mich." Erika stellte ihre Tasse ab und verschwand neben ihm im Stationszimmer.

Michael Fengel lag in Zimmer fünf. Milan zögerte, bevor er nach der Türklinke griff.

Über Katharinas Zimmertür leuchtete das rote Licht auf. Erika war im Stationszimmer und Zarah in Zimmer vier. Normalerweise drückten die Schwestern immer das Grüne an, um zu zeigen, dass sie im Zimmer gerade beschäftigt waren. Rot bedeutete, dass der Patient gedrückt hatte und Hilfe brauchte.

Katharina war bisher nicht in der Lage gewesen, irgendetwas in ihrer Hand zu drücken. Der Alarmknopf lag dennoch in ihrer Hand. Es musste ein Fehlalarm sein.

Drei feste Schritte stampften hinter der Tür zu ihrem Zimmer. Ein kleiner harter Gegenstand fiel auf den Boden. Nicht das blecherne Geräusch der Nierenschale oder einer Kartonage für die Einmalhandschuhe. Vielleicht etwas von ihrem Nachttisch.

Eine Stimme fluchte leise.

In ihrem Zimmer konnten weder Erika noch Zarah sein und sonst war außer ihm niemand auf Station.

Ariane würde in einer halben Stunde auf der Intensivstation vorbeikommen. Bis dahin wollte er hier oben mit den Behandlungen fertig sein.

Milan griff an die Türklinke und klopfte. „Hallo, ist jemand bei Katharina?"

Hinter der Tür waren wieder Schritte. Feuchte Luft rasselte leise. Wie bei einem Tubus, der nicht richtig saß. Er neigte sich an die Tür, die mit einem großen Schwung an seinen Kopf stieß. Ihm wurde schwindelig. „Verflucht. Was soll denn das?" Zwei Männer mit Kapuzen stürmten heraus und drängten sich an ihm vorbei. Einem der Männer rutschte seine Kapuze vom Kopf. Ein glattrasierter Schädel mit einem frisch gestochenen Tattoo glänzte im Licht der Flurbeleuchtung. Die Zahl 88 war in schwarzer Frakturschrift eintätowiert worden. Vielleicht wollten sie Katharina nur ohne Anmeldung besuchen.

Die Glatze schob ihn zur Seite. Der andere Mann schoss hinter Glatze aus dem Zimmer. Er musste älter sein und behielt seine Kapuze auf. Mit einem Springerstiefel trat er Milan gegen das Schienbein. Nach einem weiteren Stoß gegen seinen Brustkorb knallte Milan gegen den Desinfektionsspender. Das rechte Modelabel Thor Steinar prangte auf dem Kragen einer schwarzen Jacke.

Die beiden Männer hatten nichts in Katharinas Zimmer verloren. Sie gehörten nicht zum Team und waren auch nicht als Besuch angemeldet. Er hatte sie gar nicht auf die Station kommen sehen.

Katharina lag in ihrem Bett. Die Alarme der Maschinen meldeten sich.

„Da ist was bei Katharina!", rief er über den Flur. „Schnell, kommt helfen."

Erika rannte aus dem Stationszimmer auf den Flur.

Der Ältere, der ihn getreten hatte, überholte Glatze und war auf dem Weg zum Stationszimmer. Erst dahinter war die Tür zum Treppenhaus.

Glatze hatte wohl nicht auf den Putzwagen geachtet, der auf dem Flur stand. Ein Eimer mit Reinigungsmittel hatte sich auf dem Boden entleert. Er stürzte und lag auf dem Bauch.

Milan roch Zitrus und Sterilium. Von dem Mann auf dem Boden kam frisches Rasierwasser dazu. Irgendwas mit Ingwer. Das Tattoo war noch dick eingecremt. Die schwarze Schrift musste die gleiche sein, wie Milan sie auch auf dem Tattoo auf Katharinas Körper gesehen hatte. Eine typische Propagandaschrift der Nazis. Die Glatze und das Tattoo passten so gar nicht zu den weichen Gesichtszügen des jungen Mannes und den Tränen in seinen Augen.

Das waren doch sicher keine Krankenhausdiebe. Bei Katharina gab es nichts zu holen.

Zarah stand nun auch im Flur. Sie musste den Lärm gehört haben, schaute zuerst Milan und dann Erika an. Für die Nazis würde Zarah ein perfektes Opfer sein. Sie musste sich als schwarze Frau in Sicherheit bringen.

„Komm schon, steh auf!", rief der Ältere. Unter seiner Kapuze hingen braune Haarsträhnen auf seine Stirn. Er hatte ordentlich zugetreten. Milans Schienbein würde nicht nur einen blauen Fleck davontragen. Sein Hosenbein klebte am Unterschenkel. Blut. Er war älter als Milan. Vielleicht Ende dreißig. „Loss, jetzt mach schon. Wir müssen weg."

Der Ältere schlug präzise und hart mit seiner Faust nach Erika. Sie wich dem Kapuzenträger aus und duckte sich hinter den Putzwagen. In ihrer Hand lag der Pager.

Der Mann mit der Kapuze drehte sein Gesicht weg, streifte sich einen der Vinylhandschuhe ab und steckte ihn in seine Jacke.

Das war kein Besuch.

„Ruf die Polizei, Zarah!", sagte Erika.

Der Typ auf dem Boden stand auf.

Milan hielt ihn fest und drückte die Armbeuge von hinten an seinen Kehlkopf.

Der Ältere schob ihm den Putzwagen entgegen und packte Zarah am Hals. „Du lässt ihn besser los."

Zarah schloss die Augen. Die Finger um ihren Hals wurden weiß. Der Ältere meinte es ernst.

Milan ließ die Glatze los und bekam noch einen Ellenbogen in den Bauch gerammt. Er spürte es kaum. Zarah durfte nichts passieren.

Der Ältere schubste Zarah gegen die Wand. „Dreckige Negerhure."

Zarah ließ sich auf den Boden des Flurs sinken und rieb ihren Hals. Ihre Gummisohlen quietschten über den Boden. Sie atmete schnell und hustete.

Glatze rannte seinem Kumpel hinterher. Er zog die Kapuze wieder auf und drehte sich zu Katharinas Zimmer um.

Die beiden Männer verschwanden im Treppenhaus. Ganz leise schloss sich die Tür wieder von selbst. Mit genug Tempo waren die Männer in vier Minuten auf der Straße.

Die Polizei würde zu spät kommen. „Ich habe den Sicherheitsdienst nicht erreicht." Erika hockte noch hinter dem Putzwagen und starrte auf den Pager in ihrer Hand.

„Bist du okay?" Zarah hatte ihre Augen aufgerissen und saß auf dem Boden. Das Putzmittel bildete eine Pfütze um ihre Hosenbeine. Sie fasste sich an den Hals. Der Abdruck mehrerer Finger war seitlich auf ihrer Haut zu sehen. Der Ältere hatte nicht über dem Kehlkopf zugedrückt. Das Zungenbein schien er auch nicht getroffen zu haben.

Sie nickte Milan zu. „Alles gut." Sie rieb sich wieder ihren Hals. Das Muster ihrer Kette zeichnete sich im Grübchen über ihren Schlüsselbeinen ab. „Wir müssen zu Katharina. Was war da eben in ihrem Zimmer los?" Sie stand auf und lief auf Katharinas Zimmer zu. Tropfen des Putzmittels perlten hinter ihren Schritten auf den Boden.

Wieder gurgelte etwas aus ihrem Zimmer. Die Tür war geöffnet und der Alarm der Beatmungsmaschine piepste.

Milan schob sich in das Zimmer. Katharinas Tubus fehlte. An seiner Stelle klaffte ein Loch. Es blutete. Daher kamen die Geräusche, die nach einem nassen Blasebalg klangen.

Die Schublade am Nachttisch war aufgezogen. Auf dem Boden lag ihr Handy. Das Display leuchtete.

Erika steckte gerade wieder den Tubusaufsatz auf ihren Hals. „Sie haben ihr gleich den ganzen Tubus rausgerissen. Wir sind keine Minute zu früh hier reingekommen. Wir müssen Ariane rufen." Erikas Stimme zitterte. Sie überschlug sich und schwankte zwischen brüchig und laut. Immer wieder zog sie die Nase hoch.

Milan bückte sich, um das Handy aufzuheben. Er könnte direkt einen Notruf absetzen.

Sein Handy war im Spind im Kellergeschoss.

Auf dem Display war die Playtaste für ein Video. Jemand hatte ein Video angesehen und die Pausetaste gedrückt. Er drückte auf Play und die Einstellung wanderte von einem Kiesboden über schwarzen Stoff in das Gesicht eines jungen Mannes. Das war Glatze. Er machte ein Victory-Zeichen mit seiner rechten Hand und schürzte die Lippen.

„Jetzt zeigen wir diesem schwulen Frankfurt mal, wen wir hier nicht wollen." Das Video schwenkte auf einen Mann mit braunen Haaren. Er hob seinen rechten Arm zum Hitlergruß. „Du filmst und halte richtig drauf. Uns schneidest du noch raus und dann geht das ins Netz." Er zog seine Kapuze auf und schob die Haare darunter. Das mussten Glatze und der Ältere gewesen sein.

Die Einstellung schwenkte über den Kies an einer Frau mit Hund vorbei. Im Hintergrund erschien ein blauer Kiosk, hohe Bäume und das *Harveys*-Schild am Friedberger Platz. Hinter den Bäumen stand eine große Frau. Die Aufnahme blieb bei ihr. Sie wurde herangezoomt. „Der wird gleich gefickt. Film seine Fresse!" Die Frau hatte die Arme verschränkt und schob mit ihrer Fußspitze den Kies vor und zurück. Sie schien auf jemanden zu warten und zündete sich eine Zigarette an. Das Video zeigte nun ihr Gesicht – Brigitte.

„Transenbitch. Den machen wir alle." Eine junge Frauenstimme am Handy. Sie lachte. Das musste Katharina sein.

„Du filmst", rief eine Männerstimme. Das war eindeutig der Kerl, der ihm gerade so derb gegen das Schienbein getreten hatte. *Dreckige Negerhure.* Milan hatte die Worte noch im Ohr.

Zarah kontrollierte die Sauerstoffsättigung auf dem Display und griff nach dem Beatmungsbeutel.

„Ich will aber auch mal." Die Frauenstimme klang beleidigt. Er konnte sie immer noch nicht sehen.

„Das kannst du heute Abend machen. Du musst dich auch noch für die Paulskirche ausruhen." Es klang fürsorglich. Sicher war das die Glatze.

Brigitte war nicht so aufgestyled wie in der Moon-Bar, sondern ganz natürlich. Das Handy wechselte die Perspektive. Zwei lange Renee-Zöpfe und eine Zunge, die herausgestreckt wurde. Sie machte eine Bewegung mit ihrer Hand. Ein Kleeblatt zwischen ihrem Daumen und dem Zeigefinger. Vierblättrig. Kopf ab sollte das bedeuten. Die Renee kniff ihre Augen zusammen. „Die ROF scheißt auf solche Wesen. Verrecke." Das Bild wackelte und die Perspektive bewegte sich auf Brigitte zu.

Die Renee auf dem Handy war Katharina.

Milan legte das Handy auf Katharinas Nachttisch. Er wischte sich die Hände an seinem Kasak ab. Sie war dabei, als Brigitte zusammengeschlagen worden war.

„Wir müssen sie in den OP bringen. Das blutet nach. Ich kann es nicht stoppen. Die verblutet uns. Was hast du da in der Hand?" Erika tippte wieder in den Pager.

„Sie haben in ihrem Zimmer nach irgendetwas gesucht. Sie haben das Handy fallen gelassen. Vielleicht hilft das der Polizei." Er musste an diese Aufnahme. Brigitte musste davon erfahren.

„Jetzt kümmern wir uns erst mal um Katharina. Ich weiß auch gar nicht, ob wir das so einfach rausgeben dürfen." Erika griff nach einer weiteren Kompresse, um die Blutung zu stillen.

Zarah stülpte Katharina den Beatmungsbeutel über. „Sie muss es schaffen."

„Zarah, was ist los? Ist bei dir alles in Ordnung? Mädchen, setz dich mal hin, du siehst ganz blass aus." Erika prüfte die Maschinen.

„Wollten die Katharina umbringen?" Zarah sprach langsam.

Katharinas Runentattoo, die beiden Zöpfe an ihrem kahlen Schädel und nun noch dieser seltsame Film auf ihrem Handy. Katharina war Neonazi und Brigitte hatte von ihr berichtet. Von der jungen Frau, die bereit gewesen wäre, sie zu töten. Sie war wohl diejenige mit dem stärksten Hass in ihren Augen. Ihre Augen waren das Einzige, dass sie noch bewegen konnte.

Augen auf Ja. Augen zu Nein.

Zarah pumpte weiter mit dem Beatmungsbeutel und Erika drückte weiterhin Kompressen auf.

Die Tür des Zimmers öffnete sich. Ariane und ein weiterer Helfer schoben sich an ihm vorbei zum Bett.

Wenn die hier alle draußen waren, musste er an das Video kommen. Sein Handy lag im Spind.

„Sie ist wieder da", schrie Zarah und strich über Katharinas Wange.

Katharina öffnete die Augen und hustete.

Kapitel 33

Mainufer
Milan setzte sich an das Fenster der Straßenbahn. Wie immer werktags drängten sich Autokolonnen auf dem Kai in beiden Richtungen am Main entlang.

Die Straßenbahn ruckte kurz und fuhr von der Haltestelle am Krankenhaus ab. Er schaute hoch zur Etage der Intensivstation. Nach der Befragung durch die Polizei hatte er vorzeitig seinen Arbeitstag beendet und auch den Job abends in der Deutschen Bank abgesagt. Das ging heute nicht mehr. Erika, Zarah und er hatten bei Katharina das Schlimmste verhindern können. Sie war kurz in den OP gekommen, um zu überprüfen, dass das Herausreißen des Tubus keine größeren Gefäße verletzt hatte. Aber das war eine reine Vorsichtsmaßnahme gewesen.

Erikas Erstversorgung hatte ausgereicht.

Katharina konnte nicht nur husten, sondern auch wieder allein atmen. Der Chirurg, Milan erinnerte sich nicht mehr an den Namen des neuen Assistenzarztes, wollte den Tubus nach ein paar Tagen ganz entfernen. Katharina sollte aber erst einmal wieder zu sich kommen.

Mit einer Stimme wäre sie in der Lage gewesen, durch die Polizei befragt zu werden. Auf die Ja- und Nein-Fragen hatte sie nicht geantwortet. Katharina hatte mit der Polizei nicht kommuniziert. Sie hatte nur geweint.

Milan konnte der jungen Polizistin nur eine Täterbeschreibung liefern. Das frische Tattoo auf der Glatze war sicher ein wichtiges Erkennungsmerkmal.

Er hatte Ariane gefragt, ob er sich freinehmen könnte. Sie war zum Glück kurz angebunden gewesen und führte mit Michael Fengels Mutter ein wichtiges Gespräch. Milan wusste, dass Ariane diese emotionalen Gespräche stressten. Sie beurlaubte ihn für den Rest des Tages, aber der Unterton in ihrer Stimme klang seltsam zynisch. Das mit der Apotheke war wohl immer noch nicht vom Tisch. Beim nächsten Aufeinandertreffen würde er ihr vielleicht nicht mehr so leicht aus dem Weg gehen können. Er musste sich dringend etwas für diese Apothekengeschichte einfallen lassen.

Milan hatte von der Polizistin erfahren, dass Katharina ein Teil der Frankfurter Neonazigruppe ROF sei. Auf dem Video hatte er erkannt, wie gewaltbereit Katharina war. Wie viel Wut und Hass sie in sich trug. Er bekam nicht mehr alle Worte zusammen, die sie gesagt hatte. So, wie sie im Bett lag, konnte er kaum glauben, dass etliche Delikte ihr Vorstrafenregister füllten.

Ihre Mutter hatte der Polizei erzählt, dass ihre Tochter immer weniger ansprechbar geworden wäre. Die Rechte Offensive Frankfurt war ihre neue Familie geworden.

Milan hatte an Katharinas Bett gestanden, als die Polizistin mit ihm, Erika und Zarah die Befragung durchgeführt hatte. Katharina hatte ihn angesehen, als er das Handy von ihrem Nachttisch in seinen Kasak gesteckt hatte. In der ganzen Aufregung hatten Erika und Zarah vergessen auf das Handy einzugehen.

Milan hatte Katharina zugezwinkert und ihr stimmlos *alles gut* mit einem Blick auf seine Kasaktasche signalisiert. Er musste das Video abfilmen und er wollte Katharina nicht weiter in die Scheiße reiten. Diese Schweine hatten Brigitte zusammengeschlagen und Katharina hatte gefilmt.

Als die Polizistin das Zimmer verlassen hatte, hatte Katharina ihn mit ihren Augen fixiert. Auf die Frage, ob er gehen sollte, hatte sie ihm mit ihren Augen *Nein* geantwortet.

Er musste diese Typen finden, die Brigitte und Katharina angegriffen und verletzt hatten. Vielleicht reichte ein Screenshot von ihren Gesichtern. Zuerst musste er mit Brigitte sprechen und sie sollte entscheiden, wie sie mit dem Film umgehen sollten.

Katharina hatte kurz seine Hand gedrückt.

Erst als ihn Erika gefragt hatte, ob er denn doch weiterarbeiten wolle, hatte er sich von Katharina verabschiedet. Sie hatte noch versucht ihre Lippen zu bewegen, aber es kam kein Ton.

In der Straßenbahn drängelten sich Schulkinder an ein paar Rentnern vorbei auf die letzten freien Plätze. Milan setzte sich seine Kopfhörer auf. Mit den Beats konnte er bestimmt wieder abschalten. Der erste Track war ihm zu langsam. Er trommelte mit den Fingern auf seinen Oberschenkel. Fuck, war er unter Strom. Er krallte die Hände ins Polster. Vielleicht musste auch nur die Straßenbahn mal losfahren.

Ein junger Skater, der sich mit einem Sprung in die Bahn rettete, hatte auch einen schwarzen Hoodie an. Das war knapp gewesen vorhin für Katharina.

Milan hatte die beiden Typen nicht festhalten können. Er hatte es wirklich versucht.

Er löste die Hände von dem Polster. Die Abdrücke seiner Fingernägel hatten deutliche Spuren hinterlassen.

Zarah hatte kaum noch Luft bekommen und die Fingerabdrücke ihres Angreifers hatte man Minuten später noch an ihrem Hals sehen können.

Erika hatte sie nach der Vernehmung durch die Polizei nach Hause geschickt. Zarah hatte immer wieder zu Katharina und auf den Flur geschaut. Bis auf ihr *Tschüss* hatte sie kein Wort mehr gesprochen.

Milan drückte auf den nächsten Track der Playlist auf seinem Handy. Zu viel Tempo in den Beats war auch nichts. Da sprang alles durch den Kopf und er kam ohne Zeug zum Runterfahren gar nicht klar. Immer mit den Beinen wippen und die Augen nicht mehr stillhalten. Überall die vielen Autos, die Leute in der Straßenbahn zu nah. Er konnte nicht weiter sitzen bleiben.

Es war wohl die falsche Playlist.

Zwischen Daumen und Zeigefinger das Tattoo eines vierblättrigen Kleebatts. Katharina war dabei gewesen, als sie Brigitte zusammengeschlagen hatten. Sie hatten ihr ein blaues Auge verpasst und in den Unterleib getreten. Aber das war ja nicht alles. Viel schlimmer war, dass sie ihre Seele misshandelt hatten. Brigitte war immer offen und lächelte so viel weg.

Ein Paar küsste sich auf der Straße. Der Mann fuhr der blonden Frau durch die kurzen Haare. Sie lachte. Von der Eistüte tropfte Schokoeis auf die Schulter des Mannes. Auch die andere Playlist nervte. Er konnte die chilligen Beats nicht ertragen. Cozy Beats. Drauf geschissen. Er setzte die Kopfhörer ab. Am liebsten würde er wieder zum Krankenhaus zurückfahren und sich vor Katharinas Zimmer setzen und auf sie aufpassen. Total idiotisch. Aber er würde auch gerne wissen, was sie noch alles auf ihrem Handy hatte. Er wollte sie zur Rede stellen. Er wollte verstehen, warum sie so einen Mist machte. Sie war doch gar nicht sie selbst. Das konnte man doch an ihren Augen erkennen. Da lag er doch nicht falsch. Aber das mit dem Reden musste noch warten.

Die Wunde durfte ihr in der Nacht keine Komplikationen machen. Sie musste mit der Naht und dem neuen Tubus klarkommen und gut atmen können. Vielleicht blutete die Wunde nach. Vielleicht sollte er direkt von seinem Handy einmal auf der Intensivstation anrufen.

Die Polizistin hatte ihn auf Station beruhigt. Ein Beamter würde vor Katharinas Zimmertür sitzen und ihr sicher nichts passieren. Nicht in dieser Nacht.

Milan hatte der Polizistin nicht von Katharinas Handy berichtet und auch nicht von den Videos, die darauf gespeichert waren. Es hätte sich wie Verrat angefühlt.

Katharina sollte Brigitte kennenlernen. Und Brigitte Katharina.

Oben auf der Intensivstation waren die Jalousien in Katharinas Zimmer heruntergelassen worden. Auch Patricias Zimmer zeigte in Richtung des Mains. Ihre Jalousien waren geöffnet.

Katharina war diesen Typen schutzlos ausgeliefert gewesen. Sie wäre erstickt und verblutet, wenn dieser Fascho noch stärker an dem Tubus gerissen oder ihr den Mund zugehalten hätte. Die drei gehörten wie eine Clique zusammen. Sonst hätte doch Glatze keine Tränen in den Augen gehabt.

Wenn das Faschos waren, mussten sie irgendeinen Grund haben, sie ausschalten zu wollen. Vielleicht hatte es mit dem Handy zu tun. Sie hatten für ein Video Katharinas Leben auslöschen wollen.

Nur noch ein paar Haltestellen. Die Straßenbahn fuhr wieder an, durch Sachsenhausen in Richtung Hauptbahnhof. Die Menschen liefen schneller, die Autos hupten mehr und er musste immer wieder seinen Rücken strecken und den Nacken dehnen.

Vor ihm saß eine Rentnerin. Das Foto auf der Frankfurter Rundschau in ihrem Einkaufskorb zeigte Doris Steigenburger. Durch den großen Salatkopf davor konnte er die Überschrift nicht richtig erkennen. Irgendetwas mit Paulskirche und Benefiz. Steigenburger fehlte ihm jetzt gerade noch. Die Frau nahm ihren Korb, stand auf und ging zum Ausstieg.

Die Straßenbahn läutete und bremste scharf ab. Eine junge Frau wurde fast gestreift, doch sie schaute nur auf ihr Handy und hatte nichts bemerkt. Sommerkleid und Flip-Flops. Zwei Schritte langsamer, und sie wäre unter die Bahn gekommen.

Er könnte vergessen, was Katharina getan hatte. Menschen konnten sich ändern. Seine Mutter hatte ihm das bewiesen. Martina hatte ihm ihre Vergangenheit gebeichtet. Sie war ehrlich gewesen.

Vergeben war kein Vergessen.

Es juckte ihn. Er klebte am Polster. Sonst schwitzte er doch nie. Die Haut wurde ihm so eng. Mit dem richtigen Lied oder der richtigen Droge würde es irgendwann aufhören. Diese Spannung unter seiner Haut.

Heute hatte er verhindert, dass ein Licht für immer erlosch. Katharina konnte weiter strahlen. Weiterleben. Vielleicht wurde sie ein anderer Mensch. Durch Erika, durch Zarah und vielleicht auch durch ihn.

Brigitte musste erfahren, wer ihr die Tritte am Friedberger Platz zugefügt hatte. Sie konnte das Video löschen lassen.

Einer der Polizisten hatte zu seiner Kollegin gesagt: „Jetzt bringen die sich schon gegenseitig um." Katharina war ein Neonazi. Aber jeder Mensch konnte sich ändern.

Er war jetzt ein Sohn und hatte eine Mutter.

An der nächsten Station musste er raus. Milan stand auf und hielt sich an der Armschlaufe fest. Auf der Straße stand die ältere Dame mit dem Wachturm in ihren Händen, wie immer, daneben das Fischgeschäft, der Friseur, ein Mann mit Zwillingskinderwagen lief daran vorbei. Die Melonen im türkischen Laden waren extrem groß.

Eine Frau mit blonden Haaren griff nach einem Apfel. Ein richtiger Schneewittchenapfel. Sie hatte es eilig. Mit ihren roten Fingernägeln zog sie ihr Portemonnaie heraus. Ihr Gesicht spiegelte sich im Schaufenster des Ladens.

Martina!

Mit der Perücke hatte er sie zuerst gar nicht erkannt. Sie ging davon aus, dass er später nach Hause kam. Aber erst in drei Stunden würde sie ihn an der Deutschen Bank abholen. Falls sie das vorhatte. Aber nicht in dieser Aufmachung.

Die Straßenbahn stoppte. Milan stieg aus. Er wollte nicht in seine Wohnung.

Martina zahlte den Apfel und biss direkt hinein. In ihrem Mini und den roten Pumps hatte sie einen ganz anderen Gang. Sie lief immer ein paar Meter vor ihm und drehte sich nicht um. Er blieb hinter Martina. Sie hatte irgendetwas vor und er musste wissen, warum sie sich verkleidete wie eine andere Frau.

*

Die Straßenbahn läutete. Ramona drehte sich um. Vor ihr lief ein junges Mädchen mit einem Handy in der Hand über die Schienen. Das Mädchen hörte das Hupen gar nicht. Sie trug Flip-Flops und ein Sommerkleid. Vielleicht traf sie sich mit einer Freundin auf ein Eis.

Ramona setzte einen Fuß vor den anderen. Die roten Pumps an ihren Füßen hatten schon bessere Zeiten gesehen. Ein paar schwarze Kratzer zogen sich über die Vorderseite des rechten Pumps. Sie spürte die schiefen Pflastersteine unter ihrem Fuß. Wahrscheinlich war der Absatz nicht mehr ganz fest.

Sie würde lieber ihre Sportschuhe anziehen und laufen. Ganz weit weg. Wie sie das oft getan hatte.

Ramona konnte noch so weit weglaufen. Die Kaiserstraße entlang, über die Zeil bis zur Konstablerwache. Wenn sie jetzt anfing zu rennen, hörte sie nie wieder auf. So lange, bis ihre Lunge brannte und Jürgen aufgab nach ihr zu suchen. Aber er würde sie immer wieder finden.

Sie strich sich den blonden Bob glatt.

Sie wollte auch vor Jürgen nicht mehr davonlaufen. Dass er in Frankfurt weiter mit den Anabolika dealte und die vielen Jungs mit seinem Nazischeiß berieselte, hatte sie gewusst. Berlin hatte ihm nicht mehr gereicht.

Die vielen Zettel vom Struwwelpeter in der Tasche und im Briefkasten. Er ließ nicht locker.

Milan hatte schon zu viele Informationen erhalten. Er durfte nicht die ganze Wahrheit erfahren.

In den Zetteln hatte sie immer wieder Jürgens warme Stimme gehört. Er hatte sie doch immer beschützen wollen. Diese traurige Geschichte mit dem Feuerzeug. Sie warf den angebissenen Apfel in den Rinnstein und zündete sich eine Zigarette an. Das silberne Feuerzeug lag gut in ihrer Hand. Ein goldenes *N* verzierte es.

Es hätte alles anders kommen können.

Als sie im Internat mit dem Feuer gezündelt hatte, erzählte ihr Jürgen immer wieder diese Geschichte vom Paulinchen. Da war sie schon im Kader der Leichtathleten gewesen, als eine der Jüngsten. Mit sieben Jahren.

Damals hatte sie immer gedacht, vielleicht konnte so der Schrei ihrer Mutter aufhören. Sie wollte rennen, ganz schnell.

Als er sie mit dem Feuerzeug erwischt hatte, war seine warme Stimme an ihrem Ohr. *Und Minz und Maunz, die kleinen, die sitzen da und weinen.* Sie hatte an seiner Schulter weinen können – das erste Mal nach dem Tod ihrer Mutter. Ihr Vater hatte sich noch nie für ihre Tränen interessiert. Er war froh, dass sie weg war. Mit der kleinen Melanie kam er besser zurecht. Sie machte er nicht für den Tod seiner Frau verantwortlich.

Ramona würde sich von Jürgen nicht noch einmal um den Finger wickeln lassen. Es war vorbei, endgültig. Heute würde sie ihm das endlich sagen. Dass er nichts mehr von ihr verlangen könnte.

Sie bückte sich und rieb mit einem Taschentuch über die schwarzen Kratzer auf ihrem Pump und warf das Taschentuch in den Mülleimer, der neben einem Schaufenster angebracht war.

In den Regalen, durch die man in einen Verkaufsraum schauen konnte, lagen Fersenpflaster, Cremes für Hühneraugen und Hornhauthobel. *Mit uns kommen Sie wieder auf die Beine.* Einfach nur noch stehenbleiben, gar nicht mehr hinlaufen. Nie wieder Perücke. Sie hätte den Pump am liebsten durch die Scheibe geschlagen.

Jürgens letzte Nachricht war mehr als eine Warnung. Sie wollte Milan nicht gefährden. Und sie wollte auch nicht wieder irgendwo hineingezogen werden. Das musste aufhören.

Er hatte ihr eine Adresse in der Nähe des Römers genannt. Eine Weinstube in der Berliner Straße. „Wie in alten Zeiten. Ein gutes Glas Wein und ein paar Worte unter Freunden." Vielleicht hatte er es wirklich so gemeint.

Am Willy-Brandt-Platz schaute sie nach oben zu den Zwillingstürmen der Deutschen Bank. Milan hatte heute seinen langen Tag und bis er nach Hause kommen würde, war sie längst wieder daheim und hatte alles mit Jürgen geklärt.

Sie hatte noch sieben Minuten.

Ein weißes Kleid im Schaufenster von Lilianes Brautmoden, dazu zwei lange Spitzenhandschuhe und ein Schleier wie bei Grace Kellys Hochzeit. So ein Kleid hätte sie damals gern getragen. Sie wäre mit Nikita auch nach Las Vegas geflogen oder hätte ein ganzes Leben mit ihm in Berlin gefeiert.

Mit ihm wäre alles möglich gewesen.

*

Sie schaute auf ihre Armbanduhr. Fünf Minuten drüber. Sie musste völlig die Zeit vergessen haben. Jürgen stand vor der Weinstube. Er schüttelte kurz seinen Kopf und lächelte dabei.

„Du kommst doch sonst nie zu spät." Er zog seine rechte Augenbraue hoch. Als ob sie sich vor einem Wettkampf eine Extraportion Knusperflocken reingehauen hätte. „Aber nun bist du da, mein Mädchen. Wie geht es dir? Wo warst du nur so lange? Ich habe dich vermisst."

„Hallo Jürgen. Ich ... hatte, also ich ... Tut mir leid." Sie blickte zu Boden. Die Pumps glänzten. Jürgen war immer noch gut in Form. Seine Haare waren kurz rasiert. Er trug ein schwarzes Hemd und graue Jeans. Ein Oberst von der Bundeswehr im Outfit fürs Theater.

„Gut siehst du aus. Wie hast du mich gefunden? Ich wollte gerne ..."

„Du wolltest mit deinem alten Freund ein Glas Wein trinken gehen." Er zeigte auf die Eingangstür. „Wollen wir nicht lieber reingehen? Muss doch nicht jeder alles mitbekommen."

Durch die Fenster sah sie nur ein altes Pärchen mit zwei Gläsern Weißwein an einem Bistrotisch sitzen. Vielleicht Touristen, die sich kurz ausruhen wollten.

Jürgen ging voran. Er hielt ihr die Tür auf. „Du brauchst eine neue Perücke, Ramona."

Ramona strich sich den Pony glatt. „Ich glaube nicht."

Er winkte dem Kellner zu und deute auf einen Tisch in der rechten Ecke der Weinstube. „Setz dich doch. Du bist jetzt also in Frankfurt und besuchst deinen Sohn. Wie rührend." Er faltete seine Hände ineinander. Mit seinen Händen hatte er ihr gezeigt, wie man Zungenbeine brach und den Ablauf einer Pistole drückte.

„Wie hast du mich gefunden?", fragte sie.

„Ganz zufällig bin ich am Laden dieses Zwitters vorbei. Und da sehe ich meine Ramona." Er blinzelte langsam. „Dass du einfach abgehauen bist, hat mir nicht gefallen. Gar nicht gefallen. Wir können doch die vielen Jahre im Internat und danach nicht vergessen. Wir waren schon immer ein tolles Team, du und ich. Oder etwa nicht?" Er kratzte sich über seine Bartstoppeln.

Früher hatte sie das gemocht. Auch seine Stimme war wieder so warm. Er meinte es doch immer nur gut mit ihr. Sie hatte ihn enttäuscht.

„Du antwortest gar nicht. Ich brauche wirklich dringend deine Hilfe. Du vergisst doch nicht, was der alte Jürgen die ganzen Jahre für dich getan hat?" Eine Kette mit Runenanhänger rutschte aus dem Hemd. Jürgen hatte bisher nie Ketten getragen.

Sie griff nach einer Zigarette und entzündete sie mit ihrem Feuerzeug.

„Du und dein Feuer, Ramona." Er lächelte. „Du bleibst doch die, die du bist."

„Ist hier verboten. Wenn Sie rauchen möchten, gehen Sie bitte vor die Tür." Die Bedienung, ein junger Mann mit Kinnbart, deutete auf die Straße.

„Wenn sie rauchen möchte, raucht sie! Bring uns einfach einen Aschenbecher." Jürgen knackte mit seinen Fingern.

„Tut mir leid. Natürlich mache ich die Zigarette hier aus." Ramona drückte sie in ihr Päckchen.

„Seit wann bist du denn so sanft?", fragte Jürgen.

„Wollten Sie etwas trinken oder essen?" Der junge Mann zog seinen Notizblock und einen Stift hervor.

„Zwei Champagner. Ihre beste Flasche. Wir haben etwas zu feiern." Jürgen winkte den jungen Mann vom Tisch weg.

„Kommt sofort." Er verbeugte sich, wie ein Schuljunge.

„Deine Hand zittert ja, Ramona. Was ist denn los mit dir? Du bist doch nicht etwa nervös. Ich bin es. Jürgen. Dein alter Jürgen." Er lehnte sich nach hinten in seinen Stuhl und betrachtete sie.

„Ich bin ... etwas ... durcheinander. Deine komischen Nachrichten haben mich sehr verunsichert. Was ... willst du von mir?", fragte Ramona.

„Nur einen kleinen Gefallen. Mir ist eine wichtige Person ausgefallen und da dachte ich, dass du mir da vielleicht aushelfen könntest."

„Einen Gefallen? Jürgen, ich will das nicht mehr." Sie zupfte an ihrer Perücke.

Sein Gesicht näherte sich. In seinem linken Auge war eine kleine Ader geplatzt. „Das hat dir doch früher nichts ausgemacht. Du bist meine beste Killerin. Schon immer gewesen." Seine Stimme war deutlich leiser. „Du hast immer den besten Job gemacht. Bis auf ..., ach lassen wir das."

Sie zog ihre Perücke vom Kopf. „Ich bin eine andere."

„Ramona. Du bist echt eine Granate. Du kannst keine andere sein, sonst will doch die Polizei wissen, wer diese Ramona ist." Jürgen lachte. „Und was denkt dann dein Sohn, wen er sich da ins Haus geholt hat?" Er strich sich über die kurzen Haare.

„Ich habe ihm die Wahrheit gesagt." Ramona knetete die Perücke in ihren Händen.

„Die ganze Wahrheit?" Er lächelte zufrieden.

Sie zog ihre Perücke auf. „Wirst du mich denn nie gehen lassen?" Sie zündete sich wieder eine Zigarette an.

„Ich mache dir einen Vorschlag." Er lachte, als ob sie ihm einen Witz erzählt hätte. „Nur noch dieses eine Mal und dann bist du frei. Du kannst mir vertrauen. Niemand wird etwas erfahren und du kannst als freie Bürgerin mit deinem Sohn leben. Ich gebe dir einen Tag Bedenkzeit. Hilf mir, so wie ich dir immer geholfen habe."

Der junge Mann kam mit einer Champagnerflasche und entkorkte die Flasche. Ganz langsam schenkte er zwei Gläser ein und reichte sie Ramona und Jürgen.

„Auf eine gute Zusammenarbeit und gegenseitiges Vertrauen, liebste Ramona." Er stieß mit ihr an. „Miau, mio, lass stehn, sonst brennst du lichterloh."

Ramona leerte ihr Glas in einem Zug. Sie würde es drauf ankommen lassen. Sie hatte sich selbst etwas versprochen. Sie wollte eine gute Mutter sein. Wenn ihr sein Angebot nicht zusagte, würde sie ablehnen können. Das wusste sie. „Wie sieht dieses Vertrauen aus? Wie lautet dein Auftrag?"

„Es ist etwas, das du besonders gut kannst. Mit einem Messer aus nächster Nähe. Das magst du doch. Nur dieses Mal ist es eine Frau."

Kapitel 34

Milans Wohnung
Martina schlief noch. Sie lag auf der Couch und drehte sich auf die andere Seite. Ihre Haare berührten fast das leere Rotweinglas auf dem Boden. Kater Merlot hob kurz seinen Kopf und gähnte.

Milan griff nach seinem Schlüsselbund auf dem Couchtisch vor ihr. Der Anhänger kratzte über die Marmorfläche. Hinter den schweren Vorhängen drang ein neuer Tag in das Wohnzimmer. Er zog den kleinen Spalt zwischen den Vorhängen zu. Der Morgen sollte noch etwas draußen bleiben.

Er wollte sie nicht aufwecken.

Ihr Neustart in Frankfurt war für sie sicher nicht einfach. Und vielleicht hatte ihr Treffen mit diesem Mann eine einfache Erklärung. Er legte ihr die Decke über die Füße und fuhr dem Kater über seinen Kopf. Merlot schnurrte.

Milan schloss die Haustür. Im Briefkasten seines Nachbarn Peter Michalsky aus dem dritten Stock steckte ein *Journal Frankfurt* mit dem Foto von Doris Steigenburger auf dem Cover. Ihr Gesichtsausdruck darauf war offen und freundlich. Er griff danach. *Musik gegen Rechts in der Paulskirche* stand auf der Titelseite. Das wollte er sich später durchlesen und schob das Magazin in seinen Rucksack. Peter holte die Post eh nie vor dem Abend. Er konnte ihm das Magazin heute Nachmittag wieder in den Briefkasten stecken.

Gegenüber wurde der Obst- und Gemüseladen *Söngül Market* beliefert. Der Fahrer lud Kisten mit Salat und Kirschen aus dem Transporter. Die Warnblinkanlage klackte.

Milan winkte dem Besitzer, der ein Blatt Papier in den Händen hielt und die Lieferung überprüfte. Niemand hatte bessere Orangen in der Stadt.

Milan stieg auf sein Rad.

Neben dem *Söngül Market* war ein Junkie auf der Suche nach einem Platz, um sich den ersten Schuss zu setzen. Mit einem seiner Hände hielt er sich an den Schaufensterscheiben fest. Er hatte diesen starren Blick und lief, als würde er sich auf einer spiegelglatten Fläche bewegen. Sein Kopf wackelte wie bei einem Parkinsonerkrankten im fortgeschrittenen Stadium. Hinter ihm schob eine Frau einen Einkaufswagen vor sich her, eine Obdachlose. Sie schien sich daran abzustützen. Ein verschmutzter Verband löste sich von ihrem rechten Fuß.

Er fuhr über den Kaisersack. Mittlerweile wurde viel kontrolliert und die Junkies in Bewegung gehalten. Manchmal lag aber immer noch jemand im Treppenabgang zur B-Ebene. Die Drogentoten verteilten sich besser in der Stadt, sodass niemand im hippen Bahnhofsviertel über sie stolperte. In der Nähe der Elbe- und Moselstraße gab es Drückerkabinen. Dort bekamen sie wenigstens frische Spritzen und einen starken Kaffee. Aber auch dort drückten sie direkt im Rinnstein oder konsumierten Crack.

Er wich den ersten Pendlern aus. Sie kamen vom Hauptbahnhof und liefen die Kaiserstraße entlang. Auf der großen Uhr über dem Haupteingang standen die Zeiger auf sechs Uhr dreißig. Er bremste ab. Die Männer und Frauen, die die Straße überquerten, trugen Anzüge oder lässigen Casuallook. In ihren Händen hielten sie Aktentaschen aus braunem Kalbsleder oder Weekender. Eine sogar aus alten Feuerwehrschläuchen.

Der Wind in Milans Gesicht war frisch. Ihm fröstelte. Vielleicht war das der Schlafmangel der letzten Tage. Er schaltete einen Gang höher und fuhr weiter in Richtung Uniklinik.

Ein einsamer Ruderer zog mit voller Kraft über den Main in Richtung Offenbach. Das Wasser zischte bei jedem Schlag auf die Oberfläche.

In den vertäuten Hotelschiffen am Ufer deckten die Keller im Innenraum für das Frühstücksbuffet ein. Auf den Tischen leuchteten kleine Stehlampen. Ein Radfahrer klingelte, als er auf die Gegenspur geriet. Milan entschuldigte sich mit einer Handbewegung bei ihm.

Ein Gruppe Nilgänse schnatterte laut am Ufer und zingelte eine Entenfamilie auf der Wiese ein. Sie hatten es mit ihren roten Schnäbeln und der schwarzgefiederten Zorro-Maske um ihre Augen auf die Küken abgesehen. Die schlüpften unter das Gefieder ihrer Mutter, die sich aufplusterte und den Nilgänsen entgegenging.

Er musste wissen, wie es Katharina ging. Gestern war es richtig knapp gewesen für sie. Mit genügend Zeit hätten die Glatze und der Ältere sie umgebracht. Ohne das rote Licht über ihrer Tür und die Notfallklingel hätte es niemand bemerkt.

Milan bremste ab und klingelte. „Scheiß Viecher haut ab, lasst sie in Ruhe!." Er klatschte in die Hände. Eine Gruppe Schüler lachte und klatschte ebenfalls.

Vor ein paar Tagen hatte er einmal erlebt, wie die Nilgänse eine Ente so lange unter Wasser gedrückt hatten, bis sie nicht mehr auftauchte. So etwas hatte er noch nie erlebt. Früher hatte er sie gefüttert. Das war nicht erlaubt. Ihre Augen hatte er als hübsch empfunden und die schwarze Zorro-Maske als besonders. Nach der toten Ente, die mit den Wellen ans Ufer schwappte, hatte er ihnen nichts mehr gegeben.

Er störte sie. Er würde sie so lange stören, bis sie aufhörten. Er könnte auch einen Stein nehmen und sie damit vertreiben. Ihre Augen schauten ihn böse an. Sie waren genauso rot wie ihre Schnäbel. Ihnen war nicht zu trauen. Die Stadt gab sie immer wieder zum Abschuss frei. Er verstand, warum.

Milan zischte laut. Die Gänse ließen von den Enten ab. Zumindest für diesen Augenblick. Sie schnatterten und flogen in Richtung des Eisernen Stegs davon. Die kleinen Küken schlüpften unter dem Gefieder ihrer Mutter hervor. Heute hatten sie Glück gehabt.

Das Video auf ihrem Handy, das er sich angesehen hatte. Brigitte, die auf dem Boden gelegen und in die Kamera geschaut hatte. Das rote Licht über Katharinas Tür. Über den Flur waren die beiden Typen ins Treppenhaus geflohen. Niemand hatte sie zu fassen bekommen. Sie waren einfach verschwunden.

Katharina hätte Brigitte vielleicht noch stärker misshandelt, wenn sie nicht gefilmt hätte. Vielleicht hatte sie aber auch nur eine große Klappe und konnte niemandem etwas Böses. Ihre Augen wirkten vertrauensvoll, in ihr musste mehr stecken als eine Nazibraut. Sie brauchte nur jemanden, der sie verstand und keine Angst hatte.

So jemand fehlte ihm auch.

Er stieg wieder auf sein Rad. Zwei Jogger, ein Mann und eine Frau, liefen gleichauf. Die Schritte waren unterschiedlich laut. Einer von beiden hatte Schwierigkeiten mit der Gewichtsübernahme im Standbein. Klarer Fall von schlechtem Training oder Überforderung.

„Los Schritt. Udo Schritt. Zwei ein. Vier aus. Los." Die Stimme der Frau hatte fast den Takt eines Ruderers. Sie hatte eine Glatze. Ihre Schritte federten. Ein wenig hatte sie was von Sinead O'Connor. Eine schöne Kopfform und eine durchtrainierte Halsmuskulatur, die sich unter ihrem Shirt abzeichnete. Sinead war aber sicher nicht so sportlich wie diese Läuferin. Nothing compares to you. Er hatte den Song mit Leo in einer Radiosendung entdeckt, als sie sich die Songs des Jahres 1990 angehört hatten. *Like a bird without a song.*

Die Frau mit der Glatze beschleunigte ihr Tempo noch und lief rückwärts, damit sie ihren Laufpartner im Auge hatte. Ihr Lippenstift passte zu dem Rot ihres Shirts. Sie würde beim Frauenlauf in Frankfurt sicher super abschneiden. Der Mann neben ihr war einen Schritt langsamer. Er brauchte Zuspruch.

„Los, Udo, sonst wird das nichts mit dem Marathon. Und das Glas Wein musst du dir auch noch verdienen. Konzentriere dich auf die Atmung und die Schritte. Zwei Schritte ein und vier Schritte aus. Quitting is not an option. Du weißt das." Sie lächelte Milan zu, als wäre er auf ihrer Seite.

Der Mann schaute ihn an. „Diese Frau", er schnaufte und stütze sich auf den Oberschenkeln ab, „schafft mich noch."

„Nur nicht aufgeben." Milan fuhr an den beiden vorbei. In dem Nothing compares to you-Video lief Sinead ganz langsam eine Träne aus dem Auge. *Nothing can stop these lonely tears from falling.*

Auf dem Holbeinsteg blieb er in der Mitte der Brücke stehen. Der Ruderer war bereits hinter dem Eisernen Steg verschwunden. Er war früh dran und er liebte diesen Blick auf den Main. Der Wind war immer noch frisch. *All died when you went away.*

Niemand war auf der Brücke.

Hinter ihm standen die Hochhäuser der Stadt und gar nicht weit davon lag die Weinstube, vor der er seine Mutter mit einer Perücke gesehen hatte.

Sie hatte sie abgezogen, als dieser Mann verschwunden war. Er war Milan unsympathisch. Trotz des schwarzen Hemdes und der grauen Hose wirkte er wie ein Bootcamp-Instructor. Alles an ihm drückte Drill aus. Und Martina wirkte vor ihm wie ein Mädchen.

Martina hatte die gleichen grünen Augen wie Leo und er. Sie hatte diesen Mann wie ein Reh vor einem Autoscheinwerfer in der Nacht angeschaut.

Dieser Mann musste ein Teil ihrer Vergangenheit sein.

Nicht jedes Geheimnis war ein gutes Geheimnis. Niemand wusste, dass er in der Krankenhausapotheke manchmal etwas mitgehen ließ.

Niemand, außer Doris Steigenburger.

Auf der anderen Seite der Brücke lagen die vielen Museen und die Klinik. In der Schirn lief gerade die Ausstellung „Fantastische Frauen". Das Bild von Frida Kahlo hatte er an verschiedenen Plakatwänden und an Haltestellen gesehen. Die Künstlerin hatte nach einem Unfall starke Schmerzen gehabt. Und konnte sich lange nicht bewegen.

In der Klinik lag Katharina auf der Intensivstation.

Zum Glück war er dazugekommen. Zum Glück hatte sie die Notrufklingel auslösen können. Zum Glück war sie am Leben geblieben.

Sein Schienbein hatte durch den Tritt einen riesigen blauen Fleck bekommen. Der würde auch wieder verschwinden. Katharina würde wieder aufstehen. Ihre Erkrankung würde ihr Leben vielleicht zu einem besseren Leben machen. Zu einem Leben auf der richtigen Seite.

Er sollte nicht so viel grübeln.

Katharina hatte eine Vergangenheit. Genauso wie Martina. Eine, von der er nichts wusste.

Vielleicht hatte Katharina auch nur gefilmt und war nicht gewalttätig geworden. Jetzt saß die Polizei vor ihrem Zimmer auf der Intensivstation. Sie hätten etwas gesagt, wenn nach ihr gesucht werden würde. Erika hatte ihm erzählt, dass ihre Mutter sie schon lange vermisst hatte. Dass sie lange verschwunden war.

Martina hatte ihm auch gesagt, sie hätte ihn vermisst. Sie war nicht verschwunden. Sie war erst aufgetaucht. *Ich habe für Geld getötet.* Immer wieder dieser Satz, der so gar nicht zu Martina passen wollte. Die er so gern um sich hatte und auch gern wieder los wäre. Er hätte Martina auch genauso gut fragen können, mit wem sie sich da in der Weinbar getroffen hatte. Die beiden hatten sehr vertraut gewirkt.

Er zündete sich eine Zigarette an und inhalierte den Rauch. Er zog ihn in sanften Wellen in seine Lungen und ließ ihn wieder ausströmen. In seinem Kopf wurde es nicht ruhiger.

Katharina lag hilflos in ihrem Bett. Sie kannte die Täter bestimmt.

Martina stand wie ein angeschossenes Tier vor diesem Mann.

Er musste dringend mit Martina sprechen.

Die Jogger liefen nun wieder nebeneinander und hinter ihm vorbei über die Brücke. „Weiter so", sagte Milan. Der Mann lief der Frau noch tapfer hinterher. Sie feuerte ihn an und küsste ihn am Ende der Brücke auf den Mund.

Milan hatte gestern weder Hasch geraucht noch Kokain geschnieft oder sich irgendeine Pille eingeworfen. Normalerweise wäre er noch in einen Club gegangen und hätte es richtig krachen lassen.

Das Wasser gurgelte unter ihm. Er hatte seine Kopfhörer gar nicht auf. Katharina hatte gestern auch so gegurgelt.

Für den Rest der Strecke würde ihm ein wenig Lärm ganz guttun. Er setzte sich seine Kopfhörer auf und drehte die Musik laut.

*

Die Türen des Fahrstuhls öffneten sich. Milan trat auf den Flur. Vor Katharinas Zimmer saß ein junger Beamter mit kurzgeschorenen Haaren und einem netten Lächeln. Er hielt einen Kaffeebecher aus dem Stationszimmer und schaute in ein Magazin.

Erika stand mit einer kleinen Frau zusammen und reichte ihr ein Taschentuch. Die Frau hatte verweinte Augen und ihre Haare standen an ihrem Hinterkopf ab.

Zarah füllte einen Desinfektionsspender vor Zimmer eins auf. Sie trug ihre Haare glatt.

„Guten Morgen. Schon wieder im Dienst? Wie geht es dir?", fragte Milan.

Zarah strich über ihren Hals. Die Abdrücke von vier Fingern des Faschos reichten bis zu ihrem Kehlkopf. Ein leichter Druck darauf und es hätte schlimmer enden können. „Muss ja. Ich habe ein heißes Bad genommen und bin früh ins Bett. Ging zum Glück alles gut aus. Ich habe mir Sorgen um Katharina gemacht. Liegt da und kann sich nicht wehren. Ich habe darüber die ganze Zeit nachgedacht. Wie geht es dir?"

Milan reichte ihr die nächste Flasche Sterilium vom Pflegewagen.

„Mir ging es genauso. Wie schrecklich für sie. Warst du schon bei ihr?"

Sie griff danach. „Ja, sie hat nach dir gefragt. Also über ihre Augen und das Ja und Nein sagen. Ich soll mit dir später einmal zu ihr kommen."

„Tut der Hals denn weh?" Er zeigte auf die Stelle mit den Fingerabdrücken. Die Fingernägel hatten die Haut verletzt und abgeschürft.

Zarah zog den Kragen ihres Oberteils hoch. „Ich merke schon die Verspannung, aber das heilt wieder. Wir haben ihr geholfen und das zählt. Ihre Freunde waren krass drauf." Sie fuhr sich über ihren Hals. „Wenn man das Freunde nennen kann."

„Wir können nur hoffen, dass die gefunden werden. Sie hat sich noch nicht einmal wehren können. Welcher Mensch macht so etwas?"

„Du meinst, wie sie das früher wahrscheinlich auch getan hat?", fragte Zarah. „Aber jeder kann nur auf sich schauen. Sie braucht unsere Hilfe und ich glaube wirklich, dass ihr noch zu helfen ist. Im Gegensatz zu Michael." Zarah deutete mit einem Kopfnicken auf den Flur. „Erika redet gerade mit seiner Mutter."

Erika strich der kleinen Frau über die Schultern. Die Frau schloss ihre Augen.

Der junge Beamte vor Katharinas Zimmertür schaute zu dem roten Lämpchen über der Tür. Katharina musste die Klingel gedrückt haben.

Der Polizeibeamte nickte ihnen zu.

Milan öffnete die Tür zu Katharinas Zimmer.

Zarah trat an den Wagen mit den Pflegeutensilien, der neben Katharinas Zimmer stand, kramte darin und folgte ihm.

Die Jalousien in ihrem Zimmer waren leicht geöffnet. Der Verband an ihrem Hals war frisch und man hatte sie von der dauerhaften Beatmung genommen. Katharina hielt die Klingel in der Hand. Sie hob leicht ihren Kopf an. In ihrem Gesicht bewegten sich ein paar Muskeln. Um die Mundwinkel zuckte es und an ihren Augen zeichneten sich Fältchen ab. Das waren riesige Fortschritte und das in dieser kurzen Zeit.

Milan trat an ihr Bett. „Hey, dein Kopf. Du kannst ihn anheben. Ich bin begeistert. Gut schaust du aus. Du hast jetzt sogar einen Bodyguard vor der Tür sitzen. Mach dir keine Sorgen. Hier passiert dir nichts mehr. Du bist in Sicherheit."

Katharina schloss kurz ihre Augen.

„Möchtest du mir etwas sagen?", fragte Milan.

Sie riss die Augen auf. Die Bewegung war klar und deutlich. Das war ein Ja.

„Hat es mit dem Abend gestern zu tun?"

Sie öffnete die Augen weiter.

„Die Polizei hat uns verhört. Wir haben unsere Angaben gemacht, aber nur du kannst sagen, wer das war."

Sie starrte ihn an. Keine Reaktion über die Augen.

„Oder nicht?" Hinter ihm sortierte Zarah etwas in Schubladen ein.

Er hatte Katharinas Handy in ihre Nachttischschublade zurückgelegt. Vielleicht gab es noch mehr Videos als das mit Brigitte. Videos, die helfen konnten, die Täter zu finden.

Zarah trat neben ihn. „Ich habe eine Nagelschere dabei, Katharina. Ich möchte dir gerne die Fingernägel schneiden. Sie sind ganz schön gewachsen. Kann ich?"

Katharina schloss die Augen. Sie öffnete sie wieder und rollte die Augen nach rechts und links.

„Ich soll sie dir später schneiden? Kein Problem."

Milan trat an den Nachttisch. Wenn er die Möglichkeit hatte, konnte er das Video mit seinem Handy abfilmen. Brigitte hatte ein Recht darauf zu wissen, was da mit ihr im Umlauf war.

Katharina öffnete die Augen, blickte nach rechts und links.

„Ich verstehe nicht, da liegen nur deine Zöpfe." Zarah strich die Zöpfe glatt. Die Frisur sah unmöglich aus. Aber Statement war nun mal Statement. Und da war die Frisur mit den kurzgeschorenen Haaren und den Fransenzöpfen ein klares Ja zu Rechts.

Katharina öffnete die Augen weiter.

„Es hat was mit deinen Zöpfen zu tun? Soll ich sie kämmen? Das habe ich auch noch vor", sagte Zarah.

Katharina hob ihren Kopf. Sie bewegte ihre Lippen, hauchte etwas Luft hinaus. Ein Ton begleitete den Hauch.

Milan trat einen Schritt näher.

„Ab." Sie wiederholte es. „Ab." So leise, wie diese selbstschließenden Schubladen im Stationszimmer. „Ab."

„Du schaust auf deine Zöpfe und sagst ab?" Zarah legte die Schere auf Katharinas Nachttisch. „Ab ist aber dann auch wirklich ab."

Zarah schaute kurz zu Milan. „Will sie, dass ich die Zöpfe abschneide?" Sie beugte sich näher und nahm einen der Zöpfe zwischen ihre Finger. „Liege ich da richtig, Katharina?"

Katharina riss die Augen auf. Die Fältchen um ihre Augen wurden tiefer. Der Mund zuckte. „Du." Sie schaute Milan an, auf ihre Zöpfe und dann zum Nachttisch. Dorthin, wo Zarah die Schere gelegt hatte.

„Ich soll dir die Zöpfe abschneiden?" Milan hatte in seinem Leben bisher nur Leo die Haare geschnitten, als sie klein waren.

Zarah reichte ihm die Schere. „Gute Idee, Katharina."

Milan nahm sie. Die Jalousie klapperte im Wind ans Fenster. „Nicht, dass du mich später verklagst. Ich bin kein Friseur."

Katharina schloss kurz die Augen und öffnete sie wieder. Ihre Gesichtszüge entspannten sich.

Er schnitt ihr zuerst den rechten Zopf ab und hielt ihn ihr vor die Augen.

Katharina seufzte.

„Finde ich mutig von dir", sagte Milan. Er legte den Zopf auf den Nachttisch. „Und jetzt kommt Nummer zwei."

Katharina griff nach Zarahs Hand.

Milan strich den Zopf glatt und schnitt ein zweites Mal. Er legte ihn auch auf den Nachttisch. „Ich muss noch etwas nachbessern." Die Konturen konnten es noch vertragen. Katharina hatte weiche Haare. Er strich ihr ein langes Haar aus der Stirn. Ihre Augenbrauen hatten einen so schönen Schwung. „Du hast es so gewollt, aber by the way: Steht dir so viel besser."

Sie öffnete die Augen und griff nach seiner Hand. „Ab."

*

Milan schloss die Tür hinter sich. Katharina war eine andere mit der neuen Frisur. Ihre Hand hätte noch etwas länger auf seiner Hand liegen können. Sie hatte ihn so dankbar angesehen.

Der Polizist vor ihrer Tür schaute irritiert auf die beiden Zöpfe und die Schere in Milans Hand.

„Keine Sorge, es ist alles abgesprochen. Frau Nowak hat sich wohl von ihrer alten Gesinnung losgesagt und da gehört die Frisur dazu."

„Wenn es sie wieder auf den richtigen Weg bringt. Vielleicht kann sie uns mit dieser ROF weiterhelfen", sagte der Polizist.

„Ich habe von denen auch schon gehört. Man sieht ihre Graffiti in der ganzen Stadt. In dem O ihres Namens ist eine schwarze Sonne abgebildet." Milan hatte es auch in dem Video auf Katharinas Handy gesehen. Eigentlich müsste er das unbedingt der Polizei erzählen. Doch vielleicht ging das anders. Er wollte sie nicht verraten.

Der Polizist stand vom Stuhl auf und drückte sich seine Hände in den Rücken. „Genau. Die machen sich auch in der Unterwelt breit. Keine Ahnung, wohin die mittlerweile ihre Kontakte geknüpft haben. Als wichtige Zeugin wäre Katharina Nowak für unsere Ermittlungsgruppe ein großer Gewinn. Die ROF hält uns in Frankfurt ganz schön auf Trab. Drogen und diese ganze Gehirnwäsche bei den Jugendlichen. Nun fangen sie sogar an, ihre eigenen Leute zu lynchen." Er zeigte mit einer Kopfbewegung auf Katharinas Zimmer. „Ich bin gespannt, ob sie reden wird. Also sobald sie das kann. Vielleicht könnten Sie auch immer einmal testen, ob da Informationen von ihr kommen. Ich weiß, Sie sind kein Ermittler, aber bei uns wollen sie nicht immer reden. Ihnen wird sicher Vertrauen geschenkt."

Darüber hatte Milan noch gar nicht nachgedacht. Katharina war ein Teil dieser Terrorgruppe: der ROF. Das, was er auf dem Video mit Brigitte gesehen hatte, war sicher nicht ihre erste Tat gewesen. Obwohl sie nur das Handy gehalten hatte. Aber sie war dabei und sie hatte es vor allem auch geduldet. Sobald sich ihr Zustand weiter besserte, musste sie sich mit ihrer Vergangenheit auseinandersetzen und ein Gespräch mit Brigitte suchen. Das war das Mindeste. Ansonsten gab es keinen Grund das gefilmte Material nicht der Polizei zu übergeben. Vielleicht sollte er das Handy auch erst mal an sich nehmen. Das würde niemand bemerken.

Der Polizist setzte sich auf den Stuhl zurück und streckte sich. „Meine Kollegin hat schon berichtet, was Sie für einen Einsatz gezeigt haben."

Katharina war nach seiner Behandlung erschöpft eingeschlafen und während Zarah das Zimmer verlassen hatte, um einen neuen Infusionsbeutel zu besorgen, hatte er das Video auf Katharinas Handy abgefilmt. Es hatte auch beim zweiten Mal nichts von seiner Grausamkeit verloren. Brigitte war stolz geblieben und die Erniedrigungen erahnte Milan nur in ihren Gesten. Als ihre Bluse zerriss und sie ihre Weiblichkeit verlor.

„Wir hatten versucht uns an alles zu erinnern. Aber manchmal fällt einem auch noch etwas im Nachhinein ein. Ist dir noch etwas eingefallen, Zarah?" Milan steckte die beiden Zöpfe in die Taschen seines Kasaks. Viel Haar waren diese Fransen nicht.

Zarah schüttelte den Kopf. „Mir ist nur noch eingefallen, dass dieser Arsch gepflegte Hände hatte. Sie rochen nach Pfirsich."

Der Polizist lächelte. „Ich gebe diese Info auf jeden Fall weiter. In einer Stunde ist Schichtwechsel." Der Polizist schlürfte den Rest seines Kaffees.

„Noch eine Tasse?" Zarah hielt ihm ihre Hand hin.

„Das wäre klasse. Vielen Dank." Er reichte ihr die Tasse.

Sie zeigte auf ihren Hals. „Schnappen Sie die, die anderen die Luft nehmen wollen."

Der Polizist nickte. „Wir versuchen unser Bestes. Versuchter Mord bringt schon ein paar Jahre und wer weiß, was die sonst noch alles auf dem Buckel haben. Wir wissen auch nicht, bei was die Dame im Zimmer noch mitgewirkt hat. So unschuldig ist die sicher auch nicht."

„Sie heißt Katharina Nowak und Menschen können sich ändern", sagte Milan. Katharina war bereit sich zu ändern. Genauso wie seine Mutter hatte sie den ersten Schritt gewagt. Katharina hatte sich ihre Haare abschneiden lassen. Von ihm. „Ich muss zu meiner nächsten Patientin. Ich wünsche Ihnen einen guten Feierabend und bis bald auf Intensiv. Frau Nowak wird noch eine Zeitlang hierbleiben müssen." Milan verabschiedete sich auch von Zarah, lief über das Treppenhaus zu seiner nächsten Patientin und klopfte an ihre Tür.

„Herein", sagte Patricia.

„Guten Morgen. Oben auf der Intensivstation war die Hölle los." Er hatte noch die Zöpfe im Kasak. Die hätte er auch in Katharinas Nachttisch legen können. Das sah sonst aus wie eine Trophäe.

„Morgen. Dann fangen wir gleich mal an. Ich will stehen üben." In ihrem Gesicht war kein Lächeln und ihre Stimme klang anders.

„Klappt denn alles mit dem Umsetzen in den Rollstuhl?" Vielleicht hatte sie Probleme daheim mit ihren Kindern.

Das eingerahmte Bild mit ihrer Familie stand auf dem Nachttisch. Die Tüte mit den Mandeln war inzwischen wohl aufgegessen.

Sie saß noch auf dem Bettrand und tippte etwas in ihr Handy.

„Klar." Patricia spannte die Kiefermuskeln an. Sie legte ihr Handy auf den Nachttisch und setze sich mit einem Schwung um.

„Hey, das war super." Er zog den Rollator heran und stellte sich mit ihm vor sie.

Sie vermied einen Blickkontakt zu ihm.

So kannte er sie gar nicht. „Alles okay bei dir?"

„Was soll denn sein?" Sie schaute auf das Bild auf ihrem Nachttisch.

„Ich wollte nur wissen, ob irgendetwas passiert ist oder es dir nicht gutgeht", sagte Milan.

Sie drückte die Bremsen des Rollators nach unten und stellte sich hin. „Milan, vielleicht klärst du mich mal auf, was da zwischen dir und meiner Mutter in der Krankenhausapotheke vorgefallen ist und mit was du meinen Vater versorgst." Sie schaute ihn an. „Ich möchte nicht glauben, was mir meine Mutter erzählt hat. Wenn das so weitergeht, will sie mit Ariane sprechen. Nach ihrem Benefizkonzert hat sie gesagt, geht sie das an. Ich will sie davon abhalten, aber dafür brauche ich von dir gute Argumente." Sie schaute ihn nun direkt an. „Du hast mir so geholfen und ich mag dich. Aber es ist heftig, was ich mir da anhören musste. Ich will einfach nur wieder gesund werden." Ihre Stimme war brüchig.

Ziemlich scheiße gelaufen. „Was musstest du dir denn anhören?", fragte Milan. Er musste sich eine richtige gute Ausrede einfallen lassen.

„Ich will dich nicht zu Unrecht verdächtigen, aber die Beschuldigungen meiner Mutter sind für mich schwer auszuhalten. Wenn ich da eben ein bisschen forsch war, tut es mir leid. Vielleicht bin ich auch etwas angespannt." Sie suchte seinen Blick.

In der Obstschale auf ihrem Tisch lagen heute Kirschen und zwei Aprikosen. Jede Sekunde, die er weiter schwieg, machte ihn umso verdächtiger. Normalerweise kam in solch einem Moment jemand zur Tür herein, um den Blutzucker zu messen oder den Wochenplan für das Essen zu notieren.

Ein Klopfen an der Tür blieb aus.

„Ich arbeite seit ein paar Monaten mit deinem Vater zusammen. Er ist einer meiner Patienten in der Deutschen Bank. Der Name Steigenburger kam mir bekannt vor, als sich deine Mutter vorgestellt hatte. Ich bewundere ihn, dass er seine Arbeit so durchzieht. Du hast großartige Eltern. Wie ich erfahren habe, plant deine Mutter ein Benefizkonzert in der Paulskirche. Sie ist sogar auf dem Cover des *Journal Frankfurt*. Wenn du magst, bringe ich es dir."

„Genau, das Konzert ist übermorgen. Würdest du mich dorthin begleiten? Ich glaube, das würde meiner Mutter viel bedeuten und du könntest ihr zeigen, dass sie sich geirrt hat." Sie lief zum Fenster und schaute hinaus. „Das tut sie doch, oder?"

Milan musste ihr einen Teil der Wahrheit erzählen. Einen Teil, der sie überzeugte.

Kapitel 35

Moon-Bar

Brigittes langes schwarzes Haar glänzte im Licht der Thekenbeleuchtung. Der Ansatz ihrer Perücke war nicht zu erkennen. Sie war perfekt zurechtgemacht. Sie war keine Dragqueen. Noch nie gewesen. Sie war schon immer eine Frau. Milan hatte Martina begleitet und die Bar schon betreten, bevor sie geöffnet worden war. Brigitte fuhr sich über ihre Augenbrauen. Das Veilchen an ihrem Auge musste sie weggeschminkt haben.

Milan saß auf einem Barhocker und wartete auf seinen Gin Basil Smash. Niemand mixte den so gut wie Brigitte.

„Bisschen mehr Druck dahinter?" Sie hielt ihm die Flasche mit dem Gin entgegen. Monkey 47 war einfach der Beste.

Er lächelte. Sie wusste, wie er den Cocktail mochte. „Auf jeden Fall und mix dir auch einen. Ich muss dir gleich mal was zeigen. Du sagst immer, es gibt keine Zufälle. Du scheinst wieder einmal recht zu haben. Wir brauchen starke Nerven."

Martina verteilte Kerzen auf den Tischen im Raum und nahm eine Bestellung von zwei Männern auf, die im hinteren Teil der Bar saßen. Ihre roten Locken trug sie heute offen. So gefiel sie ihm am besten. Sie drehte sich zu ihm um und lächelte ihn an. Ihr schien der Job in Brigittes Moon Bar richtig gut zu tun. Das Treffen in der Weinbar war eines ihrer Geheimnisse, die er ihr lassen sollte. Sie würde mit ihm reden, wenn die Zeit dafür gekommen war. So gut kannte er sie schon.

Ein Mann mit blonden Strähnchen lachte. Martina legte ihren Kopf in den Nacken und lachte mit. Wirkte befreit.

Brigitte zupfte ein paar Basilikumblätter von einem Strauch auf der Theke ab. Sie schloss den Mixbecher und füllte Eiswürfel in drei Kristallgläser. „Komm mir nicht so kryptisch rüber! Du weißt, wie neugierig ich bin. Also was ist?"

Milan legte sein Handy neben die Packung Zigaretten auf die Theke. „Gleich. Wir brauchen dafür Alkohol und Zigaretten. Und setz dich bitte neben mich. Das, was ich dir zeigen möchte, ist auf meinem Handy."

Martina kam hinter die Theke. „Was ist auf deinem Handy?" Sie stellte sich an den Zapfhahn und zapfte ein Bier. Aus dem Kühlschrank nahm sie eine Schale mit Oliven und Manchego-Käse. Sie stellte die Schale auf ein Tablett und füllte noch ein Glas mit Rotwein. Das Rot im Glas war noch dunkler als das ihres Haars. Sie bewegte sich hinter der Theke, als hätte sie noch nie etwas anderes getan.

Menschen konnten sich ändern. Das hatte Martina bisher mehr als einmal bewiesen. Das, was er Brigitte gleich zeigen würde, war der nächste Schritt für Katharina. Sie würde es schaffen eine andere zu werden.

Und er vielleicht auch.

Brigitte legte eine Hand auf seine Schulter. Sie setzte sich neben ihn auf den Barhocker und schob ihren Minirock zurecht.

Martina stellte ihnen eine Schale mit Erdnüssen hin. „Auf was stoßen wir eigentlich an?" Sie griff nach ihrem Cocktailglas. Die Eiswürfel klackten dabei.

„Wie immer auf das Leben, oder?" Brigitte hielt ihr Glas und stieß mit Martina und Milan an. „Mutter und Sohn glücklich vereint, wäre auch noch eine Möglichkeit. Oder dass ich so eine Frau hinter der Theke habe."

„Ich würde gerne auf die Wahrheit anstoßen. Brigitte, ich habe hier etwas gefunden." Milan drückte auf die Playtaste und schob das Handy näher zu ihr.

„Woher hast du das?" Sie griff danach. „Das ist am Friedberger Platz, wo mich diese Nazikids verkloppt haben." Sie zeigte auf ihr Auge und verzog ihren Mund. „Ist aber schon weg, der blaue Fleck. Aber immer wieder diese Leier mit Transe, Schwuchtel, es geht mir echt auf die Nerven. Muss ich mich da vor einer Kneipe vermöbeln lassen. Hinbestellt zu einem Fakedate." Sie zündete sich eine Zigarette an und nahm einen großen Schluck aus ihrem Glas. „Da verlierst du echt den Glauben. Aber jetzt sag mal, woher hast du dieses Video? Ist das im Netz? YouTube #Transeplattmachen? Von mir aus kann das einfach verschwinden." Sie legte es zurück.

Milan nahm das Handy an sich. „Nein, das ist nicht online. Ich kann es dir schicken und lösche es von meinem Handy. Ich will nur, dass du weißt, dass es dieses Video gibt. Es ist vom Handy der jungen Frau, auf die in der Klinik gestern ein Attentat verübt worden ist. Die Nazitypen auf dem Handyvideo waren sicher die Typen, die dich vermöbelt haben."

„Was hat sie denn damit zu tun?", fragte Brigitte. Sie leerte ihr Glas mit dem nächsten Zug.

„Die junge Frau hat dich gefilmt. Die Nazis wollten an ihr Handy. Wenn ich nicht dazugekommen wäre und eine Kollegin nicht so mutig gewesen wäre, hätte sie das nicht überlebt."

„Und du hast es der Polizei schon übergeben? Das mit mir interessiert die doch gar nicht." Brigitte drückte wieder auf die Playtaste und schaute sich das Handy an. „Ich habe weder geflennt noch bin ich schrill rübergekommen. Ich wollte echt nur diesen süßen Typen treffen. Sind doch nicht alle so assi."

Milan nippte wieder an seinem Cocktail. „Ich wollte es zuerst dir zeigen. Und irgendwie will ich nicht, dass Katharina dadurch Ärger bekommt."

Martina zündete sich eine Zigarette an. „Die sind doch wirklich das Letzte." Sie griff nach Brigittes Hand. „Du hast doch gar nichts gemacht."

Brigitte griff mit der anderen Hand nach dem Feuerzeug. „Dummheit stirbt nie aus." Sie zündete sich bereits die nächste Zigarette an. „Aber dein Feuerzeug. Was für ein tolles Teil. Was hat denn das N zu bedeuten?"

„Ach, das habe ich mal gefunden." Martina füllte etwas aus dem Mixer in Brigittes Glas. „Die Typen sollen mir einmal in die Finger kommen. Das würden sie bereuen."

Brigitte schaute Milan mit hochgezogenen Augenbrauen an. „Was willst du denn mit denen anstellen, meine Süße? Ich glaube, du bist nicht die Richtige für eine Prügelei."

Ich habe für Geld getötet. Brigitte würde sich wundern, was Martina draufhatte.

Martina steckte das Feuerzeug wieder ein. Sie legte eines der Streichholzbriefchen mit dem Logo der Bar auf den Tisch.

„Mein Problem ist nur, was mache ich jetzt? Wie wäre es dir recht?" Er zog an seiner Zigarette und blies den Rauch nach oben.

„Das war die mit den bösen Augen. Von dem Trio hat sie mir am meisten Angst gemacht. Wenn das bei ihr so weitergeht, haben wir bald eine eiskalte Psychokillerin. Richtig gefährlich wird die. Was ist denn mit ihr? Warum liegt sie in der Klinik?", fragte Brigitte.

„Sie hat das Guillain-Barré-Syndrom und liegt auf Intensiv. Aber allmählich kommt sie zu Bewusstsein. Gestern habe ich ihr die beiden Renee-Zöpfe abgeschnitten."

„Du meinst diese Nazimädelfrisur?" Brigitte strich sich über den Ansatz der Perücke. „Du kannst ihr doch nicht einfach die Haare abschneiden."

Milan zog wieder an seiner Zigarette. „Auf Wunsch von ihr schon."

„War das die, von der du erzählt hast, dass sie am Osthafen gefunden wurde?", fragte Brigitte.

„Genau die." Milan griff nach Brigittes Unterarm. „Ich dachte, vielleicht ist es auch gut, wenn sie dich kennenlernt und sieht, was du für eine Frau bist. Wir könnten ihr dabei helfen die Welt etwas anders anzuschauen."

Brigitte rührte mit einem Strohhalm in ihrem Glas. Die Eiswürfel klackten. „Armes Mädchen. Wie lieb von dir. Klar helfe ich, wenn ich kann. Wenn nur jeder so wäre wie du."

Milan hustete. Vielleicht sollte er endlich mal jemandem erzählen, wie das mit den Medikamenten in der Apotheke lief und wie viel Schiss er hatte, dass Doris Steigenburger mit Ariane sprechen würde. Ariane würde ihr glauben und dann würden Heidis Aufzeichnungen genauer untersucht werden. Sie würden merken, dass bestimmte Medikamente fehlten. Klick klack, ab in den Knast. Oder zumindest raus aus der Klinik. Er würde nie wieder eine Anstellung bekommen. Er war ein Dieb. Martina ahnte es sicher, dass er mit Drogen zu tun hatte. Auch er hatte die Möglichkeit neu anzufangen. Er räusperte sich und zog noch einmal tief an seiner Zigarette. „Ich habe Scheiße gebaut."

Martina runzelte ihre Stirn. Sie schien besorgt zu sein und beugte sich über die Theke. Sie füllte auch ihm nach. „So schlimm wird es nicht sein. Arbeitest du zu viel? Ich kann auch dazuverdienen." Sie zeigte auf die Theke und den Rest der Bar. „Ich bin für dich da. Es war viel Aufregung für dich."

„Ich glaube, er redet nicht vom Geld, Martina. Oder liege ich da falsch?" Brigitte fuhr sich durchs Haar und richtete ihre Halskette. „Hat es etwas mit diesem Mädchen zu tun? Mach dir bitte wegen mir keinen Stress."

„Was?" Milan rutschte vom Barhocker. Er könnte die Tür öffnen und in den Abend rennen. Sich in einem Club das Hirn wegpusten und mit irgendjemanden einen Fick haben. So, wie jedes Mal, wenn er nicht mehr weiterwusste.

„Alles okay bei dir?" Martina schaute zur Tür und dann wieder zu ihm. „Bleib hier und renn nicht davor weg."

Milan setzte sich wieder auf den Barhocker. „Verdammt. Nach diesem Konzert in der Paulskirche wird sie mit der Oberärztin reden. Ich habe das doch nicht nur für mich gemacht. Ich bin doch kein fucking Junkie. Brigitte, das bin ich nicht, oder? Es wird alles gut, Martina, oder?" Er begann zu schluchzen. Die Tür war nur ein paar Meter entfernt.

„Von was redest du?", fragte Martina.

Er wollte nicht daran denken, was passieren würde, wenn Doris wirklich nach dem Konzert in der Paulskirche reden würde. Sein Job bedeutete ihm alles. „Ich wurde beobachtet, wie ich in der Krankenhausapotheke Medikamente eingesteckt habe."

„Ach Scheiße. Wir helfen dir, Milan." Brigitte griff nach Martinas Hand. „Das tun wir, oder?"

„Wer will dich denn anschwärzen?" Martina kniff ihre Augen zusammen.

„Dr. Doris Steigenburger, die OB- Kandidatin der Linken."

Martina nickte. „Es wird alles gut werden. Glaube mir, mein Sohn. Dieses Mal lasse ich dich nicht im Stich."

*

Ihr Sohn brauchte sie.

Martina stand vor dem Spiegel in Milans Badezimmer. Das Licht des Badezimmerspiegels zeigte Falten in ihrem Gesicht. Vor allem die Zornesfalte auf der Stirn.

Sie war allein.

Milan war schon früh zum Dienst in die Uniklinik gefahren. Sie hatte noch nicht einmal gehört, wie die Tür ins Schloss gefallen war.

In Brigittes Bar hatte er sich immer wieder seltsam benommen. *Bleib. Renn nicht davor weg,* hatte sie zu ihm gesagt. Er sollte nicht die gleichen Fehler machen und vor allem davonlaufen. Seine Beichte mit der Apotheke. Endlich konnte sie ihm beweisen, wie sehr sie ihn liebte.

Milan hatte sie nicht ansehen können.

Martina wollte nicht mehr rennen. Sie wollte genau hier stehen.

Milan hatte sie bei sich zu Hause aufgenommen und sie nicht vor die Tür gesetzt. Trotz ihrer Beichte. Er hatte sie Mutter genannt. Zum ersten Mal in ihrem Leben. *Mutter.*

Bevor Martina zur Ruhe kommen konnte, musste Ramona noch einmal einen Job erledigen. Wenn es nicht so grotesk wäre, könnte sie über die Situation und den Auftrag lachen. Martina musste etwas unternehmen und Ramona war dazu in der Lage.

Zu Hilf! Das Kind brennt lichterloh! Ramona schaffte es immer wieder, wenn es zu sehr in Martina brannte. Die Perücke lag auf der Waschmaschine. Nur ein Griff und ihre Gedanken waren nicht bei dem Feuer.

Durch Flammen stirbt man nicht. Man verwandelt sich in etwas anderes und steigt mit den Flammen auf. Das Feuer wäscht jegliche Schuld ab.

Sie nahm das silberne Sturmfeuerzeug aus ihrer Hosentasche und spielte mit der Flamme. Ihre Mutter hatte in den Flammen gelächelt. Sie hatte ihr noch einmal über das Gesicht gestreichelt und sich vom Beifahrersitz zu ihr umgedreht. *Ich bin immer bei dir. Ich will stolz auf dich sein.* Im Straßengraben hatte jemand Martina eine Decke aus Goldfolie umgewickelt. Im Hintergrund hatte das Blaulicht der Rettungskräfte geblinkt.

Der Vater hatte Martina nie wieder angesehen. Aber sie war nicht schuld an dem Unfall. Das hatte ihre Mutter in Martinas Träumen immer wieder zu ihr gesagt. Ihre Mutter hätte auch gewollt, dass sie Milan half. Niemand durfte ihr den Sohn wegnehmen.

Sie hatte keine Wahl.

Ihr Sohn brauchte sie.

Martina hatte nicht immer nur falsche Entscheidungen getroffen. Sie hatte ihre Jungs immer gewollt und sie in der Schwangerschaft in sich zu spüren, hatte sich so ganz angefühlt. Nikitas Kinder. Sie wollte doch alles wieder gutmachen. Hier, mit Milan. Das durfte doch nicht vorbei sein, wenn diese Frau ihr den Sohn wegnehmen wollte und ihn mit ihrem Verrat auslieferte.

Du entscheidest richtig. Mutter wäre stolz auf dich.

Sie war mit ihren roten Locken und dem verwischten Kajal immer noch Martina. Martina war zu diesem Job nicht in der Lage. So sehr sie auch liebte. Martina hatte die gleichen Haare und die gleichen Augen wie ihre Mutter. Martina war ihr ganzes Leben gerannt. Bis hierher nach Frankfurt. In das Bad ihres Sohnes Milan. *Ich helfe dir.* Martina griff nach einem Wattepad und entfernte die Reste des Make-ups von ihrem Gesicht.

Ich entscheide, wann Ramona zur Hilfe kommt.

Sie stülpte sich den blonden Bob über, der auf Milans Waschmaschine lag. Ramona lächelte sie aus dem Spiegel an. Ihre Augen funkelten. Die Zornesfalten verschwanden. Ihre Wangenknochen waren ein Stück höher und die Wimpern dichter.

Sie traf die richtige Entscheidung. *Nur noch dieses eine Mal.*

Ramona drückte auf Jürgens Kontakt auf ihrem Handy. In der Weinbar hatte ihr Jürgen die Nummer eingetippt.

Dreimal klingeln. „Ich habe gewusst, dass du dich meldest. Folgst du meinen Anweisungen?"

„Ich werde es noch einmal tun. Einmal, hörst du", sagte Ramona.

„Wie gut, dass du dich richtig entscheidest."

„Schick mir alle Details. Das wird mein letzter Auftrag. Für meinen Sohn. Das weißt du. Versprichst du mir das?" Damit musste er sich zufriedengeben.

„Versprechen? Du hast nur noch diesen einen Sohn. Vergeig es nicht. Dann sehen wir weiter."

„Ich habe noch nie einen Auftrag vergeigt", sagte Ramona.

„Stimmt. Hast du noch nie. Milan wäre nicht erfreut, wenn er wüsste, was du getan hast." Er lachte.

„Hör auf damit! Wir besprechen den Auftrag und die Details jetzt."

Jürgen pfiff. „Genau so. Also Ramona, mit Kippe ist nicht. Du musst nah an die Zielperson ran. Zieh dein Kellnerinnenoutfit an und misch dich unter die Leute. Ich warte im Auto, Auftrag erledigen, möglichst final, dann rein in die Karre und ab geht's."

Sie musste Milan eine Story aufdrücken, früh ins Bett und sich dann aus dem Staub machen. Vielleicht war er auch unterwegs, oder sie gab an, mal für sich sein zu müssen. Mit der Zielperson hatte sie kein Problem. Die wollte ihr den Jungen wegnehmen. Da tat ihr Jürgen sogar einen Gefallen. Keine Polizei vor Ort, leichte Fluchtwege, ein großer Platz und eine Frau, die das letzte Mal eine Laudatio hielt.

„Verbrannt ist alles ganz und gar. Das arme Kind mit Haut und Haar." Jürgens Stimme klang wie damals. Ruhig und sanft.

„Ich weiß, was ich zu tun habe." Sie legte auf. Dieses Mal nahm sie keine Pistole mit. Dieser Frau wollte sie ganz nahekommen.

Kapitel 36

Intensivstation
Grelle Lichter blendeten über ihr. Viel stärker als die Sonne. Fast wie ein Laser, der die Netzhaut verbrannte.

Katharina brauchte noch mehr Kraft, um die Augenlider richtig zusammenzudrücken. Grüne und blaue Ballons tanzten vor ihrem Gesicht, egal wohin sie ihren Kopf drehte. Solange die Ballons nicht noch näherkamen und in Gesichtern auf sie zuflogen.

Wenn sie wenigstens ihre Hände einmal vor das Gesicht legen könnte.

Zarah sollte ihren Kopf ein klein wenig weiter aus diesem Licht drehen. Zarah wusste doch sonst immer, was zu tun war. Zarah verstand sie.

Sie drehte ihren Kopf zur Seite. So war es etwas besser.

Die Luft flog über ihre Haut. Wie kleine Nadeln, die an ihren Haaren rissen. Die ihre Haut aufrissen. Sie würde verbluten. Ihr wurde kalt und sie schwitzte.

Und dann war alles wieder gut. Wenn sie an Milan dachte, wurde der Schmerz weniger. Auch wenn Zarah in ihr Zimmer trat, konnte sie besser atmen. Auf ihre Kumpels war kein Verlass mehr. Für sie existierte Katharina nicht mehr. Dabei war sie doch viel mehr als nur ein Haufen Fleisch an einer Beatmungsmaschine. Heute ging schon so viel mehr als gestern und wenn das so weiterging, würde sie vielleicht bald wieder sprechen oder essen können. Dann würde sie Zarah sagen, was sie für einen tollen Job machte und dass es schön war ihre Mutter wieder bei sich zu haben.

Aber wenn es nicht wieder ganz gut würde, wäre sie immer von jemandem abhängig. Sie könnte ihre Ausbildung nicht beenden oder musste wieder bei ihrer Mutter einziehen.

Milan hatte ihr die Haare abgeschnitten. Irgendetwas hatte da bei ihr klick gemacht. Die ROF war Vergangenheit, aber wie würden sie reagieren, wenn sie bemerkten, dass sie gar nicht tot war. Dass sie ein Handy hatte, auf dem alle Informationen gespeichert waren, die besser niemand von der Polizei in die Hände bekam.

Ein Gerät piepste aus einem anderen Raum.

„Helft mir mal in der 3."

Das war die Krankenschwester mit den kalten Händen. Sonja hieß die, wenn Katharina sich richtig erinnerte.

Julian und Felix hatten ihr vielleicht die Stimmbänder rausgerissen, damit sie nie wieder etwas sagen konnte. Auch wenn das vielleicht gar nicht möglich war. Sie musste ihren Hals anfassen. Mist. Ihre Hände waren so schwer. Am Bauch stoppten sie.

Das Kopfkissen hatte eine Falte. Sie bohrte sich in die rechte Ohrmuschel. Jemand hatte gekocht. Es roch wie bei ihrer Mutter daheim. Nach gekochten Kartoffeln, gebratenen Zwiebeln und frischer Minze in einer großen Glaskanne mit heißem Wasser. Könnte aus dem Stationszimmer sein.

Im Altenheim hatten sie dafür einen Aufenthaltsraum mit Mikrowelle und Kühlschrank. Dort stand noch ein Erdbeerjoghurt und eine Packung Merci von ihr.

Wenn ihre Mutter gekocht hatte, hatten sie im Anschluss einen kurzen Mittagsschlaf gemacht. Die Hand ihrer Mutter auf dem vollgefutterten Bauch war wie ein Wärmekissen.

Jemand ließ neben ihr einen dumpfen Gegenstand fallen.

Die Schritte auf dem Boden waren weich und langsam. Jeder Schritt klang anders. Eine Sohle quietschte, der andere Schritt war gedämpft. Die Personen liefen in ihre Richtung und grüßten sich. Eine Person blieb stehen. Kokosduft stieg in Katharinas Nase.

„Du bist echt eine Heldin. Ist das die, auf die der Anschlag verübt wurde?" Männliche Stimme. Ostblock, vielleicht ein Pole.

Niemand antwortete.

Wieder näherten sich Schritte dem Bett. Unter den Sohlen quietschte es bei jedem zweiten Schritt.

„Zarah, wohin bringst du denn Frau Nowak?"

Die Quadrate an der Decke rutschten nach hinten. Das grelle Licht verschwand.

Zarah würde auf sie aufpassen. Niemand würde ihr die Luft abdrücken.

„Du bist schon wieder im Dienst, Dorian? Ich bringe Frau Nowak zu einer transkraniellen Magnetstimulation. Warst du nicht gestern noch am Strand?", fragte Zarah. Der Kokosduft war toll. Wie im Urlaub.

„Wir sind gestern Abend um zehn gelandet. Lanzarote war super. Die grüne Lagune und die schwarzen Strände. Wirklich großartig."

Mit einer Fähre war Katharina mit ihren Eltern von Fuerteventura nach Lanzarote gefahren. Ihr Vater hatte sich erst vor Weihnachten von ihnen getrennt. Noch einmal in den Urlaub fahren wäre großartig. Es musste gar nicht Lanzarote sein. Mit dem Auto an die Ostsee wäre auch in Ordnung. Alles würde in Ordnung kommen, wenn sie aus diesem Bett wieder herauskam.

„Und wir hatten hier wirklich einen Mordversuch?", fragte Dorian. „Ich war ganz geschockt, als ich den Polizisten vor dem Zimmer sitzen gesehen habe. Ist sie das Opfer dieser Männer? Weiß man schon, wer es war?"

Felix und Julian waren bestimmt auf der Flucht. Sie waren doch keine Anfänger.

„Mit unseren Zeugenaussagen konnte die Polizei nicht so viel anfangen. Vielleicht reicht es für ein Phantombild. Aber es waren eindeutig Neonazis. Ihre Tattoos, die Sprache. Frau Nowak ist nichts passiert. Das ist nun erst mal das Wichtigste."

„Es ist trotzdem mega-feige. Wie kamen diese Neonazis unerkannt bis zu unserer Intensivstation?"

„Das fragen wir uns auch, aber keiner hat eine Idee. Keine der Überwachungskameras hat außer den schwarzen Kapuzenpullis etwas aufgezeichnet. Katharina und ich müssen los. Vielleicht hilft ihr die transkranielle Stimulation weiter."

Sie wollten ihr Stromstöße geben, aber das würde Zarah doch nicht zulassen. Sie merkte sicher, dass sie nichts mehr gegen sie hatte. Transkraniell, das muss etwas mit meinem Kopf zu tun haben.

„Wir reden später noch. Erika hat Kuchen mitgebracht. Ich bin auf deinen Urlaubsbericht gespannt."

In ihrer Ausbildung zur Altenpflegerin hatte sie davon gehört. Aber das macht man doch nicht am Kopf. Vielleicht war sie aber auch einfach zu benebelt von den vielen Medikamenten. Wenn ihre Stimmbänder zerfetzt waren. Sie brachte immer noch keinen Ton heraus.

Die Stimme von Dorian kam näher. „Das machen wir. Eins muss ich aber noch wissen. Stimmt es, dass ihr Milan wirklich die Zöpfe abgeschnitten hat?" Er musste direkt neben ihrem Kopf stehen. „Das finde ich ja echt eine krasse Geste. Meinst du etwa, sie …?"

Ein Infusionsständer wurde an ihr vorbeigeschoben, etwas mit Kunststoffrädern klapperte.

„Ariane sucht Milan", sagte Dorian.

„Milan war auf der Intensivstation fertig. Er wollte auf die Neurologie. Was will denn Dr. Karstens von ihm?" Zarah griff an ihren Nacken, gab einen leichten Zug, der warm und angenehm war, und zog die Falte am Kopfkissen glatt. So war es wieder, wie auf einer Wolke. Das Ohr pochte noch etwas, die Hitze am Knorpel ließ nach.

„Ariane hat mit Heidi im Flur rumgestanden. Sie haben anscheinend nicht mitbekommen, dass ich im Fäkalienraum war. Sie wollte irgendwelche Zahlen und wissen, ob Milan regelmäßig in der Krankenhausapotheke ist. Weißt du, warum die so seltsam über ihn reden? Da ist man zwei Wochen im Urlaub und versteht gar nichts mehr", sagte Dorian.

„Ich habe keine Ahnung, was da sein soll. Aber ich würde ihm das gerne sagen. Damit er weiß, dass da was Komisches läuft."

Die Bettdecke wurde ihr bis zu den Schultern hochgezogen. So war es viel angenehmer. Eingepackt in einen warmen Kokon.

„Was sollte er auch in der Krankenhausapotheke? Er wollte bestimmt nur helfen. So ist Milan. Der kann sich nicht verstellen."

„Das stimmt. Aber man kann doch auch nicht hinter die Stirn gucken. Du weißt doch auch, wie Ariane ist, wenn die sich festgebissen hat."

Das Bett bewegte sich weiter. Zarah trat vom Kopfende weg.

Es piepste. Die Tür eines Fahrstuhls öffnete sich.

„Milan geht bald in den Feierabend. Wenn er nicht schon längst weg ist. In der Paulskirche ist ein Event. *Musik gegen rechts.* Er geht mit einer Patientin hin. Ihre Mutter organisiert das. Hat er mir vorhin vorm Stationszimmer erzählt." Zarahs Stimme hallte. Wahrscheinlich standen sie schon in diesem Fahrstuhl. Das Licht war anders. Etwas flackerte über Katharina. Vielleicht eine Neonröhre.

„Moment, du meinst diesen Charityevent? Den hat diese Steigenburger organisiert. Sie wird die vielleicht erste Oberbürgermeisterin der Linken. Und ihre Tochter liegt bei uns?"

„Genau, Steigenburger heißt sie, die Tochter liegt auf der Neuro."

Seine Stimme wurde leiser. Katharina hatte sich bestimmt verhört.

„Rede nicht so über sie. Ich glaube, sie kann sich ändern. Wir kommen gut klar." Zarah strich wieder über das Kopfkissen.

„Stimmt, aber ist doch komisch für dich eine Nazibraut zu pflegen, oder?"

„Mensch ist Mensch. Sie hat mir nichts getan. Das ist unser Job", sagte Zarah.

„Du hast recht. Vielleicht habe ich nur zu oft ‚Homo' gehört. Bist du morgen auch bei unserem Teamausflug dabei?"

„Ist morgen nicht der Sechzehnte?"

„Nein, der ist heute."

Am sechzehnten hätte sie in der Paulskirche ihren großen Auftritt gehabt.

Sie musste los. Raus aus diesem Bett. Milan war in Gefahr.

Kapitel 37

West-Berlin, 1989
Ramona stellte den Motor aus.
„Lass uns den Song noch fertig hören. Das ist Dylan." Nikita drehte das Autoradio lauter und küsste sie.
Sie schaute in den Rückspiegel. Ein Lada, der ihr gefolgt war, blieb ein paar Meter vor dem Kempinski stehen. Er stand auf der Straße und schaltete die Scheinwerfer aus. Der Vollmond schien auf seinem Autodach.
Nikita hatte ihn nicht bemerkt, da war sie sich sicher. Er griff um ihre Taille und sie spürte seinen Atem an ihrem Ohr. Seine Lippe kitzelte. Vielleicht setzte er noch seine wunderbare Zunge ein. Er unterbrach und sang mit Dylan. „Blue moon you saw me standing alone."
Ramona hatte wieder das gleiche Zimmer gebucht. Sie wollte unbedingt in dieses wundervolle Bett mit der weichen Bettdecke. Sie schaltete das Radio aus. „Lass uns oben weitermachen."
Ramona schloss die Tür des Hotelzimmers. Nikita strich ihr über den Oberschenkel. Seine Hände waren warm. Auf dem schwarzen Lederarmband an seinem Handgelenk waren silberne Nieten eingestanzt.
Sie griff nach seiner Hand und führte sie an ihren Mund. „Und du hast mich ganz für dich allein."
Er fuhr mit dem Zeigefinger die Konturen der Lippen nach. „Es kann nicht schöner sein."
Sie schloss ihre Augen. Koch, Reigner, Peterssen, Liebert, Schönnau, Leroc, Ismail, mehr fielen ihr auf die Schnelle nicht ein. Sie waren nur Jobs gewesen. Niemand hatte sie so berührt, wie es Nikita konnte. Auch wenn sie mit einigen von ihnen geschlafen hatte.
Sie konnte Nikita nicht verraten. Niemals.
Mit ihrer Perücke war sie Ramona.
Sie hatte nur ihre Handtasche dabei.
Die Perücke würde sie nicht ausziehen können. „Mehr als einen Tag." Ramona drehte sich zu ihm um und zog ihn an sich.

„Wir sind hier. Du und ich. Nur das zählt." Bisher hatte nur Ramona mit Nikita geschlafen.

Ramona brauchte keine Zeugen. Außer dem Ladafahrer war niemand in der Nähe. Jürgen hatte ihr bestimmt wieder einen Aufpasser geschickt. Ob es Rudolf oder doch Andrej war, hatte sie nicht erkennen können. Jürgen konnte es nicht lassen. Dabei musste er sich keine Sorgen machen. „Solange du ihn am Leben lässt", war das Einzige, was er gesagt hatte. Sie konnte ihm nicht erklären, warum Nikita keine Zielperson war. Er würde es nicht verstehen.

Ramona stellte ihre Handtasche hinter dem Sofa ab. Sie fuhr über das Veloursleder, dabei warf sie einen Blick nach draußen. Der Fahrer des Lada rauchte eine Zigarette und sein Gesicht verschwand hinter dem Pfosten einer Laterne. Nur die Glut seiner Zigarette leuchtete in der Dunkelheit.

Sie schloss die Jalousie, würde sie später wieder öffnen. Wie immer, wenn ein Auftrag erledigt war. Normalerweise reichte ihr eine Stunde.

Wasser plätscherte im Bad. „Wir haben eine riesige Badewanne", sagte Nikita.

Sie zog ihre Pumps aus und griff nach einer Flasche Batida de Coco, die in einem Kühler auf dem Couchtisch stand.

Nikita schüttete etwas Badezusatz in die Wanne, es schäumte im fließenden Wasser. Er drehte ihr den Rücken zu und stellte Teelichter auf den Rand der Wanne.

Warmer Lavendelduft umarmte sie.

Er zuckte zusammen, als sie ihm die kalte Flasche in den Nacken hielt.

Ramona reichte ihm ein Glas. „Auf einen schönen Abend."

„Auf uns." Nikita zog ein silberfarbenes Sturmfeuerzeug aus der Brusttasche seines Hemdes. Er zündete die Teelichter auf dem Badewannenrand und dem Waschbecken an.

Aus dem angelaufenen Badezimmerspiegel lächelte er Ramona an. Sie wollte ihn immer ansehen und die Narbe auf seiner Oberlippe küssen.

Sie streifte die Träger ihres Tops über die Schultern und öffnete den Reißverschluss ihres Minirocks.

Nikita öffnete den Träger ihres BHs und zog ihr den Slip aus. Er kniete sich vor sie und schaute sie von unten an. „Du gefällst mir." Er stand auf und zog sein schwarzes Hemd aus. Seine weiße Haarsträhne fiel ihm in die Stirn.

Ramona griff an seinen Gürtel und öffnete die Schlaufe. Sie fuhr tiefer über seine Hose an den Reißverschluss. Das Leder war warm und weich. Wie eine zweite Haut.

Er trug keine Unterwäsche, zog seine Hose aus und stand vor ihr. Nackt gefiel er ihr am besten. Er nahm den Schaum in beide Hände und pustete ihn ihr zu. „Worauf wartest du? Steig ein und los geht die Fahrt."

Er stieg in die Wanne.

Der Fahrer des Lada, Andrej wahrscheinlich, wartete darauf, dass das Licht ausging. Jürgen wartete auf die Ergebnisse. Nikita in der Wanne wartete auf sie, und sie wartete auf ihren Einsatz.

Ramona stieg ins Wasser und legte sich in Nikitas Arme. „Halt mich einfach fest und sag mir, dass alles immer so bleibt, wie es jetzt ist." Etwas Wasser schwappte über den Badewannenrand.

Nikita schloss seine Arme um sie und roch an ihrem Haar.

„Sag es!" Ramona drehte sich zu ihm um und strich ihm über die Brust.

Nikita schloss die Augen. „Bleib immer die, die du bist." Er öffnete die Augen und griff nach dem Glas mit Batida auf dem Badewannenrand. „Und jetzt reden wir nicht weiter. Du bist der Mensch, den ich gesucht habe. Ich vertraue dir." Er trank einen Schluck, fuhr ihr über die Augenbrauen und zog sie an sich. Sein Penis fühlte sich hart an. Sie hatte noch nie in einer Badewanne mit einem Mann geschlafen. Noch nie mit einem Mann, den sie liebte wie Nikita.

In ihrer Tasche müsste ein Kondom sein. Sie wollte nicht aufstehen und zu ihrer Tasche laufen. Damit würde sie die Nähe nur stören. Sie wollte ihn ohne eine zweite Haut spüren. „Mach immer weiter so." Er fühlte sich gut in ihr an. Nikita schaute sie an. Er strich ihr durchs Haar und leckte ihre Brustwarzen.

Ramona hatte mit so vielen Männern geschlafen, aber sie hatte ihnen nicht in ihre Augen sehen wollen.

Nikitas Ohrläppchen hatte genau den richtigen Schwung. Wenn er ausatmete, blähte sich der rechte Nasenflügel ein wenig stärker auf. Seine Pupillen wurden immer größer. Sie konnte sich in ihrem Schwarz spiegeln. Er sollte sie für den Rest seines Lebens ansehen. Sie gehörten zusammen. Für immer. Nicht nur heute in der Wanne. Er sollte immer in ihr sein und ihre Hand in seinen Haaren. Seine kleine Narbe an der Oberlippe zuckte.

Sie kam mit ihm wieder zum Höhepunkt.

Nikita ließ heißes Badewasser nachlaufen. Seine Hände waren runzelig geworden.

„Lass uns ins Bett gehen und das Licht an. Ich will dich die ganze Nacht ansehen", sagte Nikita.

Er legte sich neben sie und hielt ihre Hand. Ihm fielen immer wieder die Augen zu.

Martina strich über seine weiße Haarsträhne. „Ich weiß nicht, was mit mir los ist. Du bist mir so nah. Mir macht das mit uns Angst."

Er atmete ruhig und gleichmäßig. Um seinen Mund war das Lächeln eines Babys. Vielleicht war er schon eingeschlafen.

Sie strich über seine Stirn, küsste seine Augenlider und legte ihren Kopf an seinen Hals. Sie hatte sich noch nie so geborgen gefühlt.

„Nur du und ich. Egal, was irgendjemand von mir will." Sie legte einen Arm um seine Hüften. „Du bist doch eigentlich nur ein Job. Das darf alles nicht sein." Sie sagte es mehr zu sich selbst.

Nikita griff nach ihrer Hand. Er setzte sich auf und schob sie von sich. „Ich bin ein Was? Ein Job?"

Sie hätte sich ohrfeigen können. Nikita hatte noch nicht geschlafen. Sie hatte noch nie mit irgendjemanden über ihren Job gesprochen, sondern ihn einfach ausgeführt.

Ramona zog ihn zu sich, legte sich auf die Seite, betrachtete ihn und lächelte. „Ich meinte das anders. Wäre doch nur nicht mein Job." Sie hatte ihre Stimme gesenkt. Mit weiterem Sex würde er ihre Worte vergessen. „Singst du den Song noch einmal aus dem Radio? Von diesem Dylan?" Die Tasche lag immer noch hinter dem Sofa.

„Was für ein Job? Was arbeitest du denn? Erzähl mir davon." Er stützte sich auf den Ellenbogen und schaute sie an. „I heard somebody whisper please adore me", sang Nikita. Ganz sanft. Sie musste ihn küssen.

Zwischen ihnen war zu viel Abstand. Sie konnte Nikita nicht anlügen. Sie könnte doch einfach aufhören und mit ihm ein neues Leben beginnen. Hier, jetzt und sofort. Sie setzte sich im Bett auf und stellte sich an das große Fenster. Durch die Jalousie leuchtete der Vollmond hinein.

Sie zog die Jalousie nach oben. Der Lada stand immer noch hinter einem blauen Mercedes. Ein Motorroller fuhr auf der anderen Straßenseite auf ihn zu. Die Scheinwerfer zeigten keinen Fahrer im Auto. Der Mann musste ausgestiegen sein.

„Ich war nicht ganz ehrlich zu dir. Aber es ist etwas mit mir passiert. Ich kann das hier nicht so durchziehen, wie ich es am Anfang geplant hatte." Das Tape war in ihrer Handtasche und mit zwei oder drei Fragen würde sie alles erfahren, was für diesen Job wichtig war. Sie würden hier beide gut rauskommen, wenn sie nicht so weich wäre. Wenn sie nicht auch Martina wäre.

„Moment, ich verstehe nicht, was du mir sagen willst. Das war bisher alles Theater?" Er stand auf und stellte sich hinter sie. „Unser Kennenlernen im Dschungel und das alles hier?"

Sie drehte sich zu ihm um und legte ihren Kopf an seine Brust. Sein Herzschlag klopfte schnell an ihrem Ohr. Wie der ansteigende Trommelwirbel für eine Seilakrobatin. Wenn sie den Fuß nicht richtig auf das Seil setzte, stürzte sie ab. Ohne ein Netz, das sie auffangen würde. „Hör mir zu, Nikita! Ganz im Gegenteil." Sie trat einen Schritt zurück, bis sie mit dem Rücken an der Fensterbank stand. „Ja, du warst ein Job, aber es ist etwas in mir passiert. Ich will dich nicht verlieren." Der Trommelwirbel wurde lauter, glich mehr einer militärischen Marschmusik.

„Jetzt sag mir die Wahrheit! Was kann das denn für ein Job sein? Warum diese komischen Andeutungen? Bist du etwa eine Nutte?"

Ihr wurde schwindelig und heiß.

Ihre Ohrfeige saß. Die Perücke verrutschte. Sie zog sie fester. Das Tape war in ihrer Handtasche. „Ich bin keine Nutte. Du hast sie wohl nicht mehr alle." Sie rieb ihre Hand. Mit der Hand hatte sie noch nie zugeschlagen. „Dass ich mit dir schlafe, ist ganz allein meine Entscheidung und nicht nötig für meinen Job. Ich habe nur ein paar Informationen gebraucht, die du mir ja auch geliefert hast." Sie wollte nicht so trotzig klingen, wie sie es ausgesprochen hatte.

„Was denn für Informationen?" Er ließ seine Arme hängen und schüttelte immer wieder seinen Kopf. „Ich mache doch nur Musik … die Sache mit dem neuen Album. Der Wechsel zum großen Plattenlabel. Die Chance für mich und meine Band."

„Und Mute-Records!"

Er schaute sie direkt an. Sie konnte sich nicht mehr in seinen Pupillen spiegeln. Dort war nur das Mondlicht.

„Daher dieser Einstieg mit Dave und dem Hüftschwung? Weil die beim gleichen Label sind?", fragte er. „Das hätte ich dir nicht zugetraut."

„Jetzt komm schon. Der Einstieg war erfolgreich. Und dein Hüftschwung ist der Hammer." Sie zwinkerte ihm zu.

Sein Gesicht blieb reglos. „Und was jetzt? Wer bist du?"

„Mein Auftraggeber will, dass ich ihm dein Tape aushändige." Die Nachttischlampe auf ihrer Seite des Bettes flackerte. Sie musste das Tape in Sicherheit bringen. Jürgen würde sonst ausrasten.

„Du willst was? Was für eine Geschichte willst du mir erzählen? Ich habe dir vertraut und jetzt das? Soll ich etwa dankbar sein für deine sogenannte Ehrlichkeit, Ramona?" Er schaute zur Tür. „Alles soll so bleiben, wie es jetzt ist? Verdammt nochmal, der Deal mit Mute wird platzen. Wir haben mit Holy Crime so sehr daran gearbeitet."

„Es tut mir leid." Sie griff in sein Haar.

Er schlug ihr die Hand weg. „Franky und Wolf reißen mir den Kopf runter. Zu Recht, weil ich dir vertraut habe. Ich bin so ein Idiot. Ich dachte, wir sind besonders."

„Das sind wir doch. Schau mich doch an."

Nikita griff nach seiner Lederhose und dem Shirt auf dem Boden. Ihre Pumps lagen davor.

Er musste doch erkennen, dass sie ihm nur die Wahrheit sagen wollte. „Du musst mir weiter vertrauen. Ich will, dass wir ehrlich miteinander sind." In der Badewanne waren sie noch vereint gewesen. Niemand hatte sich bisher so richtig angefühlt wie Nikita.

„Du hast mich getäuscht. Ganz bewusst. Ich dachte, du wärst an mir interessiert. Nicht an dem Frontmann der Band, sondern an mir. Da lege ich doch lieber die Groupies flach. Was bist du für ein Mensch." Er zog sich seine Hose an.

„Hör mir zu, was ich dir sagen will. Ich hätte das doch alles durchziehen können, habe ich aber nicht. Ich will dich. Es ist nicht leicht. Nikita, du musst mir glauben."

„Es geht so nicht." Er schlüpfte in sein Shirt. Bald war er in seiner Kleidung verschwunden.

„Ich will, dass du mich verstehst. Ich habe mich in dich verliebt. Ich will aufhören. Mit dir zusammen sein."

„Und ich soll dir trauen? Was bist du? Jemand von der Plattenfirma? Spionierst du immer die Leadsänger aus? Wo ist das Tape?", fragte Nikita. Er zog den Reißverschluss seiner Hose zu.

„An einem sicheren Ort."

„Du hast noch eine Chance, mich von dir zu überzeugen. Wo ist das Tape?" Er blickte auf die Handtasche hinter dem Sofa.

Sie musste zu ihrer Tasche und ging einen Schritt auf das Sofa zu. Nikita schob sie zur Seite. „Gib mir das Tape und ich bin weg. Geh aus meinem Leben. Du kannst gar nicht lieben."

„Doch. Bitte. Ich liebe dich. Lass meine Tasche." Sie machte zwei Schritte auf ihn zu, fasste seinen Arm. „Du bleibst von der Tasche weg, sage ich!"

„Gib mir deine Tasche und das Tape." Er riss sich los. Sie griff nach seinem Rücken. Sie musste das stoppen.

Sie wälzten sich über den Boden. Ramona konnte ihm die Handtasche nicht geben. Er würde die Glock entdecken und alles falsch verstehen.

„Hör auf, Nikita! Hör mir zu. Nicht die Tasche. Es ist ..."

Nikita saß auf ihr und öffnete die Tasche, wühlte darin. „Was ist das? Hast du eine Knarre dabei? Ist die etwa ...?"
Ein lauter Knall.
Nikita schaute sie an. Ihr Gesicht fühlte sich feucht an. Seine Augen wurden stumpf. Sie blickten durch Ramona hindurch. Er sackte auf ihr zusammen.
Ramona schrie auf und zog Nikitas blutenden Kopf an ihre Brust.
Die Fransen ihrer Perücke stachen in ihre Augen. Sie hingen in ihrer Nase und im Mund. Wenn sie weiter so liegen blieb, erstickte sie daran.
„Was ... hast ... du ... getan?" Sie drehte Nikita neben sich. In seiner Hand hielt er die Glock. Aus seiner Schläfe sickerte Blut. Er musste bei dem Gerangel ihre Waffe entsichert haben.
„Wieso hast du nicht auf mich gehört? Es wäre alles gut geworden."
Sie schloss seine Augen und küsste ihn. Der Blutstropfen auf seiner Lippe war warm. Seine weiße Strähne hatte einen Blutfleck an der Spitze.
Seine Augen auf ihr. Sie in seinen Pupillen. Nie wieder.
„Ramona, was ist los?" Die Stimme kam von der anderen Seite der Tür.
Ramona öffnete die Tür. Irgendwo lief ein Radio. *Now I'm no longer alone. Without a dream in my heart. Without a love of my own.* Der gleiche Song.
Jürgen trat ins Zimmer und schaute auf Nikita. Nikitas weiße Haarsträhne funkelte im Mondlicht. Ihre Perücke lag auf seiner Brust.
„Was hast du getan? Der muss weg. Ich hole den Lada. Du bist mir echt was schuldig."

Kapitel 38

Paulskirche
Das Taxi hielt in der Bethmannstraße hinter einem dunkelgrünen Golf. Die Glatze des Fahrers glänzte in der Abendsonne. Er hielt eine Zigarette aus dem Fenster und schnippte die Asche auf die Straße.

Eine Zigarette könnte Milan auch gebrauchen. Er stieg von der Rückbank aus und öffnete Patricia die Tür. „Ich hole noch den Rollator aus dem Kofferraum." In seiner schwarzen Lederjacke hatte er zum Glück ein Päckchen eingesteckt. Vielleicht könnte er auf eine Zigarette raus, wenn Patricia in der Paulskirche war.

Patricia öffnete ihre Handtasche und reichte dem Fahrer einen Zwanzig-Euro-Schein. Sie klappte den Schminkspiegel auf dem Beifahrersitz nach unten und prüfte ihr Make-up. „Endlich wieder draußen. Milan, ich bin total aufgeregt. Danke, dass du mich begleitest. Mein Mann musste zu diesem wichtigen Termin." Sie versuchte sich in einem Lächeln.

Er klappte den Rollator auseinander und stellte die Bremsen fest. „Sehr gern."

Patricia hatte sich mit seiner Ausrede zufriedengegeben. Vielleicht reichte ihre Dankbarkeit aus, um sie wieder auf seiner Seite zu haben. Sie zog sich an seinen Unterarmen hoch. Mittlerweile hatte sie einen sicheren Stand. „Wie sehe ich aus? Vielleicht hätte ich doch lieber eine Perücke aufziehen sollen?" Sie hob die Baskenmütze von ihrem Kopf an. Das Bordeaux passte zu ihrem Lippenstift. Sie strich sich über die Narbe.

„Kurze Haare stehen dir, solltest du drüber nachdenken. Total hip mit der Mütze. Mach dir keine Sorgen. Deine Mutter wird sich freuen, dich zu sehen. Was für eine tolle Überraschung. Wo müssen wir denn rein?"

„Hängst du mir noch schnell die Tasche um? In den Rollator will ich sie nicht legen." Patricia löste die Bremsen. „Der Sekretär meiner Mutter hat mir geschrieben, wir sollen über den linken Seiteneingang rein. Meine Mutter ist anscheinend noch in einer Garderobe. Das wird eine schöne Überraschung."

Der Rollator klapperte über das Kopfsteinpflaster. Milan hielt ihn mit einer Hand fest. Nicht auszudenken, wenn ihm Patricia hier noch stürzte.

Doris Steigenburger war ihm vielleicht so dankbar, dass sie die ganze Geschichte vergaß oder er sich mit einer kleinen Ausrede helfen konnte. Günther könnte er auch noch ins Boot holen. Immerhin profitierte er von seinen Diebstählen in der Krankenhausapotheke. Und sicher konnte sich Doris Steigenburger keinen Skandal vor der Wahl zur Oberbürgermeisterin leisten. Das war immerhin noch eine letzte Möglichkeit. Auch wenn er wusste, dass Günther nicht wirklich mit ihrer Kandidatur einverstanden war.

Auf dem Paulsplatz in der Nähe des Römers standen drei Kleintransporter für die Musik und das Catering.

Musik gegen Rechts. Ein großes Banner mit dem Logo und einem großen Regenbogen hing über dem Haupteingang der Paulskirche. Milan war noch nie in dem großen Kuppelbau gewesen. Die Akustik war bestimmt großartig. Viele der Bands des Abends kannte er. Erste Reihe, perfekt.

In den Restaurants am Paulsplatz war viel Betrieb. Ein Straßenmusiker spielte Geige vor einer der vielen Platanen. Das war doch ein Lied aus einem Werbespot. Irgendetwas mit Diamanten.

„Wie schön das hier aussieht. Später werden noch Strahler die Paulskirche in einen Regenbogen tauchen. Es haben so viele großartige Bands zugesagt und alle spielen ohne Gage." Patricia legte ihren Kopf schief. „Meine Mutter wird sich sehr freuen, dass du mir das ermöglichst."

Ein Banner vom *Journal Frankfurt* machte ebenfalls auf die Veranstaltung aufmerksam. Radio bigfm übertrug das Event auf seinem Kanal. Der Sendewagen stand in der Nähe des Geigenspielers.

Vor dem Haupteingang stand bereits eine große Menge an Menschen an. Viele junge Männer in schwarzen Lederjacken, ein paar Hipster mit Bärten, Frauen mit bunten Haartüchern im Rockabilly-Style.

Einige Männer und Frauen eines privaten Sicherheitsdienstes sicherten den Zugang. An verschiedenen Stellen standen wie immer Polizeiwagen bereit. Vielleicht ein paar mehr als sonst.

„Und wir gehen einfach an der Menschenmenge vorbei und sind in der ersten Reihe. Wie findest du das? Hast du mal das Line-up gesehen? Da ist bestimmt was für dich dabei."

„Wenn ich mir hier die Leute anschaue, bin ich mir ganz sicher." Milan griff an die Tasche seiner Lederjacke. Hoffentlich würde ihn Frau Steigenburger nicht gleich wieder rausschmeißen. „Und du meinst, für deine Mutter ist das okay, wenn ich hier aufkreuze?"

„Ich glaube, sie ist dir schon sehr dankbar, wie du mich hinbekommen hast. Ich kann dir nichts versprechen, aber jetzt lass uns den Abend genießen."

Er griff nach der Zigarette und versuchte sie mehrfach vergeblich anzuzünden. „Sorry, ich bin echt ziemlich aufgeregt. Ist es okay, wenn ich hier gerade noch kurz eine rauche?"

„Ausnahmsweise." Sie lächelte ihm zu.

Aus dem Seiteneingang trat eine große Frau. Ihre roten Haare sahen genauso aus wie eine von Brigittes Perücken. „Hey, wen sehe ich denn hier. Du auch hier mein Lieber." Sie blies eine Rauchwolke nach oben. Ihre Augen waren mit einem goldenen Lidschatten geschminkt. Das schlichte Kostüm der Bedienungen bildete dazu einen krassen Kontrast.

„Schön dich zu sehen." Er umarmte sie. „Darf ich vorstellen. Patricia Lennard. Sie ist die Tochter von Doris Steigenburger, der Organisatorin." Patricia nickte Brigitte zu. „Patricia, das ist Brigitte. Ihr gehört die Moon-Bar bei mir um die Ecke."

„Hallo, schön dich kennenzulernen." Brigitte streckte ihr die Hand hin.

Patricia stellte die Bremsen fest und reichte ihr die Hand. „Ganz meinerseits."

Brigitte zog Milan näher zu sich. „Du sag mal. Für wen ist deine Mutter eigentlich heute hier im Dienst? Ich dachte, wir reden offen über solche Dinge?"

„Was meinst du?" Martina hatte heute morgen noch gesagt, sie würde früh zu Bett gehen. Die Anstrengung der letzten Tage hätten sie geschlaucht.

„Sie ist hier. Hatte auch die gleiche Klamotte an wie ich und dazu noch eine große Schürze umgebunden. Mit dem blonden Pagenkopf habe ich sie zuerst gar nicht erkannt. Hat sie nicht mit dir darüber gesprochen?" Brigitte runzelte ihre Stirn und blies den Rauch ihrer Zigarette aus. „Ich geh mal rein. Martina war auf dem Weg in die Garderobe der Veranstalterin."

„Milan, ist alles okay bei dir?" Patricia löste die Bremsen ihres Rollators.

Kapitel 39

Intensivstation
Zarah griff nach ihrem Handy und setzte sich auf einen Bürostuhl vor dem Überwachungsmonitor. Es gab keine Meldungen. Endlich einmal durchatmen. Sie trank einen Schluck aus ihrer Wasserflasche und entsperrte das Display. Noch befanden sich die vielen unbearbeiteten Fotos von Tizitas und Franks Hochzeit in der Cloud. Bis zum Ende ihrer Hochzeitsreise wollte Zarah ein Album mit den schönsten Momenten für ihre Schwester zusammenstellen.

Auf dem ersten Bild lag das cremefarbene Hochzeitskleid von Tizita über einem Sessel. Zarah und ihre Cousinen hatten es mit Tausenden Perlen bestickt. Wie oft hatte sie sich dabei in den Zeigefinger gestochen. Aber die Mühe hatte sich gelohnt. An Tizita funkelten die Perlen wie Glühwürmchen in einer langen Sommernacht. Zarah wischte über das Display bis zu einem Bild, auf dem Tizita in ihrem Kleid neben Frank stand. Die beiden waren megaheiß in ihren Hochzeitsklamotten. Mit den richtigen Hashtags würden sie auf Instagram etliche Likes bekommen.

Frank wurde oft mit Rupert Grint, dem Ron aus Harry Potter, verwechselt. Seine roten Haare hatte er zur Hochzeit kurzgeschnitten. Auf vielen Bildern strich Tizita ihm immer wieder über seinen rasierten Nacken. Tizita hatte ihr zugeflüstert, dass sie ihn so noch attraktiver fand. Ihr hatten Franks lange Haare nicht so gut gefallen.

Zarah schaute hinaus auf den Flur, da war immer noch niemand. Mal sehen, ob Tizita und Frank schon in Istanbul angekommen waren.

Sie öffnete die Flugradar-App. Der Landeanflug stand kurz bevor, in wenigen Minuten würden Tizita und Frank die erste Station ihrer Hochzeitsreise erreichen. Bis zum Anschlussflug nach Addis Abeba hatten sie noch zwei Stunden.

Den Urlaub mit Paul hatte sie storniert. Zehn Tage Sardinien. Immer noch hingen Zarahs und Pauls gemeinsame Bilder in der Fotocloud. Zarah hatte sie längst in den Ordner mit den zu löschenden Bildern verschieben wollen. Aus dem siebten Himmel war sie tief gefallen. Wenn Paul meinte eine offene Beziehung wäre heutzutage normal, sollte er sich dafür eine andere suchen. Sie gab es nur mit einem Exklusivvertrag. Schade um die zwei Jahre, die Zarah sich das eingebildet hatte. Sie hätte sich mehr vorstellen können mit Paul. Vorbei war vorbei.

Diese Objekte werden endgültig gelöscht. Der Vorgang kann nicht widerrufen werden.

Zarah drückte auf *435 Objekte löschen*. Nur gut, dass Paul nicht noch mit auf Tizitas Hochzeit gewesen war. Hochzeitsfotos hätte sie nicht so einfach löschen können. Aber so waren die Bilder mit Paul Vergangenheit. Und so schnell würde sie auch keine romantischen Bilder aufnehmen. Nach Paul hatte sie erst mal keine Lust auf Männer.

Auf den Bildern vom letzten Wochenende strahlte ihr Dad. Sein dunkelblauer Anzug stand ihm richtig gut. Er hatte seinen kleinen Bauch eingezogen und morgens sogar noch Liegestützen gemacht, damit er *good in shape* war. In seiner Rede als Brautvater hatte er alle zum Tanzen animiert. Frank kam trotz aller Mühe nicht an Dads Hüftschwung heran. Auf einem verwackelten Foto lagen sich Brautvater und frisch gebackener Schwiegersohn in den Armen und lachten.

Ihre Mutter hatte ein Habeshakleid aus flaschengrünem Chiffon getragen. Sie hatte es sich mit dem Schmuck aus Äthiopien schicken lassen. Die Opale waren in Weißgold eingefasst und schimmerten in jedem Licht anders.

In allen Farben des Regenbogens strahlten die Stoffe der anderen Frauen. Die Touristen hatten an diesem Tag weniger den Römerplatz als die bunte Hochzeitsgesellschaft fotografiert. Wie sie das alles mit den Öffis oder zu Fuß geschafft hatten, war Zarah immer noch ein Rätsel.

Die Gospelsängerin mit dem roten Kurzhaarschnitt würde sie hundertprozentig auch für ihre Hochzeit engagieren. Und die vielen bunten Kleider durften ebenfalls nicht fehlen. Vielleicht mit etwas weniger Gästen und nicht im Römer.

Die Gospelsängerin hatte mit *Greatest love of all* von Whitney Houston genau den Geschmack des Brautpaares getroffen. Am Ende hatte Frank das Mikro in die Hand genommen und weitergesungen. Auch wenn es auf dem Foto schief war, in Tizitas Gesicht konnte jeder sehen, wie sehr sie Frank für seinen Auftritt bewunderte. Er musste wochenlang geübt haben. Sogar Franks Oma im Rollstuhl hatte in die Hände geklatscht.

Zarah wischte sich eine Träne aus dem Augenwinkel und drückte auf das Video mit dem Song.

Franks Eltern waren ihr in der äthiopischen Community verloren vorgekommen. Auf einem Bild hielten sie ihre Sektgläser hoch und stießen mit dem Brautpaar an. Franks Mutter unterrichtete Musik an einer Grundschule. Als eine Trommelgruppe afrikanische Rhythmen spielte, war sie die Erste, die sich auf der Tanzfläche bewegte.

Frank störte es nicht, dass Tizita seine Vorgesetzte bei Nestlé war. Die beiden hatten schon ausgemacht, dass er in Elternzeit gehen würde, wenn ihr erstes Kind da war. Er war der Richtige.

Eine Nachricht der Flugradar-App blinkte in das Video hinein.

Zarah schaute noch mal in den Flur. Er war immer noch leer, auf der Station war alles ruhig, nirgends leuchtete es rot. Normalerweise nahm sie ihr Handy nicht mit in den Dienst, sondern ließ es im Spind liegen. Heute war eine Ausnahme. Außerdem war hier niemand, der sie dabei erwischen konnte, wie sie den

Flieger von Tizita checkte. Die beiden waren inzwischen in Istanbul gelandet, zwanzig Minuten früher als planmäßig.

Nach ein paar Tagen Addis Abeba wollten sie das kleine Dorf Busso besuchen, in dem ihre Großmutter lebte. Schade, dass sie nicht persönlich zur Hochzeit hatte kommen können. Zarah vermisste sie. Aber die Großmutter wollte lieber in ihrem kleinen Dorf bleiben und ihre Ziegen versorgen. Großmutter hatte gesagt, sie würde in ihrem Korbsessel vor ihrer kleinen Hütte sitzen und ein großes Sefed für Tizita flechten. Das Größte, das sie jemals hergestellt hatte. Wahrscheinlich konnten die beiden auf der großen Schale einen ganzen Wocheneinkauf unterbringen. Noch vor ein paar Jahren hatte Zarah ihrer Großmutter immer beim Flechten zugesehen und geholfen. Sie würde gerne einmal wieder bei der Großmutter sitzen.

Solange es ihr Gesundheitszustand erlaubte, zog ihre Großmutter Äthiopien Deutschland vor. *Meine Füße gehen in diesen Schuhen kaputt*, sagte sie immer nur dazu. *Meine Füße sollen nicht eingesperrt werden.*

Zarah schloss die App und wischte sich weiter durch die Hochzeitsfotos. Paul hatte immer von ihren langen Wimpern geschwärmt. Da musste sie ihm tatsächlich recht geben. Ihr Kleid in Roségold hatte einen tiefen Ausschnitt und die A-Linie schmeichelte ihrem Po. Schade, dass sich die geglätteten Haare am nächsten Tag sofort wieder gekräuselt hatten.

Das Telefon der Intensivstation neben ihr klingelte. Zarah schob das Handy in die Hosentasche und griff nach dem Hörer.

„Intensivstation. Schwesternschülerin Zarah."

„Guten Abend. Hier spricht Kriminaloberkommissar Feldner von der Kripo Frankfurt."

Das musste der junge Kommissar sein, der in Katharinas Mordanschlag ermittelte. Mit einem offenen Schnürsenkel war er über die Station gelaufen, das hatte ihn offenbar gar nicht gestört. Einen Kommissar hatte Zarah sich anders vorgestellt. Irgendwie älter.

„Gibt es etwas Neues von der Zeugin Katharina Nowak? Kann sie inzwischen sprechen? Wir benötigen dringend ihre Mithilfe." Seine Stimme klang ein bisschen wie Matthias

Schweighöfer. Netter Typ. „Der Physiotherapeut hat mir berichtet, dass die Logopädin mit ihr trainieren wollte."

Er meinte Milan und die Kommunikation am Laptop. Milan hatte abends keinen Dienst, und von den Logopäden war niemand mehr im Haus. „Bisher gibt es nicht viel Neues. Ich wollte gleich zu ihr", sagte Zarah. „Das Programm ist zwar eingerichtet, aber die Logopäden sind schon alle im Wochenende."

Vielleicht erfuhr Zarah mehr, wenn sie selbst einmal mit Katharina am Laptop arbeitete. Eine Neonazifrau, die von ihren eigenen Kumpels umgebracht werden sollte. Vielleicht wusste sie zu viel. Zarah musste wissen, was dahintersteckte.

Diese Scheißtypen hatten sogar noch fliehen können. Der Typ auf dem Flur hatte Zarah den Hals fest zugedrückt. Sie rieb sich über die Stelle. Er hatte frisch eingecremte Hände gehabt. Diesen Geruch nach Pfirsicheistee in seiner Handcreme bekam sie nicht mehr aus der Nase.

„Sind Sie noch dran?" Der Kommissar sprach wieder mit dieser warmen Stimme.

Komischerweise hatte sie keine Sekunde Angst gehabt, als der Typ ihr den Hals zugedrückt hatte. „Ja, ich bin noch da. Ich melde mich, wenn ich mit ihr gesprochen habe." Sie griff nach einem Zettel und notierte sich die Nummer. „Kann ich die Durchwahl nehmen, die auf dem Display steht?"

Der Kommissar redete leise mit jemand anderem. Da leuchtete ein Alarm auf dem Monitor in Zimmer vier auf. Katharinas Zimmer.

„Kann ich Sie unter der Nummer im Display zurückrufen? Ich müsste ..."

„Ich bin noch eine ganze Weile hier im Präsidium. Rufen Sie mich gerne zurück. Wir müssen schnell etwas unternehmen, sonst haben wir keine Chance mehr mit der Fahndung. Sind Sie nicht die Frau, die bedroht wurde?"

Zarah hatte für ein längeres Gespräch keine Zeit. „Die bin ich, Zarah Okiro. Ich muss gleich zu Frau Nowak. Ich helfe gerne bei der Aufklärung. Welche Fragen soll ich ihr denn stellen?" Sie nahm einen zweiten Zettel und klickte mit dem Kugelschreiber.

Über Katharinas Zimmertür leuchtete die rote Lampe auf. Niemand konnte bei Katharina im Zimmer sein. Zarah hatte doch nur kurz auf ihr Handy geschaut, sie hätte es gesehen, wenn ein Besucher auf die Station gekommen wäre. Aber sie musste los.

„Also, ob sie weiß, wer es war und auch, ob sie uns Namen und weitere Details sagen kann. Und ob die ROF damit zu tun hat." Im Hintergrund redete wieder jemand neben dem Kommissar. „Mit der ROF meine ich die Neonazigruppe, also die Rechte Offensive Frankfurt."

Sie musste das Gespräch schnell beenden. „Von denen habe ich schon gehört. Sprühen ihre schwarze Sonne in dem O überall hin." Die Leuchte war immer noch an. Keine der Kolleginnen auf Station übernahm Zimmer vier.

„Dann wissen Sie ja, mit wem wir es hier zu tun haben. Frau Nowak ist ein Mitglied dieser Gruppe. Oder war es. Das sagt zumindest ihre Mutter. Bisher ist Frau Nowak polizeilich noch nicht auffällig geworden. Aber wer weiß, welche Funktionen sie in der ROF hatte."

Katharina war nicht nur eine dumme Mitläuferin mit einer Faschofrisur. Sie war eine fanatische Nazibraut. Jemand, die Menschen wie Zarah zusammenschlugen. Jemand, der auch vor Mord nicht zurückschreckte. Sie war ein Teil dieser krassen Gruppe ROF. „Ich muss zu ihr. Der Alarm ist losgegangen. Ich kümmere mich darum, Kommissar Feldner."

„Danke. Sie haben der Patientin das Leben gerettet. Ohne Sie wären die Täter erfolgreich gewesen. Ich warte auf Ihren Anruf. Bis bald." Der Kommissar legte auf.

Zarah lief zu Zimmer 4, klopfte an die Tür und betrat den Raum. Niemand da außer Katharina, deren Haare glänzten wie die Kastanien, die Zarah im Herbst mit ihren Cousinen sammelte. Milan hatte Talent beim Haareschneiden. Ohne die langen Zöpfe wirkte Katharina um einiges erwachsener.

Zarah schaltete auf das grüne Licht neben der Zimmertür um. „Alles okay bei dir? Du hast geklingelt." Ohne Beatmungsmaschine im Raum konnte sie unten auf der Straße eine Straßenbahn läuten hören.

Katharina lächelte. Die Neonazifrau auf dem Video, das ihr Milan gezeigt hatte, hatte ganz anders gelächelt. Da hatte Katharina eine Gewalttat gefilmt und Spaß daran gehabt, eine Frau zu demütigen.

Jetzt war sie auf andere Menschen angewiesen. Auf Menschen wie Zarah.

Katharina entrollte das lange Kabel der Notfallklingel und legte es sich auf die Bettdecke. Wahrscheinlich war sie aus Versehen auf den Alarmknopf gekommen. Die Muskulatur an ihrer Hand und den Fingern war immer noch schwach. Sie presste die Lippen weniger aufeinander als auf dem Video, und ihre Augenbrauen hatten die Form einer geschwungenen Silhouette ohne diesen harten Kniff in der Mitte. Eine Krankheit wie das Guillain-Barré-Syndrom veränderte wirklich alles im Leben.

Wie auf Knopfdruck.

Off. Standby. Reset.

„Großartig. Ich war gerade mega aufgeregt. Aber dass du mit deiner Hand sogar schon das Kabel entwirren kannst. Das ist eine schöne Überraschung. Es geht aufwärts." Zarah trat näher an das Bett und strich ihr über die Schulter.

Katharinas stieß Luft nach außen.

„Willst du mir etwas sagen?", fragte Zahra.

Katharina schob ihre Zunge an die obere Zahnreihe.

„D-a-nk-e."

Wow, das war ein richtiges, verständliches Wort. Seit ihrer Einlieferung hatte Katharina in diesem Moment das erste Wort herausgebracht. Milan würde ausflippen vor Freude, wenn er das hörte. Zarah strich ihr über die Schulter. „Mega, Katharina. Du sprichst ja wieder. Ich freue mich, wenn ich dir helfen kann." *Danke.* Ein tolles erstes Wort hatte sie gesagt. Zarah musste grinsen.

Um Katharinas Mund zeichneten sich ein paar Lachfältchen ab. Einige Muskeln nahmen also doch schon ihre Arbeit wieder auf. Das musste Zarah gleich in die Akte schreiben.

„Magst du etwas trinken?" Zarah nahm einen Becher vom Tisch und hielt Katharina den Strohhalm an den Mund. „Mega, dass du schon wieder Worte sprechen kannst."

Katharina saugte am Strohhalm. Etwas von dem Wasser tropfte von ihren Lippen auf ihr Pflegehemd.

„Au-a." Sie zeigte auf die Wunde an ihrem Hals, die ihr einer ihrer Neonazikumpel zugefügt hatte. Sie war fein mit vier Stichen genäht worden. Aber die Naht war noch rot und gereizt.

Zarah schaute hoch zum Infusionsbeutel mit dem Schmerzmittel. Er war leer, kein Wunder, dass sie Schmerzen hatte. Zarah stellte den Becher auf dem Nachttisch ab und wechselte den Infusionsbeutel mit dem Fentanyl aus.

In ihrer Hosentasche vibrierte das Handy. Das musste die Flugradar-App sein. Katharina blickte zu Zarahs Hosentasche und hob die Augenbrauen.

Zarah zog ihr Handy heraus. „Meine Schwester ist eben in Istanbul gelandet. Von dort fliegt sie mit ihrem Mann nach Addis Abeba. Frisch verheiratet." Sie lächelte Katharina an. „Ich hoffe, dass sie gut ankommen." Sie zeigte ihr die Hochzeitsbilder – ihr Vater, sie selbst im langen Kleid in Roségold.

Katharina versuchte, einen Daumen zu heben.

Ihrem Vater hatte Zarah nicht erzählt, dass sie von Neonazis bedroht worden war. Er sollte sich keine unnötigen Sorgen machen. Es reichte, dass er jeden Tag vor der Klinik wartete, um sie abzuholen. Mit seiner Flucht hatte er schon genug Schlimmes erlebt.

Und das Opfer des Überfalls war Katharina gewesen. Nicht sie.

Zarah trat an den Tisch neben dem Infusionsständer, auf dem immer noch der Laptop der Logopädin stand. *Sie braucht noch klare Unterstützung*, stand im Protokoll.

Zarah klappte den Laptop auf. „Im Verlaufsprotokoll hat die Logopädin eingetragen, dass ihr schon gemeinsam am Laptop gearbeitet habt. Das ist mega."

Katharina blinzelte einmal. Das war ein Ja.

Zarah fuhr über die Oberfläche des Laptops. Die Tasten waren mit einer Schutzhülle abgedeckt, doch auf dem Display konnte sie die unterschiedlichen Apps öffnen. „Wow, mit einem Touchscreen. Vielleicht kannst du ihn bedienen, wenn du deine Hand so gut bewegst. Probier mal."

In einem Ordner auf dem Laptop waren Bilddateien von Frankfurter Sehenswürdigkeiten abgespeichert. Zarah drückte auf den Button für die Slide-Show. Zuerst erschien der Eiserne Steg auf dem Bildschirm. Als sie noch zusammen gewesen waren, hatte Paul auch so ein kitschiges Herz mit einem Schloss ans Brückengeländer geschlossen.

Auf dem nächsten Bild erschien die Hauptwache. Unter weißen Marktschirmen saßen die Cafébesucher im Schatten. Dann ein Bild der Frankfurter Skyline bei Nacht – eines ihrer Lieblingsmotive in der Stadt.

Zarah hob den Laptop an und stellte ihn Katharina auf den Schoß. Die Bettdecke war über ihren Arm gerutscht, und das Kabel der Notrufklingel hing unter dem Bettgitter heraus.

„Vielleicht hast du ja eine Idee, wie wir diese Typen finden. Der Kommissar hat angerufen. Wir müssen rausbekommen, wer das war." Zarah griff nach der Fernbedienung und fuhr das Kopfteil des Intensivbettes in eine aufrechte Position. „Hast du eine Idee?"

Katharina beobachtete die Slide-Show auf dem Laptop. Sie bewegte ihre Augenbrauen. Um ihre Lippen bildeten sich kleine Fältchen. Sie versuchte zu sprechen. „Ja", sagte sie schließlich.

Sie berührte mit der Hand den Touchscreen und bewegte damit die Bilderreihe mit den Sehenswürdigkeiten. Vielleicht fiel ihr dabei etwas ein.

Zarah drehte sich zum Fenster um. Manchmal sah es am Mainufer genauso aus wie auf dem Bild in der Slideshow. Sie kippte das Fenster. Die Luft vom Main roch nach Einweggrill mit Bratwurst und Maiskolben. Heute Abend würde sie die Picknickdecke aus dem Keller holen. Nächstes Wochenende wollte sie Kichererbsenfrikadellen nach ihrem Spezialrezept mit Muskatnuss und Kreuzkümmel braten. Für ein Picknick am Main mit ihren Freunden. Sie würde ein Glas Rosé in der Hand halten und mit dem Licht der Abendsonne zu den Fenstern der Hochhäuser schauen, bis die Lichter der Skyline leuchteten.

Unten auf der Straße hupte ein Autokorso. Hörte sich nach einer Hochzeitsgesellschaft an. Zarah trat näher ans Fenster. Das Brautauto hatte ein großes Herz aus roten Rosen auf der

Kühlerhaube und mindestens fünfzehn weitere Wagen folgten ihm.

Letztes Wochenende im Römer hatten sie zum Glück nur vier Wagen gehabt, sonst hätten sie in der Nähe der Paulskirche nie Parkplätze bekommen. Die anderen waren zu Fuß oder mit der S-Bahn zum Römer gekommen. Und nun waren Tizita und Frank bald in Äthiopien.

Zarah trat vom Fenster weg. Sie stellte sich neben Katharinas Bett und zog eine Schublade am Nachttisch auf. Mit dem Handspiegel darin hatte die Logopädin auch schon gearbeitet. Zarah holte ihn heraus und legte ihn Katharina zwischen die Finger. „Mega siehst du aus mit dem neuen Look. Das war eine gute Entscheidung von dir." Nicht nur erwachsener, sondern auch reifer und freundlicher.

Katharina lächelte und nickte ihr zu. „Ja." Sie nahm den Handspiegel näher und drehte leicht ihren Kopf in beide Richtungen. „Au-a." Sie hob den Spiegel etwas an und betrachtete ihre Narbe.

„Ich versorge deine Naht noch. Erkennst du etwas auf den Bildern?"

Wenn Katharina doch nur irgendetwas auf den Bildern auffallen würde. Irgendeine Idee, einen Platz oder einen Ort in Frankfurt, um an diese feigen Arschlöcher zu kommen. „Ich habe den Logopäden einmal zugesehen, als sie mit dem Laptop gearbeitet haben. Wir schaffen das gemeinsam."

Katharina nickte. Sie bewegte ihr Kinn in Richtung des Bildschirms. „Da."

„Wie da? Hast du etwas entdeckt?"

Wieder bewegte Katharina ihr Kinn in Richtung des Bildschirms. Ihre Lippen zitterten vor Anstrengung.

„Lass mal sehen." Zarah stellte sich wieder an das Kopfende des Bettes. Auf dem Laptopmonitor verblasste die Paulskirche und wich einem neuen Bild. Ein kleines Mädchen berührte die Glasscheibe eines Affengeheges.

Katharina bewegte ihren Kopf nach links, dann zu Zarah und wieder nach links. „D-a."

Klang schon richtig gut. Aber für den Affen und das Mädchen interessierte sie sich nicht. Es war etwas auf dem vorherigen Bild.

„Hat es mit dem Römer zu tun? Den Restaurants? Der Paulskirche?" Dort fanden immer wieder Veranstaltungen statt. Aber eher so lahme Sachen mit Politikern. Milan war heute mit einer Patientin zu diesem Musikevent gefahren. Zarah hatte bei Tizitas Hochzeit am Römer Plakate dafür gesehen.

Sie vergrößerte die Tastatur auf dem Touchscreen. „Wir können ja probieren, ob du damit schreiben kannst. Hier oben kannst du die Buchstaben auswählen. Ich lege dir noch die Handschiene um. Wenn du den Buchstaben hast, nachdrücken."

Katharina spitzte ihre Lippen, als sie auf die ersten Tasten drückte. Sie zitterte. Buchstaben erschienen. P-A-U-L stand auf dem Bildschirm. Tja, diesen Namen hatte Zarah eigentlich so schnell nicht mehr lesen wollen. Vielleicht hieß einer der Nazis Paul. Ihr Paul war definitiv nicht rechts. Er war gar nicht politisch. Höchstens vielleicht in der Freien Liebe Partei.

„Paul heißt einer von ihnen?" Zarah nickte Katharina zu. „Weiter so. Du machst das mega."

Katharina machte die Augen zweimal zu und wieder auf. Das war ein klares Nein.

„Mach ruhig weiter. Ich will dich nicht aufhalten."

P-A-U-L-S-K-I-R-V-H-E, schrieb Katharina.

„Die meinst die Paulskirche hier in Frankfurt? Was hat die mit den Typen zu tun? Die verstecken sich doch nicht da, oder? Oder wohnt einer in der Nähe?"

Wieder machte Katharina die Augen zweimal zu und auf, dabei schüttelte sie leicht den Kopf. Großartig, wie sie den Kopf bewegen konnte.

„Aber was ist da?", fragte Zarah.

K-O-N-Z-E-R-T? schrieb Katharina in die nächste Zeile.

Der Event in der Paulskirche. Auf den Plakaten hatte es regenbogenfarbenen Herzen geregnet.

Katharina tippte wieder. H-E-U-T-E.

Heute? „Und was hat das Konzert mit den Männern zu tun?"

Die Infusion tropfte, bald würde Katharina von dem Fentanyl müde werden. Ein paar Informationen über die Täter wären wirklich wichtig. Sie war doch ein Teil dieser Terrorgruppe. Bevor sie eingeliefert worden war, hatte sie die gleichen Parolen wie diese Scheißtypen geschrien.

Katharina starrte auf den Bildschirm.

„Stimmt, Milan ist mit einer Patientin hingefahren." Die Mutter der Patientin war die Schirmherrin des Konzertes. „Schreib mal weiter. Was hat denn Milan damit zu tun? Er kommt morgen wieder zur Physiotherapie. Vielleicht erzählt er etwas von der Paulskirche."

Auf dem Monitor stieg die Pulsfrequenz an. Katharina spannte ihre linke Hand zur Faust, Schweißtropfen bildeten sich auf ihrer Stirn. Sie strengte sich an.

A-N-S-C-H-L-A-G, erschien auf dem Bildschirm.

Auf dem Monitor ging die Sauerstoffsättigung nach unten. Der Alarm durfte nicht losgehen, sonst kam vielleicht noch jemand ins Zimmer und Katharina musste ihr Schreiben unterbrechen. Aber sie durfte nicht aufhören.

Ein Anschlag.

Zarah drückte den Ton des Monitors aus. Nur ein bisschen länger noch. „Genau, darüber will ich mit dir reden, über den Anschlag. Wer waren denn die beiden Typen? Weißt du, wie sie heißen?" Der Kommissar brauchte vor allem mal die Namen.

Katharina drehte ihr den Kopf zu. Für einen kurzen Moment waren ihre Augen genauso schmal und kalt wie auf dem Video.

„Tut mir leid, wenn ich etwas Falsches gesagt habe", sagte Zarah.

Katharina tippte schneller.

H-E-U-T-E T-O-T-E F-R-A-U

„Moment, du schreibst nicht von dem Anschlag hier auf dich? Hat es mit der Paulskirche und dem Event zu tun?"

Katharina presste die Luft gegen ihre Lippen und fixierte Zarah. „Uuuu", sagte sie.

Zarah kapierte nicht, was sie sagen wollte. „Und? Uhr?"

„Uuuu-mmm-aaaa."

Auch den zweiten Versuch verstand sie nicht. Oma? Umma? „Bitte schreibe weiter", sagte Zarah.

„Ttttoooo." Katharina zischte die Buchstaben. Sie ballte ihre Fäuste, schlug auf die Bettdecke und schrieb weiter. Mit ihren Fingern tippte sie hart auf den Touchscreen. „Tttttoooo", zischte sie dazu.

U-M 8 T-O-T P-O-L-I-Z-E-I R-U-F A-N

„Ich soll die Polizei rufen? Wo sind die denn?" Zarah hatte ihr Handy in der Hosentasche. Nur, die Informationen reichten absolut nicht aus: Sie wusste nicht, was sie Kommissar Feldner sagen sollte.

„Du musst mir noch mehr schreiben. Bitte." Zarah schaute zum Infusionsbeutel. Ein Drittel des Fentanyls war schon durchgelaufen.

Katharina schloss immer wieder ihre Augenlider. A-U-T-O F-L-U-C-H-T B-E-T-H-M-A-N-N-S-T-R G-O-L-F

Die Bethmannstraße lag in der Nähe von Römer und Paulskirche. Das wusste Zarah genau, denn da hatte sie bei Tizitas Hochzeit einen Strafzettel erhalten. 35 Euro, die musste sie auch noch überweisen. „Und wo da genau? Da gibt es kaum Platz zum Parken bis auf die Behindertenparkplätze." Und das Halteverbot, in dem sie vorgestern gestanden hatte.

Katharina nickte. „Da ..." Sie formte mit ihrer Zunge einen Laut, „st...eht." Sie machte eine Pause. „Jü...r...gen", brachte sie heraus. Sie hustete. „Rath."

Rath. Den Namen kannte Zarah nicht.

Katharina tippte. E-I-N-E F-R-A-U M-I-T M-E-S-S-E-R DA.

Okay, das waren jetzt wirklich wichtige Informationen. Damit musste sie den Kommissar anrufen. „Moment." Kurz schaute Zarah auf ihre Armbanduhr, es war 19.20 Uhr. Die Veranstaltung fing sicher um 20 Uhr an. Das waren noch vierzig Minuten. „Ich rufe gleich die Polizei an." Sie holte ihr Handy aus der Hosentasche. „Du sagst, in der Paulskirche ist ein Attentat geplant und eine Frau ist mit einem Messer dort? Ist sie die Täterin?" Sie drückte auf den letzten eingegangenen Anruf, den von Kommissar Feldner. Die Flugradar-App meldete sich wieder, Tizita und Frank waren nach Addis Abeba eingecheckt.

Katharina nickte. Sie tippte wieder. „J-Ü-R-G-E-N R-A-T-H, S-O-H-N J-U-L-I-A-N + F-E-L-I-X T-H-O-R-W-A-L-D."

„Haben diese Leute den Anschlag auf dich verübt? Vorgestern? Hier im Krankenhaus."

Katharina fasste sich an die Naht an ihrem Hals.

„Und jetzt haben sie was vor in der Paulskirche, bei diesem Event?"

Sie schloss zweimal die Augen und tippte. D-A-S M-A-C-H-T E-I-N-E F-R-A-U.

Zarah drückte ihr Handy ans Ohr. Es klingelte einmal, zweimal, jemand nahm ab.

„Kommissar Feldner."

„Herr Feldner", Zarah nickte Katharina zu, „wir haben, glaube ich, was Megawichtiges entdeckt."

Kapitel 40

Paulsplatz
Milan schnippte den Stummel seiner Zigarette neben einen Hundehaufen. Im Kiesbeet unter den Platanen lag noch ein leerer Einwegbecher. Der Abdruck des Lippenstiftes darauf hatte die gleiche Farbe, wie ihn Martina trug. Sie liebte Kaffee.

Das Beet war von grauen Pflastersteinen eingerahmt. Ein Stillleben aus Kacke, Kippe und Koffein.

Das Pflaster zog sich bis zum Eingang der Paulskirche über den gesamten Platz. Die Türen zum Konzert standen offen. Darüber flatterten Regenbogengirlanden um die Fenster. Die Security-Kräfte kontrollierten die Eintrittskarten. Der barrierefreie Einlass befand sich auf der anderen Seite.

Patricia saß vor ihm im Rollstuhl. Die langen Creolen hatten die Form eines Peace Zeichens. Das war doch eigentlich 90er. Ihre Seidenstola reichte bis auf die Armlehne. Das Schwarz stand ihr.

Jeder Reifen stand auf einem eigenen Pflasterstein. Zwischen den Fugen wuchs Klee und Löwenzahn.

„Mama, wir wollen Eis." Milan drehte sich um. Hinter ihm bettelten zwei Jungs im Grundschulalter ihre Mutter an. Sie trug ein weißes Sommerkleid mit Sonnenblumen und hatte ihre roten Haare unter einen Strohhut gesteckt. Die beiden Jungs glichen sich in ihren blauen Shorts und den Poloshirts bis auf eine weiße Haarsträhne.

Passt gut auf euch auf, dachte er sich.

Er nahm sein Handy aus der Hosentasche und öffnete WhatsApp. Martina hatte ihm keine Nachricht mehr geschrieben. Sie war um 19.15 Uhr das letzte Mal online gewesen. Vor drei Minuten. Er schrieb: *Erhol dich gut. Ich freue mich aufs Konzert.* Sie war sicher daheim. Brigitte musste sich geirrt haben.

Der Einwegbecher rollte zum Reifen des Rollstuhls. Poisson Rouge hatte auf dem Lippenstift von Martina gestanden. Er lag in seinem Bad neben den Zahnputzbechern.

Wieder eine Tinder Nachricht. Irgendeine Giselle, die ihn gestern angeschrieben hatte. Ihre Bilder konnte er sich später ansehen.

„Scheiße." Er steckte das Handy wieder in seine Hosentasche.

„Meinst du den Haufen oder den Kaffeebecher?" Patricia drehte sich zu ihm um.

„Nein, ich habe mir nur auf die Zunge gebissen."

Die Zwillinge standen mit ihrer Mutter am Eiscafé an. Sie hielten sich an der Hand.

Patricia rollte vorwärts. „Kommst du? Wir wollten doch meine Mutter noch in der Garderobe besuchen. Sonst ist sie gleich auf der Bühne."

Hinter dem Römer lagen der Eiserne Steg und der Main. Er könnte einfach losrennen. Martina war in seiner Wohnung. Sie war nicht hier.

„Hey, was ist los. Der Eingang mit dem barrierefreien Zugang ist in der anderen Richtung." Brigitte hielt ihn an der Schulter fest. „Oder willst du lieber verschwinden?"

„Ich will das nicht. Sie wollte früh ins Bett gehen. Ich muss sehen, ob das stimmt. Sie ist da nicht drin." Milan griff nach Brigittes Hand. „Du hast dich geirrt, oder?"

Brigitte fuhr sich mit den Fingern über die Mundwinkel. Das machte sie immer, wenn sie nervös war. „Ich habe ein gutes Gesichtergedächtnis, glaube mir. Was ist schon dabei?"

Milans Handy vibrierte. Eine Nachricht von Zarah: *In der Paulskirche soll ein Anschlag verübt werden. Eine Frau ist bewaffnet. Wir informieren die Polizei.*

FUCK! Martina war in der Paulskirche. Und sie trug eine Perücke.

Brigitte musterte ihn und zog ihre schwarze Servierschürze glatt. „Du hast ja ein Glück. Das Line-up für das Konzert ist großartig. Wenn ich schnell arbeite, kann ich vielleicht etwas von Brian McGleen hören. Diese Stimme und der Hintern. Aber … was ist mit dir? Du hast kalte Hände. Aufgeregt?" Brigitte löste ihre Hände und band ihre Schürze enger.

Ihm fiel sein Handy aus der Hand. Die Pflastersteine wurden größer und kleiner. Die Konturen zwischen hellen und dunklen Steinen verschwammen. Die Gitter verformten sich. Aus den Fugen wuchsen Schlingpflanzen, die ihn nach unten zogen. Unter die Steine in ein Maul, das ihn verschlingen würde, wenn er hier nicht sofort wegkam. Milan zog seine Lederjacke aus. „Mir ist so heiß." Er musste zu Martina.

Sie würde ihn doch niemals anlügen.

Er hob sein Handy auf und öffnete wieder WhatsApp. Sie hatte die Nachricht nicht gelesen.

Katharina musste Zarah etwas erzählt haben. Sie informierten die Polizei.

Milan glaubte Martina. Sie hätte ihm erzählt, wenn sie einen Job machen würde. Einen Job als Cateringkraft in der Paulskirche. Es wäre doch nichts dabei gewesen.

Ich habe für Geld getötet.

Martina war doch nicht zufällig hier.

„Wo ist deine Mutter gerade?" Milan drehte sich zu Patricia um. Er stellte die Frage viel zu laut.

„In der Garderobe. Ich bin schon so aufgeregt. Die wird sich freuen."

„Ich muss sofort zu ihr." Milan löste die Bremsen und schob sie zur Paulskirche. Der Rollstuhl wackelte, als er immer schneller wurde.

„Jetzt gibst du aber Gas. Nicht so schnell, sonst fliege ich noch aus dem Rollstuhl. Ist alles okay mit dir?" Patricia zeigte auf einen Eingang zur Paulskirche. „Wir müssen über die Berliner Straße rein. Dort ist ein barrierefreier Zugang und mit dem Fahrstuhl kommen wir nach unten zur Garderobe."

Brigitte rief hinter ihnen her: „Was ist denn mit dem Rollator?" Brigitte hatte von Martinas Perücke erzählt. Sie war damit so seltsam gewesen. Der Pony ihres Bobs machte ihr Gesicht eckiger. Vielleicht gab es für alles eine einfache Erklärung.

Brigitte holte sie am Eingang zum Foyer ein. „Hier ist der Rollator."

Patricia hielt den Security Kräften ihre VIP-Karte hin.

Hinter den Eingangstüren waren um die große Steinsäule in der Mitte herum Stehtische aufgebaut. Auf den weißen Tischdecken standen Sektgläser und Brotkörbe.

Keiner der beiden Männer am Eingang trug eine Waffe. Nur eine Schutzweste mit dem Aufdruck *Main Sec Team*. Vielleicht hatten sie für einen Notfall wenigstens Pfefferspray dabei.

Milan hielt Patricia die Tür auf. Sie drehte sich zu ihm um. „Die Überraschung für meine Mutter wird ein Knaller."

Brigitte stellte den Rollator neben ihnen ab und griff sich ein Tablett mit leeren Sektgläsern von einem der Stehtische.

Die meisten Besucher waren schon im Plenarsaal. Und warteten auf den Beginn des Konzertes. Nur vereinzelt standen noch kleine Gruppen mit Gläsern in der Hand im Foyer. Eine Frau lachte laut. In ihrer Frisur waren lange Kunsthaarsträhnen mit Clips befestigt. Sie wirkten wie eine Perücke.

Er musste zur Treppe. Die Garderobe war im Untergeschoss.

„Ich räume hier mal etwas auf. Wird schon alles gut sein, Milan. Macht euch einen schönen Abend. Ein Autogramm von Brian McGleen wäre super." Brigitte entfernte sich. Sie hob das Tablett mit den Sektgläsern über ihren Kopf. Ihre vielen Armreifen rutschten zum Ellenbogen runter und klirrten aneinander.

Milans Handy vibrierte erneut. Er zog es aus der Jackentasche. Eine weitere Nachricht von Zarah. *Steigenburger ist das Ziel. In der Garderobe.* Die Buchstaben verschwommen. Seine Mutter wollte doch früh zu Bett gehen, weil sie in den letzten Tagen viel gearbeitet hatte.

Milan klappte den Rollator zusammen und zog ihn hinter sich zum Fahrstuhl. Patricia fuhr neben ihm. „Du hast es echt eilig."

Martina war auf keinen Fall daran beteiligt.

Ein Monteur in blauem Overall schraubte an einem Sicherungskasten neben dem Fahrstuhl. *Aufzug defekt* stand auf einem Zettel an der Fahrstuhltür. Er drehte sich zu ihnen um: „Wir sind gleich soweit. Nur einen kleinen Augenblick noch." Der Monteur wandte sich wieder dem Sicherungskasten zu. Die Treppe zur Garderobe im Untergeschoss war nur ein paar Schritte entfernt.

Patricia zog ihr Handy aus der Handtasche auf ihrem Schoß und ließ die Bremsen des Rollstuhls einrasten. „Das wird schon. Und das Konzert fängt erst an, wenn meine Mutter gesprochen hat. Sie hat mir eben geschrieben, dass sie sich noch ein Wasser bestellt hat und in ihrer Garderobe auf mich wartet."

Milan lief zur Treppe. „Ich schaue einmal kurz nach, ob alles okay ist und ob wir hier gut runterkommen, falls der Fahrstuhl doch nicht gleich wieder funktioniert." Er konnte nicht auf den Fahrstuhl warten.

Brigitte musste sich irren. Martina war nicht hier.

Milan stolperte. „Ich muss zu ihr." Er rannte weiter.

„Aber, was ist mit ...?" Patricias Stimme verstummte.

Martina würde sich nicht aufhalten lassen. Sie würde der Steigenburger nicht nur ein Wasser bringen.

Zarahs Nachricht war vielleicht nur ein Missverständnis. Ganz bestimmt war es das.

Die Treppenstufen verschwammen. Er stützte sich an der Wand ab. Er durfte jetzt nicht zusammenklappen.

In der Nähe war niemand vom Sicherheitsdienst. Die Mitarbeiter standen noch zur Kontrolle vor den Eingängen oder sicherten bereits im Plenarsaal die Bühne.

Am Ende der Treppe war nichts los. Aus dem Plenarsaal über ihm war der Bass eines House-Tracks zu hören. In seinen Ohren pochte der Puls. Der Beat hämmerte.

Der Gang war leer.

An den Wänden hingen gerahmte Schwarz-Weiß-Fotografien von Gesichtern. Ein kleines Mädchen kniff ihre Augen zusammen. Sie biss in eine Zitrone. Eine Haarsträhne reichte bis auf ihre Oberlippe. Die Fotografie war zu verkaufen. Einhundertachtzig Euro.

Die Künstlergarderoben waren mit Zwischenwänden voneinander abgetrennt. Kleine Schilder klebten mit Tesafilm auf den zugehörigen Türen. Die Namen darauf waren viel zu klein geschrieben. Er musste auf jedes Schild schauen. Cave Soul, Brian McGleen, aber kein Schild von Doris Steigenburger.

Eine junge Frau lehnte an einer der Türen zum WC. Sie tippte auf ihrem Handy. Ihr weißer Taftrock war ein Tutu wie aus Schwanensee.

„Wo ist die Garderobe von Frau Steigenburger?"

Sie schaute nicht auf, sondern zeigte nur hinter sich. „Dort rechts, aber da ist gerade jemand vom Catering rein. Mir hat noch niemand Bescheid gegeben, dass es losgeht. Sollst du sie schon holen?"

Sie wartete nicht auf eine Antwort, nahm das Handy ans Ohr.

Milan ließ die junge Frau stehen. Hinten rechts, eine Frau vom Catering, in Steigenburgers Garderobe. Die Information reichte ihm.

Martina war bei ihr.

Er hatte keine Zeit.

Martina war eine ausgebildete Killerin.

Ich habe für Geld getötet.

Doris hatte keine Chance gegen sie. Die Frau in der Garderobe war nicht seine Mutter. In der Garderobe war eine Killerin. Sie würde niemals aufhören zu töten.

Milan hätte ihr nicht glauben sollen.

Doris Steigenburger. Das Schild an ihrer Garderobentür hing an nur noch einem Tesastreifen.

Milan öffnete die Tür zur Garderobe.

Steigenburger lächelte ihn an. „Mit Ihnen hätte ich jetzt nicht gerechnet. Ist meine Tochter noch oben?" Sie wandte sich an die Frau mit dem blonden Bob. „Das Wasser bitte auf den Tisch. Das wäre dann alles. Vielen Dank." Steigenburger drehte ihr den Rücken zu und öffnete ihre Handtasche. Kleingeld raschelte in ihrem Portemonnaie.

Martina griff in ihre Schürze und zog ein Messer heraus.

Milan packte Martina.

Ihr Blick war starr. Der Bob, die harten Wangen und die festen Lippen in ihrem Gesicht hatten nichts mit der Frau zu tun, die ihn als seine Mutter Martina um Hilfe gebeten hatte. „Verdammt ... lass mich! Das ist alles für dich." Sie drückte mit der anderen Hand ihre Perücke fest auf ihren Kopf, packte zu und entwand sich seinem Griff.

Eine Zwei-Euro-Münze fiel auf den Boden.

Frau Steigenburger hielt ihr Portemonnaie in der Hand.

Martina traf den rechten Oberarm, ein weiteres Mal über dem Schlüsselbein.

Die Steigenburger ließ das Portemonnaie fallen. Ihre Hand drückte auf die Stelle über dem Schlüsselbein, Blut quoll zwischen ihren Fingern hervor.

Milan schob sich vor sie. Martina zog erneut ihre Perücke fest, riss eine der künstlichen Haarsträhnen heraus und ließ sie auf den Boden fallen.

Martina atmete tief durch. „Geh aus dem Weg. Sie wird dich mir nicht wegnehmen. Nur ich kann das."

Hinter Martina öffnete sich die Garderobentür.

„Lass deinen Sohn, Martina!" Brigitte schrie.

Martina fixierte Milan weiter, schob das Messer zurück. „Willst du mich auch verraten?"

Milan griff nach dem Messer und schleuderte es von sich. Er stolperte und warf die Steigenburger zu Boden. „Was soll das? Wo ist meine Tochter?" Frau Steigenburger zog ihre Arme und

Beine eng an den Körper. Ihre Pumps lagen neben dem Portemonnaie und der Zwei-Euro-Münze.

Martina schaute über Milan hinweg auf sie hinab. Ihr Blick blieb starr. „Sie muss weg. Mach mir Platz. Ich habe einen Job zu erledigen."

Brigitte war in zwei Schritten bei Martina und drückte sie auf den Boden.

Martina schloss kurz ihre Augen und wehrte sich nicht. Sie lächelte. „Brigitte es ist alles in Ordnung. Ich hatte wohl ein Brotmesser vom Buffet eingesteckt, weil es schmutzig war. Es tut mir leid, wenn ich hier Unruhe stifte." Sie hatte eine andere Stimme. „Du kannst mich jetzt wieder loslassen."

In zwei Schritten könnte sie beim Messer sein.

Brigitte hatte den Arm auf Martinas Nacken gelegt. Mit einem Knie fixierte sie Martinas Becken. Jeder Personenschützer wäre stolz auf sie gewesen.

Brigittes Kieferknochen traten deutlich hervor. „Game over, Martina. Wer bist du?" Sie presste ihre Stimme und auch weiterhin einen ihrer Unterarme auf Martinas Nacken. „Was meinst du, Milan? Was ist hier eigentlich los?" Sie löste den Griff auf Martinas Nacken.

Die Frau auf dem Boden war nicht seine Mutter.

Martina war eine Frau mit lieben Augen und langen lockigen roten Haaren.

Der Frau mit dem blonden Bob und dem Pony fehlte nur ein Visier für einen Scharfschützenhelm. Ihre Haare waren leblos. Sie gehörten zu einer Uniform.

Die Frau blinzelte immer wieder und drehte ihren Kopf in verschiedene Richtungen. Sie checkte den Raum ab.

Milan traute ihr nicht. Sie hatte nicht nur ein Brotmesser vom Buffet mitgenommen. Sie war eine Killerin. Das wusste außer ihm und Martina niemand. Noch saß sie hier fest. Wenn man ihr nur eine kleine Chance bot, würde sie fliehen und verschwinden, als hätte es sie nie gegeben. Eine falsche Bewegung würde ausreichen, dachte Milan. Sie war ein Profi.

Martina wollte doch die Killerin hinter sich lassen. Sie hatte es ihm versprochen.

„Wer ist denn diese Verrückte? Was soll das alles hier?" Doris Steigenburgers Stimme klang panisch. Sie rutschte von Milan weg zur Wand und griff nach ihren Pumps. Die roten Sohlen waren typisch für eine teure Marke. Die Blutflecken darauf bildeten kleine Nasen. Sie würden gleich gerinnen.

Das Messer lag zwischen Milan und Martina. Auch am Griff klebte Blut. Die Spitze zeigte zu ihm. Martina hatte sich leicht verletzt. Sie musste ihre Hand über die Klinge gezogen haben.

Martina hielt ihre verletzte Hand. „Diese Klingen sind wirklich scharf. Ich muss gestolpert sein."

Der Beat in seinen Ohren wurde schneller.

Brigitte war keine Sekunde zu früh gekommen.

Martina schaute zur Tür. „Langsam bekomme ich Nackenschmerzen von deinem übertriebenen Griff. Ich glaube, ich kann morgen meinen Dienst bei dir nicht antreten. Lass mich bitte los. Du behandelst mich ja wie eine Kriminelle."

Milan setzte sich auf und nickte Brigitte zu.

„Es tut mir leid, Brigitte." Sie schaute wie ein Teenie.

Zwei Männer vom Sicherheitsdienst drängten sich in den Raum. „Wir sind gerufen worden. Eine Dame in einem Rollstuhl hat uns benachrichtigt. Ihre Mutter sei in Gefahr", sagte der Größere der beiden. Der Kleinere schob Milan Richtung Wand presste seinen Kopf dagegen und hielt seine Arme auf seinem Rücken zusammen.

„Gibt es noch weitere Attentäter?" Der Größere wandte sich an Frau Steigenburger. „Sind Sie stark verletzt? Wir rufen den Notarzt."

Patricia schob sich auch noch in den engen Raum.

Martina räusperte sich. „Es ist vorbei."

Brigitte erhob sich. „Moment, Sie haben den Falschen. Sie hier ist die Täterin." Sie deutete auf Martina.

Kapitel 41

Paulskirche
Ramona strich ihren Pony glatt.
Unter dem rechten Schulterblatt, an der Stelle, an der Brigitte ihr Knie auf sie drückte, zog es schon seit ein paar Wochen.
Den Schnitt in ihrer Handfläche musste sie in Kauf nehmen. Mit einem leichten Druckverband konnte sie ihren Auftrag erledigen und den Wagen steuern.
Sie musste nur aus dieser Haltung raus, musste sich befreien, dann war sie in drei Schritten an der Tür. Im Notfall musste Brigitte eben doch etwas einstecken. Ein Schlag gegen den Hals oder ein Tritt zwischen die Beine und sie war ausgeschaltet. Mit einem Messer kam sie nicht weiter. Die Klinge zeigte zu ihr und ihre Zielperson lag sogar noch hinter dem Jungen.
Ihn würde sie niemals wiedersehen. Es war vielleicht auch besser so.
Spätestens wenn ihre Zielperson die Paulskirche verließ, war sie erledigt und der Auftrag ausgeführt. Mit ihrer Glock war das kein Problem.
Der Druck des Knies löste sich aus ihrem Nacken.
Die Zielperson trug Louboutins, die mindestens 500 Euro kosteten. Typisch für eine Linke, die nach oben wollte. Sie hätte fester zustechen sollen.
Brigitte erkundigte sich nach dem Jungen. Sie setzte sich zu ihm auf den Boden und gab den Fluchtweg frei.
Der Flur vor den Garderoben war eng und nur eine Treppe führte ins Foyer. Die meisten Gäste waren schon im Plenarsaal und warteten auf die Ansage der Zielperson. Sie sollte mit einem Messer zu ihren Füßen liegen und nicht in ihren Louboutins auf einer Bühne stehen.
Ramona war keine Stümperin.
Zwei Securityfuzzies schoben sich in den Raum. Der eine fett und der andere glotzte direkt auf ihre Brüste. Ramona glitt mit ihrer Hand über die Bluse und schaute dem Glotzer direkt in die Augen. Der schien zu glauben, sie wäre scharf auf ihn. Die Se-

curity war keine schwere Aufgabe. Keine Waffe am Gürtel, auch in den Hosentaschen nur ein Handy und ein Funkgerät.

„Moment, er ist nicht der Täter?" Der Größere zeigte auf den Jungen.

Hinter ihr lag die einzige Tür. Fenster gab es keine in dem Raum.

Sie hatte noch nie versagt. Mit Jürgen hatte sie vereinbart, dass er um 19.45 Uhr den Wagen starten sollte. Der dunkelblaue Golf stand auf einem Behindertenparkplatz in der Bethmannstraße. Jürgen hatte ihr erzählt, dass gegenüber das Standesamt im Römer war. Er hatte einen Kussmund geformt. Dafür hätte sie ihm den Ellenbogen zwischen die Augen hauen sollen. Diese Scheißanspielung auf Nikita hätte er sich sparen können.

„Die Kollegin kommt gleich." Die Weste spannte über dem Bauch des Größeren. Wenn er sich ihr den Weg stellte, war der Fluchtweg versperrt.

In der Gutleutstraße stand ein Taxi, in das sie vom Golf steigen würden. Jürgen und Ramona waren keine Anfänger. Den Schlüssel würden sie im Golf für Julian steckenlassen.

Auf ihrer Armbanduhr war es 19.43Uhr. Ramona war immer pünktlich. Sie würde es auch heute schaffen.

Sie senkte den Kopf und entspannte ihre Schultern. „Was für eine Situation." Sie lachte. „Wird mein Sohn auch noch verdächtigt, obwohl überhaupt nichts passiert ist. Hoffentlich kann ich gleich wieder hoch und weiter das Buffet aufräumen. Das macht sonst keinen guten Eindruck."

Die Zielperson drückte immer noch ihre Hand auf die Wunde am Hals. Wenn sie richtig zugestochen hätte, wäre ihr Auftrag erledigt.

Über den Paulsplatz waren es vielleicht 200 Meter bis zum Auto. In dem Outfit wurden die 30 Sekunden, die sie normalerweise für die Strecke brauchte, schwierig. Sie war immer noch gut in Form.

Nur eine kleine Unaufmerksamkeit und in ein paar Schritten war sie raus hier und oben bei Jürgen. Sprinten konnte sie noch immer. Ohne Fehlstart. Scheiß auf Los Angeles. Sie konnte überall hin.

Im Kofferraum des Taxis war alles bereit für Plan B, den Ramona nun ausführte. Über einen Zubringer zur A3 würde sie schnell unterwegs in Richtung München sein.

Aber erst musste sie hier weg. Weg von dem Jungen. Auch er hatte sie verraten.

Damit musste sie klarkommen. Ihr Job hatte höchste Priorität. Sie hatte nicht nur dieses eine Messer dabei. Zur Not täte es auch ein Schnitt in die Achillessehne oder ein Hieb über dem Schlüsselbein in den Hals. „Ich weiß gar nicht, was mit mir los war. Es tut mir so leid. Das war ein Versehen. Dieses große Messer."

Niemand ahnte, wer sie war.

„Kennen Sie die Frau? Sind Sie verletzt?", fragte der Größere.

„Mama." Eine Frau mit Glatze schob sich mit einem Rollator in den letzten freien Quadratmeter des engen Raumes. Sie war viel zu jung für diese Gehhilfe. Die Narbe sah aus wie der Fleck auf Gorbatschows Stirn. Eine Kopfbedeckung hätte ihr besser gestanden.

Milan stellte sich neben die Frau mit dem Rollator.

„Du blutest ja." Die Frau mit dem Rollator war ein Hindernis und hielt sich an den Griffen fest. Lange konnte sie damit nicht laufen. Stabil stand sie auch nicht. Sie und der Rollator waren perfekt.

Niemand hielt Ramona auf.

„Patricia, dass du das mitansehen musst", sagte die Zielperson.

Der Rollator stand günstig zwischen ihr und dem Größeren.

Ramona trat an den Rollator.

Die Tür wurde durch die Wucht weiter aufgerissen und krachte dem Größeren gegen die Stirn. Er riss die Frau zu Boden.

Der Weg war frei.

Ramona rannte aus der Garderobe. Auch auf dem Flur war niemand.

„Stehenbleiben. Wir schießen", rief der Kleinere.

Sie hatte keine Waffen gesehen und ein trainiertes Duo waren die beiden auch nicht.

Brigitte folgte ihr.

Ramona nahm immer zwei Stufen nach oben. Im Foyer an den Konzertbesuchern vorbei und um die große Säule zum Ausgang. Sie stieß gegen einen Stehtisch. Sektgläser klirrten auf den Boden. „Danke schön. Lassen Sie mich kurz vorbei?" Sie durfte sich nur nicht aufhalten lassen.

„Runter! Alle!", schrie jemand hinter ihr.

Der wollte doch keine Schießerei veranstalten. Einige Menschen zogen ihre Handys und filmten.

Eine Frau in schwarzem Ledermantel und Springerstiefeln unterbrach den Kuss mit ihrem Freund. Sie standen genau vor dem Ausgang.

„Lassen Sie mich bitte vorbei?" In der Regel reichte Höflichkeit aus. Wenn nicht, musste sie deutlicher werden. Das Paar machte den Weg frei.

Ramona musste hier raus. Sie griff an die Tür und stolperte nach draußen.

Über den Bäumen kreiste ein Hubschrauber. Die letzten Sonnenstrahlen spiegelten sich in den Scheiben der Wolkenkratzer.

Die Skyline hatte ihr immer gefallen.

Eine Frau in einem Sonnenblumenkleid stand mit ihren beiden Kindern vor ihr. Die Jungs hielten sich an der Hand. Einer der beiden hatte einen eisverschmierten Mund. Der andere zeigte auf Ramona.

Jürgen hatte den Rückwärtsgang eingelegt. Er saß im Golf nur ein paar Schritte entfernt. Seine Glatze glänzte. Die Beifahrertür stand offen.

„Die Frau ist ja gar nicht blond, der rutschen die Haare weg. Guck, Mama, sie hat Fasching." Einer der Jungs lachte. Der Junge mit dem eisverschmierten Mund bückte sich und hob ihr Feuerzeug auf. Es musste Ramona aus der Tasche gefallen sein. Die Zwillinge hatten das gleiche Gesicht. Die gleichen Augen.

„Ich bin auch eine Mutter." Ramona blieb stehen. Sie griff nach ihrer Perücke und riss sie sich vom Kopf.

„Du rennst mir nicht weg." Brigitte trat ihr die Beine weg.

Martina stürzte. Die Pflastersteine hielten sie am Boden fest. Sie durften nur nicht auseinanderweichen und sie hinabsinken lassen. Sie wollte einfach nur liegen bleiben.

Wie oft hatten ihre beiden Kinder ihre Gesichter an die Fensterscheiben des Kinderheims gedrückt und auf sie gewartet. Der Platz in Potsdam, er hatte das gleiche Pflaster. Sie hätte die beiden nie weggeben dürfen. Sie hatte mit Leo Eis gegessen. An seiner Lippe hatte er noch einen Rest Erdbeereis gehabt.

Über ihr die zogen die Wolken vorbei. Nikita stand auf der Bühne im Dschungel und sang. Neben ihr an der Bar hielt er ihr sein Feuerzeug hin. Das goldene N funkelte im Licht der Thekenbeleuchtung.

Martina schloss die Augen. Ihr war kalt.

Kapitel 42

In der Paulskirche
„Sie hat ihr einfach die Beine weggetreten." Ein Mann mit einem weißen Turban stand im Eingang der Garderobe. Er zeigte auf die Treppe, die in Richtung des Foyers führte. „Die Polizei ist nun bei ihr." Er sprach ohne Akzent. In seiner Hand hielt er eine Kladde. „So und wir machen weiter." Er schob seine Brille auf die Nasenspitze und prüfte eine Liste. „The show must go on, Leute. Von so einer Psycho lassen wir uns unseren Event nicht kaputtmachen."

Doris Steigenburger stellte sich neben den Mann mit dem Turban. Ein Rettungssanitäter hatte ihr einen Druckverband angelegt. „Wir würden Sie wirklich gern mitnehmen. Das muss noch weiter versorgt werden."

Sie fuhr sich über den Kragen ihres Blazers. „Wir gehen da jetzt alle raus und machen eine gute Show. Ich gehe hoch in den Plenarsaal. Auf einen großartigen Event. Danke für euer Engagement. Danke, Nilay." Sie wandte sich an den Sanitäter. „Ich kläre das morgen mit meinem Hausarzt. Ansonsten kann ich ja immer noch kommen."

Der Mann neben ihr hieß offenbar Nilay.

Frau Steigenburger klatschte in die Hände, und Milan zuckte zusammen. Martina war verschwunden. Wenn die Polizei sie geschnappt hatte, würden sie herausfinden, dass sie für Geld getötet hatte. Martina wurde gesucht.

Die Künstler traten aus ihren Garderoben und stimmten in den Applaus ein. Der Messerangriff musste sich rumgesprochen haben. Zwei Frauen mit kurzen Ponys tuschelten, wobei sie ihn anblickten, sich aber sofort abwandten, als Milan ihren Blick erwiderte.

„Das glaube ich nicht", sagte ein Mann mit Rastafrisur, der sich den Träger seines Saxofons über die Schulter zog.

Nilay legte eine Hand auf Frau Steigenburgers Schulter. „Dass du schon wieder Ansage machst. Du bist spitze."

Frau Steigenburger umarmte ihn und zeigte auf Milan. „Das habe ich ihm zu verdanken. Auch wenn ich etwas unsanft gelandet bin."

Nilay nickte in seine Richtung. Ein Headset lugte unter dem weißen Stoff seines Turbans hervor.

Zwei Frauen in schwarzen Jumpsuits und roten Springerstiefeln schoben sich an Milan vorbei zur Treppe nach oben. Vor den kleinen Garderoben versammelten sich nun immer mehr Leute.

„Der Rest bleibt hier unten. Sonst staut sich oben alles. Die Polizei räumt gerade die Gaffer von den Ausgängen weg."

Martina war in der Garderobe einfach losgerannt. Sie hatte die Sicherheitsleute überrascht. „Ihr habt immer zu mir gehört." Mit diesen Worten war sie aus der Garderobe verschwunden.

Frau Steigenburger hatte darauf bestanden, das Konzert selbst anzusagen. „Das vergesse ich Ihnen nie, Milan." Sie nickte ihm zu, prüfte ihre Frisur und das Make-up in einem Spiegel über dem Waschbecken im Raum und verließ die Garderobe.

Patricia saß auf ihrem Rollator. „Geh du ruhig auch nach oben. Ich bleibe erst mal hier." Sie schüttelte den Kopf. „Das war wirklich knapp. Wenn du nicht dazugekommen wärst."

Milan brachte kein Wort heraus. Er musste zu Martina. Draußen lag seine Mutter auf dem Asphalt. Vielleicht würden sie sich nie wieder so nah sein wie in den letzten Tagen. Die ersten Tage, die er mit seiner Mutter verbracht hatte. Auch wenn wirklich viel passiert war. Wenn sie lange in den Knast ging, würde er sie besuchen. Obwohl sie tatsächlich versucht hatte, Doris Steigenburger umzubringen.

Er wandte sich an Nilay. „Ich muss zu ihr."

„Zu Doris? Lass dir erst mal den Arm versorgen. Bist du auf das Messer gefallen? Ihr könnt sicher ..."

„Zu meiner Mutter." Milans Stimme zitterte.

Der Sanitäter öffnete seinen Koffer. „Das geht wirklich schnell."

„Mein Arm ist nicht wichtig. Dafür ist später noch Zeit."

Nilay trat einen Schritt zurück. „Aber nach draußen zu kommen, wird schwer. Da ist die Polizei im Einsatz. Die Geflüchtete wird bestimmt nicht weit kommen." Er konzentrierte sich wieder auf sein Headset und brach den Blickkontakt zu Milan ab. Er sprach leise in ein Mikro, aber mehr zu sich selbst.

Der Sanitäter klappte den Verschluss des Koffers wieder zu.

Brigitte war verschwunden. Sie musste Martina gefolgt sein.

Die Treppen drehten sich vor Milan. Er griff in seine Jackentasche und spürte die Blisterpackung mit den Pillen. Nein, er musste das durchstehen, ohne sich zu betäuben. Er lief nach oben, die Treppen hoch. Jeder Schritt fiel ihm schwer.

Eine Haarsträhne lag auf einer Stufe vor ihm. Martina musste sie verloren haben. Zumindest hatte sie die gleiche Farbe wie ihre Perücke. Echthaar und nur vom Besten. Milan nahm sie zwischen die Finger und steckte sie in seine Jackentasche.

Im Foyer standen Menschen an den Fenstern zum Paulsplatz. Die Sicherheitsbeamten forderten sie auf in den Plenarsaal zu gehen. Doch die Show draußen schien spannender zu sein.

Da war auch Brigitte und stand neben zwei Polizisten auf dem Platz. Sie hielt sich ihre Hände vor den Mund.

Martina lag neben dem Seiteneingang im Schatten der Stufen.

Martina war seine Mutter. Er hatte doch nur noch sie. Und sie wollte ihm helfen. Er war schuld. Er hätte ihr nicht von der Steigenburger und dem Apothekendiebstahl erzählen sollen. Und von dem Konzert. Sie hatte ihm helfen wollen, denn Milan war ihr Sohn.

Sie hatte schon Leo verloren. Die Asche seines Zwillings lag in einer Urne auf dem Friedhof. Martina hatte nur noch ihn.

Milan legte seine Hände an die Scheibe. *Dort unten steht eine Frau und schaut immer zu uns nach oben.* Sie hätte doch einmal aus dem Schatten der Laterne treten können. Ins Licht.

Nilay hatte den Polizisten am Seiteneingang offenbar über sein Kommen informiert. Sie öffneten die Tür zum Paulsplatz.

Martina lag auf dem Boden und schaute in den Himmel. Sie bewegte sich nicht. Die Schleife der Schürze hatte sich gelöst.

Brigitte kniete sich neben sie und versperrte ihm die Sicht. Sie drehte sich zu ihm und senkte den Blick. „Es tut mir leid."

Milan schob sich vorbei. Martinas Brustkorb hob und senkte sich. Sie lebte.

Hinter Martina wurde ein Mann mit Glatze von der Polizei abgeführt. Er trug heute kein schwarzes Hemd, sondern einen grauen Pullover. Der Drill-Instructor aus der Weinstube hatte sich den Kopf rasiert.

Er schaute auf den Boden zu Martina und dann hoch zu Milan. „Das ist dein zweiter Sohn? Sieht nicht so gut aus wie Nikita. Dem fehlt das gewisse Etwas. Die weiße Haarsträhne, du weißt schon, Ramona."

Martina schleuderte die Perücke in seine Richtung.

Ein Polizist kniete sich neben sie und versuchte sie hochzuziehen. „Lass uns in Ruhe."

„Wo sind die armen Eltern? Wo? Und ihre Tränen fließen wie's Bächlein auf den Wiesen." Der Kerl redete wie ein Märchenonkel.

Martina drehte sich zu ihm. Sie lächelte.

„Weiß er von Nikita?" Seine Stimme wurde schärfer. „Dead stars still burn. War ein geiler Titel auf seinem Album von damals. Ich wette, du trägst dieses Tape immer noch bei dir."

Sie deutete neben sich auf den Boden. Da lag ein Kassettentape, wie aus den 90ern. Milan und Leo hatten so ein Tape vor vielen Jahren an ihrem Geburtstag in einem Päckchen erhalten. Sie hatten die Lieder darauf früher nicht verstanden. Die Melodie mit dem E-Bass und der melancholischen Stimme eines Mannes. *But the first day of summer felt like true love would never die.* Er hatte das Tape mittlerweile digitalisiert.

„Und das nehmen sie dir jetzt auch noch ab? Nichts wird dir bleiben?" Jürgen deutete mit dem Kinn auf die Beamten und dann auf das Tape. „Leuchtet er immer noch in deinem Herzen?" Er lachte.

Martina schaute von Jürgen zu Milan. „Ich habe das nicht gewollt." Sie strich über das Tape.

„Aber du hast ihm trotzdem das Licht ausgepustet. Dem Vater deiner Kinder."

Der Sänger auf dem Tape ... Er war sein Vater und hieß Nikita. Das N auf ihrem Feuerzeug.

„Hör auf." Martina hielt sich die Ohren zu und weinte. Ihre Wimperntusche war verlaufen und eine Schürfwunde zog sich über die linke Wange. Sie streckte die Hand nach Milan aus. „Es wird alles gut. Das klärt sich auf. Dieser Mann redet wirres Zeug." Sie senkte ihre Stimme. „Wir reden, wenn das hier aufgeklärt ist. Vertraue mir!"

„Das tue ich, Mama." Für alles würde es eine Erklärung geben.

Jürgen drehte sich noch einmal um, bevor er in den Wagen geschoben wurde.

„Ramona? Weiß er auch, was mit Leo passiert ist?", fragte Jürgen.

Ramona stand auf.

„Hast du es ihm erzählt?", fragte Jürgen.

Alles um sie herum verschwamm. *Leo. Ich hätte dir von ihr erzählen sollen.*

Die Straßenbahn hält an.

Milan schiebt sein Rad über die Straße. Sie treffen sich an ihrer Bank. Bei der Hitze wäre ein Eis großartig. Milan hat noch drei Euro in der Tasche. Das reicht für fünf Kugeln. Leo hat ihm etwas Wichtiges zu erzählen. Er soll drei Kugeln bekommen.

Die Menschen stehen am Bassinplatz zusammen. Vielleicht ist da vorne ein Straßenkünstler.

Der Ständer seines Rades wackelt. Er kann es nicht hinstellen und lässt es in das Gebüsch neben der Bank fallen. Er kann auch hier auf Leo warten. „Auf unserer Bank", hat er am Telefon gesagt. Besser er wartet auf Leo.

Ein kleines Mädchen sitzt auf den Schultern ihres Vaters. Der Mund ist ganz verschmiert mit Erdbeereis. Der Vater springt zur Seite. Dem Mädchen fällt die Waffel aus der Hand. Jemand schreit. Und noch einer.

In Milans Nase kratzt es. Ein komischer Geruch. Verbrannter Stoff. Vielleicht macht der Künstler etwas mit Feuer. Wenn Leo gleich kommt, müssen sie unbedingt hingehen und schauen. Er schließt das Fahrrad ab und setzt sich wieder auf die Bank. Die Uhr zeigt 17.04 Uhr. Leo wollte um fünf da sein. Er verspätet sich meistens. Jemand schreit.

Eine Frau ruft: „Er brennt. Helft ihm!"

Leo hat ordentlich Tempo drauf. So schnell ist er sonst nie. Er rennt durch die Menge auf ihn zu. „Mach ruhig langsam." Milan lacht.

Leo reißt an seinen Haaren, er zerrt an seinem T-Shirt. Er ist ganz dreckig. Komische Show. So kennt er ihn gar nicht. Seine Schnürsenkel sind offen. Er wird hinfallen.

Leo schreit schrill. So hat er ihn noch nie gehört. Irgendetwas muss passiert sein. Vielleicht eine dieser Scheißwespen. Vor denen rennen sie immer weg. Aber dann wäre er doch nicht so dreckig.

Wenn da ein Feuerakrobat steht, muss Leo etwas abbekommen haben. Der Geruch wird stärker. Leos Haare qualmen. Leo brennt!

„Leo! Helft ihm doch. Leo! Nein." Milan rennt ihm entgegen.

In seinem Rucksack steckt ein Handtuch. Der ist beim Rad. Er muss ihm etwas auf die Flammen drücken. Sie müssen ausgehen. Leo soll aufhören so zu schreien.

Leo streckt die Hand nach ihm aus. Seine Haut hat keine Flammen.

Milan irrt sich. Menschen brennen nicht auf der Straße. „Ich bin da. Was ist denn passiert?"

Leo fasst seine Hand. Er drückt fest zu. „Ich hätte dir von ihr erzählen sollen."

Ein Notarzt bremst neben ihnen auf dem Bassinplatz. „Achtung, wir müssen an ihn dran." Folie knistert, jemand schiebt ihn weg. Milan muss Leos Hand loslassen.

„Nimm dich in Acht vor ihr."

„Leo. Vor wem?"

Milan griff in seine Jackentasche. Er würde alle Pillen aus der Blisterpackung drücken. In seinen Jackentaschen steckten ein Paar Pillen Speed und eine Tranquilizer Tavor. Mit dem Tavor würde das Herzrasen aufhören und sich die Enge in seinem

Hals auflösen. Der ganze Dreck würde von seiner Haut abfallen. Er könnte für immer verschwinden.

Er schloss die Augen.

Eine warme Hand öffnete seine Faust. „Komm mit!" Brigitte zog ihn hoch. „Und den Scheiß mit den Pillen lässt du. Die Polizei sieht dir zu."

Ihre Mutter.

Er roch verbranntes Fleisch.

Leo hatte sich mit seinen Fingern fest an seinem T-Shirt festgekrallt, er war von den Rettungskräften von ihm weggezogen worden. Die Folie hatte geknistert, und Leo hatte immer weniger geschrien.

„Nimm dich in Acht vor ihr."

Milan übergab sich neben einem Mülleimer.

Die Blisterpackung fiel ihm aus der Hand. Brigitte griff sofort nach der Packung und ließ sie in ihrer Handtasche verschwinden. „Lass es sein mit den Pillen. Betäube dich nicht. Ich bin für dich da." Sie fuhr ihm mit der Hand über den Rücken.

Milan lehnte sich an Brigittes Schulter und weinte. „Sie ist doch unsere Mutter. Ich konnte Leo nicht helfen."

„Komm erst mal zur Ruhe. Das klärt sich alles auf. Martina ist deine Mutter. Sag nichts. Achte nur auf deine Atmung. Du bist nicht schuld." Sie reichte ihm eine Flasche Mineralwasser.

Die Kohlensäure kribbelte in seiner Nase. Der verbrannte Geschmack in seinem Mund ließ nach. Brigitte hatte warme Haut. Sie roch nach Grapefruit.

Martina hielt ihre Perücke in der Hand. Ein Polizist nahm sie ihr ab. Sie würde so etwas doch nie tun.

„Warum hat er das gesagt?"

„Wer hat was gesagt?" Brigitte reichte ihm ein Taschentuch.

„Dieser Jürgen. Wer war das? Ich habe ihn doch schon mal gesehen. Mit ihr in dem Weinlokal." Milan schnäuzte sich. Er zog die blonde Haarsträhne aus der Jackentasche und rieb sie zwischen Daumen und Zeigefinger.

„Keine Ahnung wer das ist. Jürgen heißt er, hat er gesagt. Onkel Jürgen. Er hat in einem Wagen auf sie gewartet. Was hast du da in der Hand?", fragte Brigitte.

„Eine Haarsträhne ihrer Perücke."

Sie hatte nicht fliehen können. Brigitte hatte sie festgehalten.

„Sie wird gleich abgeführt. Sie sieht dich die ganze Zeit an", sagte Brigitte.

„Ich kann nicht mehr hinschauen." Er schloss die Augen.

Brigitte zog eine Zigarette aus der Packung, zündete sich selbst eine an und reichte ihm die andere. „Der Mann mit der Glatze hatte in einem Golf auf sie gewartet. Die Polizei wurde informiert. Jemand hat auch ihn verpfiffen."

Die Nachricht von Zarah und Katharina. Sie mussten es gewesen sein.

„Passiert mir in letzter Zeit öfter." Brigitte verzog den Mund und zeigte auf ihre Bluse. Die obersten Knöpfe waren abgerissen. „Martina wollte nicht wegrennen. Sie hätte mich ausschalten können."

Milan klammerte sich an die Strähne in seiner Hand. Er schloss sie zur Faust.

Die Polizei forderte das Publikum über Lautsprecher auf, aus dem Foyer in den Plenarsaal zu gehen. An den Türen schoben sich Menschen entlang. Sie wollten bestimmt auf den Platz sehen. Das Blaulicht passte nicht zum Bass der Musik. Der Bass war schneller. Der Bass schlug in seinem Kopf.

Er würde keine Pille einwerfen. Brigitte hatte recht.

Die Platanen rauschten. Bald würden die Laternen den Platz beleuchten.

Milan schloss die Augen. *Da schaut jemand von der Laterne immer zu uns herüber.* Martina war immer in ihrer Nähe gewesen.

Sie würde für ihre Taten sicher in Haft gehen müssen. *Ich habe für Geld getötet.*

Milan hätte ihr so gern geglaubt.

Martina drehte sich zu Milan um. „Ich bin es, Martina. Deine Mutter." Ihre Stimme war so sanft, wie auf seinem Sofa. „Außer dir habe ich niemanden mehr."

Brigitte strich ihm immer noch über den Rücken. „Komm, lass sie gehen. Sie ist nicht die, für die du sie gehalten hast."

„Sie ist und bleibt meine Mutter." Milan lehnte sich an Brigittes Schulter. „Sie hat meinen Bruder getötet. Es war kein Unfall. Warum hat sie das getan?"

Die Beamten legten Martina Handschellen an.

„Warum?" Milan hauchte es über den Platz. Er musste dringend hier weg. „Wo ist das Tape?"

Kapitel 43

Milan wollte nicht nach Hause.

Martina wurde abgeführt. Sie drehte sich zu ihm um. „Wir sehen uns wieder mein Sohn. Versprochen."

Er hatte doch hingeschaut.

„Das hat sie mir vorhin noch gegeben für dich." Brigitte reichte ihm ein Tape. „Das ist doch von deinem Vater."

Ein Tape mit dem Titel *Holy Crime*. In der Klinik hatten sie noch ein Kassettendeck. Martina hatte in ihrer Handschrift *N my love* auf die Hülle des Tapes geschrieben. Auf den beiden Herzen daneben ein M und ein L. Milan und Leo. Leo würde nie erfahren, wer der Sänger auf dem Tape war. Auch ihn hatte sie getötet. Ihren Vater.

„Woher wusstest du, dass sie es auf diese Steigenburger abgesehen hatte?" Sie richtete die Kette in ihrem Dekolleté. Ein Anhänger mit einer Taube.

„Das war Katharina, meine Patientin auf der Intensivstation. Sie hat mir mithilfe einer Schwesternschülerin eine Nachricht geschickt. Du kennst sie." Milan zeigte auf den abgerissenen Knopf an ihrer Bluse.

„Du meinst dieses Faschomädel von dem Video?" Brigitte nahm den Anhänger in ihre Hand. „Du solltest dich bei Katharina bedanken." Brigitte nickte ihm zu.

„Ich laufe von der Paulskirche zur Klinik." Katharina würde auf ihn warten. Sie hatte gewusst, dass er in Gefahr war. Ohne die Nachricht hätte es in der Paulskirche mehr als eine Verletzte gegeben.

„Ich begleite dich." Brigitte legte ihm einen Arm um die Schulter.

„Und was ist mit deinem Job? Du kannst hier doch nicht einfach so weg."

„Ich habe eine Freundin angerufen. Die übernimmt den Dienst für mich. Und wenn nicht, auch egal. Ich bin jetzt bei dir."

So gehörte sich das für Freunde. Brigitte hob den abgerissenen Knopf vom Boden auf. „Oh, wen haben wir denn da?" Sie hielt den Knopf gegen das Licht wie einen kostbaren Edelstein.

„Lass uns gehen. Ich will vor ihr von diesem Platz verschwinden. Ich hätte sie nie mit in meine Wohnung nehmen dürfen. Ich werde ihr nie entkommen. Ich bin der Sohn einer Mörderin."

„Du hörst mir jetzt zu! Und wenn ich dir zu klar werde, tut es mir leid. Du kannst für das alles nichts. Du hast überlebt und du trägst verdammt nochmal auch für Leo die Verantwortung weiterzuleben. Ohne diesen ganzen Drogenscheiß. Du bist stark. Du musst keine Angst mehr haben. Du bist nicht schuld an Leos Tod. Niemals gewesen." Brigitte zog ihn hoch.

Leo hatte es ihm gesagt. *Sie war es. Ramona*. Sie hatte Leo einen anderen Namen genannt. Er hatte alles gewusst. Er hatte Ramona kennengelernt. Er hatte ihn noch warnen wollen, im Tod, in seinem letzten Satz an ihn.

Milan hatte immer mit Leo darüber geredet, wie es wohl wäre, eine Mutter zu haben. Sie hatten sich immer überlegt, welche Farbe ihre Haare hatten. Und ob ihre Augen lieb schauen konnten.

Martina hätte eine gute Mutter werden können.

Ramona hatte ihr keine Chance gelassen.

„Und Minz und Maunz, die kleinen, die sitzen da und weinen: Miau! Mio! Miau! Mio! Wo sind die armen Eltern? Wo? Und ihre Tränen fließen, wie's Bächlein auf den Wiesen."

Jürgen hatte Martina erpresst. Diese vielen Zettel und Nachrichten.

„Was erzählst du? Was hat denn das mit dem Paulinchen aus dem Struwwelpeter zu tun?"

„Lass uns gehen. Ich muss von diesem Platz weg."
„Kippe?"
Milan seufzte. „Her damit."
„Und du wusstest das alles?"
„Was alles?"
„Dass sie für Geld getötet hat."
„Sie hat es mir erzählt." Die Nacht im *Tanzhaus West* mit dem Absturz am Mainufer. Er hätte alles dafür getan, ihre Beichte zu vergessen.
„Und du hast sie nicht rausgeschmissen dafür?"
„Sie ist meine Mutter. Sie wollte neu anfangen." Sie hatte ihm nicht die ganze Wahrheit gesagt.
„Und auf dem Tape ist dein Vater?"
„Er mit seiner Band. Holy Crime steht auf dem Tape." Wenn doch nur Leo gewusst hätte, wem sie da zugehört hatten. Er kannte jemanden, dem er dieses Tape gerne vorspielen würde.
Brigitte nahm seine Hände in ihre.
„Er fehlte noch in meinem Puzzle. Da drin." Milan zeigte auf seine Brust. „Leo hätte sich gefreut. Sei mir nicht böse, aber ich muss allein sein. Ich laufe in die Uniklinik und will mich bei Katharina bedanken. Heute Abend brauche ich einen guten Gin Basil an deiner Theke."
Sie zog ihn an sich. „Und lass deine Wunde behandeln. Du meldest dich, wenn du mich brauchst."
Milan kramte in seiner Jackentasche. Er hatte noch etwas vor.

Kapitel 44

Uniklinik Zimmer 2
Milan drückte den Türgriff nach unten. Im Zimmer waren die Rollläden geöffnet. Die letzten Sonnenstrahlen teilten den Raum in Licht und Schatten.
Der Fernseher war neu.
Die Bilder einer Nachrichtensendung bewegten sich im Hintergrund und warfen tanzende Farben auf die Bettdecke. „...sind

in den Industriestaaten über vierzig Prozent der verschwendeten Lebensmittel völlig genießbar. Die Organisation foodsharing will mit ihren Aktionen ...", sprach die Ansagerin.

Katharina saß aufrecht in ihrem Bett. Sie hatte ihre Hände auf der Bettdecke liegen. Ihr Gesicht lag im Schatten. Sie wandte ihren Blick vom Fernseher ab ins Licht, stellte den Ton leiser und hob ihre linke Hand an. „Du ... bist ... da." Die neue Frisur stand ihr. Sie fuhr sich mit einer Hand über die Stirn. Ihre Gesichtszüge waren viel weicher. Die Augenbrauen so schön geschwungen. Sie fasste sich an die Wunde an ihrem Hals. Das Sprechen strengte sie an. „Ich bin ... so froh." Sie lächelte.

Milan trat näher an ihr Bett. Ihr Gesicht hatte viel mehr Fältchen. Mehr um den Mund und auch den Augen. Sie griff nach seiner Hand.

„Danke." Er setzte sich zu ihr auf die Matratze. Ohne ihre Nachricht wäre alles anders gelaufen. Die Killerin hätte ihren Auftrag ausgeführt. Er hätte nie die Wahrheit erfahren.

Ramona hatte Leon getötet. Ramona hatte seinen Vater getötet.

Martina bereute dies jeden Tag.

Seine Mutter war eine Killerin. Martina war Ramona.

Katharina setzte sich im Bett auf und fuhr ihm über die Wangen. „Weinen tut gut."

Milan nickte. „Du hast ..." Er deutete auf das Handy auf ihrem Nachttisch. „Du und Zarah habt es beenden können."

Milan schloss die Augen.

Martina hatte sich noch einmal zu ihm umgedreht, als sie abgeführt wurde. „Für dich habe ich das getan", hatte Martina gesagt.

Ihn hatte sie leben lassen.

Katharina legte den Kopf an seine Brust. „Danke ... für ... alles."

Ihre Haare waren weich. Er sog den Duft ein. *Leo mit ihm im Kinderheim. Sie trugen die Star Wars Schlafanzüge.* Milan zog sein Handy aus der Hosentasche und drückte auf Play. „My soul is burning, burning, burning and you're the reason. Forever the reason", sang Nikita mit seiner Band. *It used to be so easy. But it's never easy.* Leo packte die Kassette aus. Sie standen am Fenster. Die Frau unter der Laterne war heute nicht gekommen. Leo strich ihm über den Nacken. Leo öffnete das Fenster.

Sie hob ihren Blick. „Schö...ne Stim...me. Wer ist das?"

„Ich habe heute erfahren ..." Ihm wurde kalt. „Meine Mutter hat ..." Er lehnte seinen Kopf an ihre Schulter. *Du kannst den Tag nicht ohne die Nacht haben.*

Die Nacht war ihm lieber gewesen.

Katharina gefiel ihm im Licht besser.

„Lass dir Zeit." Sie sprach leise in sein Ohr. „Dir ist nichts passiert." Sein Rücken kribbelte. Überall war es warm und kalt. Katharinas Hand fuhr immer wieder über seinen Rücken.

Milan öffnete seine Augen. In den Glasfassaden der Hochhäuser glühte das Abendrot. „Morgen wird ein schöner Tag."

Katharina lächelte. „Und übermorgen auch."

Kapitel 45

Der Bildschirm des Fernsehers leuchtet in strahlendem Blau. Die Nachrichtensprecherin trägt einen roten Blazer. Die Frisur sitzt. Sie fährt sich kurz über ihren Pony und streicht die Haare ihres Bobs glatt. Bevor sie den Mund öffnet, fixiert sie den Teleprompter.

„Die von Interpol gesuchte Auftragsmörderin Ramona Sander konnte bei einer Festnahme an der Frankfurter Paulskirche flüchten. Die Polizei warnt davor Anhalterinnen mitzunehmen." Ein Bild von ihr wird eingeblendet. Ramona trägt darauf eine Perücke. Dann folgt eine Filmsequenz ihrer Festnahme am Paulsplatz. Die Perücke fehlt.

„Die Attentäterin ist bewaffnet."

Danksagung

An einem Debüt sind viele Menschen beteiligt, die inspirieren, Mut machen, trösten, vertrauen, zuhören, lesen, diskutieren, ihre Zuneigung und Wertschätzung zeigen. Diesen Menschen möchte ich Danke sagen.

Ein ganz spezieller Dank geht:

an meinen Verleger Gerd Fischer, der mir dieses Debüt ermöglicht,

an Uli Aechtner, die erste Türen aufgemacht hat,

an Marc Mandel und der Coortext-Gruppe, die zugehört und Meinungen ausgedrückt haben,

an Lisa Kuppler, die geschliffen und gefestigt hat,

an Fenna Williams, die ihre Erfahrung mit mir teilt und immer eine Hand reicht,

an meine Frau Anja, die immer an meiner Seite und ehrlich mit meinen Texten ist,

an meine Kinder Liliane, Kilian und Charlotte, die ich oft mit dem Vorlesen der Texte überfalle

und an meine liebe Freundin Sonja kann ich nur noch ein Danke auf die andere Seite schicken – mit Dir hätte ich die Frankfurt Beats gerne gefeiert.

Danke an alle Lesenden: Jede*r Einzelne von Euch/ Ihnen ist wichtig!